베드
컨디션

베드 컨디션

1판 1쇄 찍음 2015년 10월 14일
1판 1쇄 펴냄 2015년 10월 21일

지은이 | 예거
펴낸이 | 고운숙
펴낸곳 | 봄 미디어

기획·편집 | 정수경 박혜진

출판등록 | 2014년 08월 25일 (제387-2014-000040호)
주소 | 경기도 부천시 원미구 소향로17, 304(두성프라자) (우)420-864
영업부 | 070-5015-0818 편집부 | 070-5015-0817 팩스 | 032-712-2815
E-mail | bommedia@naver.com
소식창 | http://blog.naver.com/bommedia

값 9,000원

ISBN 979-11-5810-146-6 03810

※파본은 구입하신 서점에서 교환하여 드립니다.

Bed condition

베드
컨디션

예거 장편 소설

contents

ONE MORE TIME

"왜 보자고 했어?"

날이 선 말투를 뱉어 내는 세진의 미간엔 내 천(川) 자가 그려져 있었다. 그녀는 굳이 자신을 꼭 만나야겠다고 주장하던 그를 보며 당당하게 행동하고 있었지만 속으론 식은땀을 줄줄 흘렸다.

그에 대한 유언비어를 퍼뜨린 것이 무려 반년 전이건만 이제 와서 대체 무슨 연유로 중요한 일이라며 자신을 불러낸 걸까. 세진은 마른침을 삼켰다. 그는 언제나 이렇게 그녀에게 위압감을 안겨 준다. 숨이 막힐 정도로.

"일단 앉아. 얘기가 길어질 테니까."

우아한 자세로 물을 마시는 그의 모습은 아름다웠다. 배우로 전향해도 괜찮을 법한 마스크였다. 이 모습에 홀려 그와 미친 듯이 잠을 잤던 적도 있었다. 정신없이 사랑한 적도 있었고.

'하지만 모두 과거일 뿐이지.'

세진은 입안을 감도는 쓴 물에 미간을 좁혔다. 가슴이 답답해지며 겨우 가라앉혔던 분노가 서서히 일었다. 그런 세진의 마음을 아는지 모르는지 그는 그녀를 향해 손짓했다. 세진은 고개를 가로저었다.

"싫어. 김준이랑 그렇게 오랫동안 얼굴을 맞대고 싶지 않……."

"글, 쓰기 시작했다며?"

말을 이으려던 세진의 얼굴이 굳었다. 그녀는 요동치는 눈동자를 그에게 고정시키고 입술을 잘근 눌렀다. 그는, 준은 다시금 맞은편에 앉으라는 손짓을 했다. 세진은 주저하다 준의 앞에 엉덩이를 붙였다.

"어떻게 알아, 그걸."

"어쩌다가."

"수호 녀석이구나."

"혼내지 마."

타이르듯 말하는 준이 짜증스러워 세진은 인상을 썼다.

"싫어. 당장 파문시킬 거야."

"이세진."

"그래서. 내가 글을 다시 쓰기 시작한 게 김준이랑 무슨 상관이야? 아니, 그전에 정수호한테 시켰니? 나 글 쓰면 당

8

장 말하라고?"

준의 얼굴이 딱딱하게 굳어졌다. 그는 부정도, 긍정도 하지 않았다. 세진은 이글거리는 시선으로 그를 노려보다 눈앞의 물 잔을 향해 손을 뻗었다. 그리고 일말의 망설임도 없이 준에게 얼음물을 부어 버렸다.

촤악, 소리와 동시에 준의 조각 같은 얼굴 위로 얼음물이 쏟아졌다. 세진은 미동 없이 저를 바라보고 있는 남자를 응시하며 이를 갈았다.

"김준. 다시는 나 감시하려 들지 마."

"……."

"옛정이 있으니, 찻값은 내가 계산할게."

"누굴 염두에 두고 쓴 극본이야?"

냉정하게 돌아서려던 세진의 발걸음이 멈췄다. 대답하고 싶은 생각은 없었지만 자연스럽게 그를 쳐다보았다. 뚝뚝, 차가운 물방울을 떨어뜨리고 있는 준의 시선은 여전히 그녀를 향하고 있었다. 세진은 가슴이 울렁거리는 걸 느끼며 어금니를 악물다 반사적으로 대답했다.

"듣기 싫을 거야."

준은 고개를 가로저었다.

"이해할 테니 말해."

"……장채원."

후우, 한숨을 흘리는 그가 보여 세진은 입을 다물었다. 준은 젖어 있는 머리를 쓸며 중얼거렸다.

"아직 포기하지 않았군."

"난 포기를 모르는 여자야."

"알아."

수긍하는 모습에 세진이 눈을 크게 뜨자 준은 말을 이었다.

"쉽지 않을 거야, 그 캐스팅은. 잠적한 지 4년쯤 되지 않았나?"

"정확히는 3년하고 반년째야."

"반대가 많겠지."

"그것도 알고 있어."

"그래도…… 추진할 거야?"

세진은 진지한 그의 물음에 잠시 호흡을 골랐다. 모종의 이유로 중단했던 극본 쓰기를 다시 시작한 건 어느 날 지금까지의 대본집들을 정리하다 그 극본을 발견했기 때문이었다.

대중의 비난을 받아야 했던 스캔들로 인해 강제 은퇴를 하게 되었던 여배우를 오래전부터 동경하였던 세진이 언젠가 그녀에게 건네고 싶다며 쓰기 시작하다 말았던 극본이었다.

한번 썼던 글의 끝을 보고 싶어 한 자, 한 자 다시 쓰기 시작했는데 어느덧 결말을 향해 다가오고 있었다. 만약 이 극본이 드라마로 만들어진다면 당연히 여주인공은 '그녀'가 맡아주었으면 했다. 비록 3년하고도 반 개월 전, 은퇴를 선언했던 여배우일지라도.

"가망이 없는 거, 알아. 장채원이 돌아올 거라고 생각하지 않고, 나를 도와줄 사람이 있을 거라고도 여기지 않아. 단지……
완성하고 싶었을 뿐이야. 너무 좋아했던 글이었으니까."

씁쓸하게 읊조리는 세진을 그는 가만히 바라보았다. 과거
의 일을 떠올리니 괜스레 감성에 휩싸였다. 세진은 한숨을
푹 내쉬며 그를 응시했다. 일어나지도 않을 일로 고민을 하
고 싶지는 않았다. 그녀는 냉정한 얼굴을 하고 준에게 말했
다.

"갈게."

"협력하고 싶어."

돌아서려던 세진의 발걸음이 또다시 멈췄다.

"뭐?"

무슨 소리를 한 거냐는 얼굴을 하는 세진에게 다가오기 위
해 그가 자리에서 일어났다. 그리곤 여전히 뚝뚝 떨어지는
물기를 닦을 생각도 하지 않고 작게 속삭였다.

"네가 원한다면, 협력할게."

"김준."

"그런 의미에서 우리, 심도 깊은 대화를 좀 나눠 볼까?"

✿   ✿   ✿

"으으."

머리가 지끈거려 죽을 지경이다. 세진은 제대로 떠지지 않

는 눈꺼풀을 억지로 올렸다. 왜 이렇게 머리가 아픈 거야. 그녀는 미간을 좁히며 눈을 깜빡였다.

"……어?"

혹시 잘못 봤나 싶어 눈을 감았다 떴지만 놀랍게도 상황은 그대로였다. 심장이 바닥으로 쿵 떨어졌다.

"일어났네."

달칵, 문이 열리는 소리를 들은 것은 그 순간이었다. 넋을 놓은 세진에게 터벅터벅 걸어온 그는 들고 있던 물컵을 건넸다. 멍한 눈으로 그 모습을 좇던 세진이 얼떨결에 물컵을 받았다.

꿀꺽, 전신이 시릴 만큼 차가운 물이 목구멍을 지나 온몸으로 퍼져 나갔다. 세진은 지독한 갈증과 동시에 차오르는 의문을 주체하지 못하고 준을 응시했다. 그는 지나치게 태연한 얼굴로 물을 마시는 그녀를 바라보고 있었다.

"김준."

"응."

"어떻게, 된 거야?"

어째서 자신이 오래전 그와 함께 잠을 청했던 이 빌어먹을 침대에 누워 있는 것이고,

어째서 홀라당 옷을 벗고 있는 것이며,

어째서 그는, 팬티 차림으로 제 앞에 있는 것일까.

세진은 두근두근 뛰는 심장이 밖으로 튀어나올까 봐 노심초사했다. 준은 그런 세진을 응시했다.

"보는 그대로."

미동 없는 준의 눈동자가 세진을 향했다. 그녀의 얼굴이 일그러지든 말든 개의치 않는다는 표정이었다. 세진의 낯빛이 파리하게 질려 갔다.

"설마."

준은 흔들리는 그녀의 동공을 무심하게 바라보며 고개를 끄덕였다.

"그래. 잤어."

다시는 듣고 싶지 않던 말이었다.

WHY ALWAYS YOU?

한참을 망설이다 크게 심호흡을 한 세진은 버튼을 꾸욱 눌렀다. 꿀꺽, 침이 목구멍 아래로 넘어가는 소리가 귓가를 울렸다. 두근두근. 가슴이 일렁이는 것 같기도 했다.

세진은 이사를 왔을 때 주로 돌리는 붉은팥 시루떡을 들고 대답이 들려오길 가만히 기다렸다. 이윽고 인터폰에서 지지직 요란한 소음이 들리더니 짧고 굵은 미성이 흘러나왔다.

—누구?

세진은 놀랐다. 소음과 섞여 나오기는 했으나 꽤나 듣기 좋은 목소리라 여겼기 때문이다. 옆집엔 남자가 사는구나. 그것도 꿀 성대를 가진. 그녀는 빙긋 웃었다.

"안녕하세요! 1702호인데요, 오늘 이사 왔어요. 떡 돌리러 왔는……."

―필요 없어.

"네?"

환하게 웃던 세진의 말을 끊어 버린 1701호의 남자는 싸늘한 대답을 한 번 더 들려주었다.

　―필요 없다고.

'뭐 이런 싸가지가.'

아무리 엘리베이터에서 마주쳐도 인사 한 번 하지 않는, 삭막한 사이를 유지한다는 현대인들이라지만 처음 보는 사람에게 반말을 하는 걸로도 모자라 대하는 태도가 남다르다.

세진은 반사적으로 얼굴을 구기려다 가까스로 참았다. 오늘 아침부터 이웃들에게 돌릴 거라며 떡을 준비하던 어머니의 푸른 눈동자가 아른거렸던 까닭이다.

부글부글 치밀어 오르는 화를 겨우 참은 그녀는 어느새 꺼져 버린 인터폰을 응시했다. 꾹, 버튼을 길게 누르자 딩동 소리가 1701호 안으로 울려 퍼졌다.

　―필요 없다고 했⋯⋯.

세진은 신경질적으로 응답하는 1701호의 남자의 말이 끝나기도 전에 외쳤다.

"아저씨 먹으라고 가져온 거니, 아저씨가 처리하세요!"

앞으로 계속 얼굴을 마주할 사이니 화를 내서는 안 되지만 분노를 담은 말이 튀어나왔다. 세진은 대꾸가 없는 인터폰을 빤히 노려보다 대문 앞에 시루떡이 담긴 접시를 내려놓았다.

임무 완료! 그녀는 가벼워진 양손을 내려다보다 옆으로 발걸음을 옮겼다.

"잠깐."

세진이 1702호의 문고리를 잡고 돌리려는 순간, 달칵 열린 1701호의 문 사이로 누군가가 고개를 내밀었다. 뭔가에 이끌리듯 시선을 옮긴 세진의 눈에 자신을 빤히 바라보고 있는 남자가 보였다. 범상치 않은 외모의 소유자였다.

"나, 아저씨 아닌데."

만화 속 남자 주인공 포스를 풍기고 있는 남자는 검은 머리카락을 찰랑이며 중얼거렸다. 미모에 잠시 넋을 놓았던 세진은 미간을 좁혔다.

'뭐야. 떡 먹으랄 때는 들은 척도 안 하더니, 아저씨 소리 듣기 싫어서 나온 거야?'

성격 참 이상한 사람이 아닐 수 없다고 생각하며 1701호에 사는 남자를 직시하던 그녀는 흥 하고 콧방귀를 끼며 어깨를 으쓱였다.

"아, 네. 그렇게 보이네요."

거짓말을 늘어놓을 수는 없는 노릇이니까. 그녀의 눈앞에 있는 남자는 '아저씨'라고 불리기엔 너무 어려 보였다. 세진은 대수롭지 않게 대답하고 다시 몸을 돌렸다.

"그쪽은?"

그런 그녀를 또 한 번 불러 세운 남자는 열여섯 소녀가 듣기엔 거북한 호칭으로 세진을 불러 가며 물음을 던졌다. 헛웃음이 새어 나올 것 같지만 그녀는 태연하게 대답했다.

"아줌마는 아니죠."

"뭐?"

1701호 남자의 눈동자가 큼지막해졌다. 동그래지니 더 잘생겨 보이네. 옆집에 사는 남자가 여태껏 보아 왔던 남자들 중 손에 꼽을 만큼 잘생긴 외모를 지녔다는 사실을 인정하며 그녀는 배꼽에 손을 가져다 댔다. 그리고 아주 정중하게, 90도로 인사를 하며 말했다.

"앞으로 잘 부탁드려요. 우리 얼굴 붉히지 말고 지내요, 아저씨."

아저씨라 부르지 말라고 했음에도 불구하고 또다시 그를 그렇게 불러 버린 세진의 청개구리 심보에 1701호 남자는 얼굴을 일그러뜨렸다.

남자가 자신을 부르기 전, 서둘러 집으로 돌아온 세진은 문이 열리는 소리에 부엌에서 파란 눈동자를 빛내며 달려오는 어머니 에스터를 발견했다.

"엽찝 사라미 모래?"

고대하던 이사에 신이 난 에스터는 생글생글 웃으며 세진에게 물었다.

"잘 먹겠대."

"징짜?"

"응."

세진은 짓궂은 미소를 지어 보였다.

"그 아저씨, 떡 좋아하게 생겼더라고."

"얘기 드러 보니카 혼자 산대, 엽찝 남자."

이사를 온 지 일주일쯤 지났을 때였다. 예고 입시 준비로 한창 바쁜 세진이 학교에서 귀가를 하자마자 에스터가 눈을 반짝이며 말했다.

세진은 금발에 파란 눈을 한 어머니가 주위 이웃들과 서슴없이 어울리는 것을 자랑스러워하면서도 그 차가워 보이던 1701호의 남자와 안면을 텄다는 사실에 놀랐다. 궁금한 것이 한두 가지가 아니었지만 일단은 교정이 필요할 것 같았다.

"엄마. '드러 보니카'가 아니라 들어 보니까. 그리고 '엽찝'이 아니라 옆집."

"욥집!"

"……됐어. 그것보다 혼자 산다고?"

에스터가 활짝 웃으며 '응!' 하고 대답했다.

"그걸 엄마가 어떻게 알았는데?"

"무러봐찌!"

"그 남자한테?"

"응!"

대단하네, 우리 엄마.

목구멍까지 차오른 말을 차마 뱉어 내지 못한 세진이 나지막하게 중얼거렸다.

"나이도 어려 보이던데."

용케 세진의 말을 알아들은 에스터는 동의한다는 듯 하아, 숨을 뱉어 내며 입술을 움직였다.

"마마도 그러케 생가캐. 자래 줘야케따, 구치?"

저렇게 천진난만한 얼굴을 보며 어떻게 안 된다는 말을 할 수 있을까. 세진은 웃으며 고개를 끄덕였다.

이사 온 지 일주일 만에 같은 층의 이웃은 물론이고 같은 라인 이웃들의 예쁨까지 독차지하게 된 1702호의 새로운 거주자이자 세진의 엄마인 에스터의 정보에 의하면, 1701호의 남자는 세진보다 다섯 살 많은 대학생이었다.

스물한 살이라는 나이에 이런 비싼 아파트에 혼자 산다는 것도 놀라운 일인데 고작 대학생이라는 이야기에 세진은 더 놀랐다. '아저씨'라 불릴 나이는 아니긴 하지만 그렇다고 '오빠'라고 부르기엔 너무 성숙한 얼굴이었기 때문이다.

세진은 자신이 들은 1701호 남자에 대해 구구절절 이야기해 주는 에스터를 바라보며 속으로 중얼거렸다.

"그런데 쭌은, 떡을 시러한다던데?"

한창 말을 잇던 에스터가 마침 생각났다는 듯 손뼉을 치며 묻자 세진은 몸을 흠칫거렸다. 그녀는 능청스럽게 '그랬어?'라고 되물을 뿐 더 이상 말을 잇지 않았다. 에스터도 크게 의심은 하지 않는 듯 이내 다른 이웃에 대해 이야기를 쏟아 놓기 시작했다.

'어차피 뭐, 만날 일 없을 테니까.'

옆집에 살고 있는 사이이긴 하나 예고에 합격하기만 한다면 세진은 기숙사로 들어갈 예정이었다. 방학을 하기 전까지 집에 올 일이 없었고, 부모님과도 전화 통화만 간신히 주고받을 터라 남자와는 마주칠 일이 없었다. 거짓말을 하기는 했으나 양심은 찔리지 않는 상황. 세진은 즐거운 어머니의 얼굴을 들여다보며 빙긋 웃었다.

—쭌은 종말 차칸 것 가타. 오늘도 에스터의 지블 드러 줬다니카?

"……흐응, 그래?"

—쑤레기 버릴 때도 쭌이 도와줘! 허니, 쭌은 참 조은 사라미야.

당당히 예고에 입학한 후 기숙사 생활을 시작한 세진의 즐거움은 가족과의 전화 통화 시간이었다. 자신이 없는 동안 아버지와 어머니는 뭘 하고 지낼까 궁금해하던 그녀는 그들의 이야기는 들려주지 않고 옆집 남자의 친절함에 대해서만 줄줄 늘어놓는 에스터 때문에 폭발하기 직전이었다.

쭌과 밥을 함께 먹었다, 쭌과 같이 집 청소를 했다, 파파가 쭌과 세차를 하더라, 쭌과 드라이브를 갔다, 허니 네가 없으니 꼭 쭌이 새로 생긴 우리 아들 같다 등등. 어떻게 들으면 서운해할 수도 있는 말을 서슴지 않는 에스터가 야속하게 느껴졌다.

세진은 입술을 쭉 내밀며 중얼거렸다.

"엄마. 그래도 엄마 딸은 나라는 거, 기억해 둬."

—응?

"그 쥰인지 뭔지 하는 사람한테 너무 잘해 주지 말란 말이야!"

독립을 하기에 아직 어렸던 소녀는 겨우 한 번 얼굴을 마주했을 뿐인 옆집의 남자 대학생에게 질투를 느껴 버렸다.

"아."

"……."

1701호의 남자와 부모님이 급속도로 가까워진 것과 달리 이사 첫날을 제외하곤 얼굴도 제대로 보지 못했던 세진이 그와 다시 만나게 된 건, 길었던 1학기가 끝난 후 집으로 돌아왔을 때였다.

오랜만에 부모님을 볼 생각에 두근거리는 가슴을 억지로 진정시킨 세진이 부엌으로 들어섰을 때 가장 먼저 본 사람은 에스터가 아닌 예의 그 남자였다.

"안……녕?"

마치 제 집인 양, 세진이 앉아야 할 자리에 엉덩이를 붙이고선 에스터가 차려 주는 밥을 기다리고 있던 남자는 굳어버린 그녀를 향해 어색한 미소를 지으며 손을 까딱였다.

"어머, 허니! 언제 와써?"

에스터는 뾰로통한 얼굴을 하고 있는 세진을 발견하곤 그녀에게 달려와 반가움을 표시했다. 키스 세례를 퍼붓는 에스터의 입술을 느끼면서도 1701호 남자에 대한 적개심을 거두지 않던 세진은 쓰게 웃는 그에게서 시선을 떼지 못했다.

"허니. 아직 밥 안 머거찌?"

"……응."

"조기 안자. 쭌 챙교 주던 중이었는데, 허니도 가치 머그면 되게타! 그치, 쭌?"

"네. 전 상관없습니다."

'쭌'은 빛나는 미소를 날리며 에스터에게 대답했다. 에스터가 그의 미소를 받곤 호호 웃으며 등을 돌리자 세진의 미간이 더욱 좁아졌다.

그녀는 천천히 제게로 눈길을 주는 준을 가만히 직시했다. 그러자 살랑살랑 봄바람을 풍기던 '쭌'이 고개를 갸웃거리며 물었다.

"내 얼굴에 뭐 묻었어?"

가식인지 아닌지 구분이 가지 않는 얼굴. 심중을 파악해 보려 했지만 실패한 세진은 그에게서 시선을 돌리며 퉁명스럽게 대꾸했다.

"아뇨. 첫인상이랑 많이 다르다 싶어서요."

남자의 얼굴이 순식간에 굳어졌지만 세진은 말을 이었다.

"저는 아저씨가 되게 싸가지 없는 남잔 줄 알았는데, 그렇게 웃을 줄도 아네요."

'쭌'은 저보다 다섯 살이나 많은 남자에게 솔직한 발언을 하는 세진이 당황스러웠는지 입을 닫고 있다 피식 실소를 터뜨렸다.

"너, 되게 직설적이구나."

세진은 어깨를 으쓱였다.

"그런 말을 듣는 편이죠."

매사에 솔직한 미국인 어머니 덕분이었다. 세진은 그의 검은 눈동자가 살짝 일렁이는 것을 발견하곤 자리에서 일어났다.

"엄마! 나 친구들이랑 만나기로 해서, 나갔다 올게!"

"머? 나 지금……."

"저 아저씨나 챙겨 줘."

휙 몸을 돌려 집을 나서는 세진의 등을 '쭌'은 말없이 응시했다.

❀   ❀   ❀

"늦게 오네."

오랜만에 만난 중학교 친구들과 정신없이 놀던 세진은 밤 9시쯤 아버지의 호출을 받았다. 당장 들어오지 않으면 쳐들어갈 거라는 무시무시한 발언에 어쩔 수 없이 친구들과 헤어지고 집으로 돌아와야 했다.

숨이 차오르도록 뛰어 겨우 1층에 도착한 세진은 드르륵 열리는 엘리베이터 안으로 들어가려다 들려오는 소리에 걸음을 멈췄다. 슥, 고개를 들어 올리니 1701호 남자가 보였다.

'쭌'이었다.

"아저씨는 나가는 길이에요?"

"그렇지."

"잘 다녀오세요. 그…… 억!"

목례를 하고 엘리베이터에 올라타려는 순간, 세진은 뒤로 끌려갔다. 그녀의 포니테일을 '쭌'이 덥석 잡아 버렸기 때문이다.

"아저씨!"

"나 아저씨 아니라고 했는데."

"네?"

고작 그 말을 하려고 숙녀의 머리카락을 잡아챈 거냐? 욕설이 입 밖으로 튀어나오지 않은 것이 다행이었다. 세진이 인상을 쓰자 스르륵 손을 푼 그는 빙긋 웃음을 지었다.

"이세진. 열일곱. S예고 재학 중. 맞지?"

"그걸 어떻게 알…… 아."

자신의 신상 정보를 줄줄이 늘어놓는 남자에게 누가 정보를 흘렸는지 짐작이 갔다. 세진은 에스터를 떠올리며 고개를 절레절레 저었다.

"난 김준. 스물둘이다. Y대 다녀."

세진은 입술을 삐죽였다.

"그래서요?"

나보고 뭐 어쩌라고.

경계를 하고 있는 그녀를 쳐다보던 준은 부드럽게 웃었다.

24

"아저씨보다는 오빠가 낫겠지?"

❊   ❊   ❊

"그래. 잤어."

한 번도 아니고 무려 두 번이다. 오래전 그날까지 치면, 총
두 번. 두 번씩이나 이런 일이 발생했다는 건 그녀에게도 문
제가 있는 걸 의미했다. 세진은 눈앞이 캄캄해지는 걸 느꼈
다.

'어쩌자고 내가…….'

기억이 끊길 정도로 술을 마셨을까.

'도대체 왜? 우리 사이에 뭐가 남아 있다고?'

김준과 이세진의 사이에 더 이상 남아 있는 건 없었다. 깔끔
하게 호적 정리도 했고 위자료도 넉넉히 받았다.

가끔 두 남녀 사이에 있었던 예전 일을 떠올리는 세진과 달
리 도통 무슨 생각을 하는지 알 수 없는 준은 미련 따위 남아
있지 않을 것이다. 어차피, 세진이 좋아서 한 결혼이나 마찬가
지였으니.

게다가 그는 그녀가 꺼냈던 이혼하자는 말에 눈 한 번 깜
빡이지 않았던 냉혈인이었다.

'원나잇을 해도, 꼭 전남편이랑…… 어휴.'

세진은 한숨을 푹 내쉬며 청바지의 버클을 위로 쭉 올렸

다. 잠시 호흡을 고른 그녀는 이내 결심했다는 듯 문고리를 잡아 돌렸다. 달칵 열리는 문소리에 소파에서 신문을 읽고 있던 준의 고개가 들리는 게 느껴졌다.

"밥 먹어. 차려 놨어."

그의 말에 자연스럽게 식탁으로 시선이 움직였다. 준의 말대로 아침 식사가 준비되어 있었다. 언제 봐도 그의 요리 실력은 감탄할 만했다. 세진은 쓴웃음이 흘러나올 것 같은 기분이었다.

"됐어. 안 먹어."

준의 음식이 세상에 둘째가라면 서러울 정도로 맛있다는 걸, 세진은 그 누구보다 잘 알고 있었지만 이런 상황에선 밥알이 식도로 넘어갈 것 같지 않았다. 냉정하게 고개를 젓자 준이 소파에서 일어나 그녀에게 다가왔다.

"해장해야지."

상냥하게 말하는 준을 흘끔거리던 세진이 퉁명스레 답했다.

"괜찮아. 오늘 해야 할 일도 있으니 빨리 갈……!"

"이세진."

어젯밤 엄청난 일이 있기는 했던 모양이다. 터벅터벅 걸음을 움직이려던 세진은 갑자기 느껴지는 허리 밑에서 느껴지는 통증에 비틀거렸다. 마침 가까이 다가온 준이 긴 팔을 뻗어 세진을 잡아채지 않았다면 앞으로 고꾸라져 버렸을지도 모른다.

'빌어먹을.'

한 번도 아니고 몇 번이나 한 게 틀림없었다. 그러지 않고
서야 이렇게 다리가 후들거릴 일은 없었다. 세진은 저를 응시
하고 있는 준을 노려봤다. 그리고 허리를 지탱하고 있는 그의
손을 뿌리치며 싸늘한 음성을 뱉어 냈다.

"혼자 설 수 있어. 그리고……."

세진은 차가운 시선을 빛냈다.

"없었던 일로 해."

✿   ✿   ✿

"이혼해."

딱히, 잡아 주길 바랐던 건 아니었다. 그렇게 말하면 눈이
라도 한 번 깜빡여 줄 거라고 생각하긴 했었지만. 쿵쿵. 터질
듯 뛰는 심장 소리가 그의 귀에 들어가지 않길 바라며 세진
은 답을 기다렸다.

무슨 생각을 하는지 도통 알 수 없는 얼굴에 괜스레 화가
솟구쳤다.

세진은 길게 한숨을 뱉어 내는 그를 보며 눈앞이 컴컴해지
는 걸 느꼈다. 흘러내린 앞머리를 뒤로 넘겨 버리는 느릿한
행동은 그가 어떤 답변을 할지 짐작케 만들었다.

그리고 예상대로, 그는 답했다.

"원한다면."

1년.

놀랍게도 결혼식을 올린 지 딱 1년째 되는 날에 세진은 그에게 이혼하자는 소리를 했다. 홧김에 뱉어 낸 제 말을 얼씨구나 받아들이는 그에게 분노가 치밀어 올랐다.

세진은 원망스러운 눈을 하고 그를 노려보았다. TV 뉴스에서나 보았을 법한 일이 눈앞에서 펼쳐지고 있었다. 제 예상을 한 치도 빗나가지 않은 그의 답변에 입술을 잘근 깨물었다. 그러자 그가 무표정한 얼굴을 하고 말했다.

"원한 거 아니었어?"

며칠 뒤, 세진은 이혼 서류를 그에게 건넸다.

"작가님! 어젠 대체 어떻게 된 거예요? 전화도 안 받으시고, 문자에 답장도 안 하시고!"

작업실의 문을 열자마자 하나밖에 없는 문하생인 수호가 걱정이 가득한 얼굴을 숨기지 않고 말을 걸어왔다. 안 그래도 정신이 없는 세진은 그런 수호의 말을 들은 척 만 척하며 작업실 내의 침대로 걸어가 풀썩 드러누웠다.

"작가님?"

"정수호."

"네?"

"너, 내가 정신 차리면…… 진짜 뒤지게 혼날 줄 알아."

"예?!"

힘은 없지만 살벌한 세진의 중얼거림에 수호의 눈동자가 동그랗게 변했다. 그녀는 이를 갈았다.

"언제부터 김준 끄나풀이 된 거냐?"

"흐익!"

소스라치게 놀라며 부정하지 않는 걸 보니 짐작이 맞는 듯했다. 세진이 눈을 가늘게 뜨자 수호가 온몸을 부르르 떨며 외쳤다.

"자, 작가님! 아프신 거죠? 두통입니까? 저 약국 다녀오겠습니다!"

"야!"

후다닥, 뛰어가는 속도가 우사인 볼트 저리 가라였다. 세진은 수호가 작업실 문을 쾅 닫고 쌩하니 사라져 버리자 후우 숨을 내쉬었다.

'이놈이고 저놈이고.'

물론 그들의 꼬임에 넘어가 버린 자신이 가장 큰 문제이긴 하지만.

"보는 그대로."

전라의 상태로 침대에 누워 있는 세진에게 무덤덤한 음성을 흘리던 남자가 눈앞에 아른거렸다. 간밤의 일이 잘 기억나지는 않지만 술에 취해 정신없이 안긴 건 분명했다. 세진의 몸 곳곳에 남은 흔적들이 그것을 증명하고 있었다.

마치 예전으로 돌아간 것 같아 조금 들뜬 건 부정할 수 없었다. 세진은 붉은 반점이 가득한 자신의 몸을 내려다보다 이내 고요해진 작업실 내 침대에 드러누웠다. 천장이 오늘따라 높아 보였다.

"TV나 보자."

그녀는 어지러운 마음을 정리하기 위해 근처에 있던 리모컨으로 손을 뻗어 TV를 켰다.

—다음 뉴스입니다. 요즘 한창 주가를 올리고 있는 인기 여배우 최지혜가 유명 소속사 대표 K 씨와 야밤의 밀회를 즐겼다고 하는데요. 저희 취재 팀이 그 영상을 입수…….

머리를 정화시키기 위해 틀었던 TV는 오히려 세진의 사고 회로를 과부하시켰다. 그녀는 신경질적으로 TV를 껐다.

방금 언급된 유명 소속사 대표 K가 김준이라는 건 쉽게 짐작 가능했다. 최지혜가 준을 쫓아다닌다는 건 이혼 직후 줄곧 들려오던 소리였으니까. 세진은 입술을 잘근 깨물었다.

'왜 하필, 당신이야.'

다른 사람도 아니고 하룻밤을 보낸 사람이 그라는 사실에, 속이 쓰려 왔다.

❖　　　❖　　　❖

"흐음."

신문을 받자마자 가장 먼저 연예란을 훑어보던 건우는 기사의 내용이 몹시 불만족스러운지 얼굴을 구겼다.

그가 스윽 고개를 들어 올려 데스크 앞에 앉아 있는 무표정한 얼굴의 남자를 응시했다. 남자는 샤프한 느낌과 더불어 묘한 분위기를 풍기고 있었다. 심기가 불편해진 건우는 준을 향해 작게 투덜거렸다.

"아무리 연예인이 아니라지만 업계 특성상, 이미지 관리는 중요하지 않아?"

준을 알지 못하는 타인들은 흔히들 그가 다정하고 상냥할 거라 생각하지만 사실은 웃는 얼굴로 다른 이들에게 상처 주는 말을 서슴지 않게 날린다는 걸 건우는 잘 알고 있었다.

보기와 달리 차갑고 냉정한 준은 사생활도 철저했다. 타인의 입에 오르내리는 경우가 잦은 대표직에 준을 앉힌 것도 바로 그러한 이유 때문이었다. 그런 준이 왜 하필 이런 지저분한 스캔들에 오르내릴 생각을 한 건지 아무리 생각해도 의문이었다.

건우의 퉁명스러운 말에 가만히 서류를 들여다보고 있던 준의 고개가 들렸다.

"무슨 소리야."

느긋하게 소파에 앉아 있던 건우가 자리에서 일어나 예의 신문을 건넸다.

'여기' 하고 친절하게 기사의 위치까지 표시해 주는 건우의 상냥함에 미간을 좁히던 준은 그의 손가락이 가리키는 곳을 따라 눈길을 돌리다 입술을 다물었다.

기사는 촉망받는 신예 여배우 최지혜가 유명 소속사 대표인 K와 야밤의 밀회를 즐겼고, 영상은 신문사의 인터넷 홈페이지에서 확인 가능하다는 내용이었다.

'유명 소속사 대표 K'의 실루엣을 검정색으로 칠하긴 했지만, 누가 봐도 김준이라는 것을 알 수 있었다. 준은 후우, 한숨을 뱉어 내며 신문을 내려놓았다.

"일 때문이었어."

대수롭지 않은 듯한 준의 음성에 건우의 눈동자가 일렁였다.

"최지혜가 내년에 FA가 된다고 하더군. 유 사장이 추천했어."

"아아, 그러고 보니 그런 기사를 본 것 같기도."

슬쩍 고개를 끄덕이면서도 건우는 의심을 떨치지 못한 표정이었다. 준은 머리가 지끈거리는 것을 느꼈다.

"물론 호텔에서 만나긴 했어."

"만났다고?!"

"룸이 아니고, 스카이라운지 레스토랑에서."

눈을 동그랗게 뜨던 건우는 '흐웅' 하고 묘한 미소를 흘렸다. 준은 건우가 무슨 생각을 하는 건지 짐작했다.

"당장 정정 기사 낼게. 이런 노이즈 마케팅은 사양해."

"당연히 그래야지. 나도 우리 회사 대표가 쓸데없는 소문에 휩싸이는 건 싫거든. 그런데 말이야……."

건우는 싸늘한 표정을 짓는 준에게 묘한 미소를 흘리며 말을 덧붙였다.

"어제 형, 진헌이랑 약속도 취소했다며? 여자랑 같이 있다고 들은 것 같은데."

"……!"

"기사의 이 여자가 아니면, 대체 누구?"

움찔하는 준을 보고 건우는 씩 웃었다. 돌이켜 보니 어젯밤 그는 '그녀'와 만난다는 말을 굳이 하지는 않았지만 '여자랑 약속 있어?'라 묻는 진헌의 말을 부정하지도 않았다.

하여간 최진헌, 촉새 같은 녀석. 준은 얼른 말하라는 눈빛을 보내고 있는 건우를 빤히 바라보다 자리에서 일어났다.

"말하고 싶지 않군."

나갈 채비를 하는 준을 향해 건우가 생글거렸다.

"혹시 내가 아는 여잔가?"

"간다."

"답은 해 주고 가야……."

준을 자극하던 건우는 말이 끝나기도 전에 쾅, 닫힌 문을 응시하며 입술을 삐죽였다. 머리를 벅벅 긁으며 아쉬워하다 불현듯 떠오르는 누군가에 대한 생각에 전신을 부르르 떨면서 중얼거렸다.

"화내겠는데, 그 녀석."

❈   ❈   ❈

"거기, 거기! 거기가 더럽잖아!"

이건우의 예상대로 '그 녀석', 그러니까 세진은 온몸으로 분노를 표출하고 있었다. 그녀에게선 감히 다가가기도 힘들 만큼 서늘한 기운이 흘러나오는 중이었다. 그리고 그런 세진의 화풀이 대상이 되고 있는 사람은 불운한 운명을 타고난 그녀의 문하생, 수호였다.

세진의 문하생이 된 지 벌써 6개월째. 동경하는 이세진 작가의 밑에서 멋진 드라마 작가가 되기 위해 수련을 갈고 닦아야 할 약관의 청년은 현재 글 작업과는 전혀 관계없는, 걸레질을 이어 가고 있었다.

"정수호, 너 제대로 안 닦아?"

평소엔 자신이 청소를 하라고 해도 눈 한 번 깜짝 안 하며 귀찮으니 다음에 하라고 말하던 사부가 작업실로 돌아온 자신을 향해 '대청소를 해야겠다'고 말했을 때 뭔가 불길한 예감이 들었었다. 그리고 그 예감은 적중했다.

수호는 달달 볶여 가며 눈물의 걸레질을 하다 그녀를 올려다봤다.

"작가님! 저 도저히 못 하겠어요!"

사내가 자존심이 있지. 수호는 눈물을 글썽이며 외쳤다. 그러자 세진의 눈이 더욱 가늘어졌다.

"잘못했으면, 입 닫고 조용히 그거나 마저 닦지?"

"흐엉, 작가니임!"

"그러게 누가 그런 녀석 끄나풀 노릇을 하래!"

수호는 이를 가는 세진에게 찍 소리도 하지 못했다. 끄나풀 노릇을 한 건 사실이었고 덕분에 톡톡히 보상도 받았으니까. 만약 세진이 수호가 받은 보상의 내용을 알게 된다면 더 자지러질 것이 틀림없었다.

간담이 서늘해지는 것을 느끼던 그는 그녀의 바짓단을 붙들며 애처로운 표정을 지었다.

"그래도요, 작가님. 용서해 주세요오!"

"이 자식이 누구한테 귀척질이야? 나 연하남은 딱 질색이거든? 잔말 말고, 얼른 걸레질이나 해!"

나름 곱상한 외모를 지녔다고 자부하는 수호였기에 방금 그녀의 말에는 조금 상처를 받았다. 세진의 취향이 저와는 거리가 있다고 생각했지만 애교에는 자신이 있었는데.

그의 애교도 통하지 않는 세진은 보통 인물이 아니었다. 수호는 쳇, 툴툴거리며 던져두었던 걸레를 붙잡고는 외쳤다.

"작가님은 진짜 완전 악마예요. 신데렐라 계모도 이보다는 덜할 겁니다!"

그러자 세진은 싱긋 웃으며 속삭였다.

"정수호."

"왜요!"

"너, 파문당할래…… 아님 그냥 닦을래?"

그 말에 정신이 번쩍 들었는지 수호는 미소 짓는 세진을 올려다보며 소리쳤다.

"하하, 닦겠습니다! 저 걸레질 진짜 잘하거든요!"

잠깐 동안의 투정이 있긴 했으나 곧 어색하게 웃으며 방을 닦는 데 집중하는 수호를 세진이 내려다봤다. 그리고 고개를 돌려 주위를 살폈다.

잔뜩 어질러져 있는 작업실 내부가 시야로 들어왔다. 보통 때라면 아무렇지도 않았을 공간이 오늘따라 왜 이렇게 짜증스러운 건지 모르겠다. 그녀는 숨을 길게 뱉어 냈다.

솔직히 말해, 세진은 지금 사서 고생을 하는 중이었다. 작업 특성상 깔끔한 것보다 약간 지저분한 곳에서 일하는 것이 익숙한 그녀였다. 이 정도는 한창 작업 중일 때의 모습과 비교하면 별거 아니었다. 물론 조만간 대청소를 한번 해야겠다고 생각한 것은 사실이었으나 수호를 이렇게 부려 먹을 필요는 없었다.

그녀는 자신이 성질을 부리는 이유를 너무도 잘 알고 있었다. 그렇기 때문에 더욱 화가 났다.

수호에게만 일을 시킬 순 없는 노릇인지라 세진 역시 근처에 있던 걸레 하나를 집어 들고 터벅터벅 서재 쪽으로 걸어갔다.

멍한 얼굴을 하고 수많은 책들이 꽂혀 있는 책장의 먼지를 닦아 내던 세진의 눈앞으로 어렴풋이 영상이 떠올랐다.

"그래. 한 잔 줘."

기뻤다. 의심스럽기는 했지만 협력을 하겠다는 말을 들을
줄은 예상하지 못했으니까. 그래서 정신없이 남자가 건네는
술을 마셨던 것 같다. 정작 맞은편 남자의 입안으로 술이 들
어가는 것을 보지 못한 게 실수였다면 실수였을까.

"나…… 취했나 봐."

혀가 꼬이기 시작하고 머리가 해롱거리는 것이 슬슬 느껴
질 때였다. 세진은 무슨 생각을 하는 건지 읽을 수 없는 얼굴
의 남자를 빤히 바라보며 헤헤, 웃었다.

"그래서?"
"그래서긴 뭘 그래서야. 이제 일어나고 싶다는 소리지."
"더 안 마시고?"
"응. 계속 마셨다간…… 집에 혼자 못 갈 것 같아."
"……."

준은 고개를 절레절레 젓는 세진을 응시하고만 있었다. 그
녀는 들고 있던 술잔을 내려놓고 말했다.

"택시나 불러 줘. 그거 타고……."

"택시는 안 돼."

"왜?"

"위험하니까. 내 차 타고 가."

단호하게 고개를 젓는 그를 보며 세진은 코웃음 쳤다.

"당신도 술 마셨잖아."

"대리 부르면 돼."

"됐어. 김준 도움은 안 받아. 그냥 택시……."

"나는, 더 마시고 싶어서 그래."

"……!"

마치 애원하는 것 같은 얼굴에 흔들려 버렸다. 단호하게
거절해야 했지만 그럴 수가 없었다. 준은 입을 다물어 버리
는 세진을 빤히 직시하며 말했다.

"더 마시자. 응?"

준의 집을 나서자마자 생생하게 떠오른 간밤의 기억 중 하
나는 그녀를 당혹시키기에 충분했다. 술을 마시자고 제안한
것도 준이었고, 그만 마시고 싶다는 세진에게 자꾸 술을 권

유했던 것도 준이었다.

과연 준이 '협력'을 하겠다는 순수한 의도로 대작을 제안했던 걸까. 이쯤 되면 술을 마시자고 한 그의 의도를 의심해 볼 만도 한데 그다음 일이 가물가물하니 답답해 미칠 지경이었다. 세진은 입술을 짓눌렀다.

온몸이 찌뿌듯한 걸 보니 밤사이 그녀와 준이 거사를 치르긴 한 모양이었다. 그래도 뒤처리는 확실히 해 주는 그 덕분에 돌덩이를 얹은 기분은 아니었지만.

문득문득 떠오르는 엄청난 교성이 어제 자신이 흘린 신음 소리라는 걸 알아차렸을 때 세진의 얼굴은 빨갛게 익어 있었다.

길지 않은 결혼 생활로 알게 된 사실 중 하나는 그녀와 김준의 속궁합이 매우 좋다는 것이었으므로 아마 어젯밤도 마찬가지였을 거다. 세진은 잦아지는 두통에 미간을 좁혔다.

'피해야겠어.'

협력이고 뭐고 당분간 준과는 마주치지 말아야겠다는 생각이 들었다. 그의 얼굴을 보았다간 왠지 상기하고 싶지 않은 일이 눈앞에 아른거릴 것 같았다.

세진은 머릿속에 가득 들어차는 그 남자를 떨치기 위해 어금니를 악물며 걸레질을 했다. 현관 벨 소리가 들려온 것은 바로 그 순간이었다.

딩동딩동!

'누구야. 이 시간에.'

세진은 상념을 깨우는 초인종 소리에 얼굴을 일그러뜨렸다.

"정수호! 나가 봐!"

끊임없이 초인종을 눌러 대는 낯선 이의 등장을 반가워하지 않던 그녀가 신경질적으로 외쳤다. 서재 밖에 있던 수호가 '예!' 하고 외치며 현관 쪽으로 다다다 움직이는 소리가 들려왔다.

그리고 얼마나 지났을까. 수호가 현관으로 달려간 뒤에도 아무런 소리가 들려오지 않자 세진은 의아해졌다. 그녀는 결국 서재의 책장을 닦던 일을 중단한 후 미간을 좁히며 밖으로 걸어 나왔다. 그러자 인터폰만 빤히 바라보고 있는 수호의 뒷모습이 보였다.

"정수호. 누구야?"

"아!"

그녀의 물음에 수호가 흠칫 놀라 뒤를 돌아봤다. 어쩔 줄 몰라 하는 그의 모습에 세진의 얼굴이 본능적으로 구겨졌다.

"저, 저기 그게."

세진이 눈을 가늘게 뜨자 수호가 헤헤 웃으며 뒷머리를 긁적였다.

"김 대표님이신데요……."

"문 열어 주지 마."

단호하게 말하고 몸을 돌리려던 세진은 대답이 들려오지 않자 화들짝 놀라며 수호를 쳐다봤다.

"열어 줬어?!"

"네에."

정수호 진짜!

정말 도움이라곤 되지 않는 망할 문하생이다. 세진은 수호의 머리를 쥐어박으려다 말았다. 대문 쪽에서 달칵 문이 열리는 소리가 들려왔기 때문이었다.

세진은 '나중에 죽었어'라는 시선으로 수호를 노려보고 현관을 향해 걸어갔다. 자연스럽게 문을 열고 들어오는 남자가 보였다. 그녀는 싸늘한 눈을 하고 붉은 입술을 열었다.

"왜."

문을 닫던 준은 날카로운 세진의 태도에도 아랑곳 않고 말했다.

"인사는?"

"왜 왔어?"

준은 불편한 기운을 숨기지 않는 세진을 흘끔거리며 구두를 벗었다. '김준!' 하고 이름을 크게 부르는 세진의 모습 따위는 신경도 쓰지 않았다. 태연한 태도에 어이가 없어진 그녀는 자신을 지나치는 준의 커다란 등을 향해 이를 갈았다. 그 시선을 느꼈는지 갑자기 걸음을 멈춰 세운 준이 고개를 돌려 그녀를 바라봤다.

"차는?"

"뭐?"

"이 집은, 손님한테 차도 권유 안 하나?"

머리가 멍해지는 느낌에 세진은 투덜거렸다.

"제멋대로 왔으면서 손님은 무슨. 낯짝도 참 두껍네."

대답하지 않고 서 있는 그를 빤히 올려다보던 세진이 터벅터벅 그의 옆을 지나쳐 앞서 나갔다.

"소파에 앉아 있어."

의도하진 않았지만 집에 들인 건 사실이니 대접은 해야겠지. 세진은 귀찮음을 무릅쓰고 부엌을 향해 걸어가려다 환하게 웃으며 준에게로 달려가는 수호를 발견했다.

"우와, 대표님! 어서 오세요!"

주인을 맞이하는 강아지마냥 수호의 엉덩이 쪽에서 살랑거리는 커다란 꼬리가 보이는 것 같았다. 준은 빙긋 웃으며 수호에게 들고 있던 뭔가를 건넸다.

"받아."

"뭐예요? 오오, 초콜릿! 이거 되게 비싼 거 아녜요?"

"세진이랑 같이 먹어. 둘 다 초콜릿 좋아하잖아."

"고맙습니다! 잘 먹을게요!"

놀고 있네.

세진은 두 남자 사이에 오가는 훈훈한 분위기에 인상을 썼다. 준이 작업실에서 나가는 순간 수호에게서 값비싼 수제 초콜릿을 빼앗아야겠다고 다짐했다.

수호가 절대 초콜릿의 '초' 자도 입에 담지 못하도록 해야겠다고 생각하며 눈을 부라리던 세진은 음산한 소리를 뱉어냈다.

"어이, 정수호. 차 내와."

"차요?"

"그래. 김준, 녹차지?"

준이 고개를 끄덕이자 수호는 활짝 웃었다.

"예! 금방 타 올게요!"

세진은 분명 수호가 전생에 큰 개였을 거라고 확신했다.

"신문 기사."

그때였다. 콧노래까지 부를 기세로 부엌으로 달려가는 수호에게 탐탁찮은 시선을 보내던 세진은 등 뒤에서 들리는 준의 음성에 몸을 돌렸다.

소파에 앉아 있던 그가 세진을 올려다보고 있었다. 준의 검은 눈동자에 움찔거리던 그녀는 이어지는 그의 말을 들었다.

"사실 아냐."

뜬금없이 무슨…… 아아.

확연하게 굳어진 얼굴의 세진은 쉽게 입술을 열지 못했다. 간밤의 일도 일이었지만 오늘 그녀의 기분을 상하게 만든 주요한 원인 중 하나를 굳이 언급하는 그가 원망스러웠다. 잊고 있었는데.

심장이 크게 일렁였지만 세진은 쿨하게 대처하려 했다.

"난 신경 안 쓰는데?"

그 말을 내뱉자마자 준이 피식 웃음을 흘렸다.

"뭐야. 왜 웃어?"

대답 대신 어깨를 으쓱이는 준을 흘긋거리며 그녀가 중얼거렸다.

"……기분 나빠."

말없이 준을 노려보던 세진은 숨을 길게 내쉬며 차가운 손을 이마에 가져다 댔다. 들끓던 열이 진정되는 느낌이었다. 체념했다는 얼굴로 세진이 물었다.

"정말 무슨 일인데? 나 바쁜 사람이니까 용건만 간단히 해."

"바빠? 요즘 휴식기 아닌가."

"극본 쓰는 중이라는 거, 알잖아."

"지금은 아닌 것 같은데."

준이 바닥에 널브러져 있는 걸레를 쳐다봤다. 세진은 얼굴이 달아올랐지만 내색 않고 소리쳤다.

"김준. 말꼬리 잡겠다는 거야? 대체 용건이……."

"어제 일, 얘기해."

재촉하지 않을 걸 그랬다. 잘 달려 있던 심장이 아래로 툭 떨어지는 소리가 들리는 것 같았다. 준이 곧은 눈을 제게 고정시키자 입술이 파르르 떨려 왔다.

뭐라고 말을 해야 할지 눈앞이 캄캄해졌지만 세진은 정신을 차리려 애썼다. 호랑이 굴에 들어간다고 할지라도 해법이 없는 건 아니잖아? 그녀는 쿵쾅거리는 심장의 박동 소리를 무시하고 냉정을 찾으려 했다.

"실수야."

고개를 내젓는 그녀를 준이 바라봤다.

"무슨 일이 있었는지, 하늘에 맹세코 하나도 기억이 안 나."

사실이었다. 어렴풋이 뭔가가 떠오를 것 같기는 한데, 자세한 내용은 기억나지 않았다. 그저 몸이 그의 품에 안겼다는 것만 기억하고 있으니 찝찝한 노릇이었다.

어쩌면 어젯밤에는 그저 욕구불만 상태를 견디지 못한 게 아닐까? 그래. 그렇게 생각하는 편이 더 나을지도.

"그러니 어제 일은 없었던 걸로 해. 당신도 그게 낫잖아?"

시간을 되돌릴 수 있다면 당장이라도 돌아가고 싶다. 그렇다면 대작을 하자는 준의 제안을 단칼에 거절했을 텐데. 세진은 차가운 눈동자를 빛내며 그를 바라봤다.

"드세요, 대표님!"

준이 세진의 단호한 말에 답하기 위해 입을 열려는 순간, 마침 수호가 부엌에서 김이 모락모락 나는 녹차 한 잔을 쟁반 위에 얹고 그들에게 다가왔다.

세진은 저와 있을 때와는 차원이 다른 수호를 아니꼬운 얼굴로 쳐다보며 중얼거렸다.

"그렇게 원하던 차 내왔으니 마시고, 가든가 말든가."

세진은 말을 마친 후 자리에서 일어나 서재로 들어가려 했다.

"싫어."

라는, 준의 대답에 걸음을 멈춰야 했지만. 세진은 차를 내오랄 땐 언제고 이제 와서 싫다는 소리를 하는 준을 황당하다는 눈으로 응시했다.

"차는 당신이 달라고 했잖……."

"어젯밤 일, 없었던 걸로 하고 싶지 않아."

"……!"

"어젯밤…… 일이요?"

의아한 표정을 지은 수호가 자신과 준을 번갈아 쳐다보는 걸 인지한 세진은 가슴이 벌렁거려 미칠 지경이었다. 빨갛게 물든 얼굴을 수호에게 들키면 안 되는데. 생각이 거기까지 미치자 세진은 얼른 준에게 다가갔다. 찻잔을 향해 손을 뻗으려던 준의 손목을 덥석 잡고선,

"따라 와."

하고 음산한 말을 뱉어 낸 그녀는 서재 쪽으로 그를 끌고 갔다.

"김준! 미쳤어?!"

어리둥절해하는 수호를 거실에 내버려 둔 채 서재의 문을 쾅 닫아 버린 세진은 그를 벽으로 밀어붙이며 소리쳤다.

"정수호 앞에서 대체 무슨 소리를 하는 거야!"

예전에도 그랬지만 지금의 김준은 여전히 세진에게 어려웠다. 속을 알 수 없는 준의 까만 눈동자에 숨이 막히는 것 같았다.

'진정해라, 이세진.'

화가 치밀어 올랐으나 이럴 때일수록 평정을 유지하는 태도가 필요했다. 그러지 않는다면 또 준의 손아귀에서 놀아나

게 될 테니까.

그녀는 후우, 숨을 고르며 심호흡을 한 뒤 준을 올려다보았다. 그는 세진이 완벽하게 제자리를 찾을 때까지 기다려 줄 생각이 없는 듯했다.

"녀석 앞에서 말해야, 네가 당황할 테니까."

……뭐?

뒤따른 그의 말은 세진을 당혹스럽게 만들었다.

"난, 어젯밤 일을 똑똑히 기억하고 있어."

준은 놀란 세진을 무표정하게 응시하며 낮은 목소리로 말했다.

"네가 내 밑에서 어떤 표정을 지었는지, 어떤 눈을 하고, 어떤 소리를 뱉어 냈는지…… 전부."

"기, 김준!"

얼굴이 화끈거렸다. 세진이 뜨거움을 참지 못하고 외쳤지만 준은 그녀에게 다가오는 걸 멈추지 않았다.

"없었던 일로 하고 싶지 않다고 말하러 왔어."

세진이 말을 잇지 못하고 쳐다보자 준이 미소 지었다.

"차향은 잘 음미했다. 맛은 못 봤으니, 다음에 또 올게."

"……!"

"간다."

돌아서는 그를 그녀는 잡지 못했다.

왠지, 선전포고를 당한 것 같은 기분이었다.

✿ ✿ ✿

"방금 뭐라고 했어? 오빠가 와?"

꿈에 그리던 예대 입학 후 축제다, 뭐다 해서 정신없는 시간을 보내고 있을 때였다. 세진은 밥을 먹던 도중 툭 뱉어 낸 에스터의 말에 눈을 크게 떴다. 파란 눈을 빛내며 웃던 에스터가 고개를 끄덕였다.

"예스. 로이가 조망칸 입꾹을 항대."

'로이'는 큰아버지의 둘째 아들, 건우였다. 미국에 가면 항상 머물던 큰아버지의 집에서 저와 자주 놀아 주던 건우가 한국으로 들어온다는 사실에 그녀는 들떴다. 세진이 알기로 건우가 한국에 오는 건 처음이었기 때문이었다.

자리에서 벌떡 일어난 세진은 에스터에게 달려갔다.

"얼마나 있을 생각이래? 놀러 온 건가?"

신이 난 세진을 보며 옅게 미소 짓던 에스터가 고개를 저었다.

"아니. 깨 오래 이쓸 생카킹가 봐. 호텔에서 지냉다고 해써. 그럴 커면 쿠냥 우리 찝에 오라고 행는데, 갠창치?"

"당연하지!"

건우에게 한국 관광이라도 시켜 줘야겠다는 생각에 세진이 실실거렸다.

"구론데……."

"응?"

48

"로이를 픽업 나갈 사라미 업써. 나도 바프고, 훈도 바파. 그러니 허니, 네가 가 줄래?"

세진은 난처한 표정을 지었다. 건우를 위해 시간을 비우는 건 어려운 일이 아니지만 그를 데리러 갈 좋은 방법이 떠오르지 않았기 때문이었다.

한국에 오래 머물 예정이라면 짐이 적지는 않을 텐데. 얼마 전 운전면허를 따기는 했지만 아직 도로에 차를 끌고 나갈 정도로 능숙하지는 않았다. 세진이 곤란한 얼굴을 하자 에스터가 말을 덧붙였다.

"혼자 가라는 건 아니야."

"그럼?"

의아해하는 세진에게 에스터는 활짝 웃었다.

"쭌이 제대해따던데, 쭌 보고 도와 달라코 하자."

쭌.

오랜만에 듣는 이름이었다.

2년 전부터 안 보이기 시작하던 옆집 아저씨. 아니, 옆집 오빠를 잠시 잊고 지냈던 세진은 그의 이름을 꺼내는 에스터를 가만히 쳐다봤다.

아직까지 연락을 하고 지냈었나? 그리고 보니 에스터는 간혹 그 남자의 면회를 간다며 아버지인 명훈과 아침 일찍부터 분주히 움직이곤 했다.

함께 가자는 제안을 듣기는 했지만 매번 거절했던 그녀는 잘됐다며 호호 웃는 에스터를 어색하게 응시했다.

그리고 며칠 뒤, 세진은 1701호의 대문 앞에 섰다.

'난감하네.'

호칭 사건 이후 방학 때 집에 들르면 있던 그와 몇 번 이야기를 나누긴 했지만 얼마 지나지 않아 입시 대비에 돌입했던지라 집에는 거의 온 적이 없었다. 예대 진학 준비를 하는 세진과 군대에 입대한 그는 접점이 전혀 없었다.

당연히 관계는 진척되지 못했고 세진은 그가 옆집에 살고 있는지 아닌지조차 잊어버리는 상황이 되었다. 그런데 공항에 데려다 달라고 부탁을 하러 2년 만에 얼굴을 내밀려니 뭔가 민망했다.

초인종을 누를까 말까 한참 고민하던 세진은 결국 숨을 크게 들이마시며 주먹을 불끈 쥐곤 꾹 버튼을 눌렀다.

—누구.

처음 만났을 때와 마찬가지로 무미건조한 음성이 인터폰 너머로 들려왔다. 어떻게 변한 게 없네. 2년 전이나 지금이나 무덤덤한 사람이란 생각에 세진은 풋 웃음이 터져 나올 것만 같았다.

"1702혼데요."

—이세진?

어?

"아, 네."

—잠깐 기다려.

"네? 아…… 네."

왠지 다급해 보이는 목소리였다. 세진은 짐짓 놀라면서도 멍하니 고개를 끄덕였다. 현관문 안쪽에서 요란한 소리가 났다.

기다리는 시간 동안 들려온 그 소음에 의아해하던 세진이 서서히 따분함을 느끼고 있을 때, 벌컥 문이 열렸다. 세진은 모자를 눌러쓰고 있는 1701호의 남자가 거칠게 숨을 몰아쉬고 있는 걸 알아차렸다.

"어쩐…… 일이야?"

까만 모자를 깊게 눌러쓰고 있는 그를 쳐다보던 세진은 준의 목소리가 조금 떨린다고 생각했지만 크게 개의치 않았다. 그녀는 경직된 안면을 움직이며 미소를 띠었다.

"저기, 잘 지내셨어요? 아저……."

"……."

"오빠."

얼른 말을 정정하자 굳었던 그의 얼굴이 살짝 펴졌다.

"넌 많이 변했네. 처음엔 못 알아봤어."

이어지는 준의 말에 세진은 깜짝 놀랐다.

"여, 염색을 해서 그런가?"

"그걸 떠나, 예뻐진 것 같아."

"……네?"

말을 더듬는 세진에게 준은 빙긋 미소를 지었다. 그녀는 대답할 수가 없었다. 느릿하게 얼굴 위로 퍼져 가는 그의 웃음이 너무 아름다웠기 때문이다.

'뭐야. 왜 이래.'

두근거리는 심장박동이 커져 가자 세진은 인상을 쓰며 입술을 짓눌렀다. 스물이 될 때까지 그 누구에게도 뛰지 않던 심장이 갓 제대한 군인에게 반응할 줄은 예상하지 못했다. 그녀는 인정할 수 없는 사실에 입을 다물었다.

"용건은?"

그런 세진을 가만히 쳐다보던 준이 그녀를 상념의 늪에서 이끌어 냈다. 번쩍 정신이 든 세진은 고맙다는 듯 그에게 눈짓을 한 뒤 생각했던 말을 입 밖으로 꺼냈다.

"오빠, 내일 바빠요?"

"내일?"

"네."

뭔가 생각하는 듯 그의 깊은 눈동자가 차갑게 일렁였다. 세진은 그 시선에 왠지 모를 압박감을 느끼며 침을 꿀꺽 삼켰다. 다시금 가슴이 요동쳤다.

"딱히, 바쁜 일은 없군."

옆머리를 긁적이던 준이 나지막하게 중얼거리자 세진이 활짝 웃었다.

"다행이다! 그럼 내일 나랑 공항에 갈래요?"

"공항?"

"내일 누가 입국하는데, 마중을 나가야 하거든요!"

"남자야?"

건우는 확실히 여자는 아니었다.

"당연하죠!"

"……."

"오빠?"

갑자기 입을 다물어 버리는 준의 기운이 심상찮았다. 세진은 이번엔 다른 의미로 침을 꿀꺽 삼켰다. 좋은 소리가 나올 것 같지 않았다. 그리고 그 예감은 어김없이 적중했다.

"내일은 왠지 피곤할 것 같군."

"네?"

"다른 사람 알아봐."

매정하게 휙 몸을 돌려 버리는 준의 모습에 '이 나쁜 놈아!' 라는 말이 목구멍까지 차올랐다. 그럴 거면 희망을 주지 말든가! '오늘' 피곤하다도 아니고, '내일은 왠지' 피곤할 것 같다는 미래형 문장을 사용하는 남자가 얄미워 미칠 것 같았다. 세진은 이를 부득부득 갈며 소리쳤다.

"이러는 게 어디 있어요, 아저씨!"

'오빠'라는 호칭은 어느새 '아저씨'로 변해 있었다. 준은 아랑곳하지 않고 문고리를 잡았다. 세진은 마음을 돌릴 기미가 안 보이는 준을 노려보다 한숨을 푹 내쉬었다.

"사촌인 내가 해 줄 수 있는 건 마중밖에 없는데…… 어휴. 진짜 내가 운전대 잡아야 하나."

"사촌이야?"

안으로 들어가던 준이 몸을 돌리고 말을 던졌다. 세진이 말없이 고개를 끄덕이자 준은 묘한 표정을 지었다. 그리고 이내 싱긋 미소를 지었다.

"지금 자면 안 피곤할지도."

세진은 멍한 눈을 하고 준의 미소를 바라봤다.

"몇 시까지 준비하면 돼?"

"10시……."

"좋아. 그럼 10시에 집 앞에서 봐."

"……네."

얼떨결에 대답한 세진은 웃으며 집 안으로 들어가 버리는 준의 뒷모습을 한동안 응시했다. 뭐야. 닫히는 문을 바라보던 세진의 입꼬리도 살짝 올라갔다. 하여간 이상한 사람이다.

다음 날.

약속 시간인 10시가 되기 1분 전에 미리 나와 준의 집 앞을 서성이며 왠지 모르게 달아오르는 숨을 안정시키던 세진은 정확히 10시가 되자마자 밖으로 나오는 준을 발견했다. 귀한 시간을 내어 저를 도와주는 그에게 고마움이라도 표할까 싶어 고개를 들던 세진은 눈을 동그랗게 떴다.

모자를 깊게 눌러쓰고 있던 어제와 달리 말끔한 차림에 환한 웃음까지 짓고 있는 그가 보였다. 그것도 모자라 머리에 힘까지 준 그는 평소와는 달랐다. 준의 부드러운 온기가 전해져 오는 느낌이었다.

'왜 이러지.'

예고도 없이 눈부신 미소를 보내는 남자를 보니 이상하게 귀가 붉어졌다. 세진은 '잠깐만' 하고 양해를 구하더니 그녀의 머리 위로 손을 뻗는 그의 행동을 그저 지켜볼 수밖에 없었다.

"묻었네."

그의 기다란 손가락 사이에 잡혀 있는 보풀이 곧 시야로 들어왔다. 세진은 다정하기 그지없는 준을 쳐다보았다. 그가 반달처럼 눈을 휘며 작게 속삭였다.

"그럼 가 볼까?"

"……."

"세진아?"

"아, 네. 네! 가, 가요! 얼른 가요!"

휙, 몸을 돌린 세진은 엘리베이터로 터벅터벅 걸어갔다. 제 뒤를 따르는 그의 발걸음 소리가 들렸다. 쿵쿵. 그의 발과 제 발이 움직일 때마다 심장도 같이 움직였다.

그렇게 미워했던 사람인데. 싫다고 했던 사람인데. 세진은 자꾸만 달아오르는 온몸의 열기를 느끼며 입술을 잘근 깨물었다.

아마도 그것이, 지독한 열병의 시작일 터였다.

결코 쉽게 마음을 내어 주지 않는 성격이었다. 하지만 한 번 내어 주면 모든 것을 줘 버릴 듯이 굴었다. 빠져드는 것은 순식간이었고 그는 금세 세진의 가슴속에 들어찼다.

김준.

1702호에 살고 있는 이웃사촌.

악연이라 여길 정도로 싫어했던 남자에게 너무도 단순한 계기로 마음을 빼앗겨 버린 세진은 밤낮없이 준의 생각을 하며 시간을 보냈다.

잠깐 스치듯 마주치면 그날은 하루 종일 기쁜 날이었고 한 번도 얼굴을 보지 못하면 그날은 세상이 무너질 만큼 우울한 날이었다. 그와 한마디라도 대화를 나누면 입이 찢어져 다물어지지 않았고 대화는커녕 문자조차 받지 못하는 날은 한없이 기분이 다운됐다.

그가 어린 세진의 마음을 차지하게 되는 건, 정말이지 너무도 쉬웠다.

❂　　　❂　　　❂

"뭐?"

세진은 화들짝 놀라 눈을 동그랗게 떴다. 방송국의 숨 막히는 시스템에 두 손 두 발을 다 들어 프리 선언을 한 지 2년이 다 되어 가지만 여태껏 한 번도 들어 본 적이 없던 제안을 눈앞의 남자에게서 들었다.

"다시 말해 줘?"

남자는 당황해하는 그녀를 향해 아무렇지도 않은 얼굴로 물었다. 세진은 눈앞에 놓인 물컵을 입에 가져다 대었다. 벌컥벌컥 목구멍 아래로 넘어가는 액체로 인해 온몸이 시렸다.

세진은 시원하게 목을 축인 후 맞은편에 앉아 있는 건우를
바라봤다.

　─긴히 할 얘기가 있어.

　아침 일찍부터 전화를 걸어 대는 건우로 인해 잠에서 깨 버
렸다. 어딜 가든 눈에 띄는 분위기를 풍기는 건우가 카페로
들어오는 자신을 향해 손을 흔드는 모습이 반갑기도 하고, 꺼
려지기도 했다. 왠지 불길한 말을 할 것 같았으니까.

　물론 건우가 뱉어 낸 말은 세진이 생각했던 것은 아니었지
만 당혹스럽긴 마찬가지였다.

　"나보고, 그린으로 오라고?"

　그린 엔터테인먼트는 'J 양 섹스 동영상 사건'을 은퇴 선
언으로 덮어 버렸던 대한민국 최고 배우 이건우가 남몰래 세
운 회사였다.

　표면적으로 그린의 대표는 김준이었고, 그린에 소속된 연
예인이라고는 얼마 전 지상파 데뷔를 한 신예 배우 최진헌밖
에 없었으므로 이건우가 실질적 운영자라는 걸 알고 있는 사
람은 그의 주변 인물 정도였다. 건우는 놀라는 세진에게 고
개를 끄덕였다.

　"어. 계약할 거지?"

　당연하다는 듯, 눈앞에 계약서를 내미는 건우의 행동이 자
연스러워 그녀는 입을 닫아 버렸다. 회사 설립 당시엔 일언

반구도 하지 않았던 건우가 돌연 자신에게 소속 작가로 계약하는 것이 어떻겠냐는 말을 던졌다는 사실이 의문이었다. 그녀는 눈을 가늘게 뜨며 음산한 목소리를 흘렸다.

"김준이 시켰어?"

"어?"

"김준이 시켰냐고."

냉기를 가득 담은 세진의 말에 건우는 얼굴을 구겼다.

"갑자기 형 얘기가 왜 나와?"

"김준이랑…… 관계없어?"

"사람 관리는 내가 하잖아."

무슨 풍딴지같은 말을 하냐는 얼굴이었다. 세진은 황당해하는 건우의 눈을 들여다봤다. 그가 거짓을 말하는 것 같지는 않았다. 또 김칫국부터 들이마신 건가. 창백하게 질려 가는 세진을 직시한 건우가 픽 웃으며 중얼거렸다.

"뭐야. 너 아직도 형 의식해?"

덜컹, 심장이 내려앉았다. 세진은 여유롭게 커피를 마시고 있는 건우를 노려보며 소리쳤다.

"안 해! 그런 남자 따위."

얼른 부정하기는 했으나 '흐응' 하고 묘한 코웃음 소리를 흘리는 건우로 인해 얼굴이 빨갛게 달아올랐다. 세진이 말을 잇지 못하자 건우가 쿡쿡 웃었다.

"맞네, 뭐."

세진은 귀까지 익어 가는 걸 느꼈다. 그의 손바닥 위에서 놀아나는 기분이었다.

"참. 기사, 사실 아니래."

건우에게 마음을 들켜 버린 건 이번이 처음이 아니었던지라 쉽게 평정을 찾지 못하던 세진은 생각났다는 듯 손뼉을 치며 말하는 그를 보고 겨우 정신을 차렸다. 그녀는 작게 한숨을 뱉어 내며 대답했다.

"알아. 들었어."

"누구한테?"

"……!"

오늘따라 이건우의 말 하나하나에 흠칫 놀란다. 세진은 미간을 좁히며 건우를 노려봤다. 대한민국 최고의 배우 '였던' 남자가 생글생글 웃으며 그녀의 답변을 기다리고 있었다. 마음속 깊은 곳에서 짜증이 치밀어 올랐다. 왜 이렇게 캐물어.

"저기 저 사람, 이건우 아니야?"

그때였다. 세진과 건우가 대화를 나누던 목소리가 꽤 컸는지, 그들에게 시선을 주고 있던 사람들 중 누군가가 말을 던졌다. 묘한 신경전을 벌이던 두 사람의 얼굴이 굳어졌다.

"글쎄. 잘 모르겠는데?"

"아냐, 맞아! 이건우야, 이건우! 나 팬이었잖아. 그런데 저 여자는…… 뭐야?"

테이블 뒤의 여자들이 정확히 건우를 가리키며 호들갑을 떨어 대기 시작했다. 건우가 한숨을 푹 내쉬며 테이블 위에 내려놓았던 선글라스를 썼다.

"은퇴를 해도 피곤하군."

고개를 절레절레 젓는 건우에게 세진이 짓궂은 미소를 보냈다.

"그냥 한국을 뜨지 그랬어."

"할 일이 있으니까. 그리고 너무 잘나서 알아보는 걸 난들 어째."

"그 왕자병 아직 못 고쳤어?"

"왕자병이 아니라 사실이니까."

"……."

너무도 당연한 듯한 말에 세진은 대꾸하지 못했다. 건우는 모자까지 푹 눌러쓴 채 자리에서 일어났다. 그녀의 눈이 따라 움직이자 그가 기다란 손가락으로 계약서를 가리켰다.

"계약하자. 우리 회사로 오면, 최고로 대우해 줄게."

"돈 많다 이거야?"

"없진 않아. 게다가 넌 실력도 있고."

"……."

"생각해 봐."

윙크까지 해 가며 웃음을 날린 건우는 세진의 어깨를 톡톡 두드린 후 카페를 벗어났다. 본의 아니게 카페에 홀로 남겨진 세진은 여기저기서 수군대는 소리를 들어야 했지만 반응하지 않았다. 그녀의 시선은 오로지 건우가 남기고 간 그린 엔터테인먼트의 계약서에 고정되어 있었다.

✿　　　✿　　　✿

"어떻게…… 된 거야?"

그의 목소리가 떨렸다. 그냥 놀란 것도 아니고 세상이 무너져 버린 것 같은 음성이었다. 덕분에 세진 역시 당황했다. 애초에 작정을 한 일이었지만 그가 이처럼 새파랗게 질린 얼굴을 하고 저를 쳐다볼 줄은 예상하지 못했으니까.

그렇게…… 싫은 건가.

그에게 안길 수 있어 너무 행복했던 자신과 달리 입술까지 파르르 떠는 준을 보니 왠지 가슴이 아팠다. 속이 콕콕 찔려와 얼굴을 찌푸릴 뻔했으나, 다행스럽게도 세진은 결코 티를 내지 않았다.

창백한 얼굴의 그를 묵묵히 바라보던 그녀는 이내 빙긋 웃으며 대답했다.

"어떻게 되긴. 오빠 당연한 걸 물어. 남녀가 같은 침대에서 눈을 떴을 때 일어날 일은 하나밖에 없지."

"……!"

심장이 미친 듯이 벌렁거리는 건 저 역시 마찬가지였다. 그럼에도 불구하고 그녀는 태연하게 침대에서 벗어났다. 바닥에 벗어 둔 속옷을 하나하나 입는 그녀를 바라보는 그의 시선이 느껴졌으나 행동을 멈추지 않았다. 브래지어와 팬티를 모두 입고 난 후 다시 고개를 돌리자 여전히 굳어 있는 그가 보였다. 세진은 활짝 미소 지었다.

"괜찮아, 오빠. 그렇게 사색이 되지 않아도 돼."

혼돈에 빠져 있는 준을 달래 주기 위해 세진은 부드러운 음성을 뱉어 냈다.

"술이 들어갔긴 했지만 둘 다 동의하에 한 거였……."
"내가 책임질게."

태연하게 말을 이으려던 세진의 목소리가 뚝 끊어졌다. 무슨 소리를 들었나 싶어 그를 향해 고개를 돌리자 몹시 진지한 얼굴을 하고 있는 준이 보였다. 안 그래도 무뚝뚝한 사람이 더욱 심각해지자 세진의 심장 또한 내려앉았다.

그녀는 입술을 굳게 다물고 있는 준을 직시하다 후우 한숨을 뱉어 내며 고개를 절레절레 저었다. 너무 어이가 없어 헛웃음이 터져 나올 것 같았다.

"하하. 오빠. 요즘이 어떤 시댄데 겨우 하룻밤에 책임을 져?"
"……이세진."
"됐어. 말했듯이, 강제로 한 것도 아니고 서로 합의하에 한 거야. 즐거웠으니 됐어."

얼마나 책임감이 투철하면 섹스 한 번에 그런 말을 꺼내는 걸까. 그가 다른 남자와 다르다는 걸 알기는 했으나 쓴웃음이 흘러나왔다.

어젯밤 일을 전혀 기억하지 못하는 건가. 세진은 무슨 생각을 하는지 알 수 없는 준의 얼굴을 흘긋거리며 원피스를 입기 위해 손을 뻗으려 했다.

그러자 어느새 코앞까지 다가온 준이 그녀의 손목을 잡았다.

"오빠?"

갑작스러운 행동에 놀란 세진이 그를 쳐다보자 준은 자신에게 다짐이라도 하듯 말했다.

"책임져."

김준이 뱉어 낸 책임진다는 말의 파장은 세진의 생각보다 컸다. 정말로 세진과 준은 고작 '하룻밤'을 계기로 결혼을 하게 되었으니까. 단순히 사귀는 것도 아니고 곧바로 결혼으로 직행해 버린 준의 추진력에 세진은 혀를 내둘렀다.

그녀의 어머니인 에스터와 아버지 명훈이 세진과 결혼하

겠다고 하는 준의 발언을 반긴 것은 어쩌면 당연한 일이었다. 안 그래도 두 사람은 준과 세진을 이어 주고 싶었던 모양이었다.

합심하여 저를 끝내 결혼식장까지 몰고 가는 준을 포함한 부모님들의 행동을 거부하지 않은 이유는 간단했다. 당황스러운 건 사실이었지만 그와 부부가 된다는 사실이 믿어지지 않을 정도로 행복했으니. 다른 누구도 아닌 김준의 신부. 세진이 꿈꿔 왔던 일이 눈앞에 펼쳐지기 직전이었다.

결혼식은 조촐하게 치러졌다. 꽤 오래전부터 혼자 살아온 준은 친인척이라곤 없다고 했다. 해서 준의 하객은 두세 명의 친구만이 자리를 했고 세진의 친척인 건우가 준 쪽에 섰다.

결혼이라는 것은 당사자들만 행복하면 된다고 생각했던 세진이었으므로 오히려 조촐한 결혼식에 환호했다. 가족과 지인들만 모인 결혼식은 더할 나위 없이 아름다웠고 그날 웨딩드레스를 입었던 자신 역시 무척 예뻤다.

그러나 그로부터 정확히 1년 뒤, 세진은 준과 이혼을 했다. 준이 바람을 피우거나 문제를 일으킨 것은 아니었다. 세진 역시 마찬가지였지만 그녀의 행복은 1년을 넘지 못했다.

두 사람이 이혼을 한 지 1년 6개월 뒤, 세진은 그와 또다시 잠을 잤다. 신들이 장난을 치는 것이 분명하다고, 세진은 생각했다.

원나잇을 한 사람이 왜 하필 전남편이란 말인가. 하늘도

잔인하지. 돌이켜 봐도 찜찜하기 짝이 없는 일이라며 입술을
잘근 깨물던 세진에게 준은 말했다.

"어젯밤 일, 없었던 걸로 하고 싶지 않아."

그리고 다시 한 달이 지났다. 세진을 충격에 빠뜨린 말을
뱉어 낸 준은 무려 한 달이 지났는데도 코빼기도 보이지 않
았다. 헛웃음이 났다. 그의 한마디, 한마디에 놀아나는 자신
이 우스울 지경이었다. 세진은 구름 한 점 없는 까만 하늘을
멍하니 올려다보며 중얼거렸다.
"없었던 일로 하고 싶은 거네, 뭐."
쓴 물이 치밀어 올랐다.

"뭐야. 너 아직도 형 의식해?"

건우의 말대로였다. 이혼을 한 지 1년 7개월이 지났음에도
여전히 그를 의식하고 있었다. 어쩌면 다시 합칠 수 있다고
생각하는 걸까. 아니, 그건 절대로 아닌데. 하지만 빌어먹게
도 심장은 여전히 그를 향해 뛰고 있었다.
다 떨쳐 냈다고 생각했는데 근래 들어 자주 보이니 계속
눈이 갔다. 과거의 인연으로 인해 그와 절대로 남남이 될 수
없다는 건 잘 알고 있지만 조금 더 냉정해졌으면 좋겠다. 세
진은 그린 엔터테인먼트의 계약서를 든 채 터벅터벅 걸음을

옮겼다.

"……!"

엘리베이터를 타고 자신의 안락한 보금자리가 있는 층에
내린 세진은 앞으로 내딛으려던 발을 움직이지 못했다. 거짓
말처럼 몸이 굳어지는 게 느껴졌다. 문 앞에 기대어 서 있는
남자의 익숙한 얼굴에 숨이 막혀 왔다.

두근두근―

가슴이 요동쳤다. 조금 전까지 그의 생각을 하고 있었던 터
라 더더욱. 얼마나 심장이 빨리 뛰는지, 도저히 스스로 제어
하기 힘들 정도였다.

어찌해야 하지. 세진은 미친 듯이 일렁이는 가슴의 박동을
막지 못하고 어금니를 악물었다.

자신이 작업실이 아닌 집으로 올 줄 어떻게 안 걸까. 대체
왜 여기 있는 거지? 수많은 의문이 세진의 머리를 잠식해 들
어갔다. 그러다 그녀는 다시 몸을 돌렸다.

'작업실로 돌아가야겠어.'

준의 얼굴을 보면 무슨 말을 뱉어 낼지 상상할 수 없어서
세진은 왔던 길로 되돌아가려 했다.

"어디 가."

준이 그런 세진을 놓치지 않고 말을 걸었다. 세진의 얼굴
이 느릿하게 돌아갔다. 어느새 똑바로 서서 자신을 쳐다보고
있는 준이 보였다.

"두고 온 게 있어서."

"어디에?"

"차."

"같이 갈까."

"됐어. 나 여기 온다는 건 어떻게 알았어?"

자연스럽게 그녀의 곁으로 다가오려는 준을 막아 세운 세진이 눈을 부라리며 물었다. 그는 대답하지 않았지만 그녀는 한숨을 흘렸다. 짐작 가는 사람이 있었으니까.

"정수호구나?"

말 한번 더럽게 안 듣는 문하생이다. 정말 처분을 내려야 할지도 모르지. 김준 끄나풀은 절대로 사양이었다. 세진은 머리가 아파 왔다. 부정하지 않고 그녀를 응시하던 준이 말했다.

"'그건' 어떻게 되어 가고 있어?"

"그거?"

아.

"지금은 잠시 막힌 상태. 하지만 곧 풀릴 거야."

요 근래 너무 머리가 복잡해 극본을 생각할 시간이 없었다. 근 한 달 동안 이 남자만 생각했으니 말은 다 했다. 그러고 보니 눈앞의 남자가 제게 '협력'을 해 주겠다고 했던 게 떠올랐다.

'이건우랑 일하면, 김준이랑은 협력 안 해도 되려나.'

세진은 들고 있던 계약서를 더욱 세게 움켜쥐었다.

"다시 시작하는 건 어때."

곰곰이 생각에 잠겼던 세진은 들려오는 그의 부드러운 목소리에 눈을 크게 떴다.

"어?"

준이 검은 눈을 빛내며 말했다.

"우리 관계. 이렇게 애매한 상태로 두는 거 싫어."

"......!"

머리가 멍해진다는 게 이런 느낌일까. 연말 시상식에서 각 본상을 받았을 때보다 더 머리속이 하얗게 변했다. 세진은 멍청하게 잠시 서 있었다. 그러다 얼굴을 도리도리 흔들며 멈춰 버린 사고 회로를 움직이기 위해 노력하다 흐릿해진 초점을 바로잡으며 그를 쳐다봤다.

"김준. 한 달 만에 나타나서 하는 말이 너무 생뚱맞다고 생각하지 않아?"

냉정을 되찾은 세진이 차갑게 일갈하자 준은 앞머리를 뒤로 쓸어 넘기며 대답했다.

"네게 생각할 시간을 준 거야."

생각할 시간……이라. 세진은 풋, 웃어 버렸다. 시간은 헤어진 후로 충분했다. 더 이상 생각할 시간 따윈 갖고 싶지 않았다. 달빛에 반사되어 일렁이는 그의 눈동자는 여전히 아름다웠다. 세진은 입꼬리를 올리며 물었다.

"김준. 당신, 나한테 미련이라도 남았어?"

그게 아니고서야 없었던 일로 하자는 사람에게 이러지는 않지. 세진은 답하지 않는 대신 그저 바라보기만 하는 준을 비웃었다.

"아니잖아."

"세진아."

"난, 당신 생각 안 했어."

그녀의 입술 사이로 실소가 터져 나오자 준의 눈이 흔들렸다.

"다시 시작하자고? 말도 안 되는 소리. 진짜, 더럽게 웃기는 소리야. 그거."

거친 언변을 늘어놓는 세진을 준은 지켜볼 뿐이었다.

"당신의 제안에 대한 내 대답은 하나야."

"……."

"우리 관계는 지금이 제일 적당해. 비즈니스적인 관계. 필요하면 서로를 이용하고, 그 외엔 철저하게 무시하는 관계."

"이세진."

"생각해 봐. 백번 양보해서 당신이랑 다시 시작해도, 어차피 결과는 뻔해. 재결합? 그래, 한동안은 잘 지내겠지. 매일 서로를 끌어안고 미친 듯이 사랑을 할지도."

행복했던 신혼 초기를 떠올리던 세진은 얼굴에서 순식간에 미소를 지워 냈다.

"하지만, 그뿐이야."

"……!"

"우린 또, 부딪쳐."

"……."

"우리가 쉬지 않고 다퉈 온 그 '주제'로."

준은 부정도, 긍정도 하지 않았다. 그에 세진은 진이 빠지는 것 같았다.

"난 그 싸움을 반복하고 싶지 않아."

질릴 만큼 싸웠으니 이제 된 거다. 세진은 준의 옆을 지나쳤다. 그리고 망설임 없이 집 문을 열고 안으로 들어갔다. 그녀의 말에 느낀 것이 있는지, 준은 따라 들어오지 않았다. 세진은 현관에 기대 주르륵 주저앉았다.

'잘한 거야, 이세진.'

이게 최선이라는 걸, 너도 잘 알잖아.

THE REAL REASON
WHY WE BROKE UP

준은 매일 밤 11시만 되면 어김없이 침대로 향했다. 11시를 넘기면 특별한 일이 있지 않은 이상 그 누구의 전화도 받지 않고 잠자리에 들었다. 그리고 다음 날 새벽 6시에 일어나 하루의 일과를 진행했다. 이러한 생활 패턴은 30년이 넘게 지속되어 왔고 그랬기에 거부감이라곤 없는 준의 일상 중 하나였다.

마치 기계처럼 하루하루를 살아온 김준의 바이오리듬이 깨진 건 불과 약 2년 전, 바로 세진과의 신혼 생활이 시작되었을 때부터였다.

세진은 직업 특성상 밤늦게까지 일을 했다. 잠을 자다가도 무언가 떠오르면 벌떡 일어나 서재로 향하기 일쑤였으므로 함께 누워 있던 준도 곧잘 깨곤 했다. 곤히 자고 있던 그를 깨워 버리는 것이 미안했는지, 일하는 동안에는 각방을 쓰는 것이 어떠하겠냐는 제안을 세진이 한 적도 있었지만 준은 그것을 거절했다.

"정말 괜찮겠어?"

"괜찮아."

"밤잠 설칠 텐데. 많이 피곤할 거야."

"괜찮아, 정말."

걱정스러운 눈으로 저를 쳐다보는 세진에게 흐릿하게 웃어 준 준은 태연하게 그녀의 옆자리에 드러누웠다.

그렇게 어긋나기 시작한 생활 패턴이 1년을 넘겼다. 세진이 뒤척이면 잠에서 깨고, 그런 그녀를 한동안 바라보다 잠에 빠지고. 11시가 넘었음에도 불구하고 침대로 향하지 않는 날이 많아졌다. 정해 둔 규칙에서 어긋나는 행위를 싫어하는 준이었지만 크게 개의치 않았다. 전부 감수해야 할 일이라고 생각했었으니까.

삐삐삐삑— 삐삐삐삑—

요란하게 울려 대는 알람 소리. 준은 반사적으로 눈을 떴다. 아침 6시만 되면 저절로 눈꺼풀이 올라갔을 테지만 결혼한 이후로 알람을 맞추지 않으면 잠에서 깨지 못했다. 그리고 그건 세진이 그의 곁을 떠난 뒤에도 마찬가지였다.

"……."

준은 흐릿하게 물든 동공으로 열심히 울려 대는 알람 시계를 응시했다. 그런 그의 귓가로 누군가의 목소리가 들려왔다.

"으음…… 김주운. 뭐해……. 알람 안 꺼?"

생생히 들려오는 그 음성에 놀라 고개를 돌리니 그가 누워 있던 침대의 옆자리에서 손등으로 눈을 비비며 저를 쳐다보고 있는 세진이 보였다. 준은 길게 하품을 하는 그녀의 눈에 맺힌 작은 물방울을 보며 피식 웃었다.

"일어날 시간인데?"
"하암……. 시끄러워. 6시는 내 기상 타임이 아니야."
"그럼 더 잘 거야?"
"당연. 나 어제 밤 샜잖아. 못 일어나."
"그러면서 은근슬쩍 내 가슴에 손은 왜 얹어?"
"흐흐. 왜겠어?"

어느새 그의 몸 위로 올라탄 세진이 씩 웃으며 속삭였다.

"할까?"

준은 피곤하다고 연신 중얼거리면서도 눈을 반짝거리고

있는 세진을 쳐다보며 낮게 중얼거렸다.

"밝히긴."

쿡쿡 웃던 그가 그녀의 제안에 응하며 이불을 끌어올리려는 순간,

삐삐삐삑— 삐삐삐삑—

준은 여전히 알람이 울리고 있다는 것을 알아차렸다. 흠칫 놀라 다시 눈을 돌렸을 때 이미 그녀는 거품처럼 사라져 버린 뒤였다. 그제야 자신이 환각을 보았다는 것을 자각한 준이 얼굴을 일그러뜨렸다.

빌어먹을. 거친 호흡이 차올랐다. 준은 입술을 잘근 깨물며 알람 시계를 향해 신경질적으로 손을 뻗었다. 삑삑거리던 알람 소리가 멎자 고요한 정적이 찾아왔다. 그는 침대에서 일어나려다 말고 스르륵 눈을 감았다. 왠지 더 피곤해졌기 때문이다.

"……!"

다시 눈을 뜬 것은 약간의 시간이 더 흐른 뒤였다. 세진의 환각을 보고 눈꺼풀을 내렸던 자신이 짧은 단잠에 빠졌었다는 걸 뒤늦게 알아차린 그가 시계를 들여다보았다. 분명 6시를 가리키고 있던 바늘은 어느새 9시를 가리키고 있었다. 준은 미간을 좁혔다.

"지각인가."

길게 숨을 뱉어 내며 침대에서 벗어나면서도 준은 서두르지 않았다. 지각이라는 걸 인지하고 있었지만 오히려 느긋했다. 준은 천천히 바닥 위에 서선 침실 문 옆에 걸려 있는 거울을 들여다보았다. 많이 지쳐 있지만 그래도 꽤 쓸 만한 얼굴의 남자가 자신을 바라보고 있었다. 세진이 항상 '얼굴만 멀쩡한 놈아!'라고 부르던 남자의 모습이었다.

"우린 또, 부딪쳐."

잔인할 정도로 차가운 세진의 음성이 뇌리를 파고들었다.

"우리가 쉬지 않고 다퉈 온 그 '주제'로."

그 말을 할 때 그녀의 눈동자는 흔들리지 않았다. 진심이 담겨 있던 말이었기에 더욱 가슴이 아려 왔다. 준은 잘생긴 얼굴을 일그러뜨렸다.

좁혀지지 않는 평행선이나 마찬가지. 이렇게 유지만 한다면 결코 다시 가까워질 수 없겠지. 가슴이 답답해져 어금니를 악물던 그는 침실을 나와 부엌으로 향하다 말고 무의식적으로 어딘가를 응시했다. '그날' 이후, 그 누구에게도 보여 주지 않고 저만 알고 있는 '그것'이 보관되어 있는 곳이었다. 준은 주먹을 세게 움켜쥐었다.

"변한 건……."

없어.

✦　　　✦　　　✦

"다시 시작하는 건 어때."

너무 자연스러워서 하마터면 알겠다고 대답할 뻔했다. 펄펄 끓던 머리가 그 말을 듣고 차가워진 것은 다행스러운 일이었다. 세진은 어젯밤 일을 떠올리며 안도의 한숨을 뱉어냈다.

그를 보면 미친 듯이 흔들리는 스스로를 알고 있다.

준이 한 말대로, 두 사람 사이를 여전히 묶고 있는 애매한 관계가 문제가 되고 있었다. 이미 끝나 버린 사인데 그와 만나고 난 뒤면 이렇게 가슴이 터져 버릴 정도로 의식을 하게 되는 건 바로 그 이유 때문이었다.

여전히 미련이 남은 건가. 아니라고 말할 수 있다면 좋겠지만 솔직하게 고백하자면 아직 감정이 남아 있었다. 그와 알아 온 세월이 얼만데. 그런 시간들을 하얗게 잊어버릴 수 있는 사람은 아마 많지 않을 것이다.

"아직 싱글이라서 그런가."

준이 다녀간 뒤로 며칠이나 더 흘렀는데 세진은 한 번 요동친 마음을 쉽게 가라앉히지 못하고 있었다. 극본을 쓸 때는 온 신경을 그곳에 집중하는 터라 아무 생각도 하지 않을 수 있었지만 그 외의 시간은 영락없이 그에게 잡혀 버린 거나 마찬가지였다.

세진은 이 모든 일이 혼자인 시간이 길어져서 그런 것이라 여기며 작게 중얼거렸다.

"네?"

세진의 곁에서 원고를 뒤적이던 수호가 그녀의 중얼거림을 듣고 고개를 들었다. 세진은 어리둥절해하는 수호를 빤히 응시하다 씩 미소 지으며 물었다.

"정수호."

"네."

"너, 나랑 사귈래?"

"예에?!"

귀가 떨어질 정도로 빽 소리를 지르는 수호의 반응이 못마땅했다. 뭐야. 내가 마음에 안 든다 이거야? 세진은 눈을 가늘게 뜨며 수호를 바라봤다.

"반응이 왜 그래?"

"지, 진심 아니시죠?"

수호는 입술마저 파르르 떨며 세진을 쳐다보고 있었다. 기겁하는 그를 보자니 더욱 기분이 나빠졌다.

"진심이라면?"

"헉! 작가님. 농담이라도 그런 말씀은 하지 마세요!"

"……."

"전 연상은 안 받습니다!"

고작 스무 살을 갓 넘긴 빌어먹을 꼬맹이는 단호박을 단단히 먹은 것이 틀림없었다. 세진은 입술을 삐죽였다. 마침 곁에 있던 남자가 수호였고, 혹시나 해서 던진 말에 이렇게 치를 떨 줄은 몰랐다.

"됐어, 인마. 나도 연하는 싫거든?"

"후우, 다행입니다!"

지나치게 안도하는 수호를 더 괴롭혀 줄까 하다 그만둔 세진이 그의 이름을 불렀다.

"수호야."

"네, 작가님."

"그럼 네가 아니더라도, 주변에 쓸 만한 남자 없냐?"

"남자요?"

"응."

"작가님 주변에 넘쳐나지 않나요?"

난처한 표정을 지으면서도 의아해하는 수호의 말에 정신이 번쩍 들었다. 물론 남자야 많지. 세진은 제 주변을 맴돌고 있는 몇몇 남자들의 얼굴을 떠올렸다. 방송국 PD부터 작가, 카메라맨, 기자, 가수, 배우, 개그맨 등등. 업계에서 내로라는 남자들이 생각나기는 했으나 그들과 친구 이상의 관계로 발전하지는 않았다. 세진은 코웃음을 쳤다.

"그 인간들은 안 돼. 그리고 이 업계 사람이랑은 가급적 만나지 않는 게 좋아."

이미 된통 당한 적이 있으니까. 불편한 경험은 한 번으로 충분했다.

"흐음."

수호는 검지까지 양옆으로 휘저으며 대답하는 세진을 응시하다 낮은 신음을 흘렸다. 곤란하다는 얼굴이었다. 아직 어린 녀석에게 너무 큰 부탁을 한 것인가 싶어 됐다고 말을 하려는데 수호가 진지한 눈을 하고 제 얼굴을 탐색하는 게 보였다. 그녀의 어디가 볼 만한가 살피는 것 같은 행동이었다. 세진은 미간을 좁혔다.

"왜. 날 네가 아는 사람들에게 소개시켜 주기엔 부족해 보여?"

흠칫 놀라며 얼른 고개를 젓는 수호를 보고 세진은 픽 웃었다.

"나도 꾸미면 꽤 괜찮은 여자거든?"

꾸미는 시간이 너무 오래 걸리면 좋은 아이디어가 달아날 수 있으므로 지금은 프리한 상태로 생활하는 거다. 세진은 산발이 된 제 머리를 정리할 생각도 않고 외쳤다. 그러자 '아……' 하고 뭐라 말을 잇지 못하는 수호가 보였다.

"뭐야, 그 얼굴은. 나 예전엔 잘나갔어!"

"으음……."

"야! 너 진짜 얼굴 안 펴? 내 말 못 믿어? 사진 보여 줘?"

"예? 아, 뭐 꼭 그러지 않으셔도……."

"기다려, 인마!"

못 믿겠다는 시선으로 저를 쳐다보는 수호에게 과거 위용 넘치는 제 모습을 보여 주기로 세진은 결심했다. '그럴 필요는 없는데'라고 중얼거리는 소리가 들려오긴 했지만 그 말을 무시하고 얼른 서재로 달려갔다.

그리고 몇 초 뒤, 세진은 의기양양한 얼굴을 하고 서재에서 나왔다. 손에 들린 두툼한 앨범을 수호가 호기심 어린 눈으로 바라보자 그녀의 입꼬리가 더욱 올라갔다.

"우와! 이거 진짜 작가님 맞으세요?"

세진이 앨범을 펼치자마자 수호가 본 것은 스무 살 때 대학 축제에서 찍은 사진이었다. 수호는 도저히 믿어지지 않는다는 얼굴을 하고 지금의 세진과 사진 속의 세진을 번갈아 응시하며 소리쳤다.

"어. 엄청 예쁘지?"

"네! 와, 작가님. 외국인 같아요!"

반짝반짝 빛나는 수호의 눈동자가 마음에 들어 세진은 홋 웃어 버렸다. 푸른색 렌즈를 끼고 금색 가발을 쓰고 있는 사진 속의 세진은 수호 말대로 외국인이라 봐도 무방할 정도였다. 이렇게 보면 영락없이 에스터를 닮긴 했는데. 세진은 도통 늙지 않는 자신의 어머니를 떠올리며 중얼거렸다.

"뭐, 내 몸에 미국인의 피가 흐르기는 하지."

"응? 그게 무슨 소리세요?"

미국인 어머니의 배에서 나오기는 했으나 한국인 아버지의 유전자가 워낙에 강력했던 터라 꾸미지 않으면 세진을 혼혈아로 보는 사람은 드물었다. 세진은 저를 쳐다보는 수호에게 옅게 웃어 준 뒤 어깨를 으쓱였다.

"어? 여기 이분들, 이 이사님이랑 김 대표님이시죠?"

흥미진진한 표정을 지으며 앨범을 들여다보던 수호가 어린 자신을 보며 혀를 내두르는 게 보기 좋았다. 나 이런 사람이야, 하고 콧대까지 올리며 큭큭 웃던 세진은 깜짝 놀라 소리치는 수호의 음성에 눈을 크게 떴다.

수호가 가리키는 쪽으로 시선을 돌리자 그가 언급한 두 명의 남자 가운데 서서 활짝 웃고 있는 제 모습이 보였다. 세진은 인상을 썼다.

"이사님이랑 대표님, 진짜 젊네요."

대학 축제에 놀러 온 두 사람과 함께 찍은 사진을 응시하며 수호가 중얼거렸다. 건우보다는 준 쪽에 치우쳐 있는 자신이 당시 무슨 생각을 하고 있었는지 생생하게 기억나 세진은 숨이 막혔다. 그녀는 수호를 옆으로 밀치곤 얼른 앨범을 덮었다. 갑작스러운 세진의 행동에 놀란 수호가 눈을 크게 뜬 채 올려다보자 그녀는 어색하게 웃었다.

"봤지? 나 본판은 괜찮다고. 그러니까……."

"이건 뭐지?"

'괜찮은 남자가 있다면 내게 소개시켜 줘'라고 하려던 세진은 제 말을 끊어 버리곤 바닥에 떨어진 사진 한 장을 줍는 수호를 바라봤다. 감히 하늘 같은 스승이 말씀을 하시는데 어디서 딴청을 부리는 건지. 정말 막돼먹은 문하생이 아닐

수 없다며 호통을 치려던 세진은 수호의 손에 들려 있는 사
진을 발견하곤 입을 다물었다.

"아기 신발이네?"

수호는 아기 신발이 찍혀 있는 사진을 이리저리 흔들다 세
진을 응시했다. 설명을 요구하는 그 눈빛에 세진은 뭐라 대
답해야 할지 알 수가 없었다.

'저런 게 왜 여기 들어가 있었지?'

그녀조차도 그 사진을 앨범에 넣은 기억이 없었기 때문이
다. 아니, 아기 신발을 왜 찍은 건지도, 누가 찍은 건지도 의
문이었다. 세진이 할 말을 잃은 사이 한참이나 사진을 들여
다보던 수호가 빙긋 웃으며 그녀에게 물음을 던졌다.

"작가님. 아이, 좋아하세요?"

가슴이 철렁거렸다. 세진의 얼굴이 화르륵 달아올랐다 금
세 가라앉았다. 뭐라고 대답해야 할까. 솔직하게 대답해 버
릴까. 잠시 고민하던 그녀는 고개를 까딱였다.

"엄청."

"헤에. 의왼데요?"

세진은 묘한 표정을 짓는 수호를 바라보며 눈을 가늘게 떴
다.

"나는 애들 싫어할 것 같아?"

"네. 엄청요."

"정수호. 맞을래?"

1초도 망설이지 않는 수호의 답변에 세진은 주먹을 위로

82

들었다. 그런 세진의 손을 막기 위해 팔을 움직이려던 수호
가 돌연 탁, 손뼉을 쳤다. 그리고 진지하기 그지없는 눈빛으
로 말했다.

"작가님. 아까 한 말씀, 진심이시면…… 정말 제가 소개해
드릴까요?"

"어?"

"마침. 딱 적당한 사람이 있기는 한데."

적당한 사람?

"아는 사람 중에서 엄청 나이 많은 형이 있는데요, 아! 그
래 봤자 작가님보다 겨우 한두 살 많아요."

굳이 '엄청 나이 많은 형'이라고 표현할 것까지야.

세진은 말을 덧붙이는 수호를 보며 가슴이 찡해졌다. 그의
말에 제 나이가 서른이라는 것이 실감났으니까. 수호는 핑
눈물이 돌아 입을 다무는 세진의 모습에도 아랑곳하지 않고
말했다.

"어쨌든 그런 형이 있는데 얼굴 괜찮고, 직업 쩔어 주고, 인
기도 많아요. 어디 나가면 절대로 꿀리지 않는 사람이에요."

"그런 사람이 아직 솔로야?"

"네."

"왜?"

"그, 글쎄요. 아, 물론 게이는 아닙니다!"

……그럼 다행인데.

"한번 만나 보실래요?"

외모 반반하고, 직업 좋은 데다, 인기도 많은, 밖에 나가면 알아주는 사람이 왜 아직 솔로인지에 대한 이유는 알려 주지 않았지만 세진 주변에도 그런 사람들은 많았다. 대표적인 인물이 바로 그녀의 사촌 오빠, 이건우가 아닌가. 뭐, 건우의 경우는 본인이 '아직은 그럴 마음이 안 생겨'라는 이유로 철벽을 치는 상황이기에 어쩔 수 없다지만.

"어. 날 잡아."

지금 상황상 어딘가 하자가 있다 하더라도 저만 하겠는가. 수호는 알겠다며 주머니 속에서 핸드폰을 꺼내다 뭔가 생각이 난 듯 멈칫거렸다.

"왜?"

기다리라는 말과 함께 일어선 수호가 미간을 좁히며 그녀를 응시하자 세진은 의아해했다. 뭔가 망설이는 듯하던 그가 이내 속에 있는 말을 뱉어 냈다.

"김 대표님한테 말해야 하는 걸까요?"

그의 물음에 세진은 순간적으로 말을 할 수가 없었다. 어쩔 줄 몰라 하는 '김준 끄나풀' 정수호를 빤히 응시하던 그녀가 버럭 소리쳤다.

"그걸 말이라고 해?"

김준을 잊기 위해 소개팅을 나가려는 건데, 김준한테 알리면 의미가 없잖아!

✦　　✦　　✦

머리부터 발끝까지 심혈을 기울여 가며 치장했던 적이 언제였는지 제대로 기억이 나지 않았다. 마지막으로 화장을 했던 게 김준과의 신혼 생활에서 그의 동창들과 만났던 그날이었는지, 아니면 신혼 한 달째라며 둘만의 데이트를 즐기자고 그의 소속사로 향했을 때였는지⋯⋯ 정확히 모르겠다.

그와 이혼을 한 뒤 항상 산발로 다니던 머리카락을 하나로 묶고, 눈앞을 가리던 안경을 벗어 던진 후 풀 메이크업을 시전하고 나니 엄청난 미녀 한 명이 거울 앞에 서 있었다. 수호는 이게 꿈이냐 생시냐며 호들갑을 떨어 댔지만 세진은 가뿐히 무시했다.

'역시. 아직 안 죽었다니까?'

태연한 척하고는 있었지만 흐뭇하기는 했다. 세진은 잘 다녀오라며 저를 응원하는 수호에게 빙긋 미소를 지어 준 채 작업실을 나섰다. 오랜만에 사람처럼 하고 나오니 세상이 달라 보였다. 그녀는 들뜬 마음으로 터벅터벅 약속 장소를 향해 걸어갔다.

'검사⋯⋯랬나?'

어떻게 수호가 그런 직업을 가지고 있는 사람과 호형호제하며 알고 지내는 건지 의문이기는 하나 그의 사생활이니 굳이 묻지 않았다. 다만 '그 형, 검사예요!' 라고 흐흐 웃는 수호의 말에 적잖이 놀랐다.

마침 그쪽 계통의 직업을 가진 사람을 주인공으로 한 극본을 작업 중이었으므로 더더욱 잘됐다 싶었다. 만약 이번 소개팅이 잘되지 않더라도 친분을 유지한다면 인터뷰는 할 수 있지 않을까. 어쩌면 주목적인 소개팅보다 직업 인터뷰에 대한 기대가 기분을 더욱 업시키는 건지도 몰랐다.

'메모장은 챙겼었지?'

세진은 약속 시간보다 30분 일찍 도착했다. S호텔 1층 카페에서 상대방을 기다리고 있던 그녀는 메모장과 펜을 챙겼는지 확인하기 위해 핸드백을 뒤적였다. 천만다행으로 메모장과 펜은 고이 그녀의 백 속에 모셔져 있었다. 세진은 남은 시간 동안 무얼 할까 고민하다 메모장을 꺼내 들었다.

"신경질적이려나?"

'검사'라는 직업을 가진 사람의 성격이 어떠할지 상상해 보았다. 아무래도 질 나쁜 범죄자들을 상대로 카리스마를 풍겨야 하는 사람들이었기에 약간 날카로울 수도 있을 거라는 생각이 들었다. TV나 스크린에서 그려지는 그들의 모습을 떠올려 보며 나지막하게 중얼거리던 그녀는 음흉한 웃음을 흘렸다. '사람'보다는 '직업'에 더 관심이 쏠리는 건 어쩔 수 없었다.

"이세진 씨?"

"헉!"

그렇게 한참 동안 소개팅 남자의 직업과 관련된 여러 가지 망상들을 펼쳐 가며 낄낄거리고 있을 때였다. 세진은 바로 등 뒤에서 들리는 소리에 깜짝 놀라 들고 있던 메모장을 바닥으로 떨어뜨렸다. 그러자 큰 키의 남자가 바닥에 떨어진 메모장을 집어 들더니 빙긋 웃으며 저를 바라보는 게 보였다.

"여기요."

"아…… 가, 감사합니다."

세진은 얼른 의자에서 일어나 남자에게서 메모장을 받아 들었다.

'내용을 읽은 건 아니겠지?'

세진은 메모장에 적혀 있던 제 망상들을 떠올리며 얼굴을 붉혔다. 말끔한 마스크의 남자에게선 산뜻한 분위기가 풍겨져 나오고 있었다. 딱 보기에도 '나 검사요'라고 말하는 것 같은, 전형적인 엘리트 미남의 모습에 세진은 당황했다.

"저기."

"강희승입니다."

무슨 말을 해야 할지, 머릿속이 백짓장이 되어 버려 주저하는 세진을 향해 남자가 손을 내밀었다. 맑은 미소에 눈을 동그랗게 뜨던 세진은 웃는 남자, 희승의 손을 얼떨결에 잡았다. 그는 세진의 손을 꽉 움켜쥐며 부드럽게 말했다.

"정말 팬입니다."

✿　　✿　　✿

"'아름다운 시절'은 당시 사건이 있어서 제대로 챙겨 보지 못했는데, '꿈의 신부' 부터는 한 회도 빠지지 않고 챙겨 보았었죠. 집에 DVD도 있습니다!"

활짝 웃으며 신이 난 음성을 내뱉는 남자는 세진이 처음 생각한 이미지와는 달랐다. 사인을 해 달라며 브리프 케이스에서 DVD를 산 구매자들에게만 특별 제공하는 드라마 대본 집까지 꺼내 드는 그의 모습에 세진은 그만 풋 웃어 버렸다.

"강 검사님."

"네, 이 작가님!"

"지금 이거…… 소개팅 맞아요?"

세진이 휘갈기는 사인을 보며 미소 짓던 희승이 그 물음에 화들짝 놀라 그녀를 쳐다봤다. 그의 샤프한 얼굴에 난처함이 감도는 것을 세진은 지켜봤다. 어떻게 말을 해야 하나 모르겠다는 표정이었다.

실은, 저 역시 마찬가지였다. 수호에게서 희승의 직업에 대한 이야기를 들은 후 줄곧 그것에 대해서만 생각했었다. 희승이 어떻게 극본 작업을 하는지 묻기 전에 자신이 그에게 검사의 일과는 어떠냐고 물었으니까. 눈앞의 남자에게 소개팅이 맞는 거냐는 말을 던진 건 확실히 어불성설이었다.

세진은 잔을 들어 커피를 입에 살짝 머금은 뒤 희승을 응시했다. 설마했는데, 역시나였다. 차라리 그의 직업에 대해 이야기를 듣지 않았더라면 소개팅에 집중할 수 있지 않았을까 하는 진한 후회감이 밀려왔지만 그러지 않았다 해도 마찬가지였을 것이다. 세진은 쓰게 웃었다.

"오늘 즐거웠어요."

"예?"

"다음에 시간 되면, 또 봬요."

세진은 눈을 크게 뜨는 희승을 향해 고개를 까딱였다. 돌 싱이라고 밝힌 그녀를 흔쾌히 만나 준 남자에게 정말 고맙다 고 말한 뒤 얼어붙은 그를 내버려 둔 채 카페를 나섰다.

〈작가님! 어떻게 됐어요? 지금 형 만나고 있어요?〉

기가 막힌 타이밍이다. 호텔에서 나와 택시를 타자마자 수 호가 문자를 보내왔다. 세진은 답장을 할까 하다가 말았다. 앞으로 한 달간은 수호가 어떤 사고를 치더라도 화를 내지 말아야지. 괜히 그에게 소개팅을 시켜 달라고 졸랐다가 곤란 한 상황을 만들어 버린 것 같아 미안해졌다. 머리가 지끈거 렸다.

'내 태도의 문젠가.'

이쯤 되니 정말 자신의 문제로밖에 보이질 않았다. 단 한 사람을 제외하곤 그 어떤 남자에게도 흥미를 느낄 수 없는 여자는 정말 문제가 있었다. 그것도 이미 남남이 되어 버린 전남편에게 되도 않은 미련을 가지고 있는 꼴이라니.

후우, 숨을 뱉어 내며 택시 기사에게 작업실이 아닌 집 주 소를 불러 준 세진은 다시금 지이잉 울려 대는 핸드폰에 고 개를 돌렸다. 수호면 무시를 하려고 했지만, 전화를 건 이는

에스터였다,

"엄마?"

—허니! 마마 안 보고 시퍼?

한국에서 산 지 20년도 더 흘렀는데, 여전히 어색한 한국어를 구사하는 에스터의 반가운 음성이 핸드폰 너머로 들려왔다. 근래 들어 작업실에만 박혀 본가에 들른 적이 없었던 세진은 흐리게 웃었다.

사실 작업실은 핑계였고 준과 이혼 이후 의식적으로 본가를 찾지 않았었다. 그녀는 빠르게 스쳐 지나가는 창밖을 바라보며 대답했다.

"당연히 보고 싶지."

—그럼 와! 단장!

"응?"

—여기 허니가 조아하는 송님도 이써!

손님?

세진은 상기된 목소리를 뱉어 내는 에스터의 말에 의문을 가졌지만 신경 쓰진 않았다. 에스터는 항상 별것 아닌 일에도 흥분하고 기뻐했으니까. 어쩌지. 빠르게 움직이는 택시 안에서 세진은 잠시 고민했다.

오늘 같은 날, 저밖에 없는 쓸쓸한 집으로 돌아가고 싶진 않았으므로 세진은 알겠다고 대답했다.

"아저씨. 차 돌려도 될까요?"

기뻐하는 에스터와의 전화 통화를 끊고 난 뒤, 세진은 택

시 기사에게 본가의 주소를 읊어 주었다. 40분 정도 달려
간 택시는 그 옛날 준의 옆집이었던 세진의 본가에 도착했
다. 속이 쓰린 추억이 잠깐 떠올랐지만 애써 떨쳐 낸 세진은
1702호 앞에 서선 초인종을 꾹 눌렀다.

"엄마. 나야."

열여섯 이세진과는 너무도 달라진 서른의 이세진이 문이
열리기를 기다렸다. 얼마 지나지 않아 달칵 문이 열렸고, 그
문을 열어 준 사람을 발견한 세진의 얼굴이 굳어졌다.

"…… 당신이 왜 여기 있어."

바로 준이었기 때문이다.

❂　　　❂　　　❂

"결과는?"

두근두근. 고작 메일 하나를 여는 데 심장이 벌렁거릴 만
큼 뛰었다. 세진은 등 뒤에서 얼른 마우스를 클릭하라고 재
촉하는 두 남자를 노려봤다. 제 일도 아니건만 마치 자신의
일처럼 모든 신경을 집중하고 있는 두 남자의 눈동자가 반짝
반짝 빛이 났다.

이 인간들은 뭣하러 여기까지 와서는. 식은땀이 줄줄 흘러
내렸다. 눈치라곤 없는 두 남자 덕분에 괜히 가슴이 더 뛰어
서 세진은 숨을 크게 들이마셨다. 그리고 인상을 쓰며 그들
에게 신경질을 부렸다.

"몰라. 아직 안 열었잖아."

세진의 날카로운 태도에 나란히 서 있던 두 남자가 뒤로 살짝 물러났다. 그들은 쯧쯧, 혀를 차더니 메일 열기를 두려워하는 세진을 향해 한마디씩 던졌다.

"어서 열어."

"맞아. 이세진. 겁쟁이냐?"

이 인간들이 진짜!

세진은 고개를 절레절레 흔들며 그녀의 쪼그라든 심장에 대해 검지를 양옆으로 까딱이는 준과 건우를 노려봤다. 자신의 가슴이 얼마나 떨리는지 이해하지 못하는 그들이 얄미웠다.

"진짜 눈 뜨고 못 보겠네."

거칠어진 숨을 들이마신 후 천천히 뱉어 내며 잠시 손에서 놓았던 마우스를 쥐기 위해 팔을 뻗으려는 순간이었다. 가만히 지켜보던 건우가 돌연 세진을 밀치더니 마우스에 손을 얹었다. 세진의 눈이 동그래진 것과 건우의 검지가 마우스 왼쪽 버튼을 길게 누른 것은 동시에 일어난 일이었다.

"이건우!"

세진이 급히 그의 이름을 불러 보았으나 이미 사건은 일어난 뒤였다. 건우는 세진의 메일을 허락 없이 열어 버렸고 몇 초의 로딩 끝에 화면 위로 메일 내용이 만천하에 드러났다. 입술을 파르르 떨던 세진도, 멋대로 메일을 열어 버린 건우도, 두 사람의 상황을 그저 지켜보기만 하던 준의 눈도 모두 모니터 속으로 향했다.

세 남녀가 있는 공간 속에 숨 막히는 침묵이 흘렀다. 그 누구도 먼저 입술을 열지 않았다. 아니, 열 수 없었다. 준과 건우의 눈동자가 모니터 화면 속에서 천천히 세진으로 옮겨 갔다. 그녀는 믿을 수 없다는 눈을 한 채 모니터를 바라보고 있었다.

"세진아."

건우가 얼어붙은 세진의 어깨 위로 손을 털썩 얹더니 한숨을 푹 내쉬었다.

"내가 술 살게."

세진이 아무런 대답을 하지 않자 건우는 준을 쳐다보더니 그에게 도움을 요청했다. 잠시 머뭇거리던 준이 세진의 곁으로 다가왔다.

"방송국이 여기밖에 없는 건 아니잖아."

그의 말대로 방송국은 두 군데가 더 있었다. 하지만 K사는 세진이 가장 열망했던 곳이었다. 넋이 나가 버린 그녀는 준의 말에도 응하지 않았다. 준은 그런 세진의 머리 위로 손을 얹었다. 정수리에서 느껴지는 따뜻한 온기에 세진이 고개를 들었다. 자신을 바라보는 세진에게 옅게 미소 지은 준이 닫혀 있던 입술을 움직였다.

"고난이 클수록."

"더 큰 영광이…… 다가온다."

로마의 정치가 키케로의 명언을 언급하는 준의 말을 이어

받은 세진의 눈에서 후드득 물방울이 떨어졌다. 꽤 열심히 준비한 공모전이었다. 얼마 전 데뷔를 한 건우도 이 정도면 쓸 만한 시나리오라며 극찬을 했었기에 나름 기대를 하고 있었다. 하지만 공모전의 결과는 참극이나 다름없었다.

메일로 결과를 통보받았기에 설마설마했는데, 사실이 될 줄이야. 세진은 저를 위로하는 술을 사겠다며 일부러 큰 소리를 내는 건우와 괜찮다며 자신의 등을 토닥여 주는 준을 번갈아 바라보며 정신없이 울었다. 공모전에 출품한 건 처음이었지만 자신했던 작품이어서 그런지 상처가 더욱 컸다.

"두고 봐! 내가 꼭 성공해서, K사 후회하게 해 준다!"

그날 밤, 눈이 퉁퉁 붓도록 운 세진은 위로주를 사겠다고 선언한 건우를 앞세워 술집으로 향했다. 얼굴이 빨갛게 물들도록 맥주를 입안으로 쏟아부으며 그녀는 선언하고 또 선언했다. 이글이글 눈에서 불을 뿜어낼 기세로 소리치는 세진을 향해 풋 웃음을 흘린 건우가 외쳤다.

"그래. 잘나가는 작가가 돼서, 너 놓친 K사 후회하게 해 줘 버려!"

"오빠도 K사 작품은 하지 마! 내가 복수할 때까진, 절대!"

"응? 그, 그건 좀 힘들지 않나?"

"이건우!"

"형!"

건우는 K사 드라마를 했다간 난리를 피울 기세로 저를 노려보는 세진을 어떻게 해 달라며 준을 응시했다. 조용히 술을 마시고 있던 준이 한숨을 푹 내쉬며 씩씩거리는 세진을 달랬다.

"건우는 신인이라서 윗사람들 말을 따를 수밖에 없어."

"그래도 오빠 선에서 거절은 할 수 있잖아! 내가 복수하기도 전에 K사 드라마 했다간 봐. 아주 집안이 시끄러워질 줄 알아."

준의 말을 깨끗하게 무시하고 세진이 외치자 건우가 입을 쩍 벌렸지만 준은 어깨만 으쓱일 뿐이었다. 건우는 얼른 약조를 하라는 세진의 강요에 울며 겨자 먹기로 알겠다는 말을 뱉어 냈다.

물론, 그 후로부터 몇 개월 뒤 세진이 S사의 공모전에 당당히 합격함으로써 그런 약조는 없었던 일이 되어 버렸지만.

"나는 배우, 세진인 작가. 그럼 형은 뭘 할 건데?"

엄청난 인재를 놓친 K사에 대한 복수심에 활활 불타는 세진을 내버려 둔 채 준과 술잔을 기울이던 건우는 제 앞에 앉아 있는 그를 지그시 응시하며 물음을 던졌다. 씩씩거리던 세진 역시 준의 말에 귀를 기울였다.

"나?"

준은 눈을 동그랗게 떴다. 제게 질문이 날아올 것이라곤 생각하지 않았던 모양이다. 세진이 들고 있던 맥주잔을 테이블 위로 내려놓으며 눈을 빛냈다.

"맞아! 우린 계획이 다 있는데, 오빠 계획은 한 번도 들어본 적이 없는 것 같아. 오빠는 뭘 하고 싶어? 졸업도 했잖아!"

얼마 전 준의 졸업식에도 함께 참석했었던 세진과 건우는 호기심 가득한 얼굴을 하고 준을 쳐다봤다. 준은 살짝 당황하더니 미간을 좁히며 입술을 깨물었다. 그러다 후우 숨을 길게 뱉어 내며 기다란 손가락으로 옆얼굴을 긁적였다.

"글쎄. 지금으로썬 딱히……."

대학을 수석으로 졸업하기는 했으나 미래에 대해 생각해 본 적이 없었다.

"그럼 형은 우리 매니저나 해."

뭐라고 대답해야 할지 몰라 쓰게 웃으며 대답하려던 준은 제 말을 끊어 버리는 건우를 놀란 시선으로 쳐다봤다. 그러자 술집에 온 이래 처음으로 활짝 웃은 세진이 손뼉을 치며 외쳤다.

"그러면 되겠네! 그렇게만 된다면 우리 셋, 흩어지지 않고 쭉 같이 있을 수 있잖아!"

준은 미소 짓는 세진을 말없이 쳐다볼 뿐이었다.

"잠깐만."

세진은 드라마를 쓰는 작가가 되고, 건우는 드라마에 나오는 배우가 되고, 그런 두 사람을 서포트하는 역할로 준이 있어 준다면 환상의 팀이 아닐 수 없다며 세진과 건우가 깔깔거리고 있을 때, 준의 핸드폰이 울렸다. 핸드폰 액정에 비친 발신인을 확인한 준이 굳어진 얼굴로 자리에서 일어났다. 세진은 그가 술집을 벗어날 때까지 멍하니 쳐다보았다.

"그렇게 아쉬워?"

"어?"

"잠깐 전화받으러 가는 것뿐인데. 헤어지는 게 그렇게도 아쉽냐고."

이미 없어진 준의 흔적을 좇던 세진이 정곡을 찌르는 건우의 말에 눈을 크게 떴다. 건우는 세진이 무슨 생각을 하는지 이미 알고 있다는 얼굴을 하고 싱긋 웃었다. 아니라며 휘휘 손을 저어 보려고 했으나 건우의 올라간 입꼬리는 내려오지 않았다.

"너, 티 났어."

"응? 뭐, 뭐가!"

"형, 좋아하지?"

쿵, 심장이 내려앉았다. 세진은 얼굴을 화르륵 붉히며 그를 쳐다봤다. 하마터면 자리에서 벌떡 일어날 뻔했다. 아니라는 말이 나와야 하는데 이상할 정도로 목소리가 나오지 않았다. 건우가 그런 세진을 응시하며 씩 미소 지었다.

"괜찮아. 사람 좋아하는 게 뭐 문젠가. 준이 형 정도면 반할 만하지."

"뭐래, 진짜!"

기겁을 하면서 술잔을 향해 뻗는 세진의 손은 덜덜 떨리고 있었다. 꼭꼭 숨긴다고 숨겼는데, 왜 하필이면. 건우가 한국에 들어온 후 줄곧 세진의 집에 머물며 셋이 함께 어울리기는 했으나 이렇게 마음을 들켜 버릴 줄은 몰랐다. 앞으로 건우가 지켜보는 앞에서 준과 만나지 못할 수도 있다고 생각하니 눈앞이 캄캄해지고 목이 바짝 타들어 가는 느낌이었다.

"들이대 봐."

숨 막히는 갈증을 맥주로 달래려 하던 세진은 저를 따라 술잔을 집어 들던 건우의 속삭임에 행동을 멈췄다. 토끼 눈을 하고 쳐다보자 건우가 짙게 웃었다.

"그러면 넘어올지도."

세진은 그의 말에 반박할 생각 따윈 하지 못했다. 잠시 건우를 응시하다 고개를 아래로 떨구며 중얼거렸다.

"여자한테 관심 없는 것 같던데……."

"남자한테도 관심 없는 건 마찬가지야."

그걸 말이라고 하는 건지. 세진은 건우에게 주먹을 날릴 뻔한 걸 겨우 참았다. 그러나 이윽고 들려오는 건우의 말에 약간의 희망이라는 것이 샘솟았다.

"모르지. 넌 끈기 있는 녀석이니까, 쫓아다니면 백기를 들지도?"

어쩌다 옆집 오빠를 좋아하게 되어 버린 걸까. 돌이켜 봐도 세진은 준에게 빠져 버린 자신을 이해할 수가 없었다. 물론 옆집 오빠가 뛰어나게 잘생기기도 했고, 새침떼기긴 하지만 자상한 측면이 있어서 나름의 매력 포인트를 가졌기도 했다. 세진의 이상형과는 멀었으나 이미 마음은 어쩔 도리가 없었다.

'좋아하게 된 걸 어떡해.'

세진은 비어 있는 준의 자리를 흘긋거리며 건우에게 속에

든 말을 뱉어 냈다.

"그렇게…… 생각해?"

건우는 떨리는 눈동자로 저를 쳐다보는 세진을 향해 웃어 주었다.

"어차피 사랑은 쟁취하는 거잖아."

❀   ❀   ❀

마치 독려와도 같이 느껴지던 건우의 말을 세진은 가슴에 새겼다. 그리고 우연한 기회로 준과 하룻밤을 보냈다. 그 일을 단 한 번도 후회한 적은 없었다.

너무도 그를 원했으니까. 그러나 애달아 하는 자신과 달리 준은 딱히 흥미가 없어 보였다. 부드럽게 웃기만 할 뿐, 도통 무슨 생각을 하는지 알 수 없는 그를 보며 속이 문드러진 게 한두 번이 아니었다.

사소한 계기라도 좋았다. 그와 더 깊은 대화를 할 수 있는 계기가 있다면. 그때 찾아온 하룻밤은 세진에게 있어선 하나의 기회였다. 그래서 놓치지 않았다. 정말로 그를 좋아했으니까. 그런 방식으로라도 그와 마음을 나눌 수 있어서 행복했다.

같이 밤을 보낸 후 침대 위에서 눈을 뜬 준의 태도가 무척 당황스럽기는 했지만 그의 제안을 끝내 거부하지 않은 것은 그와 함께하고 싶었기 때문이었다.

물론, 그렇게 쟁취한 사랑의 결말이 비극으로 끝날 줄은 예상하지 못했지만.

"쭌. 요기 낙치 적칼 더 머글래?"

"그럴까요, 장모님?"

"기다려 바. 요기,"

아, 진짜. 손이 없어, 발이 없어! 김준, 당신이 직접 젓가락질해서 먹으면 되잖아! 왜 엄마를 시켜, 시키길! 그렇게 외치고 싶은 심정이었다. 하지만 온 가족이 모여 있는 자리였기에 세진은 입을 열지 못했다.

그런 그녀의 마음을 아는지 모르는지 에스터가 쌀밥 위에 올려 준 낙지 젓갈을 입안으로 집어넣은 준은 오물오물 입을 움직이더니 목구멍 아래로 넘기며 빙긋 웃었다.

"맛있네요, 장모님."

그러자 에스터의 얼굴 역시 환하게 물들었다. 에스터는 두 사람의 행동을 지켜보다 말없이 식사를 이어 가는 명훈을 향해 물었다.

"그치? 훈. 훈도 머글래요?"

"난 괜찮아."

미소를 지으면서도 쿨하게 사양하는 명훈의 태도에 세진은 박수를 쳐 주고 싶은 심정이었다. 에스터는 아쉽다는 듯 명훈을 쳐다보다 이내 세진을 응시했다.

"허니. 허니도……."

"됐어."

"⋯⋯어?"

"밥맛 떨어졌어. 나 집에 갈 거야."

수저를 내려놓으며 자리에서 일어나는 세진의 행동에 에스터의 얼굴이 하얗게 변했다. 당황하는 어머니의 모습을 보려던 의도는 아니었지만 본의 아니게 그렇게 만들어 버린 세진은 마음이 찜찜했다. 그러나 더 이상 준과 아무렇지도 않게 마주 앉아서 식사를 할 수는 없는 노릇이었다. 그녀는 얼굴을 일그러뜨리며 식탁을 벗어나려 했다.

"밥 먹다가 일어나는 거 아니다."

⋯⋯!

"앉아, 이세진."

하지만 세진의 의지는 발을 떼기도 전에 무너졌다. 음산한 목소리를 흘리는 명훈의 모습에 세진은 뗐던 엉덩이를 다시 의자에 붙여야만 했다.

'대체 왜!'

제 집인데도 불구하고 자신이 이렇게 불편해야 하는가. 세진은 이해할 수 없는 일이 일어나고 있는 본가의 식탁을 둘러보며 속으로 외쳤다. 이 모든 일의 원인은 다 김준이었다. 세진은 입술을 잘근 깨물며 원인을 노려봤다. 그는 자신의 시선을 느끼고 있음에도 불구하고 태연하게 밥을 먹고 있었다. 그런 그가 얄미웠다.

"밥은 어떠냐. 네 엄마가 너 온다고 해서 정성껏 만들었는데."

준에 대한 분노로 타오르고 있는 세진에게 명훈이 말을 걸었다. 세진은 반쯤 남아 버린 제 밥그릇을 바라보다 명훈을 향해 툴툴거렸다.

"엄마 밥은 맛있지만 불편한 사람이 한 명 있어서 잘 넘어가질 않네요."

"불편한 사람? 나 말이냐?"

"아빠."

일부러 그러는 건지, 아니면 정말로 모르는 건지. 전자 쪽이 틀림없었다. 세진은 여전히 식사를 하고 있는 준을 흘끔거리다 명훈을 쳐다봤다.

"김 서방이랑 언제 다시 합칠 거냐?"

"……네?"

"너희 싸우는 것도 이젠 지겨워. 엄마 아빠 마음고생시키지 말고, 얼른 합쳐. 나이 들어 하는 불효만큼 나쁜 게 없……."

"그만하세요."

잠자코 앉아 있으려던 세진이 끝내 자리에서 일어났다. 미간을 좁히며 쳐다보는 명훈의 따가운 시선이 느껴졌지만 세진은 개의치 않았다.

"저 사람이랑 다시 합칠 생각 없어요."

"이세진."

"가 볼게요."

당황하는 에스터와 명훈의 얼굴을 똑똑히 보면서도 세진은 식탁을 벗어났다. 그리고 머뭇거리지 않고 현관을 향해 걸어갔다.

쾅, 문을 닫고 밖으로 나오자 착잡함이 한꺼번에 밀려왔다. 에스터가 '손님'을 언급할 때부터 알아차렸어야 했는데. 뻔뻔하게도 여전히 에스터를 '장모님'이라 부르던 준을 떠올리며 그녀는 어금니를 악물었다.

'무슨 생각이야.'

도통 준의 생각을 헤아릴 수 없었다. 다시 시작하고 싶다고 말하더니 이젠 본가까지 태연하게 와 있었다. 명훈이 두 사람의 재결합에 대해 언급한 것은 그러한 준의 영향도 있을 것이다.

세진은 2층에 멈춰 선 채 올라오지 않는 엘리베이터 버튼을 누르기 위해 손가락으로 올림 버튼을 꾹 눌렀다.

"그렇게 여러 번 눌렀다간, 고장 나."

한 번만 눌러도 될 버튼을 계속해서 누르던 세진은 등 뒤에서 들리는 준의 목소리에 행동을 멈췄다. 대꾸를 할까 하다가 무시를 하는 것이 상책일 것 같아 듣지 못한 척했다. 준은 천천히 세진의 옆에 섰다.

"……."

"……."

두 남녀는 매우 느릿하게 올라오는 엘리베이터 앞에 서선 입을 열지 않았다. 얼음장 위에 서 있는 것 같은 위압감을 받으며 슬쩍 눈동자를 움직여 준이 있는 곳을 쳐다보던 세진은 깜짝 놀랐다. 앞을 보고 있을 거라 생각했던 준이 자신을 바라보고 있었기 때문이다.

세진은 얼른 닫혀 있는 엘리베이터 문으로 다시 고개를 돌리며 중얼거렸다.

"당신 본 거 아니야."

"알겠어."

"아니래도."

"그래."

제길.

아무렇지도 않게 받아치니 오히려 더 마음을 들켜 버린 것만 같았다. 세진은 심장이 미친 듯이 뛰는 걸 느꼈다.

의도가 뭔지, 무슨 생각인지 알 수가 없었다. 언제나 상냥해 보이는 가면을 쓰고 속을 꽁꽁 감추는 그였지만 적어도 제 앞에서만큼은 솔직하다고 생각했었다. 그런 그가 왜 이렇게 행동하는지 의문이었다. 설마 전처와 하룻밤을 잤다고 또 책임을 지겠다는, 뭐 그런 건가. 세진은 결국 속에 담고 있던 말을 뱉어 냈다.

"왜 이러는데, 대체. 나 가지고 장난치는 거야, 뭐야."

세진의 요동치는 눈을 내려다보던 준이 대답했다.

"너 가지고 장난 안 쳐."

단호한 준의 음성에 가슴이 철렁였다. 별 뜻 담겨 있지 않은 말일 텐데 바보처럼 흔들리는 자신이 싫었다. 세진은 얼른 엘리베이터가 도착하길 바랐다.

"소개팅했다고 들었어."

불쑥 들려오는 말소리에 세진은 화들짝 놀라 준을 쳐다봤다.

"어떻게……."

안 건지, 굳이 그가 대답하지 않아도 알 수 있었다. 분명 수호겠지. 그녀의 얼굴이 일그러졌다. 아니, 이 녀석은 자기가 소개팅을 시켜 주고 김준한테 이르긴 왜 일러! 수호를 향해 이를 가는 세진을 묵묵히 응시하던 준은 중얼거렸다.

"그런 거 하지 마."

잘못 들은 건가. 세진은 귀를 의심하며 준을 쳐다봤지만 그의 냉랭한 얼굴은 그대로였다. 그래, 잘못 들은 거겠지. 무시하려 했지만 그가 말을 이었다.

"다른 남자, 만나지 마."

❁   ❁   ❁

"오빠. 나, 하고 싶은 말 있는데."

그 말을 꺼내기까진 꽤 많은 용기가 필요했다. 용기를 가져야 했던 가장 큰 이유는 당사자인 준이 왠지 꺼려하는 듯한 인상을 풍겼기 때문이다. 그의 반듯한 얼굴을 볼 때마다 몇 번씩 고민하고 또 고민하던 세진은 끝내 입술을 열었다. 준은 조심스레 말을 건넨 세진을 의아한 눈으로 바라봤다.

"하고 싶은 말?"

어떻게 시작해야 할까. 그 주제만 나오면 차갑게 식어 버리는 그의 얼굴을 마주할 자신은 있는 걸까. 세진은 제 답을 기다리는 준을 응시하며 호흡을 가다듬었다. 할 수 있어. 주먹을 꽉 움켜쥐며 다시금 의지를 다진 그녀가 천천히 말했다.

"아이, 가지고 싶어."

준과의 결혼에 성공하고 꿈같은 신혼 생활을 즐기고 있기는 했지만 처음 몇 달과 달리 준과 세진이 관계를 맺는 횟수는 점점 줄어들었다. 그 당시 준은 그린 엔터테인먼트에서 '최진헌'이란 신예 배우를 띄우는 데 신경을 쏟느라 정신없이 바빴다. 이해를 하려면 할 수도 있었지만 휴일에 같은 침대에 누워도 관계를 가지지 않는 그가 야속하게 느껴졌다.

준과의 결혼을 기점으로 불규칙했던 방송국 생활을 그만뒀던 세진은 커다란 집에서 늦게까지 오지 않는 준을 기다리며 홀로 생활해야 했다. 물론 혼자만의 시간을 많이 가지는 것은 글을 쓰는 세진의 입장에서 크게 나쁠 것이 없는 일이었지만 그 생활이 길어질수록 아이가 있었으면 좋겠다는 꿈을 꾸게 되었다.

외동이고, 거기다 아이를 좋아하는 성격이었던지라 저와

그를 닮은 예쁜 아이에 대한 갈망은 날이 갈수록 커져 갔다. 그래서 일부러 배란기에 맞춰서 준을 유혹한 적도 있었으나 그녀의 생리 주기를 기억하고 있던 준은 아무리 세진이 매혹적인 모습을 하고 있어도 눈 한 번 깜빡이지 않았다.

간접 화법이 통하지 않는다면 직접적으로라도 제 마음을 털어놔야겠다 싶었던 세진의 말에 준은 형용할 수 없는 표정을 지었다. 그렇게 당황한 준의 얼굴을 세진은 그때 처음 보았다. 그는 상기된 얼굴로 제 대답을 기다리는 세진을 말없이 응시하더니 이윽고 길게 숨을 흘렸다.

"아이는…… 없으면 안 돼?"

지금껏 2세 관련 문제에 대해 언급을 자제하고 있던 준이 내뱉은 말은 세진에게 충격이나 다름없었다. 그러고 보니 그와 이런 문제에 대해 진지하게 이야기를 해 본 적이 없었다. 그런 얘기도 하지 않고 결혼을 해 버릴 정도로 좋아하긴 했었구나. 세진은 그렇게 생각하면서도 창백하게 질린 준에게 물음을 던지는 걸 잊지 않았다.

"무슨 소리야? 오빠는 아이 싫어?"

준은 어리둥절해하는 세진에게 쉬이 답하지 못했다.

"김준?"

세진이 재차 이름을 부르자, 잠시 입술을 악물던 그가 서서히 소리를 냈다.

"싫어."

고개를 들어 세진을 응시하는 준의 눈동자가 요동쳤다. 그는 눈을 크게 뜨는 세진의 시선을 피하며 나지막하게 중얼거렸다.

"아이는…… 가지지 않았으면 좋겠어."

그 말을 처음 들었을 땐 엄청난 충격이었다. 설마 준이 아이를 가지는 것에 대해 반대할 거라곤 상상해 본 적이 없었으니까. 그래도 괜찮았다. 설득을 하면 그의 마음을 돌리는 건 시간문제라고 여겼기 때문이다.

그러나 생각보다 준은 강경했다. 세진이 아무리 애를 써도 아이와 관련된 그의 마음은 변하지 않았다. 도저히 그를 이해할 수 없었다. 어릴 적부터 줄곧 혈혈단신이었던 사람이 왜 가족이 늘어나는 걸 반기지 않는 걸까. 그럴수록 오히려 더 가족을 많이 가지고 싶어 하지 않나?

의문은 날이 갈수록 커져 갔지만 준은 답답해하는 그녀에게 속 시원한 해답을 들려주지 않았고, 그러다 보니 세진은 업무에 지장이 올 만큼 스트레스가 쌓였다.

책상 앞에 글을 쓰기 위해 앉아도 준에 대한 의문만 차오르는 상황에서 예상치 못하게 글까지 못 쓰게 되자 그녀는 날카로워지기 시작했다.

예전이었다면 그런 세진을 말없이 위로해 주었을 준이었지만 그는 천천히 세진과 단둘이 있는 시간을 피했다. 세진의 짜증은 거의 폭발할 지경에 이르렀고, 매번 밤 11시가 넘어서야 들어오는 준에게 홧김에 이혼하자는 소리를 해 버렸다. 그리고 결과는,

"이혼이었지."

코웃음이 흘러나왔다. 세진은 떠올리고 싶지 않은 기억을 꺼내 들며 나지막한 어조로 중얼거렸다. 그를 좋아했던 시간을 후회한 적은 없었지만 가끔 한계에 치달아 뱉어 낸 그 말을 후회하기는 했다.

하지만 그녀가 그 말을 꺼내지 않았더라도 어차피 결과는 같았을 것이다. 준은 아이를 반대하는 입장을 꺾지 않았을 거고, 세진 역시 그와 의견이 달랐을 테니까. 고집엔 일가견이 있는 두 사람이었으므로 끝까지 평행선을 달렸을 것이 틀림없었다. 어떻게 해서든 이혼은 일어날 일이었다.

"다른 남자, 만나지 마."

그런데 뭐? 다른 남자를 만나지 말라고?

세진은 경고하듯 말하던 어젯밤 준의 얼굴을 떠올리며 미간을 좁혔다. 이혼하고 시간이 좀 지나니 이제야 자신의 소중함을 알게 된 건가. 아님 정말 미련이라도 남은 건가. 세진은 쓴웃음을 흘리며 고개를 저었다.

'내가 자길 필요로 했을 땐 눈 한 번 깜빡 안 했으면서.'

헤어진 지 적잖은 시간이 흐른 뒤에 뱉어 낸 소리라곤 믿어지지 않았다. 그럴 거면 이혼은 왜 했어. 세진은 손에 들린 봉투를 세게 움켜쥐며 어금니를 세게 악물었다.

"어머, 이 작가님 아니세요?"

준이 세진의 본가에 찾아왔던 그다음 날. 세진은 눈을 뜨자마자 책상 위에 올려져 있던 봉투를 쥐고 어딘가로 향했다. 그녀가 도착한 곳은 그린 엔터테인먼트 사옥이었다.

세진은 문을 열자마자 보이는 건우의 비서 솔지를 향해 고개를 까딱였다.

"오빠는?"

안면이 있었기에 스스럼없이 말을 걸자 빙긋 웃으며 솔지가 대답했다.

"대표님이요?"

"이건우는?"

그러고 보니 그녀에게 있어 오빠는 둘이었다. 세진은 정확하게 말하지 않은 자신을 탓했다. 솔지 역시 당황했는지 어색한 표정을 지으며 답했다.

"아. 죄송해요. 대표님이랑 지금 대표실에 계세요."

"잘됐네. 둘 다한테 볼일 있었는데. 나 들어간다고 말해 줘요."

솔지를 스쳐 지나가며 세진은 대표실로 걸음을 옮겼다. 몇 번 놀러 온 적이 있었던 터라 그녀의 발걸음은 무척 익숙했다. 괜히 쓴 물이 치밀어 올라 얼굴을 구기던 세진은 닫혀 있는 대표실의 문을 열고 들어갔다.

"어서 와!"

하고 그녀를 반기는 건우와,

"……."

자리에 서서 짙은 눈동자를 그녀에게 고정시키는 준이 보였다. 세진은 상반된 태도를 보이는 두 사람을 흘긋거리다 이내 그들의 앞에 놓인 소파에 털썩 앉으며 들고 있던 서류 봉투를 테이블 위로 던졌다.

"계약할게."

밑도 끝도 없는 그녀의 말을 이해한 사람은 건우였다. 준이 의아한 시선을 보냈지만 건우는 그의 의문을 풀어 주지 않고 세진에게로 다가와 환하게 웃었다.

"잘 생각했어! 아, 형도 여기 앉아."

예의 서류 봉투를 집어 든 건우는 무척이나 신이 난 얼굴이었다. 그는 멀뚱히 서 있던 준에게 손짓했다. 머뭇거리던 준이 그의 옆에 자리를 잡자 건우는 봉투 속의 계약서를 꺼내 들었다. 확실히 세진의 도장이 찍혀 있었다. 히죽 웃는 건우와 저를 빤히 응시하고 있는 준을 번갈아 쳐다보던 세진은 입술을 달싹였다.

"대신 그 계약을 완전히 체결하는 덴, 두 가지 조건이 있어."

"조건?"

싱글벙글거리던 건우의 행동이 멎었다. 그가 제게로 시선을 고정시키자 세진은 고개를 까딱였다.

"응. 내가 지금 쓰고 있는 극본이 두 개야. 다 쓰게 되면, 이건우가 나중에 그걸 읽어 주면 돼. 그게 첫 번째 조건이야."

세진의 말을 듣던 준의 얼굴이 딱딱하게 굳어졌다. 건우는 대수롭지 않게 대답했다.

"그런 건 어렵지 않지. 다른 하나는?"

다른 하나······.

세진은 건우에게 말하기 직전, 준을 쳐다봤다. 미간을 좁히고 있는 그는 떨리는 눈동자로 세진을 바라보고 있었다. 흔들리면 안 돼. 세진은 마음을 다잡듯 속으로 중얼거린 뒤 건우가 아닌 준을 똑바로 직시하며 소리를 뱉어 냈다.

"우리 사이에 일 아닌 사적인 관계는 금지."

세진은 빙긋 웃었다.

"할 수 있지?"

❋   ❋   ❋

"아이를…… 왜 낳고 싶지 않은지, 물어봐도 돼?"

'어느 시점'을 계기로 강경한 태도를 취하게 된 준과의 반복된 다툼에 지쳐 버렸다. 슬슬 한계가 다가오는 것을 자각하고 있으면서도 마지막까지 희망의 끈을 놓고 싶지는 않았다. 그래서 물었다. 서늘했던 얼굴이 당혹에 물드는 것을 세진은 똑똑히 지켜봤다.

심장이 크게 일렁였다. 그가 무슨 대답을 할지 기대감마저 차올랐다. 준은 물음을 던져 놓고 제 답변을 기다리고 있는 세진을 하염없이 쳐다봤다. 많은 감정을 담은 준의 눈동자에 그녀는 조금 놀랐었다. 복잡함, 슬픔, 분노, 원망 등등. 한숨을 내쉬지 않은 것이 다행스럽게 여겨질 정도로 준의 얼굴은 아파 보였다. 그 역시 질려 버린 걸까.

세진은 어금니를 세게 악물며 준의 시선을 마주했다. 그의 입술이 아주 살짝이나마, 열리는 것 같았으니까.

"그건……"

곤란한 표정. 대체 무엇을 숨기고 있기에 속 시원히 털어놓지 않는 걸까. 세진은 답답해졌다. 두근거리는 가슴을 부여잡고 그의 말을 기다리기만 했다. 열린 입술 사이로 준은 꼭 무언가를 말할 것만 같았다. 답답하게 굴지 말라고, 이 바보야.

왜 그가 입을 꾹 다물게 되었는지 그녀는 기억이 나지 않았다. 분명 계기가 있기는 했는데, 그걸 알 수 없어 의문이었다. 세진은 눈에 힘을 주며 준의 입술을 직시했다. 그는 번뇌에 휩싸인 얼굴을 하고 세진을 바라보다 끝내 말을 뱉어 냈다.

"……미안."

고대했다.

오늘이야말로 준이 답을 해 줄 거라 생각했으니까. 그러지 않는다면 아슬아슬하게 유지되어 오던 이 관계도 끝이 날 것 같았다. 자신이 아닌 김준은 결코 두 사람의 연을 끊을 수 없었다. 적어도 세진은 그렇게 생각했다.

하지만 준의 입술 사이로 흘러나온 말은 그녀를 절망에 빠뜨렸다. 고작 미안이라는 대답을 듣기 위해 가슴을 졸였던 것이 아니었다.

"왜?"

그렇게 아픈 얼굴을 하고 있으면서, 왜 모든 걸 털어놓지 않는 걸까. 준은 그의 사정을 그녀가 이해해 주지 못할 거라 여기는 건지도 몰랐다.

화가 났다. 분노하지 않는 게 이상할 정도로, 홀로 상처를 끌어안고 있는 그가 답답해 미쳐 버릴 지경이었다. 그래서 세진은…….

"그게 무슨 말이야?"

건우는 눈을 동그랗게 떴다. 못 들을 말이라도 들었다는 표정을 지으며 그가 세진을 바라봤다. 그리고 말을 되뇌어 보다 준을 흘긋거렸다. 건우의 눈에 비친 준은 아무 말도 하지 않고 세진을 쳐다보고 있었다.

세진은 두 사람의 눈치를 살피는 건우를 보니 왠지 코웃음이 흘러나오는 것을 막을 수 없었다.

"의미 그대로. 그린이랑 계약은 하되, 철저히 공적인 관계를 유지하자는 그런 말."

건우의 얼굴이 창백하게 질려 가는 것에 비해 준은 미동조차 하지 않았다. 이봐, 반응을 좀 보이라고. 세진은 부글부글 끓는 화를 겨우 억눌러야만 했다. 건우를 놀라게 만들기 위해 그런 말을 꺼낸 것이 아니었다. 정작 놀라야 할 사람은 눈한 번 깜빡이지 않고 있는데 괜한 사람만 당황시킨 게 아닌가 싶었다.

건우가 난처한 표정을 지으며 입술을 열었다.

"어이, 이세진. 그건 말이 안 되잖아. 우리 사이에 어떻게 공적인 관계만 유지해. 너와 난 사촌이고, 게다가 형이랑 너는……."

"지난 경험을 토대로 결론을 내렸는데, 같이 작업을 하는

데 있어서 사심이 들어가면 피곤하더라고. 자주 흔들리기도 하고. 그걸 막기 위해서 그러는 거니까, 이건우가 이해해."

"……!"

"게다가 딱히 어려운 조건도 아니잖아?"

세진의 입가에 걸린 짙은 미소에 미간을 좁힌 건우가 어떻게 해야 하냐는 눈빛을 준에게 보냈다. 준은 여전히 무슨 생각을 하는지 알 수 없는 묘한 얼굴로 세진을 바라보고 있었다.

냉기가 넘치던 그 분위기를 깨뜨린 것은 대표실을 가득 울리는 전화벨 소리였다. 대표실 안 모든 이의 시선이 자신을 향해 있음을 똑똑히 인지하고 있던 준은 후우, 숨을 뱉어 내더니 자리에서 일어나 책상 위의 수화기를 들었다.

"어. 아……. 알겠어. 나가지."

준이 시선을 떼지 않자, 지지 않겠다는 듯 그를 쳐다보고 있던 세진은 단정한 머리를 슥슥 매만지며 중얼거리는 그의 말에 눈을 크게 떴다. 준은 전화기를 내려놓은 후 두 사람에게 일언반구도 없이 대표실을 벗어나려 했다.

"형, 어디 가?"

그런 준을 향해 건우가 소리치자 그가 입을 열었다.

"진헌이 광고 문제 때문에 관계자가 찾아왔나 봐."

"지금?"

"어. 얘기들 나누고 있어."

졸지에 단둘이 남게 된 대표실 안에서 건우는 굳은 얼굴의 세진을 흘긋거렸다.

'제길.'

목이 바싹 말라 왔다. 세진은 이를 갈며 닫힌 대표실 문을 바라보고 있었다. 그녀의 폭탄 발언에 동요해야 할 사람이 저렇게 태연하고, 그 태연자약한 모습에 제가 흔들리고 있는 사실이 마음에 들지 않았다. 짜증이 치밀어 올라 입술을 짓누르던 세진은 건우의 따가운 시선을 느끼고 고개를 돌렸다.

"뭐."

신경질적으로 쳐다보자 건우가 곤란하다는 말투로 물었다.

"두 사람 대체 왜 그러는데?"

세진이 인상을 쓰며 대답했다.

"그건 내가 묻고 싶은 말이야. 그것보다 계약할 거야, 말 거야?"

❖　　　❖　　　❖

"……."

세진은 손에 들린 계약서 봉투를 내려다보았다.

"해. 대신 네가 먼저 깨뜨리면 두 번째 계약 조건은 파기하는 거다. 알겠지?"

자신 있다는 표정을 지으며 말하던 건우보다 세진은 그런과의 계약서 작성을 마칠 때까지 대표실로 돌아오지 않던 준의 모습에 더 화가 났다. 그녀는 고운 미간을 일그러뜨리며 계약서를 힘껏 움켜쥐었다.

"나쁜 놈."

프리 생활을 정산하고, 제게 거금을 안겨 주는 소속사와 계약을 한 것은 분명 즐겁고 신이 나야 할 일인데 왜 이렇게 찜찜한 건지. 뭘 믿고 그렇게 냉정한지 모르겠다. 한숨을 푹 내쉬던 그녀가 화들짝 놀랐다.

"내가 무슨 생각을 하는 거야."

미쳤지. 그 남자와의 인연은 이미 끊어져 버렸는데. 뭐가 아쉽다고 이렇게 그를 뇌리에서 지우지 못하는지 모르겠다. 세진은 그의 생각을 떨치기 위해 애쓰며 터덜터덜 걸어갔다.

작업실로 돌아가는 적지 않은 시간 동안 생각이나 정리해야지 싶어 버스 정류장으로 걸어가고 있던 그녀의 귀로 '빠앙—' 하고 커다란 클랙슨 소리가 들려왔다.

반사적으로 몸을 돌린 세진이 인상을 쓰며 얼굴을 일그러뜨렸다.

준이었다.

속을 알 수 없는 그처럼 온통 까만 차가 눈에 들어왔다. 그냥 무시를 할까 하다 드르륵 창문이 내려지자 세진은 그 자리에 멈춰 섰다.

"타."

창문 너머로 보이는 준의 말끔한 얼굴에 입술을 꾹 누른 그녀가 퉁명스레 대답했다.

"무슨 짓을 당하려고. 김준 차는 안 타."

"아무 짓도 안 해."

"……."

"어차피 네 작업실 가는 길이었어. 집에 가는 거 아니잖아. 타."

수호를 만나기 위해 가는 길이었을까. 세진은 조수석의 문을 여는 준을 직시하며 머뭇거리다 이내 포기했다. 그녀가 차를 탈 때까지 쫓아올지도 몰랐다. 여기서 말씨름을 할 바에야, 차라리 차에 탄 뒤 말을 무시하면 될 터. 세진은 그를 없는 사람처럼 여기기로 했다. 무슨 말을 하든, 신경 안 써야지. 그녀는 고민 끝에 그의 차에 올라탔다.

세진이 안전벨트를 매는 걸 확인한 준은 액셀러레이터를 밟았다. 멈췄던 차가 매끄럽게 앞으로 직진하자 세진은 창 쪽으로 시선을 돌렸다. 유리창에 비친 준의 옆얼굴이 시야로 들어왔다. 화가 날 만큼 잘생긴 얼굴이었다. 말없이 그의 옆 모습을 감상하던 그녀가 툭 소리를 뱉어 냈다.

"나 계약했어. 그린이랑."

준은 여전히 운전대를 잡은 채로 대답했다.

"알아. 나오기 전에 건우한테 들었어."

그린의 식구들이 저를 배웅할 때까지만 하더라도 보이지 않던 준이 건우에게 언제 그 말을 들었던 걸까. 세진은 가만히 생각하다 말고 다시 입을 열었다.

"……계약 조건은 기억하지?"

이번에도 빠르게 대답할 것이라 생각했던 준은 놀랍게도 침묵을 유지했다.

세진은 입을 다물어 버리는 준에게로 고개를 돌리며 눈에 힘을 줬다. 그의 냉랭한 얼굴은 아직까지 변화를 보이지 않고 있었다. 세진의 입술이 달싹였다.

"그린 소속 작가가 되면 사적인 마음으로 내게 다가오는 건 금지야."

"……."

"김준. 내 말 듣고 있어?"

혼잣말을 하고 있는 것만 같아 짜증스럽게 외치자 신호에 걸려 차를 세운 준이 그녀를 응시했다.

"어."

대수롭지 않게 답하는 준을 보며 세진은 어금니를 악물었다.

"그런데 왜 대답을 안 해?"

그러자 준은 시큰둥한 목소리를 뱉어 냈다.

"나랑은, 상관없는 일이니까."

충격을 받았다. 변하지 않는 그의 낯빛을 이상하다 여기고 있기는 했는데. 세진은 벌어진 입을 다물지 못했다. 그사이 빨간불이었던 신호등이 파란불로 변하자 준은 매끄럽게 차를 몰며 중얼거렸다.

"네가 계약한 건 건우지, 내가 아니잖아."

"……!"

"어차피 건우 회사고."

'어이, 어이. 대표는 당신이거든?' 이라는 말이 목구멍까지 차올랐지만 세진은 입을 다물었다. 준에게 제약을 걸기 위해 내건 조건인데 어쩐지 제가 말려든 느낌이었다. 그래, 이제 아무래도 좋았다.

"화났어?"

한동안 지속된 침묵을 견디지 못했는지 준이 불쑥 말을 던졌다. 세진은 심드렁한 얼굴을 하고 창밖을 쳐다보고 있었다. 대답해야 하나? 목소리를 뱉어 내는 것도 귀찮았지만 그녀는 천천히 목에 힘을 줬다.

"별로. 당신은 원래 그런 남자니까."

"화났군."

정확히 말해서는 화를 내는 경지를 넘어 포기했다는 것이 더 적절했다. 당연한 일이었다. 쉴 새 없이 자신을 흔드는 그가 다가오지 못하게 철벽을 치려 했지만 그는 꿈쩍도 않았다. 이게 자신을 가지고 장난을 치는 게 아니라면 대체 뭐냔 말이야.

이미 헤어진 주제에 멋대로 본가에 들어가 그녀의 가족들과 식사를 하질 않나, 여전히 에스터와 명훈을 '장모님', '장인어른' 이라 부르질 않나. 세진의 일거수일투족을 끄나풀을 시켜 지켜보게 하질 않나, 다른 남자를 만나지 말라는 말을 하질 않나. 그것도 모자라서 아무렇지 않은 얼굴로 다가오질 않나…….

자꾸 이런 식으로 나온다면,

'헷갈린다고.'

가라앉혔던 분노가 부글부글 끓었다. 세진은 그간 준의 행적을 되짚어 보다 얼굴을 찡그리며 그를 쳐다봤다. 준은 여전히 정면을 응시하며 운전을 하고 있었다. 여유로움까지 느껴지는 그 잘난 외모에 화가 나 세진은 외쳤다.

"김준. 당신은 우리가 왜 헤어졌는지, 알고는 있어?"

핸들을 잡고 있는 준의 손끝이 살짝 떨렸지만, 세진은 그것을 눈치채지 못했다. 조금만 시선을 아래로 내렸어도 발견했을 테지만 그녀는 준의 눈동자를 바라보고 있었다. 그는 느릿하게 세진을 흘긋거리다 다시 앞을 응시했다. 그의 태연한 태도에 더욱 얼굴을 일그러뜨린 그녀가 말했다.

"당신의 알 수 없는 태도 때문이야! 나는, 당신이 도통 무슨 생각을 하는지 알 수가 없어. 다정하다가도 매정해. 나를 진심으로 사랑하는 것 같지는 않은데 나를 놓으려고도 들지 않아."

"세진아."

"쉽게 포기해 버렸으면서 여전히 곁을 맴돌아! 노력 같은 건, 일절 하지 않아. 간절하지도 않으면서 이렇게 나를 흔들어 버린다고!"

젠장. 욕설이 목구멍을 감돌았다. 세진은 대답 않는 준을 노려보는 것을 포기했다. 울컥거리는 감정으로 인해 눈앞이 뿌옇게 물들었다. 흥분했던 마음을 진정시키며 음울한 목소리를 뱉어 냈다.

"저기 세워."

"아직……."

"세우라고."

"……."

강압적인 세진의 말에 준은 망설이다 핸들을 돌렸다. 끼익, 소리를 내며 차가 인도 근처에 멈춰 섰다. 세진은 그런 그의 행동에 또다시 상처를 받았다. 세우라고 해서 진짜 세우냐.

'거봐.'

당신 속을, 도통 모르겠어.

세진은 차가 멈추기 무섭게 안전벨트를 풀고 문을 열었다. 쾅, 문을 닫아 버리자마자 뒤도 돌아보지 않고 걷기 시작했다. 주르륵, 눈물이 흘러내렸다. 바보처럼 감정에 휘말리는 자신이 미쳐 버릴 만큼 싫었다. 씩씩거리면서도 흘러내린 눈물을 닦지 못하고 무작정 걸었다.

그가 변하지 않을 거라는 걸 알면서, 기대하는 자신에 대해 화가 났다. 속을 보여 주지 않는 그가 언젠가는 마음을 드러낼 거라 믿는 자신이 한심했다. 그리고 이젠, 세진 스스로가 그에게 무엇을 원하고 있는 건지 모르겠다.

한참 동안 걸어가던 그녀의 발걸음이 불현듯 멎었다. 입술을 잘근 깨물며 숨을 고르던 세진이 천천히 고개를 돌렸다. 제 뒤를 쫓아오지 않을 준을 확인하고 싶었다.

'⋯⋯!'

세진이 화를 낼 때면 준은 언제나 그녀를 내버려 두었다. 그녀가 진정한 후 생각을 정리하고 차근차근 말을 뱉어 낼 때를 기다리는 듯했다. 그게 너무도 익숙해서 이번에도 그럴 줄 알았다. 그러나 세진은 준이 저를 쳐다보는 것을 발견했다. 심장이 철렁 내려앉았다.

"김⋯⋯준?"

예상치 못한 행동이었다. 차 소리가 들리지 않기에 유턴이라도 한 줄 알았는데. 적잖은 거리를 조용히 따라오고 있을 줄은 몰랐다. 세진은 눈물범벅에 엉망진창이 된 눈으로 준을 쳐다봤다. 그러자 긴 한숨을 내뱉은 준이 흐트러진 시선으로 그녀를 응시하다 다가왔다. 세진은 준이 다가올 때까지 멍하니 그를 쳐다보았다.

"어떻⋯⋯."

'어떻게'라는 말을 내뱉고 싶었던 세진의 목소리는 차갑고 커다란 손이 얼굴을 잡아 버리는 바람에 더 이상 흘러나오지 않았다.

'어?'

아주 말랑하고 촉촉한 것이 입술에 닿는 것이 느껴졌다. 눈 깜짝할 사이에 벌어진 일이라 이렇다 할 반응도 하지 못했다. 준의 뜨거운 입술이 넋을 놓은 그녀를 집어삼켰다. 거칠어진 숨결이 코끝에서 느껴졌다.

세진이 정신을 차려 준을 밀친 것은 그의 물컹한 혀가 그녀를 옭아매려고 입안으로 들어왔을 때였다.

'미쳤어!'

방심했다. 설마 그가 제게 키스를 할 거라곤 상상도 하지 못했다. 하얗게 질린 세진에 의해 뒤로 물러나게 된 준은 차가운 얼굴을 일그러뜨리며 손을 들어 올려 슥, 입술을 닦았다.

"네…… 말대로야."

준의 목소리는 떨리고 있었다. 그토록 원하던 그의 동요하는 모습을 봤는데 왜 이렇게 속이 따끔거리는 건지. 그녀는 일렁이는 시선으로 준을 응시했다.

"네 말대로, 난 원래 뭐든 포기가 빨라. 그래서 너와 이혼했어."

이혼 이후 그가 속마음을 뱉어 낸 건 이번이 처음이었다. 세진은 당황했다. 솔직한 그의 모습이 낯설었다. 준은 계속해서 말을 이어 갔다.

"그렇지만 이혼한 걸, 후회하진 않아."

……뭐?

"그땐, 그럴 수밖에 없었으니까."

나지막하게 중얼거리는 준의 다음 말을 세진은 듣지 못했다. 무어라 중얼거린 것 같긴 한데, 다시 한 번 말해 달라고 할 수도 없는 노릇인지라 그녀는 그저 그를 쳐다보고만 있었다. 준은 의문으로 가득 물든 세진의 눈동자를 직시하다 그녀에게 다가왔다. 뒤로 물러날까 고민하던 세진은 가까워지는 두 사람의 거리를 인지하면서도 발을 움직이지 못했다. 그녀의 코앞까지 다가선 준이 숨을 흘렸다.

"나는 지금까지 많은 걸 포기하고 살아왔어. 그럴 수밖에 없는 환경에서 살았고, 그래야만 한다고 생각했지. 그렇지만 그토록 많은 걸 포기하면서도…… 딱 하나만큼은, 포기하지 못했어."

심장이 정신없이 뛰는 게 느껴졌다. 빨라지는 맥박을 다스리려 애썼으나 소용없었다. 준은 아프게 웃으며 그녀의 머리 위로 손을 얹었다.

"넌…… 내가 놓을 수 없는, 유일한 존재야."

슥슥. 그는 그녀의 머리를 부드럽게 쓰다듬는 것과 동시에 세진의 마음마저 휘저어 버렸다. 매우 사소한 행동임에도 불구하고 세진의 얼굴은 붉게 달아올랐다.

아직까지도 이런 행동에 휘둘리는 제 자신이 너무 싫은데 그의 손을 떨쳐 내질 못하겠다. 세진이 입술을 악물며 올려다보자 준은 나지막하게 속삭였다.

"나한테 너는, 어려워."

"……!"

"도저히 예측을 할 수가 없어."

숨이 막혔다.

"네가 내 속을 모른다고 말하지만…… 그건 나도 마찬가지야. 너무 불안해. 이렇게 될 줄 알았더라면 놓아주지 않는 건데."

무슨 소리를 하는 건지 몰라서 대응을 할 수도 없었다. 하아. 길게 한숨을 내쉬며 작게 욕설을 흘리던 준은 아래로 고개를 떨구었다.

김준이 맞는 건가? 무너지기 일보 직전의 모습이 그녀가 알던 그 남자가 아닌 것 같아 세진은 인상을 썼다. 평정을 되찾았는지 준은 얼굴을 들곤 쓰게 웃었다.

"처음, 네가 내게 다가왔던 것처럼…… 그때처럼 되돌리면 될 줄 알았지만 끄떡도 하지 않는군, 너는."

그가 흘러내린 머리를 쓸어 넘기며 말을 이었다.

"안일했지. 예전의 네가 아니라는 걸, 알았어야 했는데."

정신없이 뛰는 맥박 소리에도 아랑곳 않고 세진은 인상을 썼다.

"당신 지금 무슨 소리를 하는 거야? 이제 와 그게 무슨……."

"미안."

"……!"

"마음을 보여 주지 못해, 미안해."

"기, 김준?"

세진은 결국 참고 있던 숨을 토해 냈다.

"당시의 나를 이해해 달라곤 하지 않을게. 대신."

준은 그런 그녀를 지켜보며 말했다.

"기회를 줘."

머릿속이 멍해졌다. 준은 파르르 떨리는 세진의 속눈썹을 응시하다 입을 열었다.

"시간이 걸릴 거라곤 생각하고 있어. 하지만…… 돌려 볼게, 네 마음."

IT'S HARD TO SAY.

"네가 봐 달라는 대본 두 개 다 읽어 봤어."

이른 아침, 잠이 채 깨기도 전에 전화가 걸려 왔다. 건우였다. 전화를 걸어 온 사람이 누구인지 확인도 하지 않고 '여보세요?'라고 외쳐 버린 것은 결코 준의 전화를 기다렸기 때문만은 아니라고 세진은 스스로에게 끊임없이 되뇌었다.

왠지 맥이 빠지는 걸 느끼며 심드렁하게 무슨 일이냐 물었더니 일 문제로 만나자는 답이 돌아왔다. 순간 푸시시 바람이 빠지던 심장이 다시금 두근거리기 시작했다.

간단히 세수만 하고 건우와의 약속 장소로 향했다. 검은 뿔테 안경을 쓰고 카페 안으로 들어서는 세진의 얼굴은 붉게 상기되어 있었다.

아직 도착하지 않은 건우를 기다리며 챙겨 온 펜으로 냅킨에 무어라 끄적거리던 세진은 돌연 제 앞에 나타나 들고 있던 대본 두 개를 던지는 건우의 모습에 고개를 들었다.

"어때?"

기대가 가득한 세진의 눈동자를 보고 피식 웃은 건우가 그녀의 앞에 앉으며 대답했다.

"둘 다 재밌을 것 같기는 하더군."

"정말?"

"어. '최선의 선택'은 아주 발랄했어. 로맨틱 코미디의 진수가 뭔지 제대로 보여 주는데? 수도 없이 로코를 시도하더니 결국 하나가 터졌어."

"이젠 터져 줘야지. 세 번 정도 실패했으면 네 번째는 성공해 줘야 잘나가는 작가라고 하지 않겠어? 그나저나 그건? 그건 어땠어?"

세진은 부푼 가슴을 가라앉히지 못하고 물었다. 아주 오래전부터 보여 주고 싶었던 대본이 건우의 손에 들어간 지 2주일. 매일 어떻게 밤을 지새웠는지 기억도 나지 않을 정도였다.

아침에 걸려 온 그의 전화에 약간 실망한 건 사실이었지만 일 문제라는 말을 듣고 제대로 옷도 갖춰 입지 않은 상태로 뛰쳐나올 만큼 그녀는 들떠 있었다. 건우는 그런 그녀를 바라보며 중얼거렸다.

"'사랑에 무너지다'라……."

뜸 들이지 말라고, 이건우.

"좋았어."

그의 붉은 입술을 뚫어져라 응시하던 세진의 눈동자가 동그래졌다. 감상이 너무 짧지 않나?

"그 말……뿐이야?"

"그럼? 다른 말이 필요해?"

'당연하지!' 라고 외치고 싶었다.

"됐어. 이건우가 그렇지, 뭐."

실망하지 않았다면 거짓일 것이다. '좋았어' 라는 말 이외의 다른 감상을 원했던 세진은 쓰게 웃으며 눈앞에 놓인 물컵을 향해 손을 뻗으려 했다. 그때, 잠자코 그녀를 지켜보던 건우가 옅은 미소와 함께 말을 이었다.

"덧붙이자면…… 내가 지금껏 본 이세진 작품 중 가장 좋더군."

"정말?!"

세진은 무의식적으로 자리에서 벌떡 일어나며 기쁨을 감추지 못했다. 그에 픽 웃음을 흘린 건우가 물었다.

"왜 지금껏 안 줬어? 꽤 오래 쓴 것 같은데. 진작 그 대본 줬으면 이건우 은퇴는 몇 년 미뤄졌을 거야."

난들 진작 안 주고 싶었겠어?

세진은 한숨을 뱉어 냈다.

"5년 전에 주려고 했지. 당연히 이건우에게 주려고 했어. 그 작품의 남자 주인공 모델은 오빠니까."

"그래?"

"응. 하지만 줄 수 없었어."

"내가 은퇴를 해서?"

이건우의 은퇴가 원인이었다면, 어떻게 해서든 막았겠지.
세진은 쓰게 웃었다.

"아니. 오빠가 그 드라마를 하겠다고 했어도 그걸 방영하
는 건 무리였어."

"왜지?"

"내가 그 작품을 쓰면서 생각했던 여배우가…… 갑자기
은퇴를 했거든."

"그게 누군데."

심드렁하게 묻는 건우에게 세진은 '장채원'이라고 짧게
대답했다. 그러자 잠시 고민하던 건우가 중얼거렸다.

"장채원? 그런 이름의…… 배우가 있었나?"

"헉! 장채원 몰라?"

"알아야 하나?"

뻔뻔하기 그지없는 얼굴로 되묻는 건우는 오만해 보였지
만 세진은 이내 수긍했다. 그에게도 그 나름의 사정이 있었
으니까.

"하긴, 그때 오빠는 한국에 없었구나. 영화 찍느라 바빴지.
게다가 은퇴 선언 이후 바로 미국으로 가기도 했고. 뭐, 원래
인터넷이랑은 담을 쌓은 사람이니 충분히 그럴 만도 하지."

"무슨 소리야?"

"그래도 J 양 사건은 들어 봤지?"

"섹스 동영상?"

"어디서 들은 건 있나 보네."

배시시 웃는 세진을 보며 건우는 기억을 더듬었다.

"자세히는 몰라. 신인 여배우가 있었고, 재수 없게 그 영상이 유출돼서 강제로 은퇴당했다는 것밖엔. 그런데 왜 갑자기 그 여자 얘기가 나오지?"

"그 사람이거든. 내가 생각하는 '사랑에 무너지다'의 단 하나밖에 없는 여주인공이."

❀　　　❀　　　❀

모험이나 마찬가지였다.

건우에게 '장채원'이라는 은퇴한 여배우의 이야기를 꺼낸 것은.

설마하니 그가 제 제안을 들어줄 거라곤 생각하지 않으며 툭 던진 미끼였는데 놀랍게도 건우는 그것을 덥석 물었다. 우연한 기회로 채원과 닮은 여자가 있다는 정보를 얻은 세진은 건우에게 그녀를 설득할 것을 요구했다.

망설이던 건우는 '한번 만나는 볼게'라는 답변을 들려주었고 덕분에 세진의 기분은 최고조 상태였다.

"그렇게 좋아?"

"하늘을 날 것 같아."

극본 작업 시 모델로 삼았던 여배우가 제 드라마에 나올 수 있을지도 모른다는 사실은 작가를 들뜨게 만들었다. 얼른 작업실로 돌아가서 남은 글을 마저 쓰고 싶어, 라는 생각을 할 정도로.

실실 웃으며 건우를 바라보자 못 말리겠다는 표정을 짓던 그도 피식 웃음을 터뜨렸다. 정말 행복한 날이었다. 세진은 그와 함께 카페를 나오는 길에 생각하고 또 생각했다.

"작업실까지 데려다줄까."

"괜찮아. 이 기분을 혼자 조금 더 느끼고 싶거든."

뱅그르르 한 바퀴 돌며 대답한 세진은 그에게 크게 손을 흔든 뒤 버스 정류장으로 향하려 했다.

"이세진."

그런 세진을 불러 세운 건우가 잠시 주저하다 입술을 움직였다.

"너 요즘, 형 피하고 있다며?"

어쩌면 꼭꼭 숨은 '장채원'을 만날지도 모른다는 사실에 구름 위를 걷는 듯한 기분을 느끼던 세진의 얼굴이 처참하게 일그러졌다.

꼭 이럴 때 그 말을 꺼내야 했었나. 세진은 마음속 깊은 곳에 감추었던 일을 들춰 버리는 건우를 원망스러운 눈으로 바라봤다.

그러나 그는 그 말을 꺼낸 것을 후회하지 않는다는 듯 어깨를 으쓱였다.

세진은 길게 숨을 뱉어 내며 투덜거렸다.

"피하는 거 아니야. 딱히 만날 일이 없어서 안 만나는 것뿐."

그리고 그쪽에서도 연락 한 번 없는데, 뭘.

왜 제가 화를 내어야 하는 건지 모르겠다. 세진은 구겼던 얼굴을 펴기 위해 안간힘을 썼지만 쉽지 않았다. 빌어먹을. 그에 대한 이야기를 듣기만 해도 속이 욱신거렸다.

건우는 입술을 삐죽이는 세진을 내려다보며 중얼거렸다.

"만날 일이 없어도 마구 사무실을 드나들던 사람이 하는 말이 맞나 싶군."

"이건우."

"피하는 거잖아."

"……."

건우는 대답 않는 세진에게 충고했다.

"무슨 일인지는 모르겠지만 풀어, 그냥. 좋든 싫든, 촬영 시작하면 앞으로 쭉 같이 있어야 될 사람인데 얼굴 붉히는 거 좋지 않아. 게다가……."

"그만. 거기까지."

세진은 작정한 듯 술술 말을 뱉어 내는 건우에게 손을 들어 올렸다. 그리고는 차갑게 눈을 치켜뜨며 말했다.

"이건우가 하고 싶은 말이 뭔지는 접수했지만, 내 일이야. 알아서 할게."

"세진아."

"먼저 갈게. 아, 맞다."

휙 몸을 돌리려다 말고 세진이 퉁명스럽게 말했다.

"엄마가 로이 보고 싶다고 난리야. 시간 되면 집에 좀 들러."

그러자 건우가 쓴 미소를 지었다.

"방금 그 말도 계약 조건 위반이라는 건 알긴 해?"

알 게 뭐야.

세진은 손을 휘휘 저으며 앞으로 걸어갔다. 저를 부르려던 건우가 제 길을 가는 소리가 들려왔다. 모르는 척, 계속해서 발을 움직이던 그녀는 어느새 도착한 버스 정류장 표지를 하염없이 바라보며 입술을 잘근 눌렀다.

'그렇게…… 티가 났나.'

생각이 얼굴에 드러나는 건 분명 좋은 현상은 아니었다. 아무리 감추려 애써 봐도 마음을 들켜 버리니 상대에게 지고 들어갈 수밖에 없었다. 세진은 한숨을 푹 내쉬었다.

건우의 말대로였다. 세진은 그를, 김준을 의식적으로 피하고 있었다.

"기회를 줘."

간절한 표정을 지으며 저를 향해 속삭이던 그의 목소리가 한 달이 지난 지금까지 잊혀지지 않는 걸 보면.

"돌려 볼게, 네 마음."

준은 짧은 키스 후 놀란 세진을 향해 말했었다. 하마터면 '응, 그래'라고 대답할 뻔했던 건 그에겐 비밀이었다. 하지만 그건 잠시였다. 울컥 치솟는 마음을 가라앉히며 숨을 고른 그녀는 얼굴을 일그러뜨리며 그를 적대적으로 노려보다 말했다.

"기회를 달란 말은 함부로 하는 게 아니야."

"세진아."

"모르겠어. 당신이 꺼낸 말을 대체 내가 어떻게 받아들여야 하는지. 김준. 정말로 내게 미련이라도 남은 거야? 그래서 이렇게 질척거리는 거야?"

"……."

"설마 우리가 다시 다툴 수 있다는 걸 알면서도, 그걸 반복하고 싶다는 소리를 하고 싶은 건 아니겠지? 난 정말…… 지긋지긋하단 말이야. 그 문제로 싸우는 건……."

세진이 어금니를 악물며 쉰 소리를 뱉어 내자 준은 쓰게 웃었다. 그리고 그녀를 내려다보며 말했다.

"알아."

"아는 사람이 왜……."

"너랑 그 일로 다투고 싶지 않아."

"뭐?"

"그러니 네가 원한다면, 네 뜻대로 할게."

한동안 말을 할 수가 없었다. 부드럽게 웃는 그의 저의가 무엇인지 파악하려 애썼지만 어려웠다. 세진이 눈을 동그랗게 뜨고 바라보자 준은 담담하게 말을 이었다.

"그러니까 너도, 진지하게 생각해."

그리고 한 달.

준은 그녀에게 폭탄선언을 날린 이후로 감감무소식이었다.

물론 세진도 알고 있었다. 그와 만난 이후 바로 극본 작업에 돌입하여 한동안 작업실을 나오지 않던 그녀를 준이 배려했다는 걸. 또 이제 막 날개를 펴기 시작한 최진헌이라는 남자 배우를 더 높은 자리에 올려 주기 위해 준이 눈코 뜰 새 없이 바빴다는 사실을. 그래도,

"당신은 날 너무 방치해."

고작 그런 말을 한 번 내뱉는다고 자신이 흔들릴 거라 생각했던 건가. 기회를 줄 거라 확신하고 있는 건가. 아이 문제에 대해 뜻대로 해도 된다는 말을 듣는다면 무너질 거라 생각했던 건가.

화가 났다. 이렇게 또 마구 요동치는 제 가슴이.

세진은 오지 않는 버스를 기다리려 근처 벤치에 털썩 몸을

맡기며 머리를 벅벅 긁었다.

"싫다……."

여전히 그를 떨치지 못하는 제가 바보같이 느껴졌다.

준에게 기회라는 걸 주고 싶은 제 마음이, 싫다.

❀   ❀   ❀

"정수호."

"네, 작가님."

세진은 생글생글 웃는 수호를 빤히 바라보았다. 왜 이렇게 웃어, 이 녀석. 왠지 기분이 나빠졌지만 내색하지 않으려 노력하며 세진은 입을 쭉 내민 채 물었다.

"너는…… 사람이 변할 수 있을 거라 생각하니?"

밤새 잠을 이루지 못했다. 두 눈이 퀭한 세진을 보고 수호가 입을 벌릴 정도였으니까.

얼른 입을 다물라며 무시무시한 눈빛을 날리던 세진은 '작가님, 꼭 판다 같네요'라는 망발을 지껄이는 수호의 머리 위로 꿀밤을 안겨 주었다.

그래도 아랑곳하지 않는 수호의 얼굴이 얄밉게 느껴져 밥을 먹는 동안 그를 빤히 응시하던 세진은 차오르는 궁금증을 참지 못하고 물었다. 그러자 눈을 동그랗게 뜨던 수호가 잠시 고민하듯 구레나룻을 긁적이더니 대답했다.

"오히려 안 변하는 사람이 세상에 있을까 싶은데요?"

가끔 수호는 기대도 하지 않았던 놀라운 답변을 들려준다. 오늘이 그날인가. 신기한 녀석. 저보다 한참 어린 주제에 이렇게 핵심을 파고드는 답변을 하다니. 세진은 고민하다 다음 말을 흘렸다.

"있을지도 모르잖아. 자기 주관이 뚜렷한, 고집불통인 사람. 그런 사람들은 가까운 사람들이 떠나가도 견고하잖아."

"가까운 사람을 내쳐서 자신을 둘러싼 주위가 변했다면, 생각이 바뀔 수도 있죠."

수호는 놀라는 세진에게 웃으며 말했다.

"인간관계란 그래서 중요한 거예요. 고집불통도 변화시킬 수 있으니까요. 그러니 작가님도 저 있을 때 잘하세요. 제가 수틀려서 여길 나가면 어떡하시려고요."

"어이, 정수호. 예쁘다고 봐줬더니 못 하는 말이 없구나?"

"하하. 다 드셨죠? 설거지할게요."

눈을 부라리며 그를 쳐다보자 자리에서 벌떡 일어난 수호가 세진의 빈 그릇을 치웠다. 혼나기 전에 쏜살같이 달려가 일을 하는 그의 뒷모습을 바라보던 세진이 고개를 절레절레 저었다.

"네가 원한다면, 네 뜻대로 할게."

내 뜻대로……라. 자신이 아이를 낳기를 원한다는 걸 알고 꺼낸 말일까.

그녀는 식탁 위에 놓여 있는 자신의 핸드폰을 뚫어져라 응시하며 생각했다.

'한번…….'

만나고 싶은데.

막혔던 극본 작업도 순탄하게 진행되고 있었고, 건우도 예의 '장채원'을 만나 신나게 설득 중이란 이야기가 들려오고 있는 와중, 자꾸만 눈앞에 아른거리는 준을 만나고 싶어 미칠 지경이었다.

'만나면. 어떡할 건데?'

기회를 달라는 그에게 정말 기회라도 줄 생각인가. 아니면, 이번에야말로 단호하게 내쳐 버릴 생각인가.

용기를 내서 핸드폰을 움켜쥐어도 순간적으로 울리는 머리의 외침에 다시 핸드폰을 놓았다. 세진은 연신 한숨만 뱉어 냈다.

"……님! 작가님! 전화 와요!"

요즘 들어 계속 혼자만의 상념에 빠진다. 너무 깊은 생각의 늪에 허우적거리는 바람에 뭔가를 놓치게 된다. 오늘은 전화벨 소리였다.

세진은 저를 크게 부르는 수호의 목소리에 정신을 차렸다. 양손에 거품을 잔뜩 묻힌 수호가 식탁 위의 핸드폰을 가리키자 그의 손길을 따라 눈을 돌린 그녀는, 발견했다. 정신없이 울리는 핸드폰을. 가슴이 덜컹 내려앉았다.

처음 보는 번호에 입술이 바짝 말라 갔다. 사정상 핸드폰

번호를 자주 바꾸던 준이 제게 전화를 걸어 온 거라 생각한 세진은 침을 꿀꺽 삼키며 핸드폰을 향해 손을 뻗었다.

통화 버튼을 누르기까지 많은 시간이 소요되었지만 여전히 벨소리는 멎지 않았다. 그녀는 숨을 크게 들이마시며 통화 버튼을 눌렀다.

"왜."

생각과는 다르게 입술 밖으로는 퉁명스러운 목소리가 흘러나왔다. 아차 싶었지만 일은 이미 일어난 뒤였다. 세진은 자책하며 눈을 찔끔 감았다.

—…….

두근두근 벌렁거리는 심장 소리가 점점 커져 갔다. 오랜만의 전화 통화라서 그런지 이상하게 갈증이 일었다. 감았던 눈을 뜰 때까지 아무 대답을 하지 않는 준 때문에 속이 탈 지경이었다.

세진은 답답해지는 걸 느끼며 작게 인상을 썼다. 왜 이렇게 말을 안 해.

—저기, 이세진 작가님 핸드폰 아닙니까?

'말을 해, 말을!'이라 외치려는 순간, 핸드폰 너머로 들려오는 목소리에 세진은 꿀 먹은 벙어리가 됐다. 당연히 김준일 거라 생각했는데 그가 아니었기 때문이다.

—이세진 작가님?

그건 나 맞긴 한데,

"누구……신지?"

142

세진은 조심스럽게 묻는 부드러운 음성에 미간을 좁히며 얼굴을 갸웃거렸다. 곧 맑은 음성의 남자가 하하 웃으며 말했다.

─강희승입니다만, 기억하십니까?

사실 처음엔 기억하지 못했다.

한 번도 들어 본 적 없는 이름이었으니까.

짧은 침묵이 이어졌다. 왠지 모르게 미안해져서 사과를 하려는 순간 불현듯 얼마 전의 일이 떠오른 것은 순전히 우연이었다.

저를 흔드는 준을 잊기 위해 수호에게 소개팅을 해 달라고 졸랐던 적이 있었다. 내키진 않아 했었지만 결국 제게 자신의 지인을 소개해 준 수호 덕분에 아주 잠시나마 만났던 남자의 이름이 바로 '강희승'이었다는 걸 기억해 냈다. 서울중앙지검의 검사였던가.

'사람'에 관심을 두지 않고 그의 '직업'에만 집중해 개인적인 질문이 아닌, 인터뷰 질문만 소개팅 내내 했던 제 모습이 눈앞을 스치고 지나갔다. 그에 세진은 조금 당황했다.

좋게 헤어진 것도 아니고, 실수만 가득 한 채 먼저 자리에서 일어났었다. 미안하다고 말하며 돌아서는 저를 놀란 눈으로 쳐다보던 남자가 뇌리에 각인되어 있었다.

세진은 차마 떨어지지 않는 입술을 억지로 떼며, '네. 기억해요' 하고 대답했다. 그러자 핸드폰 너머로 남자의 호쾌한 웃음소리가 들려왔다.

─번호를 알아내느라 꽤 고생했어요.

"아."

─수호 녀석이 어찌 된 영문인지 작가님 번호를 말해 주려 하지 않더라고요. 정작 소개해 준 사람은 녀석이면서.

혀를 내두르는 그의 말에 세진은 쓴웃음을 흘렸다.

'그건 아마 정수호가 김준의 끄나풀이어서 그랬을 거예요.'

그 말이 입안에 맴돌았지만 내뱉진 않았다.

세진은 핸드폰을 귀에 댄 채로 싱크대 앞에서 엉덩이를 씰룩거리는 수호를 응시했다. 빨간 고무장갑을 낀 그는 한창 설거지에 집중하고 있었다.

콧노래까지 흥얼거리던 수호가 시선을 느꼈는지 뒤를 돌아보자 그녀는 몸을 움찔거렸다. 의아한 표정을 짓는 수호에게서 애써 눈을 돌린 세진은 검지로 머리카락을 돌돌 말았다.

"그런데…… 무슨 일로?"

그와 대면했던 시간이 길지 않았던 걸로 기억한다. 따로 볼일이 있을 거라 생각하지 않은 관계로 강희승이란 사람에 대해 잊고 있었던 거다.

그런 그가 자신에게 무슨 볼일이 있는 건지 아무리 머리를 굴려도 알아낼 수가 없어 얼굴을 찡그리던 세진이 조심스레 물었다. 그러자 젠틀한 음성이 핸드폰 너머로 들려왔다.

─작가님을 뵙고 싶은데, 시간 좀 내주실 수 있습니까?

"저를요?"

눈을 크게 뜨며 되묻자 희승이 대답했다.

―네. 그날 그렇게 헤어진 게 영 마음에 걸려서 말이죠.

…….

―아. 바쁘시다면…….

"좋아요."

망설이던 세진은 눈을 빛냈다.

"어디로 가면 되죠?"

❋   ❋   ❋

정식으로 사과를 해야겠다고 생각했다. 돌이켜 보면 제가 먼저 만나자고 한 거나 마찬가진데, 그런 자리를 멋대로 박차고 나왔으니. 예의라곤 없는 행동이었다. 이제라도 사과할 기회가 생겨서 다행이다 싶었다.

쇠뿔도 단김에 빼랬다고, 오늘 당장 그와 만나기로 한 세진은 어딜 가냐고 묻는 수호에게 답해 주지 않고 작업실을 나섰다.

청담동의 한 레스토랑. 겉으로 보기에도 고급스러워 보이는 레스토랑의 입구에서 숨을 고르며 서성이는 세진의 얼굴은 무거웠다. 하필이면 약속 장소가 이곳이라니.

청담동의 모 레스토랑으로 오라고 언급하던 희승에게 장소를 변경했으면 좋겠다고 말하려다 말았다. 뭐, 큰 문제가 있겠어? 세진은 자동문 앞을 한참 동안 서성이다 주먹을 불끈 쥐었다.

"어서 오…… 어? 이 작가님 아니세요? 오랜만이네요."

드르륵 열리는 자동문을 지나 레스토랑 안으로 발을 디디자마자 부드러운 음성이 들려왔다. 이 레스토랑의 지배인으로 보이는 인자한 얼굴의 남자가 세진을 향해 고개를 까딱였다.

세진은 친근하게 말을 거는 지배인에게 희미한 미소를 지으며 대답했다.

"그러게요. 자주 못 들러서 죄송해요."

순전히 빈말이라 그런지 속이 욱신거렸다. 그런 세진의 의도를 알지 못하는 지배인이 손을 휘휘 저었다.

"하하, 바쁘시다는 거 압니다. 오늘은 김 대표님과 약속이 있으시군요?"

"김 대표가 여기 있어요?"

반사적으로 눈이 동그래진 세진이 크게 당황한 얼굴로 지배인을 바라봤다. 그러자 그녀의 시선을 마주한 그가 웃으며 대답했다.

"예. 최진헌 씨랑 함께 오셨는데."

익숙한 이름이 들려왔다. 최진헌. 데뷔한 지 얼마 되지도 않았는데 벌써 대한민국 연예계의 최정상 자리에 오른 무시무시한 남자 배우. 세진의 드라마 남자 주인공으로서 이미 점찍어 둔 상태였다. 진헌을 지금보다 한층 더 높은 자리에 올리기 위해 준이 열심히 뛰어다니고 있다는 걸 그녀도 잘 알고 있었다.

세진은 몰랐냐고 묻는 듯한 지배인의 눈빛에 쓰게 웃었다.

'왜 하필 여기서 만나.'

제 앞에 나타나라고 간절히 바랐을 땐 그렇게 안 보이더니. 세진은 입술을 악물다 핸드폰을 꺼내 들었다. 희승에게 전화를 걸어 이제라도 다른 곳에서 만나자고 말하려다 이내 손을 멈췄다.

'잘못한 것도 없는데, 뭐.'

기회를 달라고 했으면서 한 달간 나타나지 않았던 준이 나쁜 거였다. 세진은 흥, 콧방귀를 끼며 휴대폰을 다시 집어넣고는 미소를 머금은 채 저를 쳐다보고 있는 지배인에게 물었다.

"그쪽은 VVIP실에 있죠?"

"예. 안내해 드릴까요?"

세진은 싱긋 웃었다.

"아뇨. 저는 다른 분과 약속이 있어서. 강희승이라는 이름으로 예약이……."

"아! 강 검사님과 약속이셨군요. 이쪽으로 오시죠, 안내해 드리겠습니다."

VVIP실은 입구를 지나 안쪽 복도에 있었으므로 그곳만 잘 지나간다면 준 일행과 마주칠 일이 없었다. 세진은 앞서 나가는 지배인의 뒤를 따라가다 굳게 닫혀 있는 VVIP실 문을 보고 미묘한 표정을 지었다.

"저쪽에 계십니다."

곧이어 다시 걸음을 움직이긴 했지만 이상하게 찝찝한 기분이 들었다. 어금니를 세게 악물던 그녀는 테라스 쪽의 테이블 앞에 앉아 있는 남자를 발견했다. 그에게 향하기 전 세진이 돌아서려는 지배인을 불러 세웠다.

"고마워요. 그런데 지배인님."

"예. 무슨 하실 말씀이라도?"

의아한 얼굴의 지배인의 모습에 주저하던 세진은 붉은 입술을 달싹였다.

"김 대표한테는 굳이 저 여기 있다는 거 말씀하시지 마세요."

"예?"

"여기서 저 본 거요."

'아아' 하는 탄식 소리가 지배인의 입술 사이로 흘러나왔다. 세진이 어색하게 웃자 그는 이해한다는 표정으로 고개를 끄덕이더니 돌아섰다. 사라지는 그의 뒷모습을 말없이 바라보던 세진이 테라스를 응시했다. 후우, 후우. 두 번의 심호흡 끝에 마음의 안정을 되찾은 그녀는 터벅터벅 발걸음을 옮겼다.

"강희승 검사님?"

우아하게 차를 마시던 남자가 세진의 부름에 화들짝 놀라 뒤를 돌아보았다. 냉정한 얼굴이 와르르 무너져 내리는 것은 한순간이었다. 세진은 그 짧은 변화를 놓치지 않았다.

"아! 이 작가님. 어서 오세요."

맑게 웃으며 벌떡 일어난 남자가 큰 목소리로 세진에게 인사를 했다. 이렇게 환하게 웃는 사람이었나? 그의 첫인상이 어땠는지 정확히 기억나지 않아 미간을 좁히던 세진은 놀란 얼굴을 하고 멍하니 희승을 쳐다보았다.

냉랭한 마스크를 지워 내고 생글생글 웃던 남자는 가만히 저를 응시하고 있는 세진을 보고 고개를 갸웃거렸다.

"왜 그러십니까?"

그제야 세진은 자신이 눈앞의 남자를 뚫어져라 쳐다보고 있었다는 걸 인지했다. 얼른 고개를 저은 그녀는 의자로 손을 뻗으며 중얼거렸다.

"아, 아니에요. 여기 앉을까요?"

"잠깐만요."

응?

"앉으시죠."

세진이 의자를 빼려는 순간 먼저 손잡이를 쥐고 의자를 뺀 희승이 옅은 미소를 지으며 말했다. 그녀는 앉으라는 듯 손짓을 하는 그를 빤히 올려다보다 픽 웃었다.

"매너가 좋으시네요."

"별말씀을."

마지막까지 철저하게 세진을 에스코트한 희승이 맞은편의 자리로 돌아가 앉아 우아한 자세로 물을 마시고 주문을 했다. 드라마 주인공으로 삼아도 손색이 없을 사람이었다.

강희승이란 남자에 대해 흥미가 생겨 들고 온 메모장에 그의 행동들을 낱낱이 기록하고 싶은 마음을 꾹꾹 누른 세진은 주문을 마치고 저를 쳐다보는 희승에게 물었다.

"그런데, 어쩐 일로 절 보자고 하셨죠?"

✿　　　✿　　　✿

"그럼 이 조건으로 계약을 체결하도록 하죠."

준의 서늘한 음성에 침만 꼴깍 삼키던 관계자들의 얼굴에 드디어 환한 미소가 번졌다. 진헌은 제게 사인을 하라고 계약서를 가리키는 준을 흘긋거리며 고개를 절레절레 저었다.

까다롭긴.

두 시간 동안 진행되던 실랑이 때문에 슬슬 따분함을 느끼고 있던 차에 다행히 계약은 매듭이 지어졌다. 진헌은 준이 건네준 만년필로 사인을 마친 뒤 기대에 찬 표정을 짓는 관계자들과 악수를 했다.

계약 조건은 더할 나위 없이 완벽했다. 철저히 진헌이 유리한 쪽으로 계약을 이끌어 낸 준의 수완에 혀를 내두를 지경이었다. 이러니 건우가 자신을 준에게 맡긴 거겠지.

수긍을 한 진헌은 광고 관계자들을 배웅하자마자 VVIP실 의자에 털썩 몸을 맡겼다.

관계자들이 완전히 사라질 때까지 인사를 하고 있던 준은 달칵 문이 닫히자마자 저를 응시하는 진헌의 시선을 느꼈는지 미간을 좁혔다. '왜?'라는 눈빛을 보내는 준을 향해 진헌이 망설이다 입술을 열었다.

"형. 무슨 급한 일이라도 있어?"

제 물음에 준의 눈이 일렁이는 걸 본 진헌이 말을 이었다.

"요즘 왜 그렇게 서두르는 거야?"

"뭐가."

"뭐든지!"

"……."

"좀 무리하는 거 아니야? 밀린 일 처리하는 걸로도 모자라 예정된 일까지 빠르게 마무리 지으려고 하는 중이잖아, 지금."

한 달간 준의 행동을 말없이 지켜봐 온 결과, 그가 꽤나 무리를 하고 있다는 걸 쉬이 알 수 있었다. 무엇을 위해 이렇게 빠르게 달려가는 건지 의아할 정도로 준은 주어진 일들을 급하게 처리하고 있는 중이었다. 의문을 가질 수밖에 없었다.

진헌은 의심스러운 눈으로 그를 쳐다보며 답변을 기다렸다.

준은 정곡을 찌르는 진헌의 질문에 묘한 표정을 짓더니 테이블 위에 놓여 있던 물컵에 손을 뻗었다. 벌컥벌컥. 찬물을 입안으로 쏟아붓던 그는 후우 숨을 뱉어 내며 대답했다.

"무리해서라도 마무리 지어야 내 시간이 날 테니까."

"시간?"

"개인적인 시간이 필요해."

서늘한 음성을 흘리는 준은 꽤나 진지한 얼굴을 하고 있었다. 원래부터가 진지한 사람이지만 이토록 확고한 의지를 피력하는 준의 모습은 처음 보는지라 진헌은 쉬이 입을 열지 못했다.

일에 미쳐 살던 남자가, 갑자기 개인적인 시간이 필요하다니. 상상도 못 할 일이라며 나지막하게 중얼거리던 진헌이 돌연 손바닥을 탁, 내리쳤다.

"형! 여자 생겼어?"

심상치 않아 보이는 일에 대한 궁금증이 차올라 머리를 빠르게 굴려 보던 진헌은 이내 떠오른 생각에 생글생글 웃었다. 준의 몸이 살짝 움직이는 걸 포착한 진헌의 입꼬리가 스윽 올라갔다.

"생겼지?"

준은 대답 대신 앞자리에 놓인 자신의 브리프 케이스를 집어 들었다. 진헌의 입술은 쉬지 않았다.

"우와. 대박! 작가님이랑 헤어지고 그렇게 끙끙 앓더니, 새로운 여자 생긴 거야? 누군데? 어떤 여잔데?"

계약서를 브리프 케이스 안으로 넣은 준은 심드렁한 목소리로 대답했다.

"입 싼 너한텐 말 안 해."

"왜에! 말 좀 해 줘!"

준은 단호했다.

"여기 음식 맛있으니까 다 먹고 와. 너 먹는 거 좋아하잖아."

"날 무슨 먹보로 아나. 뭐, 다 먹기는 할 테지만. 아, 진짜 말 안 해 줄 거야?"

"어."

"어디 가는데!"

준의 말 한마디, 한마디에 툴툴거리던 진헌이 어느새 입구 앞에 도달해 있는 그의 등을 응시하며 소리쳤다. 그에 그는 뒤도 돌아보지 않고 대답했다.

"회사."

"그렇게 일하고 또 일해?"

"말했잖아. 개인적인 시간이 필요하다고. 오늘 안에 다 해결하고 내일부턴 휴가 낼 거야."

진헌이 다음 말을 내뱉을 틈도 주지 않고 준은 VVIP실을 나섰다. 남아 있지 않은 그의 흔적을 두 눈으로 좇던 진헌은 혀를 내둘렀다. 정말 칼 같은 남자네. 이미 식어 버린 음식들과 준이 서 있던 입구 쪽을 번갈아 바라보던 그가 포크를 집었다.

면이 살짝 불기는 했지만 여전히 먹을 만했다. 마침 배가 고팠던 상황이었는데 이미지 관리차 식욕이 없는 척 연기하느라 고생했다. 진헌은 후루룩, 파스타를 입안으로 넣으며 생각했다.

'형처럼 열심히 일하면 밀린 업무를 처리하는 건 금방이겠어.'

대체 그가 언급한 개인적인 시간이 무엇인지 예측이 안 되지만 무척 중요한 일임은 틀림없는 것 같았다. 준은 필사적으로 보였으니까.

정말 여자 문제일까?

이세진 작가가 아니면 다른 여자에겐 눈길도 주지 않던 남자가 입가에 옅은 미소를 짓던 게 떠올랐다.

이 작가와 헤어지고 난 후 정신을 못 차리던 그가 조금은 변화하는 것 같아 다행스럽기도 하고, 두 사람이 다시 재결합하지 않을까 고대했던지라 한편으로는 아쉽기도 하다. 여러 생각들을 하던 진헌은 순식간에 그릇을 비웠다.

남은 일정은 밤늦게 있었으므로 비교적 여유롭게 VVIP실을 벗어난 그는 레스토랑의 앞문이 아닌 뒷문 쪽으로 걸어갔다.

항상 드나들던 곳이었으므로 자신에게 인사를 하는 레스토랑의 직원들에게 옅은 미소를 지어 주던 그는 콧노래를 흥얼거리며 가게를 나서려 했다.

'어?'

그러던 중, 시야로 들어온 익숙한 얼굴에 진헌은 무의식적으로 걸음을 멈췄다. 뒷문 쪽에 위치한 테라스의 테이블 좌석에 있는 '누군가'는 자신이 잘 알고 있는 사람이었다.

저녁 스케줄이 시작되기 전 집으로 돌아가 워닝이나 한판

해야겠다고 다짐하던 그가 눈을 크게 떴다.

'이세진 작가?'

곧 차기작을 내놓을 거라는 소문이 업계에 파다한 이세진 작가가 웬 남자와 함께 하하호호 웃으며 앉아 있는 모습에 진헌의 얼굴이 굳어졌다.

'형은 못 본 건가?'

못 본 것이 확실했다. 계산대가 있는 곳은 앞문 쪽이었으므로 굳이 뒷문으로 다니지 않는다면 테라스를 지날 일이 없었다. 세진과 관련된 일이라면 예민해지는 준의 성격상 그냥 지나칠 리도 만무하고.

진헌은 분위기 좋아 보이는 두 남녀 쪽으로 걸어가려다 발을 멈췄다.

'새 여자도 생겼다는데, 옛 여자에 대해 언급하는 건 도리가 아니지.'

마음을 고쳐먹고 휙 몸을 돌려 뒷문으로 발을 움직였지만 미련이 남은 듯 테라스 쪽을 흘긋거리던 그는 한참이 지나서야 겨우 레스토랑을 벗어났다.

❁   ❁   ❁

"정말로 괜찮으시겠어요? 저…… 엄청 귀찮게 할지도 모르는데. 막히는 부분이 있으면 아무 때나 전화 걸어서 알려 달라고 할지도 몰라요."

눈을 반짝반짝 빛내며 말하기엔 꽤 당당한 세진의 태도에 눈앞의 남자가 빙긋 웃었다.

"괜찮습니다. 제가 작가님의 드라마에 도움이 된다니 그게 더 기쁜데요?"

흔쾌히 고개를 끄덕이는 희승의 답변에 가슴이 쿵쿵 뛰어 댔다. 안 그래도 자료 조사만으로는 알아낼 수 없는 점이 있어서 막히던 차였는데 이렇게 선뜻 먼저 제안을 해 주다니 그저 고마울 따름이었다.

현재 작업 중인 드라마의 여자 주인공과 남자 주인공은 우연하게도 법조인이었다.

한창 대화를 나누다 곧 선보일 드라마에 대해서 언급하게 되었는데 그녀의 이야기를 듣던 희승이 '제가 감수해 드릴까요?'라는 말을 건넸다.

괜찮다고 거절하기엔 너무 끌리는 제안이었던지라 덥석 문 세진은 희승의 손을 잡으며 외쳤다.

"고마워요, 강 검사님! 이번 작품 성공하면 제가 거하게 한턱낼게요! 아니, 반드시 성공할 거니까 무조건 한턱내겠어요!"

아직 건우가 장채원을 설득할 수 있을지 없을지 확신할 수 없으나, 반드시 그럴 수 있을 거라 믿었다. 제작 과정이 순탄하지만은 않겠지만 건우의 협력이 있다면 무리는 아닐 것이다.

언젠가 꼭 선보일 드라마에 희승이 도움을 준다면 천군만

마를 얻게 된 거나 마찬가지. 세진은 강력한 의지를 보였다.

희승은 세진이 맞잡은 두 손을 가만히 내려다보다 옅게 웃으며 말했다.

"한턱보다 작가님이 꼭 들어주셨으면 하는 부탁이 하나 있기는 한데."

"부탁이요?"

세진은 눈을 동그랗게 떴다.

"네. 그게 뭔지는 다음번에 말씀드려도 될까요?"

……어?

"아, 네. 그럼요."

묘한 의미를 담은 그 말을 크게 개의치 않던 세진은 쉽게 승낙했다. 희승은 그런 세진을 말없이 바라보다 손목에 찬 시계를 흘긋거렸다.

"벌써 시간이 이렇게 됐군요."

희승의 말에 자연스럽게 제 손목시계로 시선을 돌린 세진의 눈동자가 동그래졌다. 어느덧 시계는 오후 3시를 가리키고 있었다.

정오쯤 이 레스토랑에 들어왔으니 세 시간 동안 그와 수다를 떤 셈이었다. 세진이 놀라 입을 벌리자 희승은 웃으며 말을 이었다.

"오후엔 회의가 있어서 들어가 봐야 할 것 같습니다."

"아, 그래요? 그럼 일어날까요?"

희승이 고개를 까딱였다.

첫 만남 때는 미처 몰랐는데 대화를 나누는 게 무척 편안한 사람이었다. 놀랍게도 관심사 역시 비슷했고. 한번 물꼬가 트이자 쉬지 않고 이야기하는 세진을 향해 밝은 웃음을 지어 보이는 것이,

'달라.'

많이 다르다.

준과는.

이렇게 정반대의 인상을 풍기는 사람은 처음이었다. 세진은 앞서 나가는 희승을 바라보며 속으로 중얼거렸다.

"얼마죠?"

식사는 맛있었냐는 지배인의 말에 답하며 계산대 앞에 서 지갑을 꺼내 들려고 할 때, 그가 먼저 카드를 내밀었다.

"잠깐만요! 계산은 제가……."

"아뇨. 제가 먼저 만나자고 한 거니 이번엔 제가 사 드리고 싶습니다."

"……!"

"정 걸리시면 다음번엔 이 작가님이 사 주시죠."

싱긋 웃는 남자는 멍한 얼굴의 세진을 흘긋거리다 다시 지배인에게 카드를 내밀었다. 할 말을 잃은 세진은 그가 또다시 언급한 '다음번'이라는 말을 되뇌었다. 묘한 말이다, 라고 세진은 중얼거렸다.

"그런데 자주 오시는 곳이었나 봐요?"

레스토랑을 나서는 길. 짧게 사과만 하고 작업실로 돌아갈

생각이었는데 예상했던 것보다 만남이 좀 더 길어졌다. 이쯤에서 수호가 저를 찾을 거라 여겼는데 전화 한 통 없는 걸 보니 녀석도 바쁜 모양이었다.

희승의 옆에 나란히 서서 걸어가던 세진은 귓가로 흘러들어 온 그의 물음에 얼굴을 돌렸다. 눈을 동그랗게 뜨자 희승이 말을 덧붙였다.

"여기 지배인과 아는 사이 같던데."

가슴이 철렁거렸다. 아마도 출구를 나설 때 제게 눈짓을 하던 지배인의 모습을 본 것 같았다. 왜 양심이 찔리는 건지는 모르겠지만 세진은 쓰게 웃으며 대답했다.

"……네. 조금."

이 레스토랑은 준과 자주 오던 곳이었다. 간혹 건우와 오기도 했었고. 희승과 이야기를 나누며 잠시 잊고 있었던 준의 얼굴이 눈앞을 스치고 지나가자 세진은 미간을 좁혔다.

"집에 가시는 거죠? 아직 시간이 남았으니, 모셔다드리겠습니다."

그런 세진의 마음을 알 리 없는 희승이 친절하게 말했다. 그녀는 손을 들어 올리며 밝게 말했다.

"괜찮아요! 요기 앞 버스 정류장에서 버스 타면 집까지 직행이거든요."

"예? 그래도……."

"머릿속으로 정리할 것도 있고. 어쨌든 제안은 감사드려요. 그럼 조심히 들어가세요!"

일전의 일에 대해 제대로 사과를 한 터라 마음의 부담감을 던 상황이었건만 의외로 여러 수확이 있었다. 생각지도 못한 사람에게 대본의 감수를 받을 수 있다는 것이 가장 큰 성과였다.

　만약 이번 작품이 성공한다면 희승에게 정식으로 대접을 해야겠다고 끊임없이 머리에 새기며 꾸벅 인사를 한 세진은 몸을 돌렸다.

　"전화!"

　버스 정류장이 있는 곳으로 걸어가려는 세진을 향해 들려온 희승의 음성은 그녀의 발걸음을 멎게 만들었다. 세진이 갑작스런 그 외침에 뒤를 돌아보자 웃으며 저를 바라보는 희승이 눈에 들어왔다.

　"해도, 됩니까?"

　세진은 왠지 모르게 조심스러운 그의 물음에 고개를 갸웃거렸다.

　"제가 전화드릴 거라 말하지 않았나요? 아마 자주 할 것 같은데요."

　"아뇨. 인터뷰나 감수 그런 거 말고."

　희승은 의아해하는 그녀에게 소리쳤다.

　"개인적인 전화를 말하는 겁니다."

　"……!"

　"승낙하신 걸로 알겠습니다."

　그녀가 놀라 말을 잇지 못하는 사이 멋대로 결론을 내린 희승이 외쳤다. 어쩐지 입술이 열리지 않아 미간을 좁히던 세진은 '그럼' 하고 짧게 목례를 한 후 사라지는 그의 뒷모습을 쳐다보았다.

개인적인 전화라.

서른이 될 때까지 그녀의 인생에서 '남자'라고는 오직 한 사람뿐이었다. 그래서 이런 대시가 무척이나 낯설었다. 세진은 한동안 움직이지 못한 채 가만히 서 있다 한숨을 푹 내쉬었다.

또.

생각을 하지 않기 위해 새로운 사람을 만났건만, 결국은 그를 떠올린다. 세진은 제 앞을 아른거리는 준의 모습에 인상을 썼다.

터벅터벅. 버스 정류장으로 걸어가는 발걸음이 무거워졌다. 요동치는 가슴을 진정시키며 이를 악물던 그녀는 미동 없는 핸드폰을 내려다보다 코웃음 쳤다.

'기회는 무슨.'

지난 한 달 동안 연락조차 하지 않는 남자에게 기회를 주는 것은 어불성설이었다. 고요하던 심장이 멋대로 움직일 기회를 주지 않은 것은 천만다행인 일이었다. 세진은 들고 있던 핸드폰을 다시 가방 속으로 집어넣었다.

생각하지 말자. 어차피 연락도 없을 텐데, 뭐. 연락이 올 거라 생각하지 않으면서도 은근히 기대를 품는 제 자신이 우스웠다.

세진은 긴 숨을 뱉어 내며 다시 걸어가기 위해 발을 앞으로 내딛었다.

아무 생각 하지 않고 그저 버스 정류장을 향해 걸음을 옮기던 도중, 세진은 갑작스레 울리기 시작한 핸드폰 벨소리에 가방을 내려다봤다. 지금껏 들어왔던 벨소리임에도 불구하고 심장이 멋대로 쿵쾅거렸다.

괜한 기대를 하게 되는 스스로를 타박하며 얼굴을 찌푸리던 그녀는 조심스럽게 가방 안으로 손을 집어넣었다.

"……!"

준이었다.

쿵쿵쿵, 가슴이 요란한 소리를 내며 제멋대로 뛰었다. 그의 생각을 하고 있었던 걸, 알아차린 걸까. 세진은 숨을 크게 들이마시며 입술을 닫았다.

얼마 지나지 않아 입안에 든 모든 숨을 뱉어 낸 그녀는 파르르 떨리는 눈꺼풀을 아래로 내렸다 위로 올리며 통화 버튼을 눌렀다.

—어디야.

'응' 이라는 말을 뱉어 내기가 무섭게 준의 목소리가 귓가로 들려왔다. 숨이 멎을 것만 같았다.

'혹시 본 건가?'

그러고 보니 준이 같은 레스토랑에 있었다는 사실이 떠올랐다. 하지만 레스토랑을 나설 때 지배인이 아무 말도 하지 않았던 걸로 보아 그건 아닌 것 같았다.

세진은 망설이다 대답했다.

"밖."

—지금, 만날 수 있어?

기막힌 타이밍이다. 세진은 쓴 물이 치밀어 오르는 것을 느꼈다.

—이세진?

"줄곧 연락도 없다가 한 달 만에 전화해서 만날 수 있냐고 물으면, 뭐라고 답해야 하는 거야."

—뭐?

한숨이 새어 나오고 눈앞이 캄캄해졌다.

—문자, 못 받았어?

준이 의아한 음성을 뱉어 냈지만 그녀는 이를 악물었다.

"문자는 무슨 문자."

—……!

"오늘은 좀 피곤해. 미안한데, 급한 일 아니면 내일 얘기해."

—이세…….

머리가 지끈거려 더 이상 대답할 수가 없었다. 전화를 끊기 직전, 수화기 너머로 준이 무어라 소리쳤지만 이미 전화는 끊어진 뒤였다.

세진은 대기 화면으로 돌아간 핸드폰을 무표정하게 내려다보다 쓰게 웃었다.

'잘한…… 건가?'

멈추었던 발을 앞으로 내딛으며 세진은 흔들리는 마음을

다잡았다. 터벅터벅. 이제 얼마 남지 않은 버스 정류장으로 걸어가던 그녀는 자꾸만 마음에 걸리는 말 한마디에 결국 쥐고 있던 핸드폰을 다시 켰다.

"……!"

혹시나 싶었다.

정말 혹시나.

언젠가 준의 번호를 차단시킨 적이 있었는데, 그걸 해지하지 않았다는 게 이제야 생각이 났다. '문자'라는 단어를 언급했던 그의 말에 설마하는 마음으로 스팸 메시지함을 열어본 세진은 그대로 자리에 주저앉았다.

〈일이 많아. 네 얼굴을 보러 가고 싶은데, 쉽지 않네.〉

〈잘 잤는지 모르겠다. 전화하려고 했는데 수호한테 네가 밤을 샜다는 얘기를 들었어. 일에 집중을 하는 게 좋을 것 같아서, 문자 해. 좋은 하루 보내.〉

〈진헌이가 네 얘기를 하더라. 네 드라마에 써 주기로 했다며? 건우가 작업하고 있는 그 드라마인가. 나랑 작업하자니까 넌 어떻게 해서든 날 떼어 놓으려고 하네. 섭섭하긴 하지만, 네가 편하다면. 뜻대로 해.〉

〈뭐하고 있어? 난 진헌이 로케에 따라가는 중이야. 곧 출국할 것 같은데, 네 생각이 나서.〉

〈답…… 안 해 줄 거야?〉

〈아직 화가 많이 났나 보네. 괜찮아. 기다리는 건, 익숙하니

까. 그래도…… 아니다.〉

〈환절기라 그런지 날씨가 쌀쌀하다. 옷 잘 입고 다녀. 이럴 때 감기 들면 안 되잖아.〉

〈귀국했어. 네 얼굴 보고 싶은데, 만나러 가면 봐 주려나? 멋대로 가면 화낼 것 같아서 지금은 참고 있어.〉

〈세진아.〉

〈얼굴을 못 본 지 벌써 보름째네. 잘 지내고 있니?〉

〈세진아.〉

〈이번 일 마무리되면, 데려가고 싶은 곳이 있어. 같이…… 가 줬으면 좋겠다.〉

〈보고 싶다.〉

〈보고 싶어, 이세진.〉

.

.

.

'빌어먹을…….'

❋　　　❋　　　❋

딩동, 초인종을 누르는 소리에 퉁퉁 부은 눈을 손등으로 비비며 현관으로 나섰다. 누군지 확인도 하지 않고 문을 열어 준 세진은 대문 앞에 서 있는 사람을 발견하고 눈을 동그

165

랗게 떴다.

"기, 김준?"

밤새도록 저를 울린 그 남자였다. 세진은 서늘한 얼굴을 하고 서 있는 준을 보며 입술을 파르르 떨었다. 준은 냉랭하게 그녀를 내려다보다 한숨을 푹 내쉬며 중얼거렸다.

"눈은 왜 그렇게 부었어?"

"어?"

"어제 작업실도 안 갔다면서. 혼자 뭘 한 거야."

차가운 손으로 눈두덩을 쓸어 버리는 준으로 인해 그녀는 얼굴을 빨갛게 붉혔다. '뭐하는 거야!' 라고 외치며 그의 손을 내쳤지만 준은 아랑곳하지 않았다. 오히려 당황한 세진의 집 안으로 성큼 발을 디디며 들어왔다.

"어제 네 목소리가 걸려서. 그렇게 전화를 끊는 법이 어디 있어."

"뭐?"

"참. 나 오늘부터 휴가야."

준은 싱긋 웃더니 굳어 버린 세진의 손목을 덥석 잡았다. 갑자기 끌어당기는 그로 인해 현관을 벗어난 세진은 욕실을 향해 걸어가야 했다.

"얼른 세수해."

"기, 김준!"

"데이트하자."

아무렇지도 않게 말하는 준을 보며 세진은 멈춰 섰다. 놀라 돌아보는 그녀를 향해 준이 속삭였다.

"누군진 모르겠지만 건우가 여자 주인공 맡을 여배우 설득에 들어갔다며. 제작 들어가면 네 얼굴 보기 힘들어질 텐데, 그전에 봐 둬야겠어. 가자."

세진은 황당한 기색을 감추지 못하고 물었다.

"진심이야?"

준은 미소 지으며 대답했다.

"난 언제나 진심이었어."

✿   ✿   ✿

"어디 가는 건지 정말 말 안 해 줄 거야?"

조수석에 앉아 있는 세진이 입술을 쭉 내밀었다. 불쑥 쳐들어와 무작정 데이트를 하자고 말한 준은 결국 세진을 제 차에 앉혔다.

상황이 왜 이렇게 된 건지 이유도 듣지 못해 불만에 가득 찬 표정을 짓던 그녀는 운전대를 잡고 정면을 응시하고 있는 준을 흘긋거렸다.

톨게이트를 지나 도심을 벗어났음에도 그는 목적지를 밝히지 않았다. 계속해서 물음을 던지는 세진의 말에 흐릿한 미소만 지을 뿐.

침묵을 유지하는 그에게 화를 내고 싶었지만 차마 입술을 열 수 없었다. 그에게 소리를 치려 할 때마다 순간순간 뇌리를 스치는 문자가 생각났기 때문이다. 의도하진 않았지만 결과적으론 준이 줄곧 보내온 문자를 무시한 꼴이 되었으니 더더욱 그랬다.

괜히 죄를 지은 것 같아 윗니로 아랫입술을 꾹 누르던 세진은 대답 없는 준을 쳐다보다 말고 창밖으로 시선을 돌렸다.

구름 한 점 없는 하늘은 청명했다. 먹구름이 가득한 세진의 마음과는 다르게. 간밤의 일로 퉁퉁 부은 눈은 여전했다. 투명한 차창에 비친 제 모습을 발견하곤 속이 욱신거리는 걸 감추던 세진은 낮게 중얼거렸다.

"수호한테 말해야겠어."

"이미 말해 뒀어."

지금껏 던진 질문엔 대답 한 번 하지 않더니 묻지도 않은 말엔 쉽게 답을 했다. 치밀한 인간. 외투 주머니에서 핸드폰을 꺼내 들려던 세진은 흥, 하고 입술을 씰룩였다.

조용하게 가슴이 움직였다. 거슬리지 않을 만큼, 적당한 속도로. 천천히 뛰기 시작한 심장의 박동은 점차적으로 빨라졌다. 그와 좁은 공간에 있다는 사실만으로도 쉬지 않고.

세진은 무의식적인 몸의 반응에 한숨을 내쉬었다. 진정해라, 좀. 작게 호흡을 고르며 준의 얼굴을 흘긋거렸다. 평소와 같은 그의 모습이 시야로 들어와 가슴이 따끔거렸다. 겨우 억눌렀던 감정이 울컥하고 치솟는 것 같아 입술을 앙다물던 그녀는 결국 소리를 뱉어 냈다.

"문자."

고속도로 위를 달리고 있는 준은 세진의 기어들어 가는 목소리를 듣지 못한 것 같았다. 그녀는 벌렁거리는 심장의 박동을 안정시키려 애썼다. 그리고 스스로에게 되뇌었다. 미안한 건, 미안한 거니까.

"답장…… 빨리 못 해서 미안해."

"어?"

"답장이 늦어서, 미안하다고!"

버럭 소리를 질러 버린 세진은 자신을 흘긋 쳐다보는 준의 시선에 얼굴이 화끈거리는 것을 느꼈다. 태연해지고 싶었는데, 생각보다 잘되지 않았다. 여전히 정면을 응시한 상태에서 준은 고개를 푹 숙여 버린 세진을 향해 대답했다.

"그래서 그 시간에 '미안'이란 문자를 보낸 거야?"

준의 웃음소리가 신경을 자극했다. 세진은 어젯밤, 자기 전 충동적으로 했던 행동을 떠올렸다. 준의 문자를 발견하고 가슴이 먹먹해져 주르륵 눈물만 흘리다 답장 버튼을 눌렀다.

어떻게 답변을 해야 할지 한참을 고민하다 전송한 내용은 고작 '미안'이라는 두 글자.

제가 생각해도 참으로 성의 없는 답장이 아니었나 싶었지만 이미 보내 버린 문자를 무를 수는 없었다. 무심코 전송 버튼을 누르고 얼마나 후회했던가. 잠자기 직전까지 '보내지말걸!' 하고 땅을 치던 제 모습을 생각하며 세진은 한숨을 흘렸다.

"스팸함에 있었어."

변명이라도 해야 할까. 말을 덧붙이는 그녀의 말에 준이
물었다.

"스팸? 내가 얼마나 미웠길래, 차단을 시킨 거야?"

"몰라. 그냥…… 해 버렸어."

방귀 뀐 놈이 성낸다고, 세진은 퉁명스러운 목소리를 뱉어
냈다. 그러다 문득 생각난 것이 있는지 물음을 던졌다.

"그런데 김준, 무슨 문자를 그렇게 보냈어?"

그녀가 알기로 준은 문자를 즐겨하지 않는 편이었다. 답변
을 기다리는 것이 답답하다며 곧장 전화를 하는 스타일이었
지. 그래서 그가 그토록 많은 문자를 보냈을 줄은 몰랐다. 글
자 하나하나에 감정이 실려 있는 그런 문자는, 받아 본 적이
없었다. 세진은 애써 참던 감정이 용솟음치려는 걸 누르며
중얼거렸다.

"당신답지 않았어."

준은 고개를 절레절레 젓는 세진을 향해 입꼬리를 올렸다.

"나답고 싶지 않았으니까."

무슨 소리를 들었나 싶어 쳐다보았지만 준은 여전히 미소
를 머금은 채 정면을 응시하고 있었다. 세진의 눈동자가 동
그래졌다.

"문자를 보내는 건 싫어해. 하지만 넌 전화보단 문자를 보
내는 걸 좋아하지. 말로 표현하는 것도 좋아하지만 글로 감
정을 드러내는 것도 좋아해, 너는. 갑자기 변하기는 힘드니

까 쉬운 것부터 시작하자고 생각했어. 그래서…… 보냈던 거야."

그의 말 한마디, 한마디가 바람을 타고 귓가로 안착했다. 세진은 이를 악물었다. 그러지 않으면 참아 왔던 눈물이 툭 터져 나올 것 같았다. 준은 그런 세진을 바라보지 않고 소리를 내뱉었다.

"당연히 읽을 거라 생각했어. 답장이 오지 않은 건, 아직 네가 화가 풀리지 않은 거라 여긴 것뿐이야. 어차피 단번에 답장이 올 거라고 생각하지 않고 있어서 받은 상처도 크지 않아. 그러니 괜찮아. 미안해하지 않아도 돼."

준은 입술을 파르르 떨고 있는 세진을 흘긋거리며 미소 지었다.

"다시 한 번 말하지만, 문자는 싫어해."

"……."

"하지만 너는, 좋아하니까."

눈앞이 하얗게 물들었다. 가슴이 세차게 뛰어 세진은 그에게서 시선을 떼지 못했다. 무슨 소리를 들은 걸까. 김준이 방금, 무슨 말을 한 거지? 숨이 막혀 왔다. 저를 쥐고 흔드는 걸로도 모자라 심장의 박동을 제멋대로 굴게 만드는 그는 세진이 알고 있던 김준과는 다른 사람 같았다. 세진은 들러붙은 입술을 억지로 떼며 음성을 흘렸다.

"김준."

"응."

"당신 원래…… 이런 사람이었어?"

달라진 것 같았다. 차갑고 무뚝뚝하던 그가 변해 버린 것 같았다. 김준을 잘 알고 있는 사람이라면 누구나 느낄 법한 그의 변화를 세진은 믿을 수가 없었다. 준이 옅은 미소만 입가에 걸치자 그녀의 얼굴이 찌푸려졌다.

"당신, 솔직하지 못한 사람이잖아."

당혹감이 섞인 세진의 외침에 준은 긍정했다.

"틀린 말은 아니군."

핸들을 잡은 준의 손끝은 떨리지 않고 있었다. 진정하지 못하는 세진과는 달리 차분하고 고요했다. 마치 마음을 다잡은 사람처럼, 미동 없는 그를 쳐다보는 세진의 동공이 흔들렸다.

"그렇지만 내가 솔직해지지 않는다면, 이세진은 나를 거들 떠보지도 않을 사실을 알고 있어."

"……!"

"그럼 내가 변해야지, 별수 있나."

❁   ❁   ❁

"꿈을 꿨어."

식은땀이 줄줄 흘러내릴 만큼 무서운 악몽을 꾼 적이 있었다. 헉헉거리며 눈을 뜬 세진으로 인해 덩달아 잠에서 깬 준은 나지막한 소리를 뱉어 내는 그녀를 놀란 눈으로 응시했다. 멍한 얼굴을 하고 준을 쳐다보던 세진이 말을 이었다.

"무슨 꿈인지는 정확하게 기억이 안 나는데, 아주 무서운 꿈이었어. 아직도 소름이 돋는 것 같아. 이거 봐."

팔에 오소소 돋아난 소름을 가리키며 세진은 준의 동의를 구했다. 그런 준의 얼굴은 몹시 슬퍼 보였지만 당시의 세진은 알아차리지 못했다. 그녀는 길게 숨을 흘리며 그의 허리를 꼭 껴안았다.

"김준."
"응."
"영원히 내 곁에 있겠다고 맹세해."

명령조의 음성을 뱉어 내는 세진을 내려다보던 준은 기다란 팔을 뻗었다. 있는 힘껏 제 품 안으로 끌어당긴 준으로 인해 세진의 벌렁거리던 가슴은 금세 가라앉았다. 따뜻해. 준의 품에 안겨 눈을 감던 세진이 옅게 웃었다.

"맹세할게."

그런 세진의 귓가로 준은 속삭였다.

"네가 싫다고 해도, 계속 네 곁에 있을게."

"뭐?"

"네가 날 밀어내도 곁에 있을게. 절대로 떨어지지 않을게."

그를 올려다보던 세진은 풋 웃으며 어깨를 으쓱였다.

"글쎄. 내가 과연 당신을 싫어할 수 있을까?"

준은 대답 대신 그녀를 끌어안은 팔에 힘을 주었다. 으스러지도록 그에게 안긴 세진은 스르륵 눈을 감았다. 얕은 숨결을 흘리며 다시금 단잠에 빠져든 세진을 향해 그가 무어라 중얼거렸지만 정확하게 듣지는 못했다.

❖   ❖   ❖

"⋯⋯진아."

귀를 간질이는 상냥한 목소리가 머릿속을 파고들었다. 창문에 머리를 댄 채 눈을 감고 있던 세진은 저를 부르는 소리에 눈꺼풀을 들어 올렸다.

"세진아."

미간을 좁히며 초점을 맞추는 데 집중했다. 정신을 차렸을 땐 준이 그녀를 내려다보고 있었다. 깜짝 놀라 몸을 움찔거리자 그가 픽 웃음을 흘리는 게 보였다. 괜스레 창피해져 얼굴을 붉힌 세진은 인상을 썼다.

"자, 자는 사람을 그렇게 보는 거 아니야."

당황한 나머지 횡설수설하는 세진에게 준은 어깨를 으쓱여 보였다.

"깨워 주려고."

깨워?

"다 왔거든."

세진은 그 말을 듣자마자 창밖으로 시선을 돌렸다. 그러고 보니 쌩쌩 달리던 차가 멈춰 있었다. 그녀는 달아오른 안색을 정상으로 돌리기 위해 노력하며 그를 흘긋거렸다.

'가까워.'

운전석에 앉아 일정하게 유지되고 있던 준과의 거리가 팔을 뻗으면 닿을 만큼 가까워진 상태였다. 차를 세우고 난 후 세진을 깨우기 위해 그가 안전벨트를 풀었기 때문이었다.

세진은 두근두근 뛰는 가슴의 고동소리를 느꼈다. 조금만 더 이 아슬아슬한 상황이 이어진다면 무슨 일이 일어날지 장담할 수 없었다. 세진은 아직 채워져 있는 안전벨트를 풀기 위해 손을 움직였다.

'……!'

긴장을 한 나머지 손을 더듬어 버렸다. 버튼 하나만 누르면 쉽게 풀릴 안전벨트가 단단히 고정이 되어 있자 괜히 얼굴이 찌푸려졌다. 제 이름을 부르던 준의 목소리가 아직까지 잊혀지지 않아서일까. 부드럽다 못해 다정해서 눈물이 왈칵 쏟아질 것 같은 그 음성이 머릿속을 떠나지 않고 있었다.

쿵쿵 들썩이는 가슴을 진정시키지 못한 세진이 단번에 안전벨트를 푸는 것은 힘든 일이었다. 속으로 태연해야 한다고 되뇌었지만 어려웠다.

"풀어 줄게."

그때 준이 길쭉한 팔을 뻗었다. 세진이 그럴 필요 없다는 말을 하기도 전에 철컥 버튼을 눌러 버린 그 덕분에 안전벨트가 풀렸다.

세진은 멍한 눈으로 준을 응시했다. 그는 떨리는 세진을 쳐다보다 희미하게 웃은 뒤 차 문을 열었다. 세진은 운전석을 벗어난 그가 조수석 문을 열 때까지 움직이지 못했다.

'대체 얼마나 거창한 곳이기에⋯⋯!'

에스코트 하나만큼은 철저하다 중얼거리며 차에서 내린 세진은 고개를 들다 눈을 크게 떴다.

집을 나선 직후 줄곧 목적지를 함구하던 준이 저를 어디로 데려왔는지 의심스러워하던 그녀는 근사한 풍경이 펼쳐져 있는 곳을 예상했었다.

그러나 세진의 시야로 들어온 건 놀랍게도 산속 깊은 곳에 박혀 있는 별장이었다. 그것도 사람이 살고 있는 건지 의심스러운 낡은 별장. 정리되지 않은 덩굴이 저택을 감싸고 있는 그 광경은 왠지 음산해 보이기도 했다. 세진은 입을 열지 못한 채 한동안 서 있기만 했다.

"데이트 장소가…… 여기야?"

준은 고개를 끄덕였다.

"놀랐어?"

솔직히.

놀라지 않았다면 거짓일 것이다. 세진은 '들어가자' 하고 울타리를 여는 준의 등을 쳐다보았다. 이런 곳에서 데이트를 하겠다고? 그가 무슨 생각을 하는 건지 모르겠다. 원래 준의 마음을 잘 들여다보기 힘들었지만 오늘은 짐작도 할 수 없었다. 세진은 머뭇거리다 입술을 악물었다.

"김준!"

앞서 걸어가는 준의 곁까지 달려간 세진은 하아, 하아 숨을 흘리며 그를 불렀다. 성큼성큼 걸어가던 준이 발을 멈추지 않고 세진을 응시했다.

"응."

세진은 태연하기 그지없는 준을 올려다보았다.

"우리, 데이트하러 온 거 맞아?"

딱히 기대한 건 아니었지만 이런 곳에서 데이트라니, 어불성설이었다.

세진은 구겨진 얼굴을 펴지 못했지만 준은 그저 웃을 뿐이었다. 그에 더욱 미간을 좁히던 그녀는 결심한 듯 발을 앞으로 내딛었다. 터벅터벅. 어느새 별장의 현관까지 다다른 준의 손목을 덥석 잡은 그녀는 뒤를 돌아본 그를 똑바로 직시했다.

"어디야, 여기."

177

말을 해 주지 않는다면 떠나갈 기세로 묻자 준이 답했다.

"내가 살던 집."

……뭐?

무슨 소리를…… 들은 건가.

세진은 굳어 버린 얼굴을 펴지도 못한 채 준을 그저 바라보기만 했다. 준은 그런 세진의 표정에도 뭐라 말을 하지는 않았다. 그저 그녀를 향해 옅은 미소를 지으며 손을 내밀 뿐이었다.

"가자."

세진은 얼떨결에 고개를 끄덕였다. 뜨거운 그의 손 위로 제 손을 얹자마자 준이 감싸듯 움켜 잡았다. 손바닥에서 느껴지는 그의 온기에 순간 숨이 막혔다. 쿵쿵, 뛰는 심장을 주체하지 못하고 멍하니 그를 쳐다보던 세진은 천천히 발을 움직였다.

현관 앞에 서서 주머니를 뒤적이는 준을 보던 세진이 물었다.

"김준."

준은 대답하지 않고 주머니를 뒤적이는 행위에 매진하고 있었다. 미간을 좁혀도 저를 바라볼 생각을 않는 그에게 세진이 인상을 썼다.

"정말 여기가 당신 집이야?"

믿어지지 않았다. 준의 집은, 그녀가 기억하기로 이런 곳이 아닌데. 제 옆집에 살았던 사람이 뜬금없이 자신의 집이라는 말을 뱉어 내자 황당할 뿐이었다.

세진의 말에도 아랑곳 않고 주머니 속으로 손을 꿈틀거리던 준은 곧 녹슨 열쇠 하나를 꺼내 들었다. 세진의 눈이 동그래졌다.

"응."

여전히 그녀의 손을 붙잡은 채로 준은 미소 지었다. 그의 옅은 웃음에 잠잠하던 가슴이 크게 울렁였다. 그녀는 이를 악물었다. 좀 조용히 해, 이 심장아.

저도 모르게 맞잡고 있던 손에 세게 힘을 주었던 그녀는 화들짝 놀라 그의 손을 뿌리쳤다. 놀란 눈으로 그녀를 바라보던 그는 이내 열쇠로 문을 열려 했다.

"잘 안 열리네."

두근두근. 거세게 뛰는 가슴의 박동 소리를 그가 듣지 않았으면 해서 살짝 떨어져 있던 세진은 천천히 준의 뒤로 다가갔다. 딱 봐도 오래된 것 같은 문고리에 억지로 열쇠를 밀어 넣는 준의 모습이 많이 어색해 보여 세진은 피식 웃었다.

"그러게. 좀 세게 밀어 봐."

"이렇게?"

"아니. 조금 더."

"음."

"어휴, 답답해. 이리 줘 봐!"

세진은 미간을 좁히는 준에게서 열쇠를 빼앗아 든 뒤 문고리를 움켜쥐며 눈을 빛냈다. 저를 바라보고 있는 준의 시선

따윈 아랑곳 않고 힘차게 열쇠를 밀어 넣었다. 끼긱, 소리를 내며 열쇠와 문고리가 맞물렸다. 세진이 활짝 웃으며 열쇠를 돌리자 철컥! 문이 열렸다. 그녀는 활짝 웃으며 준을 올려다 봤다.

"열렸어!"

준은 눈꼬리를 휘고 있는 세진을 내려다보며 고개를 끄덕 였다.

"그러네."

……아.

부드러운 그의 미소에 머리가 지끈거리자 세진은 쳇, 입술을 삐죽이며 몸을 돌렸다. 들어가자고 통명스레 말을 뱉어내는 그녀의 뒤를 준이 묵묵히 따랐다.

"콜록콜록!"

끼이익, 문이 열리자 쇳소리가 요란하게 귓전을 두드렸다. 아주 오래된 집이라 그런지 곳곳에 먼지가 잔뜩 쌓여 있었다. 앞으로 발을 내딛을 때마다 눈앞을 아른거리는 먼지로 인해 세진은 얼굴을 찌푸렸다. 기침을 하며 주위를 둘러보는 그때, 준이 그녀를 향해 손수건 하나를 내밀었다.

"고, 고마워."

'별말씀을' 하며 준이 다시 미소 지었다. 이 남자, 왜 이래. 세진은 불편하기 그지없는 그의 다정한 행동에 인상을 쓰며 정면을 응시했다.

"오랫동안…… 아무도 안 살았던 것 같네."

손수건으로 입을 막으며 세진이 중얼거리자 창문을 활짝 열기 위해 창가로 다가가던 준이 대답했다.

"맞아. 줄곧 방치해 뒀던 곳이야."

"방치?"

"다시는, 안 올 거라 생각했거든."

쓰게 웃는 준의 말에 세진은 눈을 크게 떴다. '어째서?' 라는 의문이 머릿속을 잠식했지만 입 밖으로 뱉어 내지는 않았다.

준은 열리지 않는 창문을 열기 위해 손에 힘을 주었다. 몇 번의 시도 끝에 드르륵 소리를 내며 창문이 열리자 집 안을 채우던 먼지가 순식간에 바깥으로 빠져나갔다.

세진은 환하게 스며드는 빛을 그대로 안고 있는 준을 응시했다. 그는 세진에게서 등을 돌린 그 상태로 중얼거렸다.

"'그 여자'가 죽고 난 뒤, 한 번도 온 적이 없었어."

굳어 버린 세진을 세워 둔 채 준은 이리저리 움직였다. 그가 뱉어 낸 '그 여자' 라는 차가운 단어에 그녀는 어쩐지 몸을 움직일 수 없었다.

세진이 넋을 놓은 사이 대충 사람이 앉을 만한 공간을 마련한 준은 얼떨떨한 표정을 짓고 있는 그녀에게 말했다.

"내 집에 온 걸, 환영해."

✿　　　✿　　　✿

불편하다. 아니, 불편한 건가. 정확히 말하자면 불편하기보단 궁금했다. 궁금해 미칠 지경이다. 그래서인지 정신이 하나도 없었다. 묻고 싶은 것은 한두 가지가 아닌데 어떤 것부터 물어야 할지 정리하지 못하겠다.

그러고도 네가 작가냐, 이세진! 스스로를 자책하며 그녀는 고개를 떨구었다.

"차라도 주고 싶지만 전부 유통기한이 지난 것 같아서. 미안하다."

세진이 무슨 생각을 하고 있는지 그는 알고 있는 걸까. 준은 흐리게 웃으며 그녀를 응시하고 있었다. 적어도 손님인 그녀보다는 평온해 보이는 얼굴이었다.

이 집의 낡은 분위기와 어울리는 것 같기도 한 준을 물끄러미 바라보며 세진은 입을 열지 않았다. 쿵쿵. 심장이 또, 멋대로 움직였다. 제길.

"왜 그러고 있어?"

왜 그러고 있긴. 당연……하잖아.

세진은 원망스러운 눈으로 준을 응시했다. 영문을 모르겠다는 표정에 그녀는 얼굴을 찌푸렸다.

숨이 막혔다. 심장이 빠르게 뛰어 제어가 불가능했다. 그녀의 변화를 그는 전부 알고 있을까. 세진은 입술을 세게 악물었다.

'그 여자'.

정확히 지칭하지 않아도 누구를 가리키는지 알 수 있었다.

세진은 그를 빤히 바라보았다. 호흡이 멎어 버릴 것만 같았다.

처음이었다. 김준이 '과거'의 이야기를 한 것은.

"천애 고아나 다름없어. 그냥 그렇게 생각하는 게 편해."

오래전부터 홀로 지내 왔다고 했었다. 친인척이 없어 결혼식 때도 준의 하객 자리는 텅텅 비어 있었다. 의식적으로 과거 이야기를 하지 않는 준에게 세진은 굳이 가족 얘기를 요구하지 않았다. 부모님은 어떤 사람이었냐는 말만 꺼내면 차갑게 굳어지는 준의 얼굴을 보고 더 이상의 말을 꺼낼 수 없었다.

에스터도 준이 원하지 않는다면 굳이 묻지 않는 편이 좋겠다며 세진에게 충고하곤 했었다. 세진을 사랑하는 준의 마음이 중요한 거지, 그의 과거가 중요한 것은 아니라고 했던 말을 세진은 받아들였다.

그랬기에 지금 이 상황이 충격으로 다가왔다. 그리고 그런 저와 다르게 준의 얼굴은 놀라울 정도로 평온해 보였다.

"저, 저건 뭐야!"

저를 직시하는 그의 시선에 눈앞이 어지러웠다. 세진은 어떻게든 화제를 돌리기 위해 주위를 둘러보다 뭔가를 발견하고 손가락으로 가리켰다. 준의 시선이 느릿하게 세진의 손끝이 향해 있는 곳에 닿았다. 장식장이었다.

세진은 준이 자신을 위해 마련해 주었던 의자에서 벌떡 일어나 장식장으로 터벅터벅 걸어갔다.

문을 열자마자 쌓여 있던 먼지가 와르르 쏟아졌다. 뒤로 살짝 물러나려던 세진은 어느새 그녀의 뒤에 다가와 있던 준의 품에 안길 뻔했다. 자신의 어깨를 커다란 손으로 지탱해 주는 준의 행동에 움찔거리던 세진은 다시 장식장 앞으로 다가가 유심히 바라보았다. 세진의 뒤를 따르던 준이 중얼거렸다.

"다 버린 줄 알았는데."

장식장에 진열되어 있는 것들은 하나같이 진귀해 보이는 것이었다. 외국에서 산 것이 틀림없는 여러 기념품들을 찬찬히 훑어보며 '아, 이거 나도 있는데' 라고 중얼거리던 세진은 갑자기 무언가를 향해 손을 뻗는 준의 행동에 생각을 멈췄다. 기다란 손을 뻗은 그는 장식장에서 무언가를 꺼내 들었다.

"뭐야?"

"보고 싶어?"

빙긋 웃더니 손에 쥐고 있던 것을 위로 번쩍 들어 올리는 준을 보며 세진은 미간을 좁혔다. '내놔!' 하고 그를 향해 손을 뻗었지만 준은 짓궂은 미소만 지으며 팔을 위로 올릴 뿐이었다.

결국 세진이 무릎을 올려 그의 다리를 탁, 치자 준은 허리를 숙였다. 그에 그녀는 씩 미소 지으며 준의 손에 들려 있던 물건을 빼앗았다.

"헉!"

준의 손에 들려 있던 것의 정체는 액자였다. 세진은 무표정한 얼굴의 꼬마 아이가 정면을 바라보고 있는 사진을 내려다보다 준과 그것을 번갈아 응시했다. 이내 그녀의 눈이 동그래졌다.

"김준."

"응."

"당신…… 사진이야?"

세진이 슬며시 물음을 던지자 준의 입가에 잔잔한 미소가 번졌다. 고개를 끄덕이지 않아도 그 미소가 긍정의 의미라는 것을 세진은 알아차렸다. 사립 유치원을 다니기라도 했는지, 유치원복을 입고 있는 꼬마 아이를 뚫어져라 응시하던 세진이 입꼬리를 올리며 중얼거렸다.

"뭐야. 당신 어릴 땐…… 꽤 귀여웠잖아."

꼬마 주제에, 무표정하기나 하고. 귀여워.

세진은 지금이나 예전이나 변함이 없는 준의 일관적인 태도에 웃어 버렸다. 그런 그녀를 내려다보던 그가 불쑥 말을 건넸다.

"지금도 귀엽지 않나."

"으엑. 귀엽긴. 완전 재수 덩어린데?"

"내가?"

"당연하지. 당신, 목석 그 자체잖아!"

부르르 치를 떨며 올려다보는 세진에게 그는 '섭섭한데' 하고 나지막하게 중얼거렸다. 그런 그가 말을 뱉어 내든 말든 개의치 않으며 한동안 액자를 내려다보던 세진은 장식장에서 무언가를 또 발견했다.

"저건 뭐야?"

오래된 물건임에도 불구하고 녹 하나 슬지 않은 오르골이 시선을 사로잡았다. 준의 얼굴이 굳어지는 것을 미처 파악하지 못한 그녀가 닫혀 있던 오르골 뚜껑을 열었다.

'......!'

천천히 귓가로 스며드는 오르골 소리가 신경을 사로잡았다. 이 노래는……. 세진의 기억에 의하면 오르골에서 흘러나오는 음악은 오스트리아의 유명한 작곡가, 슈베르트의 현악 4중주곡 중 제14번 d 단조, '죽음과 소녀'였다.

커다란 홀에서 오케스트라에 의해 연주되는 음악과 오르골을 통해 듣는 멜로디는 꽤 차이가 있었다. 슬픈 선율이 귓가를 간질여 멍하니 오르골을 내려다보던 세진에게 준이 나지막하게 중얼거렸다.

"내가 가장 싫어하는 곡이야."

어찌나 놀랐는지 하마터면 들고 있던 오르골을 아래로 떨어뜨릴 뻔했다. 그러나 준은 세진의 반응에 개의치 않아 하며 오르골을 노려보았다.

"그 여자가 가장 아끼던 물건이라서."

적의가 가득한 그의 음성이 신경 쓰였다. 에스터는 그가 스스로 얘기할 때까지 기다려야 한다고 끊임없이 말했지만 결국 호기심을 이겨 내지는 못했다. 세진은 한참을 망설이다 오르골 뚜껑을 닫으며 그를 바라보았다.

"당신이 말하는 '그 여자'는……."

"내 어머니."

……!

"그 여자가 죽으면 가장 먼저 버리리라 다짐했던 물건이 었는데. 아이러니하지. 결국 버려진 건 그 물건이 아니라 나 였어."

덤덤하게 말을 하는 준을 보며 세진은 입을 열 수 없었다. 그의 이름을 부르고 싶은데 목소리가 나오지 않았다. 준은 흐린 미소를 지으며 말을 이었다.

"웃기는 여자였지. 고상한 척했지만, 사실은 하나도 고상 하지 않았으니까."

세진에게서 오르골을 건네받은 준은 지독하게 서늘한 표 정을 지으며 그것을 내려다보았다.

"음악가였어."

정이라고는 느껴지지 않는 목소리. 어머니에 대해 설명하는 준의 말엔 작은 애정조차 스며 있지 않았다. 세진은 쿡쿡 찌르 는 심장 부근을 문지르며 준을 바라봤다. 그의 쓴웃음은 여전 했다.

"촉망받는 첼리스트였다더군. 내 앞에선 단 한 번도 연주 한 적이 없지만."

"김준."

"무너지는 건 순식간이었대. 해선 안 될 사랑을 했었다나."

"……!"

"그로 인해 남은 평생을 불행하게 살았어. 가족들에게 절연을 당했고, 일하던 곳에서 잘리게 되었다는. 뭐 그런, 흔한 이야기야."

준은 오르골을 세게 움켜쥐다 장식장 안으로 그것을 밀어 넣었다. 세진은 아무 말도 할 수 없었다. 그러다 문득 떠오르는 것이 있어 눈을 크게 떴다.

'켈리 정?'

한때, 단편영화에 빠진 적이 있었다. 건우도 관심을 보였던지라 그의 손을 붙잡고 준에게 다가갔다.

당시 세진은 클래식에 심취해 있던 상태였었고 한국의 여러 음악가들 중 스캔들에 휘말려 불꽃처럼 타오른 뒤 사라진 비운의 첼리스트를 발견했다. 좋은 소재거리가 될 것이라고 확신하며 준의 앞에 섰던 세진은 굳어지는 그의 얼굴을 쉽게 이해하지 못했다.

재벌 3세인 유부남과의 열애로 인해 자신이 누리던 모든 것을 박탈당하고 소리 소문 없이 사라진 한 첼리스트. 장편은 어림없었기에 단편으로 각색을 한다면 굵은 임팩트를 줄 수 있는 소재라고 생각했다.

싱글벙글 웃으며 그녀를 소재로 한 영화를 만드는 게 어떠냐 묻는 세진을 준은 빤히 응시했다. 기획 단계에서 승낙했던 건우와 달리 준은 냉정하게 고개를 저었다.

"정확한 지식 없이 그런 분야를 함부로 건드리는 건 안 돼."

"그러니까, 허락을 받는다면……."

"관심 없어. 실화는 사양할게."

"……."

"그렇게 봐도 소용없어. 안 되는 건 안 되는 거야."

시놉시스만 들었음에도 치를 떠는 준의 반응에 대본을 써 내려갈 수도 없었다. 섣불리 건드렸다간 첼리스트를 알고 있는 사람들에게 항의를 받을 거라던 그의 말도 일리가 있었던지라 세진은 활활 타오르던 불씨를 꺼트렸다.

서늘한 표정을 지으며 세진의 기획을 거들떠도 보지 않던 준의 모습은 너무도 태연했었다. 오늘과 같은 일이 있지 않았더라면 아마 다시 회상할 일도 없었을 만큼 자연스러운 거부였다.

요동치는 눈으로 바라보는 세진에게 준은 말했다.

"맞아. 켈리 정이, 내 어머니야."

세진은 입술을 악물었다.

"짜증스러운 여자였어. 오직 자기밖에 몰랐고, 제가 낳은 자식도 쳐다보지 않는 이기적인 성격이었지."

준의 말이 가슴에 콕콕 박혀 왔다. 다른 사람의 이야기를 하는 것처럼 말을 뱉어 내고 있는 준을 어떻게 봐야 할지 모르겠다.

"가족이라곤 저랑 나밖에 없는 주제에, 날 없는 사람처럼 취급했어. 관심을 끌려고 온갖 짓을 다 해 봤지만 소용이 없었지. 무슨 수를 써도 달라지지 않는다는 사실을 자각한 이후, 포기했어. 그러던 어느 날 그 여자가 죽었어. 자살이라더군."

감정이라곤 느껴지지 않는 어조였다. 그런 그의 말에 더욱 가슴이 아팠다. 눈물이 가득 차오르는 것을 보여 주고 싶지는 않았지만 이상하게 시야가 뿌옇게 물들었다.

주먹을 세게 움켜쥐는 세진을 보며 준은 말을 이어 나갔다.

"어떤 남자가 집을 찾아온 건, 그 여자의 상을 치른 다음 날이었어."

아.

"본능적으로 직감했지. 날 묘한 눈으로 바라보는 그 남자가, 생물학적 아버지라는 걸."

"……."

"그 여자가 죽고 난 뒤에서야 찾아왔더군. 그전까지는 단 한 번도 온 적이 없었거든."

무슨 말을 해야 할까. 세진의 작은 머릿속이 수많은 생각들로 헝클어졌다. 그를 쳐다볼 수 없었지만 그녀는 시선을 돌리지 않았다. 준은 그런 그녀를 직시하며 태연하게 말했다.

"견딜 수 없었어."

"김준."

"그 여자가 죽고 난 뒤 이 넓은 집에서 도저히 혼자 살 수 없어서, 나왔어."

"……."

"여길 다시 찾은 건, 15년 만이지."

쓰게 웃는 준의 얼굴이 뇌리에 각인되었다. 하얗게 질린 얼굴로 세진은 그를 응시했다. 손을, 잡아 주고 싶은데 그랬다가는 마음을 들켜 버릴 것 같아 꾹 참았다. 묵묵히 그런 세진을 지켜보던 준이 말했다.

"이런 이야기를 네게 하지 않은 건, 그래. 그 여자의 일은 내 인생의 오점이어서 그랬어."

오점…….

"지우고 싶은 과거의 일이었으니까. 잊을 수만 있다면 무슨 짓이든 할 수 있을 만큼, 그 여자를 언급하는 것 자체가 괴로웠어. 너에게까지 이런 추악한 과거를 알리고 싶지 않았어. 지금 그 여자를 언급하는 것 자체가 고통스러워."

세진의 눈동자가 흔들렸다. 그렇게 힘든데 어째서 말을 하는 건지 모르겠다. 자신에게 무엇을 바라고? 긴 한숨을 뱉어내는 준의 아픔이 느껴져 목구멍이 막혀 왔다. 세진은 천천히 입술을 뗐다.

"왜 하필, 지금이야?"

세진은 그렁그렁 맺힌 눈물을 손등으로 슥 닦으며 신경질적으로 물었다. 준은 그런 세진을 바라보더니 빙긋 웃었다.

"너와 다시 시작하려면, 내가 누구인지 밝히는 게 중요하잖아."

누구 마음대로 다시 시작해.

흥, 콧방귀를 뀌는 세진에게 준은 속삭였다.

"보여 줄게, 모두. 내 전부를, 네가 알았으면 좋겠어."

부드러운 미소를 지으며 그녀를 내려다보는 준은 다정했다. 세진은 입을 열 수가 없었다. 자신을 커다란 손으로 휘저어 버리는 준의 행동에 어금니를 악문 그녀는 이내 제게서 몸을 돌리는 그를 바라만 봤다.

"아, 이거 아직 그대로 있었네. 오랜만인데."

준은 장식장에서 옛 추억을 떠올리는 새로운 무언가를 발견했는지 상기된 음성을 흘렸다. 세진은 그런 준의 뒷모습을 멍하니 좇았다.

'안 되는데…….'

시선을 두지 않기로 결심했으면서 그의 모든 것을 담으려는 자신을 발견했다. 이러면 안 되는 것을 알면서 매정하게 돌아설 수가 없다. 그의 어린 시절 이야기를 듣고 폭풍이 부는 벼랑 위의 나무처럼 세차게 흔들리는 제 모습에 세진은 속이 쓰려 왔다.

아프다.

알고 싶었던 그의 과거를 알아 버렸지만 마냥 행복해지지 않아서.

"어머니가 미혼모라 많은 놀림을 받았지. 아버지가 없는 걸, 이해할 수가 없었어. 가족이라는 게 무서웠고 그것을 만드는 것도, 싫었지. 그래서 벽을 치고 살았던 거야. 너를, 만나기 전까지는."

준이 쓸쓸한 미소를 지었다.

"그리고 너희 가족을 만났지."

"……."

"어쩌면 구원을 받았던 건지도 몰라. 그래. 아마 그 비슷한 감정을 느꼈던 것 같아."

떨리는 제 눈동자를 직시하는 준을 보며 세진은 숨을 참고 말했다.

"왜…… 말하지 않았어?"

콕콕. 바늘로 심장을 찌르는 것 같았다.

"내가 그런 이야기를 듣는다고, 당신을 피하진 않았을 텐데."

"글쎄."

준은 빙긋 웃었다.

"오기였을지도 모르지. 이런 이야기가 네 귀에 들어가게 하고 싶지 않다는 자존심."

"웃겨. 완전 바보 아냐."

"그러게. 바보, 맞네."

쓴맛이 느껴지는 준의 얼굴이 가슴을 아리게 만들었다. 세진은 흐려졌던 얼굴 따위는 어느새 감춰 버린 준의 커다란 등을 바라보다 그를 향해 다가갔다.

허리를 쿡, 찔러 버리는 세진의 행동에 준이 화들짝 놀라 고개를 돌렸다. 세진은 성난 표정을 지으며 그를 올려다봤다.

"당신."

"……."

"그런 불우한 이야기를 들었다고 해서, 내가 당신한테 돌아갈 거라고는 생각하지 마. 김준의 과거가 엄청 가슴 아프다고 해서 다시 합칠 생각은 없으니까."

무슨 이야기를 하고 싶어 저를 그렇게 노려보는 거냐고 말을 하려던 준은 픽 웃어 버렸다.

"그렇게는 생각 안 해."

퉁명스러운 표정을 지으며 대꾸하려던 세진은 이어 들리는 그의 말에 아무 말도 하지 못했다.

"하지만 내가 과거를 고백함으로써, 이세진은 한동안 내 생각만 하게 되겠지."

"……!"

"네 머릿속에 날 채워 넣었다면, 내 계획은 성공한 거야."

휘어지는 준의 눈꼬리가 심장에 박혀 왔다. 세진은 여유로워 보이는 그의 얼굴을 마주하곤 용기 내 늘어놓으려던 핀잔을 삼킨 채 미간을 좁혔다.

복잡한 시선으로 세진을 내려다보던 그가 짙은 미소를 지었다.

"아닌가?"

❀   ❀   ❀

　사실은 번지르르한 얼굴에 대고 '응, 아니야' 라고 말하고 싶었다. 워낙 자신만만해 보이는 표정이 마음에 들지 않았으니까.

　하지만 이세진은 솔직했다. 모친 에스터의 영향 때문인지는 몰라도 속마음을 숨기는 데 익숙하지 않은 편이었다.

　세진은 옅은 미소를 짓고 있는 준을 향해 그 어떤 말도 뱉어 내지 않았다. 여유로운 그의 시선을 피하며 얼굴을 구긴 채 나지막하게 중얼거렸을 뿐.

　"집에 갈래."

　더 마주하고 있다간 솔직한 심정을 뱉어 버릴 것만 같았다.

　"머리 아파."

　눈을 감으면 준의 웃는 얼굴이 맴돌고, 눈을 뜨면 저를 빤히 쳐다보던 그의 강렬한 시선이 아른거렸다.

　어찌할 방도도 없이 그의 생각으로 머릿속이 가득해서 두통이 일 정도였다.

세진은 인상을 쓰며 작업실 방바닥에 드러누운 채 천장을 올려다보았다.

"뭐하세요?"

수호가 모습을 드러낸 것은 꽤 오랜 시간이 지난 뒤였다. 얼마나 그러고 있었는지 망각할 정도로 멍하니 시간을 보내던 세진은 의아한 표정을 지으며 저를 내려다보고 있는 수호를 발견하곤 인상을 썼다.

"보면 몰라? 누워 있잖아."

심드렁하게 대답하는 세진에게 수호는 울상을 지었다.

"저, 청소해야 하는데."

"청소는 무슨. 평소엔 하라고 해도 콧방귀만 뀌면서."

"오늘은 꼭 청소해야 한다고 저보고 화내셨던 건 작가님 이시잖아요!"

그녀를 내려다보며 버럭 소리를 지르는 수호는 진짜로 억울해 보였다. 그래도 이 녀석, 침 튀겼어. 세진은 한숨을 푹 내쉬며 고개를 절레절레 저었다.

빨리 일어나라 재촉하는 수호의 말을 마냥 무시할 수만은 없어서 슬며시 몸을 일으킨 세진이 멀리 보이는 소파를 향해 걸음을 옮기려 했다.

"참! 작가님, 이틀 전에 대표님 만나셨다면서요?"

히죽 웃으며 그녀를 향해 외친 수호의 다음 말이 아니었더라면, 세진은 여전히 넋을 놓은 상태로 소파에 앉아 있었을 것이다.

망치로 머리를 타격당한 느낌이었다. 가슴이 철렁거렸다. 수호의 입술 사이에서 흘러나온 '대표님'이라는 말에 움찔해 버린 스스로가 자존심 상했다. 무슨 말을 해야 할지 막막해져 미간을 좁히던 세진은 뒤를 돌아보며 서늘하게 수호를 응시했다.

"네가 그걸 어떻게 알아."

"대표님이 말씀해 주셨어요!"

뭐? 그걸…… 아.

그러고 보니 그날, 세진을 차에 태운 준이 수호에게도 이미 말을 해 두었다고 했었다. 세진은 쿵쿵 뛰는 가슴의 뜀박질을 가라앉히려 애쓰며 입술을 삐죽였다. 별 얘기를 다 하고 그래.

"데이트하셨다던데, 어떠셨어요? 즐거우셨어요? 기분 좋으세요?"

'김준 끄나풀' 정수호는 아마도 정보를 수집하려는 것이 틀림없었다. 청소를 해야 한다며 저를 바닥에서 일으켜 세울 땐 언제고 눈을 반짝이며 묻는 것을 보면. 세진은 눈을 가늘게 뜨며 수호를 응시했다.

"왜, 왜 그렇게 보세요?"

수호가 흐응, 코웃음을 흘리는 세진을 발견하곤 눈을 동그랗게 떴다. 세진이 터벅터벅 수호를 향해 다가가자 그가 놀라 뒷걸음질을 쳤다.

"으악!"

수호는 갑자기 제 볼을 부여잡는 세진의 행동에 울상을 지었다.

"김준한테 전해, 정수호! 아직, 생각 중이라고! 이렇게 몰래 감시할수록 생각은 더 길어질 거라고!"

"히잉, 아, 아항영, 장깡니잉……."

"어휴. 이걸 진짜. 파문시켜야 하나."

"혁! 앙 댕영! 장깡닝!"

세진은 파문만은 안 된다며 애절한 눈빛을 불태우는 수호를 내려다보다 한숨을 내쉬었다. 제 문하생인 주제에 김준의 성실한 끄나풀 역할을 하고 있는 수호가 얄밉기는 하지만 미워지지는 않았다.

한 번만 더 일러바치면 가만두지 않겠다고 눈을 빛내던 세진의 귀에 핸드폰의 벨소리가 들려왔다.

❂   ❂   ❂

"들어가. 늦었어."

조수석에서 내리던 세진의 생각을 읽을 수가 없었다. 집으로 돌아오는 내내 입을 다물고 있던 그녀의 표정은 지나치게 어두웠다.

뭐라 말을 걸고 싶었지만 입술이 열리지 않았다. 두근두근, 뛰는 심장 소리만 가득한 차 안에서 준은 연신 세진의 눈치를 살폈다.

무표정한 얼굴로 차 문을 연 세진은 따라 내리려던 준을 향해 고개를 저었다. 항상 약간의 여지를 남겨 주던 세진이 단호한 얼굴로 바라보자 준은 더 이상 다가가지 못했다.

"언제 다시 볼까."

준은 떨리는 음성으로 돌아서는 세진에게 외쳤다. 서서히 몸을 돌리던 세진이 흐리게 웃으며 대답했다.

"글쎄. 생각이 정리되면."
"생각?"
"당신을 어떻게 대해야 할지에 대한 생각. 갈게."

말을 마치자마자 뒤도 돌아보지 않고 세진은 집으로 들어 갔다. 멀어져 가는 뒷모습을 보며 준은 한동안 움직이지 못 했다.

그녀는 혼란스러워 보였다. 갑자기 돌변한 자신의 태도를 쉽게 받아들이지 못하는 것이 틀림없었다. 이해는 할 수 있 었다. 따져 보자면 말을 하지 않은 제 잘못도 있었으니까.

예전엔 말할 필요가 없었던, 아니, 말할 수가 없었던 일들 을 하나둘씩 털어놓을 예정이었다. 그래야만 그녀가 제게 다 시 마음을 열 수 있을 테니.

하지만…….

'그 일을, 받아들일 수 있을까.'

준은 굳은 얼굴로 데스크 위에 놓인 전화기를 응시했다. 털어놓지 못한 것은 또 있었다. 쉽게 고백하지 못할 그 일을 떠올리면 가슴이 먹먹해졌다. 지켜보던 전화벨이 울린 것은 그 순간이었다.

"네."

—장채원 씨랑 계약했어.

수화기 너머로 들려오는 목소리는 건우의 것이었다. 준은 픽 웃었다.

"결국은."

—조만간 사옥에 데려갈 거야. 준비해 줘.

"환영 파티?"

—성대하게. 알겠지?

들뜬 건우의 음성이 수화기를 타고 넘어왔다. 무표정한 얼굴로 고개를 끄덕이며 대답하던 준은 순간 스치는 생각에 미소를 지었다.

"알겠어. 엄청 큰 파티를 준비해 주지."

심드렁한 반응을 보이던 준이 갑자기 상기된 어조로 말하자 의아한 듯 뜸을 들이던 건우가 웃으며 대꾸했다.

—기대할게.

❀   ❀   ❀

"정말 저도 가도 되는 거죠? 그렇죠?"

쉬지 않고 좋알거리는 수호의 입은 다물어질 생각을 하지 않았다. 어디서 준비했는지 말끔해 보이는 남색 슈트 차림에 노란색 보타이를 매고선 제 뒤를 졸졸 쫓아오는 그의 눈동자가 반짝이고 있었다. 앞으로 일어날 일에 대한 기대감일까.

세진은 이미 옷까지 차려입고선 모르는 척 계속 물음을 던지는 수호를 노려보며 음산한 목소리를 흘렸다.

"정수호."

"네!"

"너, 지금부터 한마디만 더 하면…… 그냥 놔두고 간다!"

"헉! 읍!"

두 눈을 부릅뜨고 외치자 화들짝 놀라던 그가 황급히 손으로 입을 틀어막았다. 이제야 좀 살 것 같네. 세진은 그런 수호에게서 몸을 돌리고는 픽 웃으며 어느새 도착한 그린 엔터테인먼트의 사옥을 응시했다.

'참 으리으리하단 말이지.'

건우가 이사로 있고 준이 대표로 있는 그린 엔터테인먼트의 사옥을 볼 때면 항상 기분이 이상해졌다. 오래전 반드시 성공하자며 의기투합했던 세 사람 중 두 사람이 설립한 회사라 그런지 더더욱. 얼마 전 그린과 계약을 하기도 해서 이곳이 꼭 제 집같이 느껴졌다.

새삼 감회에 젖어 그린 엔터테인먼트의 사옥을 빤히 응시하던 세진은 여전히 입을 가리고 있는 수호에게 말했다.

"들어가자."

대본을 수정하기에도 바빴던 요즘이라, 어젯밤 늦게 도착한 문자는 무시하려 했다. 그러나 저와 똑같은 문자메시지를 받은 수호가 갑자기 자리에서 벌떡 일어나 외치는 말을 도무지 그냥 넘길 수는 없었다.

"작가님! 내일 그린에서 파티한대요! 장채원 씨 환영 파티라는데요? 그런데…… 장채원 씨가 누구예요? 새로 온 직원인가?"

고개를 갸웃거리며 중얼거리던 수호의 말에 반사적으로 손을 뻗었다. 발신인이 준이라는 사실만으로도 세진은 떨리는 마음을 감추지 못했다.

오늘 아침에도 몇 번이나 문자를 확인했는지 모른다. 두근두근. 사옥 안으로 들어서는 그녀의 가슴은 연신 뛰고 있었다.

"왔어?"

수호와 함께 장채원 환영 파티가 열리고 있는 사옥 내의 회의실로 발을 움직이던 세진은 그린의 식구들과 이야기를 나누고 있다 저를 발견하고 다가오는 준을 올려다봤다.

옅은 미소를 지으며 세진을 응시하는 그의 얼굴엔 고뇌라곤 없어 보였다. 그날 이후, 밤잠을 설치면서 준의 생각을 했던 자신과는 달리. 제길.

"시간 맞춰 왔네."

"첫인상이 중요하니까."

"넌 그걸 중요시 여기는 편이지."

그 말이 맞다면 당신을 끝까지 싫어해야 옳았을 텐데. 세진은 목구멍을 맴도는 말을 차마 흘리지 않고 입을 다물었다. 대화를 나누는 두 사람을 흘끔거리던 수호는 어느새 그린 엔터테인먼트의 다른 식구들과 촉새처럼 말을 주고받고 있었다.

부디 그가 쓸데없는 말을 내뱉지 않길 바라며 세진은 부드러운 미소를 짓고 있는 준에게 인상을 썼다.

"뭘 그렇게 봐."

"예뻐서."

"……!"

준이 태연하게 중얼거리자 그녀의 얼굴이 반사적으로 붉어졌다. 도저히 눈앞의 남자가 뱉어 낸 말이라곤 믿어지지 않았다. 그 무뚝뚝한 남자가 닭살이 오소소 돋아날 말을 서슴없이 흘리다니. 김준, 맞아? 세진은 화끈 달아오르는 목덜미를 만지며 중얼거렸다.

"미, 미쳤구나, 김준. 그런다고 당신한테 떡 주지 않아."

"그래? 아쉽네."

"……"

"하지만 정말 예뻐. 오늘."

다른 사람에게는 들리지 않는, 그래서 더욱 부끄러운 그의 작은 속삭임이 세진의 가슴을 쿵쿵 뛰게 만들었다. 나쁜 남자다. 세진은 이를 악물며 웃고 있는 준을 노려보다 휙 몸을 돌려 수호에게로 다가갔다.

"아, 작가님!"

그린 엔터테인먼트의 비서 팀 막내 영지를 꼬시기 위해 갖은 언변을 늘어놓던 수호가 제 허리를 쿡 찌르는 세진의 행동에 놀라 몸을 비틀었다.

세진은 그런 수호의 옷자락을 잡아당겨 구석진 곳으로 데려간 뒤 진지하게 물었다.

"정수호."

"네!"

"솔직히 말해 봐."

"무엇이든!"

"나…… 오늘 어때?"

세진은 어느새 사라져 버린 준이 있던 곳을 흘끔거리다 수호에게 시선을 고정시켰다. 노란 보타이를 한 수호가 갑자기 얼굴을 찌푸렸다.

"뭐가요?"

영문을 모르겠다는 듯 고개를 갸웃거리는 수호에게 흠흠, 헛기침을 뱉어 낸 세진은 제 옷차림을 가리키며 작게 소리쳤다.

"내 모습. 예뻐?"

"……네?"

"예쁘냐고!"

말귀를 알아듣지 못하는 수호에게 순간적으로 버럭 외치자 웅성거리던 주변이 갑자기 조용해졌다. 무슨 일이냐 묻는 그린의 식구들에게 어색하게 웃어 준 세진은 황당해하는 수호를 노려보며 음산한 표정을 지었다.

"말해 봐. 예뻐?"

"자, 작가님……."

"응?"

"제가 여기 같이 와서 화 많이 나셨어요?"

"……뭐?"

"그래도 저 정말 오고 싶었단 말이에요! 영지 씨랑 만날 기회가 흔하지 않잖아요!"

"……."

"죄송해요, 작가님! 저 영지 씨한테 가 볼게요!"

수호는 울상을 지으며 외치더니 이내 어리둥절한 표정으로 그들을 바라보고 있던 영지에게로 달려갔다. 세진은 제 앞에서 사라지는 수호의 모습에 길게 한숨을 내쉬었다.

'저게 정상적인 건데…….'

"하지만 정말 예뻐. 오늘."

세진은 입술을 깨물었다.

"어? 장채원 씨 온다, 와!"

준에 대한 생각에 잠기려 했던 세진은 회의실 밖 복도를 살피던 누군가가 외치는 목소리에 정신을 차렸다.

❂   ❂   ❂

"이건우는 대체 어딜 간 거야?"

세진은 줄곧 꿈에 그리던 모델과 드디어 상봉하게 되자 흥분을 감추지 못했다. 수줍게 웃으며 인사를 하는 채원을 보자마자 와락 끌어안은 것은 바로 그 이유 때문이었다.

채원이 당황할 정도로 그녀에게 반가움을 표하던 세진은 다른 사람들과 대화를 나누고 있는 채원을 흘긋거리다 중얼거렸다.

어찌 된 셈인지 건우가 보이질 않았다. 채원을 이곳까지 데려온 장본인이면서 그녀만 내버려 둔 채 어디를 가 버린 건지. 세진은 주위를 휙휙 둘러보며 건우의 흔적을 좇았다.

"누구 찾아?"

수호는 여전히 영지의 옆에서 떨어질 생각을 하지 않았고, 오늘의 주인공인 채원은 사람들에게 둘러싸여 있는 상황. 마음 같아서는 그녀의 곁에 찰싹 붙어 떨어지고 싶지 않았지만 대본 문제로 건우와 할 이야기가 있었다.

세진은 곁에서 들려오는 귀 익은 음성에 걸음을 멈췄다. 자신을 다정하게 바라보고 있는 준을 발견한 세진은 반사적으로 몸을 움찔거렸다.

"당신 찾은 거 아니야."

"건우?"

"응."

"윤 국장 만나러 갔어."

세진은 빙긋 웃는 준을 놀란 표정으로 응시했다. 윤 국장이라면, 현재 편성 논의를 하고 있는 드라마국의 국장이었다.

윤 국장이 이 시간에 왜? 세진의 얼굴에 의문이 감돌자 준이 어깨를 으쓱이며 말을 이었다.

"아마도 장채원 씨에 대한 이야기를 하려는 거겠지. 그쪽도 리스크를 감당하고 쓰기는 쉽지 않으려나."

"하지만 당신, 아니, 그린도 장채원 씨랑 같이 일하기 위해서 계약한 거…… 아니었어?"

준은 걱정스러운 표정을 지으며 묻는 세진에게 옅은 미소를 지어 주었다.

"맞아."

"그치?"

"네가 장채원 씨를 원했으니까."

"……!"

"다른 누구도 아닌 그 여자여야 한다고 네가 말했으니까, 채원 씨랑 계약을 한 거야."

아.

"그리고 건우 역시, 네 드라마의 여주인공으로 그녀가 확

207

정됐다는 만족스러운 답을 윤 국장에게서 받아 오겠지."

중얼거리는 준을 보며 세진은 아무 말도 하지 못했다. 채원을 데려와 달라고 말했던 건 자신이었지만 그런 자신을 만족시키기 위해 준과 건우가 이토록 애를 쓰고 있는 줄은 몰랐다.

"왜."

뚫어져라 저를 응시하는 세진의 뜨거운 시선에 준이 상냥한 음성을 뱉어 냈다. 세진은 입술을 꽉 깨문 뒤 주저하다 그에게 말했다.

"어째서 당신은, 그렇게까지 내가 원하는 걸 들어주고 싶어 하는 거야?"

건우는 세진과 의기투합하여 같이 드라마를 제작할 사람이니 이토록 애를 쓰는 것을 이해할 수라도 있지. 냉정하게 따지고 보면 준이 세진의 요구를 들어줄 이유는 없었다.

실질적으로 회사를 세운 건 건우이나 지금의 그린은 준이 만들었다고 봐도 무방했다.

그런 상황에서 몇 년 전 파문을 일으켰던 여배우의 컴백을 주장하는 세진의 요구는 그린에게 있어서도 큰 리스크임은 틀림없었다.

아마도 그 이야기를 건우에게 들었을 때, 많은 반대를 했겠지. 굳이 상상해 보지 않아도 알 수 있었다. 그런데도 어째서. 그는 결국은 두 사람의 말을 들어준 걸까. 드라마가 실패하기라도 한다면 떠안아야 할 것이 가장 많은 사람은 준이 될지도 모르는데.

요동치는 세진의 동공을 직시하던 준의 입가에 미소가 서렸다. 쿵. 가슴이 움직이기 시작하자 어쩐지 머리가 아팠다. 세진은 가빠 오는 숨을 억지로 참으며 준의 입술이 열리기를 기다렸다.

"너를 사랑하니까."

세진의 심장이 바닥으로 툭 떨어졌다.

"건우는 좋아하지만, 너는 사랑하니까. 그래서 네가 원하는 건 뭐든 들어주고 싶어 하는 걸까."

멋쩍은 듯 웃으며 세진을 바라보는 그의 눈빛은 더할 나위 없이 다정했다. 이전과는 확연히 달라진 반응에 괜스레 숨이 막혔다. 그러다 문득 궁금해졌다. 왜 이제야. 어째서 이제야 이런 표정을 지어 주는 걸까. 오래전 이렇게 상냥하게 바라봐 줄 수도 있었는데. 어째서.

"어떻게 할 거야."

준의 달라진 모습이 낯설었다. 그날 일도 그랬고, 지금도 적응이 되질 않았다. 세진은 입을 다문 채 가만히 서 있었다.

"뭘."

"나."

세진이 물끄러미 그를 올려다보자 준은 반달처럼 눈을 그리며 한 번 더 물었다.

"너, 이제 나 어떻게 할래."

"……."

"난 계속 이렇게 다가갈 건데."

"……."

"네가 밀어내도, 계속 다가갈 예정인데."

그가 다가오자 거칠어진 숨결이 느껴졌다. 저 만큼이나 빠르게 움직이는 그의 심장 박동 소리 역시 귀를 웽웽 울렸다. 세진은 이를 악물고 그를 쳐다봤다.

피하지 않겠다는 듯 인상을 쓰면서까지 저를 노려보는 그녀의 미간을 준은 손끝으로 살짝 누르며 빙긋 웃었다.

"너, 언제까지 버틸래."

❖　　　❖　　　❖

'나쁜 인간!'

정신없이 흘러가는 시간 속에서 도저히 잊혀지지 않는다는 것이 있는 건 그리 좋은 기분은 아니었다.

"언제까지 버틸래."

맑게 웃으며 귀를 사로잡는 그 목소리가 지워지지 않아 세진은 힘들어했다. 하루에도 몇 번씩, 대본을 쓰다가도 멈칫거리며 소리치는 세진을 수호는 이상한 눈으로 바라보곤 했다.

'나쁜 인간. 정말 나쁜 인간!'

무엇이 그리 여유로운 걸까. 적박함도 잠시, 반드시 자신이 그에게 돌아갈 거라 생각하는 준이 괜스레 미웠다. 준의 변화된 모습에 미친 듯이 끌리는 저 역시 이해하지 못할 지경이었다.

자꾸만 그를 생각하고, 그를 떠올리고, 그와의 앞날을 상상해 보는 자신은 천하의 바보가 틀림없었다. 세진은 한숨을 쉬었다.

"무슨 한숨을 그렇게 쉽니까?"

정신을 차려 보니 어느새 첫 촬영날이 되어 있었다.

연출을 맡은 홍광호 PD가 첫 촬영을 함께해 줄 것을 요구해 들뜬 마음으로 이른 아침부터 실내 세트장에 나와 있던 그녀는 저를 향해 뱉어 내는 것이 틀림없는 음성에 고개를 들었다.

"아! 강 검사님!"

세진은 미소를 지으며 다가오는 그를 발견하곤 빙긋 웃었다.

"오시는 데 불편함은 없으셨어요?"

"내비게이션 찍으니 금방이던데요."

"다행이네요!"

"그런데 이거 많이 두근거리네요. 저, 촬영장은 처음인지라. 하하."

뒷머리를 긁적이며 말을 하는 희승에게 세진은 '너무 긴장하지 마세요' 하고 작게 속삭였다. 그때, 스태프가 세트장

곳곳에 흩어져 있던 다른 팀원들을 향해 '곧 촬영 시작됩니다!' 라 외치고 다니는 모습이 보였다.

세진은 기대로 잔뜩 물든 희승을 올려다보며 말했다.

"그럼, 가 볼까요?"

BED CONDITION

　　—안녕하십니까, 이 작가님. 강희승입니다.

　　장채원의 환영 파티가 열리기 며칠 전, 세진은 한 통의 전화를 받았다. 청소를 해야 한다며 수호가 바닥에 누워 있던 그녀를 억지로 일으키던 때였다. 여보세요, 라고 말을 하자마자 들려온 부드러운 목소리에 세진은 '아!' 하고 탄성을 뱉어 냈다.

　　서울중앙지검 강희승 검사. 준의 일로 머리가 아파 한동안 잊고 지냈던 그의 이름을 다시금 상기해 버린 순간이었다. '안녕하세요!' 라고 바로 대답하기는 했지만 왠지 찝찝한 기분을 떨칠 수가 없었다.

　　수호가 주최한 소개팅 형식으로 만나게 된 후 그에게 여러

도움을 받기는 했었지만 서로의 일이 바빠 근래는 연락이 뜸
해진 상태였다.

극본의 감수를 꼬박꼬박 받고 있으면서 이렇게 그를 잊고
지내다니. 세진은 괜스레 미안해진 마음을 품고 상대의 대답
이 들려오길 기다렸다.

―지금, 통화 가능하신가요?
"네! 물론이죠."

수호의 볼을 잡고 있던 손에 힘을 풀며 그에게서 떨어져
나온 세진은 작업실의 발코니로 걸어갔다.

저를 괴롭히던 세진이 갑자기 사라지자 수호가 눈을 동그
랗게 뜨며 쳐다보는 게 보였지만 개의치 않았다. 핸드폰 너
머에서 들려온 '잘됐군요' 라는 희승의 목소리에 그녀는 귀를
기울였다.

―빙빙 말을 돌리는 건 그리 좋아하지 않습니다.
"예?"

그의 목소리가 흘러나오기를 기다리고 있던 세진은 뜬금
없는 말에 의아한 표정을 지었다.

―바로 본론으로 들어가겠습니다, 이 작가님. 저번에 제가 작

가님께 한 말을 기억하고 계십니까?

"강 검사님이 하신 말씀이요?"

─예.

세진은 기억을 더듬어 보았다. 김준이라는 남자로 인해 이미 엉망진창이 되어 버린 머릿속을 한참 뒤적거리니 누군가의 목소리가 떠올랐다.

"한턱보다 작가님이 꼭 들어주셨으면 하는 부탁이 하나 있기는 한데."

청담동 레스토랑에서 그가 했던 말이 떠오르자, 세진은 또한 번 탄성을 흘렸다. 희승은 세진의 외마디가 무엇을 뜻하는지 알아차린 것 같았다.

─그 부탁을, 이번에 들어주셨으면 합니다만.

세진이 극본을 맡은 드라마 '사랑에 무너지다'의 첫 촬영은 총 세 팀으로 나뉘어 진행되었다. 여자 주인공인 장채원이 속해 있는 A 팀과 남자 주인공인 최진헌, 여자 조연인 윤시라의 B 팀, 그리고 남자 조연인 이건우 위주의 C 팀이었다.

세진은 A 팀 촬영에 부름을 받았다. 이른 아침에 분당의

납골당에서 촬영을 마친 A 팀은 현재 로펌의 회의실을 구현해 놓은 일산의 A 스튜디오에서 촬영을 이어 가고 있었다.

'사랑에 무너지다'의 여자 주인공인 '희재'가 일하고 있는 로펌의 바쁜 일상들을 보여 주며 펼치는 연기에 모두들 신경을 쏟아붓고 있었다.

연출을 맡은 홍광호 PD의 '컷' 소리가 들릴 때까지 몇 번이고 연기를 펼치는 배우들의 모습을 흐뭇하게 바라보던 세진이 슬며시 고개를 돌렸다.

"어때요?"

그녀의 두 눈에 진지한 표정으로 스튜디오 곳곳을 바라보고 있는 남자가 보였다.

—작가님의 드라마 첫 촬영이 얼마 남지 않은 걸로 알고 있습니다. 절 그곳에 데려가 주실 수 있습니까?

그날, 걸려 온 전화에서 '부탁'이라는 단어를 뱉어 내는 희승의 목소리가 약간 떨리고 있다고 그녀는 생각했다. 세진이 들어주지 않을 거라 생각했는지 어렵게 말을 꺼내는 그의 행동에 그녀는 크게 웃었다.

물론 관계자가 아니라면 촬영장에 초대하는 것이 쉽지 않겠지만 희승은 세진의 극본을 감수해 주고 있는 은인 중의 은인이었다. 그가 없었더라면 자료 조사만으로도 버거웠을 테지.

진은 흔쾌히 그의 부탁을 들어주었다. 그게 뭐 어려운 일이라고.

'응?'

바라보고 있으면 청량한 느낌을 주는 맑은 미소가 매력적인 그는 세진과 마주쳤을 때 지었던 화사한 눈웃음과는 달리 서늘하고 매서운 눈동자를 이리저리 움직이고 있었다.

약간은 심각해 보이기도 한 그의 모습에 짐짓 놀라던 세진은 정신을 차리곤 저를 쳐다보는 희승을 향해 어색하게 웃어 보였다.

"아. 미안합니다, 작가님. 제게 뭐라고 말씀하셨습니까?"

뚫어져라 자신을 바라보고 있는 세진의 시선을 이제야 알아차렸다는 듯 작게 미소를 흘린 희승이 부드러운 목소리로 그녀에게 물었다. 그에 세진은 빙긋 입꼬리를 올리며 대답했다.

"별거 아니었어요. 그나저나 강 검사님 집중력이 엄청나시네요. 꼭, 드라마에서 용의자를 취조하는 검사님들 모습 같았어요!"

자신이 옆에 서 있다는 것을 망각해 버린 것처럼 촬영장을 누비고 있는 여러 스태프들과 배우들을 주시하던 희승을 떠올리며 세진이 중얼거렸다. 희승의 눈동자가 살짝 떨리다 이내 제자리를 찾았다.

"하하. 그랬나요, 제가?"

세진이 힘차게 고개를 끄덕이자 희승이 멋쩍은 미소를 지었다. 옅은 웃음과 함께 뒷머리를 문지르던 그는 차분해진 눈으로 촬영장을 둘러보며 중얼거렸다.

"드라마 촬영장은, 보통 이렇군요. 신기합니다. 그런데 장채원 씨 외의 주요 배우들이 보이지 않는 것 같은데……."

"아. 최진헌 씨나 이건우 씨를 말씀하시는 거라면, 오늘 이곳엔 안 와요."

"안 오다니요?"

"오늘은 세 팀으로 나눠서 촬영을 하거든요. 진헌 씨랑 건우 씨는 다른 팀에 속해 있고요."

"……그렇습니까?"

눈에 띄게 실망한 기색이 역력한 그를 멀뚱히 응시하던 세진이 히죽 웃으며 말했다.

"나중에 휴식 시간에 장채원 씨를 소개해 드릴까요?"

"예?"

"강 검사님 도움을 받아서 제가 만들어 낸 두 캐릭터 중 한 명은 만나 보셔야죠!"

세진의 밝은 외침에 희승이 잠시 주저하다 빙긋 미소를 그렸다. 세진은 'TAKE 5'를 외치는 조연출의 모습에 다시 스태프들과 배우들을 향해 눈을 옮겼다. 희승 역시 세진의 시선이 머문 곳을 쳐다보며 한동안 서 있었다.

✿　　　✿　　　✿

─술?

내일이면 드라마 '사랑에 무너지다'의 팀원들은 제주도 로케이션 촬영을 위해 비행기에 오른다. 그런 날을 앞두고 술을 마시자고 제안하는 것은 확실히 올바른 일은 아니었지만 오후에 있었던 채원과의 일로 인해 가슴이 답답해진 건우에겐 알코올이 즉효 약이었다. 결국 건우는 준에게 전화를 걸었다.

"한잔하자, 형. 나 마시고 싶어."

떨떠름하게 되묻는 준에게 '항상 가던 곳에 먼저 가 있을 게'라 말한 건우는 종료 버튼을 눌렀다. 준이 뭐라 말을 잇는 것 같았지만 개의치 않았다.

딱 10시까지만 마셔야지, 하고 다짐하며 시동을 걸려던 건우는 자신의 차 앞을 지나가는 익숙한 얼굴을 발견하곤 눈을 크게 떴다.

"내일은 제주도로 간대요."

"제주도? 우연이네요. 저도 마침 내일부터 제주도로 출장을 가는데."

"어머. 정말요? 그럼 시간 되면 놀러 오세요! 어디서 촬영하는지 가르쳐 드릴게요."

"그래도 됩니까?"

"물론이죠."

……이세진?

검은 슈트를 입은 남자를 향해 생글생글 웃고 있는 여자는 틀림없이 사촌 여동생이었다. 무심코 액셀러레이터를 밟으려던 건우의 행동이 멎었다. 잘생긴 외모의 키 큰 남자와 걸어가며 재잘거리는 세진을 뚫어져라 응시하다 빠앙— 클랙슨을 울렸다.

'악!' 하고, 싱글벙글 미소 짓던 세진이 화들짝 놀라 비틀거리는 게 보였다. 남자가 세진의 어깨를 커다란 손으로 지탱해 주며 건우의 차를 노려봤다.

서늘한 그 눈빛에 몸을 움찔거리던 건우는 이내 운전석 문을 열고 밖으로 나섰다.

"이세진!"

"……어? 건우 오빠?"

세진의 눈이 귀신이라도 만난 듯 동그래졌다. 건우는 성큼성큼 그녀와 정체 모를 남자가 있는 곳으로 다가가 섰다.

'뭐야, 이건.'

건우는 적대를 가득 담은 눈길로 세진의 곁에 서 있는 말끔한 차림의 남자를 응시했다. 세진의 전남편인 준보다는 조금 부드러운 인상이긴 하지만, 이 남자 역시 만만찮은 느낌이었다.

건우는 인상을 썼다. 하여간 이세진 취향하고는.

'일관적이지.'

"오빠가 여기 어쩐 일이야? 분당에서 촬영하고 있는 거 아니었어?"

세진은 건우가 채원의 일로 놀라 일산까지 발걸음 했다는 소식을 아직 듣지 못한 모양이었다. 의문이 가득한 음성을 뱉어 내는 그녀의 말에 건우는 순간 말문을 잃었다.

"걱정이 돼서."

얼버무리려 했지만 휘어지는 세진의 눈꼬리를 막지는 못했다.

"누가?"

'이 녀석이.'

"그런데. 누구?"

히죽 웃는 세진의 말에 멈칫하던 건우는 자연스럽게 화제를 돌렸다. 쳇, 하고 입술을 삐죽이는 소리가 들려왔지만 개의치 않았다.

저를 쳐다보고 있는 정체불명의 남자와 시선을 교환하고 있는 건우를 발견하곤 탄성을 흘린 세진이 웃으며 남자를 가리켰다.

"참. 그렇지. 내가 뭐하는 거람. 오빠, 인사해. '태은'이 롤모델이 되어 주시는, 서울중앙지검의 강희승 검사님!"

'태은'이라면 드라마 '사랑에 무너지다'의 남자 주인공 '정태은'을 가리키는 것일 터였다. 그녀의 소개를 받은 남자가 미소를 지으며 건우에게 손을 내밀었다.

"이건우 씨죠? 한번 꼭 뵙고 싶었습니다. 강희승입니다."

세진과 대화를 나눌 동안 건우를 관찰하듯 세세히 훑어보던 남자가 입꼬리를 올리며 악수를 청했다. 건우는 그의 커다란 손을 말없이 내려다보았다.

그러고 보니 세진이 이번엔 대본을 쓰는 과정에서 누군가의 도움을 받고 있다는 이야기를 들은 적이 있었다. 이 남자가 바로 그 사람인가. 건우는 주저하다 희승의 손을 맞잡으며 싱긋 웃었다.

"이건웁니다."

꽈악. 움켜 쥔 손에 힘이 들어갔다. 관찰당한 느낌이 가히 좋지 않아서였던 건지도. 본의 아니게 진심을 흘려 버린 건우는 곧 자신이 무슨 짓을 하고 있는 건지 알아차리고는 힘을 풀었다.

남자는, 아니, 희승은 건우의 행동을 똑똑히 인지하고 있으면서도 이렇다 할 대응을 취하지 않았다.

'맘에 안 드는군.'

겉모습만으로는 준과 비슷하게 보이지만 확실히 다른 사람이었다. 건우는 서늘한 표정을 지으며 희승을 직시했다.

"오빠는 내일 몇 시 비행기지?"

두 사람이 말 없는 악수를 나누고 있을 때, 세진이 뭔가 생각났다는 듯 말을 걸었다. 건우는 심드렁하게 대답했다.

"10시."

"나는 몇 시더라."

세진이 작게 중얼거리자 건우와 떨어진 희승이 다정한 목소리를 흘렸다.

"작가님. 빨리 들어가셔야 합니까?"

"네?"

"저녁 식사를 대접할까 했는데. 오늘 초대도 보답할 겸해서."

휘어지는 그의 눈웃음은 꽤나 매력적이었다. 두 뺨에 폭 파이는 보조개가 눈에 띄었다. 건우는 흠칫 놀랐다. 이거 위험한데. 사촌 동생인 세진이 이런 데 약하다는 걸 그는 잘 알고 있었다.

"아, 그, 그러세요?"

아니나 다를까. 세진이 수줍어하며 어쩔 줄 몰라 하는 모습이 보였다. 건우는 속으로 한숨을 흘렸다.

'김준, 알고 있나?'

아니. 모르고 있을 것이 분명했다. 김준의 성격상 이런 일이 있다는 걸 알았다면 당장 이곳으로 달려왔을 테니까.

건우는 고민했다. 이거 말을 해 줘야 하나, 말아야 하나. 흐음, 낮은 신음까지 흘려 가며 고민하는 그를 향해 희승이 다시금 말을 걸어왔다.

"이건우 씨는 어떻습니까?"

"⋯⋯예?"

"시간이 되시면 함께 식사하고 싶은데."

숨은 의미가 담긴 것 같은 그의 말에 건우는 쉬이 대답하지 못했다. 세진 역시 눈을 반짝이며 그를 바라보고 있었다. 건우는 은근한 명령조의 희승의 말투에 미간을 좁히다 고개를 가로저었다.

"죄송합니다만 선약이 있어서요."

"아."

"그럼. 먼저 가 보겠습니다."

"어쩔 수 없군요. 다음에 또 뵙도록 하죠."

'또'라는 말이 걸리기는 하지만 굳이 트집을 잡지는 않았다. 인사를 하는 희승을 차갑게 응시하던 건우는 아쉬움을 가득 드러내고 있는 세진의 팔을 잡아끌었다.

"이건우, 아파!"

세진이 칭얼거렸지만 건우는 희승과 약간의 거리를 둔 채 그녀를 향해 눈을 부라렸다.

"너 지금 뭐하는 거야."

"뭐하기는?"

"형은!"

"김준 얘기가…… 왜 나와."

눈빛이 달라졌다. 건우는 차갑게 일렁이는 세진의 시선에 머리가 지끈거리는 것을 느꼈다. 둘이 잘되어 가는 거, 아니었나.

여전히 서로를 의식하고, 티격태격하는 것을 지켜보며 두 사람이 어쩌면 재결합을 할지도 모른다는 생각을 하고 있었건만. 건우는 돌변한 세진의 태도에 입술을 악물었다.

"너, 지금 저 남자랑 밥 먹으러 갈 거야?"

"사 준다잖아. 거절하는 것도 이상해."

"어이, 이세진."

"감수 맡아 주시는 분이야. 좋은 관계 유지는 필수라고.

다른 의도는 없어."

딱 잘라 끊어 내는 세진의 말이 믿음 가기는 하지만 저 남
자의 저의는 모르겠다. 준이 어째서 세진과 헤어졌는지 알고
있는 유일한 사람인 건우는 답답하기 그지없는 마음을 숨기
지 못했다.

젠장. 이 바보는 어째서. 입술을 잘근 깨문 그가 팔을 잡고
있던 손에 힘을 풀었다.

"저 남자한테, 넘어가지 마라."

아프다며 징징거리는 세진을 무시하고 건우가 경고했다.
그러나 그녀는 얼굴을 일그러뜨리며 건우를 노려보다 흥, 콧
방귀를 뀔 뿐이었다.

"아까부터 대체 무슨 소리를 하는 거야, 진짜."

"이세진."

"오빠도 빨리 들어가. 내일 늦잠 자서 비행기 놓치면 안
되잖아."

"……."

"갈게."

세진은 획 몸을 돌려 저를 기다리고 있던 희승에게로 다
가갔다. 대화를 주고받은 남녀가 이내 동시에 건우를 바라봤
다. 건우는 옅은 미소와 함께 제게 고개를 까딱이는 희승을
발견하곤 얼굴을 살짝 아래로 내렸다 올리는 것으로 답을 대
신했다.

"형, 여기야."

건우와 자주 들르는 단골 바로 들어간 준은 저를 향해 손을 드는 그를 발견했다. 이미 칵테일 몇 잔을 마신 건지, 건우가 앉아 있는 테이블 위에 빈 잔이 놓여 있는 게 보였다. 준은 인상을 썼다.

"무슨 일이야?"

갑자기 술을 마시자고 하는 것도 그렇고, 건우의 표정이 왠지 심상찮았다. 고개를 갸웃거리던 준은 문득 든 생각에 입술을 달싹였다.

"너 내일 제주도 가지 않아? 몇 시 비행기야?"

건우가 망설이다 나지막한 목소리로 '10시' 하고 중얼거리자 준이 소리쳤다.

"그런데 집에 안 들어가고 여기서 뭐하는 거야?"

이렇게 태연하게 술을 마실 시간이 있나. 준이 미간을 좁히자 건우가 그를 한 번 흘겨보더니 칵테일 잔에 입술을 가져다 대며 흐리게 웃었다. 준은 왠지 달라 보이는 건우의 모습에 멈칫했다.

"정말 무슨 일 있냐?"

건우는 대답하지 않았다.

"무슨 일이야? 알아야 나도 조언을 해 주지."

쓴웃음만 흘리며 계속해서 술을 들이켜는 건우가 이상해

준이 그의 이름을 불렀지만 여전히 묵묵부답이었다.

바텐더가 비어 있는 잔들을 모두 치우고 새로운 잔을 준에게 내밀자 살짝 고개를 끄덕이던 그는 돌연 흘러나온 건우의 말에 눈을 크게 떴다.

"형은 세진이 처음 봤을 때 어떤 생각이 들었어?"

순간적으로 어이없는 숨을 토해 낼 뻔했다.

"뜬금없이 이세진 얘기가 왜 나와?"

세진의 이름을 건우에게서 들으니 꼭 나쁜 짓을 하다 들켜 버린 사람처럼 가슴이 쿵쿵 뛰었다. 워낙 눈치가 빠른 건우였기에 내색하지 않으려 숨을 참던 준이 심드렁하게 대답했다. 그러자 건우가 옅게 웃었다.

"그냥 갑자기 떠올라서. 나는 형이 세진이의 어디를 보고 첫눈에 반했는지 항상 궁금했거든."

도무지 이해가 안 간다는 듯 중얼거리는 건우의 표정이 수상하기 그지없었다. 준은 차갑게 굳은 표정으로 건우의 검은 눈동자를 응시하다 픽 실소를 터뜨렸다.

"왜 내가 이런 질문에 대답을 해야 하는지는 잘 모르겠지만……."

준은 미소를 머금으며 중얼거렸다.

"세진일 처음 봤을 땐 진짜 이상한 여자라는 생각밖에 없었어."

이상한 여자. 그것은 오랜 시간이 흐른 지금도 변하지 않는 생각이었다. 이상하다 못해 황당한 소녀. 눈을 치켜뜨고 저를 노려보던 그 여자아이가 이렇게 성장할 줄은 몰랐다. 대학생인 그에게 '아저씨'를 운운하던 소녀를 떠올리며 준은 웃었다.

"그런 이세진한테 형은 대체 어떻게 반하게 된 건데?"

건우는 직설적이었다. 집안 내력인가. 준은 간접 화법을 사용하지 않는 그를 응시하며 생각했다.

반하게 된 것은 순식간이었다. 그냥, 사랑할 수밖에 없었다. 강렬한 첫인상이 영향을 끼치지 않았다고 보기는 힘들었다.

준은 제게 답을 요구하고 있는 건우에게 어째서 세진을 좋아하게 되었는지, 사랑하게 되었는지 이야기를 하기 시작했다.

건우는 그녀를 생각하며 말을 잇는 준의 목소리에 귀를 기울였다. 정신없이 이야기를 늘어놓던 준의 눈빛이 달라진 것은 그다음이었다.

"이상한 녀석이었지만 사실은 정말 예쁜 아이라 더욱…… 잠깐. 이건우, 내게 이 말을 하게 한 의도가 뭐야?"

뭔가 이상했다. '난 두 사람이 붙었다 떨어졌다가 다시 붙었다 떨어지는 거, 정말 이해 안 가. 그냥 계속 붙어 있지 그래?' 하고 심드렁하게 말하던 건우가 돌연 이런 것을 묻는 게 수상했다.

준이 눈을 가늘게 뜨며 묻자 건우는 들고 있던 칵테일을 입안으로 쏟아부으며 중얼거렸다.

"말했잖아. 불현듯 갑자기, 떠올랐다니까."

그 이후로 건우가 무어라 중얼거리는 것 같았지만 준은 굳이 묻지 않았다. 아마도 준비가 되면 그가 직접 말을 하리라. 준은 가만히 건우의 마음이 안정을 찾을 때까지 기다렸다.

"참."

말없이 칵테일 잔을 쥐고 있던 건우는 탄성을 흘리며 입술을 달싹였다. 고요한 분위기에 취해 저 역시 칵테일을 마시던 준이 건우를 바라봤다.

"나. 아까 촬영장에서 이세진 봤어."

"세진이가 분당에 갔었어?"

의아한 얼굴로 준이 되묻자 건우의 얼굴이 사색이 됐다. 시선을 제게 고정시키는 준에게 뭐라 말할지 머뭇거리던 건우는 '아니. 일산' 하고 어색하게 웃으며 그를 쳐다봤다.

"일산? 네가 왜 일산에?"

오늘은 분당 촬영이지 않나. 준의 날카로운 질문에도 건우는 그저 미소 지을 뿐이었다.

"어쨌든 거기서 세진이가 웬 남자랑 함께 있는 걸 봤는데…… 알고, 있었어?"

떠보는 것이 분명했다. 확실히 인지하고 있으면서도 준은 흔들리는 눈빛을 감추지 못했다. 즉각적인 대답을 하지 못한 채 놀란 표정을 짓고 있는 준을 보고 건우는 그럴 줄 알았다며 고개를 절레절레 흔들었다. 준의 눈동자가 차갑게 가라앉았다.

"자세히 말해 봐."

❁　　　❁　　　❁

"이세진이 촬영장에 외부 사람을 데려오다니. 놀랄 일이야."

일부러 자극이라도 하겠다는 듯, 건우는 준의 신경을 건드
렸다. 준의 얼굴이 냉담하다 못해 얼어 가고 있다는 것을 알
면서도 말을 멈추지 않았다.

"아주 친해 보이던데."
"⋯⋯."
"밥도 같이 먹는 사이인가 보더군."

자물쇠를 채운 것처럼 아예 입을 열지 않는 준에게 건우가
중얼거렸다.

"이러다 정말, 뺏기는 거 아니야? 천하의 김준이 말이지."
"이건우."
"왜 그런 표정으로 봐?"
"⋯⋯."
"나한테 화내는 거야?"

230

싱긋 웃으며 묻는 건우에게 준은 얼굴을 구겼다. 그런 반응을 즐기기라도 하듯 건우가 속삭였다.

"뭐 찔리는 거라도 있어?"

제길.

냉정을 유지해야 하건만 세진과 관련된 일이면 건우를 상대로도 평정을 이어 갈 수가 없어졌다. 인정할 수밖에 없었다. 빌어먹게도 그는 그녀와 얽히면 잔뜩 흐트러졌다. 준은 입술을 잘근 깨물었다.

"너무 늦지 않았어요? 혼자 갈 수도 있었는데."

수호에게서 오늘은 세진이 집이 아닌 작업실에서 자고 갈 거라는 정보를 입수한 후 곧바로 이곳으로 향했다. 어디를 가냐고 미소 짓는 건우에게 냉담한 대꾸를 하고 이곳에서 기다린 지 얼마나 흘렀을까. 준은 11시가 넘어서야 모습을 드러내는 귀 익은 음성에 고개를 들었다.

"그래도 어떻게 이 시간에 혼자 보내요. 요즘은 남자도 조심해야 하는 시댑니다."

"하긴. 그건 그렇죠. 어쨌든 고마워요. 덕분에 편하게 왔어요."

가로등 아래서 남자를 향해 환하게 웃는 세진의 얼굴이 반짝였다. 준은 심장을 찌르는 고통에 이를 악물었다. 그가 바라보고 있는 곳에선 남자의 얼굴이 잘 보이지 않았다.

저와 비슷한 키에 옷맵시도 괜찮은 사람이었다. 슈트를 입고 있는 걸로 보아선 회사원, 아니면 전문직이려나.

준은 차가운 눈으로 그를 훑어보다 미간을 좁혔다. 저놈이 바로 그놈이군. 수호가 소개팅을 주선했다던 바로 그 검사. 준의 눈동자가 깊게 가라앉았다.

"유익한 시간이었습니다. 작가님 덕분에 걱정을 덜었네요."

"뭘요. 저도 도움이 되어 드려서 다행이라 생각해요."

"작가님."

"네?"

"만약 제주도에서 뵐 수 있다면, 다시 뵀으면 좋겠군요."

검사라는 그 작자가 미소 짓는 세진을 내려다보며 상냥한 목소리를 흘렸다. 준의 주먹은 어느새 꽉 쥐어진 상태였다. 세진이 어깨를 들썩이며 웃음을 터뜨리는 소리가 들려왔다. 기분이 더 나빠졌다.

다정하기 그지없는 그들의 대화를 듣고 있자 은근한 살기가 퍼져 갔다. 그런 자신을 인지하고 있으면서도 막을 수가 없었다. 유치하게 질투는 하고 싶지 않은데.

준은 입술을 잘근 깨물며 걸음을 옮겼다. 성큼성큼. 두 남녀가 있는 곳으로 걸어가는 발걸음이 어쩐지 가볍지만은 않았다.

"연락할게요."

세진을 가리고 있던 남자가 말했다.

"그래요. 그럼 먼……!"

작별 인사를 고하는 남자에게 미소와 함께 대답한 세진은 작업실로 향해 몸을 돌리다 준을 발견했다. 준은 놀란 듯 저를 응시하다 이내 한숨을 내쉬는 그녀를 쳐다보며 걸음을 멈추지 않았다.

"작가님?"

갑자기 움직임을 멈춘 세진을 남자가 의아한 눈으로 바라보며 물었다. 준은 남자가 아닌 세진의 두 눈을 마주하며 그녀의 앞에 섰다.

"무슨 일이야."

남자에게 보여 주었던 태도와는 다른, 퉁명스럽기 그지없는 그녀의 말투에 준은 쓰게 웃었다. 단단히 밉보인 모양이었다. 심장이 아려 와 닫혀 있던 입술을 여는 것을 망설이던 준은 천천히 소리를 뱉어 냈다.

"일 없으면 오면 안 되나."

"안 돼. 나 바빠."

단호하게 선을 그어 버리는 그녀의 말에 가슴이 아팠다. 이세진 정말. 어쩌면 업보일지도 모른다는 생각이 들었지만 쉽게 물러날 생각은 없었다. 준은 작게 미소 지으며 말했다.

"보고 싶어서 왔어."

"……!"

요동친다. 그녀의 옅은 눈동자가. 준은 그런 그녀의 눈동자 색깔이 마음에 들었다. 에스터의 푸른 눈동자가 언뜻 비치는 것 같기도 한 옅은 갈색 눈동자가. 제 말에 흔들리고 있으면서도 그렇지 않은 척 냉담하게 입술을 악무는 세진은 사랑스러웠다.

그녀와 저를 흥미로운 듯 지켜보고 있는 저 남자만 없었더라면 와락 안아 버리고 싶을 만큼. 부드러운 목소리에 정신을 못 차리던 세진은 얼굴을 휘휘 저으며 다시금 그를 올려다봤다.

"거짓말 아니고, 나 정말 바빠. 내일 제주도 가야 해."

"알아."

"알면 왜 찾아온…… 제길. 이건우지?"

세진의 말에 준은 대답하지 않았다. 그렇게 바쁘면서 저 남자와 식사할 시간은 있었던 건가. 씁쓸함을 감추지 못하고 그녀를 내려다보던 준은 서서히 시선을 옮겼다. 저를 빤히 직시하고 있는 남자가 보이자 준은 싸늘한 표정을 지으며 붉은 입술을 달싹였다.

"누구?"

기다렸다는 듯 남자가 성큼 그들 앞으로 다가왔다. 입가에 완연한 미소가 무척이나 거슬렸다. 남자는 준에게 손을 내밀었다.

"강희승입니다. 서울지검에서 일하고 있습니다."

짐작이 사실로 판명되는 순간이었다. 수호의 아는 형이라던 남자는 무척이나 여유로운 얼굴로 준에게 눈웃음을 보내고 있었다.

그의 손을 내려다보며 준은 생각했다. 잡지 말까. 잠시 미간을 좁히던 그는 이내 힘껏 희승의 손을 맞잡았다. 그리고는 언제 얼굴을 구겼냐는 듯 태연하게 입꼬리를 올렸다.

"김준입니다. 그린 엔터 대표이자……."

"어?"

"세진이 남편이죠."

세진은 갑자기 제게 손을 뻗어 와 어깨에 얹고는 품으로 끌어당기는 준의 행동에 눈을 크게 떴다. 준은 세진이 놀라든 말든 신경 쓰지 않고 희승을 직시하고 있었다.

희승은 자연스럽다 못해 도발적인 그의 태도에 멀뚱히 서 있다 풋 웃음을 터뜨렸다. 준의 입꼬리가 꿈틀거린 것은 그때였다.

당황해 준의 손을 뿌리치지도 못하는 세진을 내려다보던 희승이 말했다.

"엄밀히 따지자면 '전' 남편 아닌가요?"

뭐?

"전 그렇게 알고 있는데. 아닙니까, 세진 씨?"

❂   ❂   ❂

어쩌다 이런 상황이 된 거지.

'이건우. 죽여 버리겠어.'

세진은 아찔하기 그지없는 지금 이 상황에 웃고 있을 건우

235

를 떠올리며 주먹을 불끈 쥐었다.

지하 주차장에서 마주쳤을 때, 왠지 모를 불길한 예감이 들기는 했지만 정말로 준에게 쪼르르 달려가 말을 할 줄은 몰랐다. 세진은 대놓고 신경전을 벌이고 있는 두 남자를 바라보며 한숨을 흘리지도 못했다.

"전 그렇게 알고 있는데. 아닙니까, 세진 씨?"

아슬아슬한 줄다리기가 이어졌다. 살얼음판 위를 걷는 것만 같아 심장이 멋대로 벌렁거렸다. 노심초사하는 세진의 마음을 눈치챈 건지, 희승이 빙긋 웃으며 저를 쳐다보는 게 보였다. 준의 서늘한 시선 역시 세진을 향했다.

도발적인 발언을 흘린 희승은 왠지 모르게 여유로워 보였지만 무표정한 얼굴에서 레이저라도 쏘아 댈 기세로 그녀를 응시하는 준은 왠지 모르게 굳어 있었다.

'장난이 심하시네.'

세진은 눈웃음을 흘리고 있는 희승을 바라보며 잠시 주저하다 고개를 끄덕였다.

"정확히는, 그게 맞는 표현이죠."

그녀의 답변에 준의 눈동자가 흔들렸다. 잠잠하던 두통이 생길 것만 같았다. 세진은 저를 뚫어져라 응시하는 준의 눈빛을 무시하고 희승에게 아예 몸을 돌렸다. 준의 얼굴이 더욱 구겨지는 게 보였지만 신경 쓰지 않고 말했다.

"강 검사님. 이만 가 보시는 게 좋겠어요. 내일 출장 가셔야 하잖아요."

희승은 벌써 12시 20분을 가리키고 있는 시계를 내려다보더니 대답했다.

"그러는 편이 좋겠군요. 그럼, 다음에 뵙겠습니다. 김 대표님. 잘 자요, 이 작가님."

준은 대답 대신 희승을 노려봤다. 입가에 잔잔한 미소를 그리던 희승이 전화를 하겠다는 듯 세진에게 손짓을 보내자 그녀는 어색하게 웃어 주었다.

그가 시야에서 사라질 때까지 세진과 준은 움직이지 않았다. 세진을 태우고 왔던 희승의 차가 완벽히 그녀의 작업실이 있는 오피스텔을 떠난 뒤에야 세진은 길게 한숨을 흘리며 뒤를 돌아보았다.

"……."

냉랭한 얼굴을 한 남자는 말없이 그녀를 쳐다보고 있는 중이었다. 해명이라도 하라는 얼굴로. 세진은 고민하다 중얼거렸다.

"따라와."

❀　　　❀　　　❀

두 사람의 관계에서 언제나 준을 기다리던 것은, 세진이었다.

막 설립했던 회사를 탄탄대로에 올려놓기 위해 그가 바쁘게 움직인다는 것은 알았지만 혼자 지내기에 너무도 넓은 집에서 그를 기다리는 건 정말이지, 쓸쓸했다.

신혼 초임에도 집에 돌아오지 않는 남편. 차라리 아이라도 있다면 아이를 돌보며 지냈을지도 몰랐지만 준은 이상할 정도로 냉담했다.

이제야 그 일이 준의 불우한 과거의 산물이라는 걸 알게 되기는 했지만 여전히 의문은 남아 있었다. 그것 말고 또 다른 무언가가 그의 마음을 붙잡고 있다는 걸 어렴풋이 알아차리기는 했으나 정확히는 알 수 없었다.

세진은 아이 얘기만 나오면 아주 잠깐이었지만, 금방이라도 무너질 표정을 짓고 있던 당시의 준을 떠올리다 고개를 휘휘 저었다.

아무리 그가 달라진다는 발언을 늘어놓는다 할지라도 사람은 근본적으로 바뀔 수 없다고 생각했다. 준이 그녀를 위해서 제 자신을 바꾸어 놓겠다고 선언했지만 속으론 비웃은 것도, 사실이었다.

그래서, 놀랐다.

일에 치여 눈코 뜰 새 없다던 천하의 김준이 벌써 몇 번째, 자신을 기다리고 있는 건지.

"자."

세진은 모락모락 김이 피어나고 있는 레몬차를 건네며 준을 내려다봤다. 그의 검은 눈동자가 서서히 위로 올라오는 게 보였다.

허공에서 그와 눈을 마주치자 심장이 무의식적으로 반응

을 했다. 이 멍청한 심장. 준이 보고 있지 않았더라면 인상을
쓰며 가슴을 탕탕 쳤겠지만 세진은 태연한 척 그의 앞에 앉
았다.

"언제부터 있었어?"

그의 코끝이 빨갛다. 차를 끌고 온 것 같지도 않고. 함께
엘리베이터를 탔을 때, 미약하게나마 알코올의 향을 느꼈던
세진은 준을 의심스러운 눈으로 응시했다. 준은 세진의 뒤를
따라 작업실 안으로 들어올 때까지 굳게 다물고 있던 입술을
천천히 뗐다.

"얼마 안 됐어."

"거짓말. 코끝이 빨개."

"……."

"나 거짓말하는 거, 엄청 싫어해. 그러니까 사실대로 말해.
얼마나 기다렸어."

"20분."

"정말?"

"……한 시간."

눈에 힘을 주어 가며 묻자 준이 나지막하게 중얼거렸다.
순간 풋 웃음을 터뜨릴 뻔했지만 세진은 가까스로 참아 냈
다. 가끔 보면 미련한 구석이 있었다. 세진이 그를 직시하며
말했다.

"따뜻할 때 마셔."

"……."

"어서."

명령에 가까운 그녀의 발언에 준이 머뭇거리다 고개를 끄덕였다. 호로록, 소리를 내며 입술 사이로 들어가는 따뜻한 레몬차로 인해 냉기가 돌던 그의 얼굴이 조금씩 밝아지는 게 보였다. 세진은 안도의 한숨을 내쉬려다 흠칫 놀랐다.

'뭐하는 거야, 정말.'

무의식적으로 그를 걱정하던 스스로를 인지한 세진은 인상을 썼다. 아무래도 자신은 그를 내버려 둘 수 없나 보다. 무뚝뚝하고, 제멋대로인 이 나쁜 남자를 도저히 밀어낼 수 없나 보다.

세진은 쓰게 웃으며 그를 노려봤다. 말없이 차를 마시던 준이 그녀의 시선을 느꼈는지 맑은 두 눈을 고정시켰다. 세진은 입술을 삐죽였다.

"나 내일 제주도 가."

"알고 있어."

"당신은 안 가지."

준은 대답 대신 고개를 끄덕였다.

"그럼 용건만 간단히 해. 왜 온 거야?"

시계는 어느덧 새벽 1시를 훌쩍 넘긴 상태였다. 희승과의 대화가 길어진 까닭이었다. 작업실로 들어오자마자 바로 잠을 청할 생각이었건만. 세진은 그녀의 계획을 와르르 무너뜨린 준을 못마땅한 눈으로 쳐다봤다.

물론 다시 대본 작업을 시작하면서 야행성 모드로 돌입한 그녀였지만 내일은 제주도행 비행기를 타야 하기 때문에 평소보다 이른 시간에 침대에 누워야 했다. 얼른 그를 보내야 약간의 대본 수정을 하고 잠도 잘 수 있었다. 준은 벽에 걸린 시계를 흘긋 바라보더니 입술을 움직였다.

"너도, 10시 비행기야?"

뜬금없는 화제 전환에 세진이 슬며시 고개를 끄덕이자 준이 자리에서 일어났다.

"뭐……하는 거야?"

세진은 대뜸 입고 있던 슈트 상의를 벗어 의자에 걸고 꽉 매여 있던 넥타이까지 느슨하게 푸는 그를 지켜봤다. 그녀가 황당함을 머금은 목소리를 흘렸지만 전혀 개의치 않은 준이 소파에 털썩 누우며 중얼거렸다.

"너무 늦어서, 여기서 자고 가려고."

뭐?

"김준!"

"나 오늘 차도 안 끌고 왔어."

"하!"

"술도 마셨고."

"많이 마신 것 같지도 않구만!"

준이 고개를 가로저었다.

"완전 취했어."

"똑바로 걷는 거, 다 봤거든!"

"재워 줘, 세진아."

"……!"

"응?"

셔츠 단추 두 개를 풀며 그녀를 올려다보는 준의 눈동자가 일렁였다. 그가 누워 있는 소파까지 달려와 인상을 쓰고 있던 세진은 어금니를 악물며 그를 내려다봤다. 빌어먹을. 그윽한 그의 시선에 심장이 반응을 했다. 귀가 아플 정도로 쿵쾅거려 짜증이 치밀어 올랐다.

멋대로야. 정말로, 제멋대로. 대뜸 재워 달라고 하면 옳다구나, 하고 재워 줄 거라 여기는 건가. 세진은 미간을 좁히며 성질을 내려다 곧 긴 한숨을 터뜨렸다.

"몰라. 난 일해야 해."

획 몸을 돌리며 노트북이 있는 방으로 향하는 세진의 뒷모습을 그가 지켜보고 있었다.

❁　　　❁　　　❁

"잊어."

슬픈 목소리.

"잊어버려, 세진아."

아픔을 가득 담고 있지만 담담하게 덜어 내려 애쓰며 누군

242

가 제게 속삭였다. 준의 목소리인 것 같았지만 그에게선 그런 말을 들어 본 적이 없었다.

뭘 잊으라는 거야? 세진은 묻고 싶었다. 그러나 목소리가 입술 밖으로 흘러나오지 않았다.

"잊어 줘. 너를…… 위해서라도."

답답해.

"그러니까, 대체 무엇을……!"

갑갑하다. 잊으라는 것이 무엇인지 알 수 없어서. 숨이 컥 막혀 왔다. 뜬구름을 잡는 것도 아니고 막막하기 그지없는 말을 뱉어 내는 '누군가'의 목소리가 귓가에 아른거려 눈썹을 꿈틀거리던 세진은 무심코 입 밖으로 말을 흘리다 화들짝 놀랐다.

"김준?"

번쩍 눈을 뜬 세진은 시야로 가득 들어오는 턱이 누구의 것인지 잘 알고 있었다. 오랜 기간 봐 왔기에 고작 턱 하나만으로도 쉽게 상대를 알아차릴 수 있었다. 세진의 부름에 뭔가를 바라보고 있던 준의 시선이 아래로 내려갔다.

"아, 깼어?"

태연하게 말하는 준을 세진은 멍하니 쳐다봤다.

"'아, 깼어?'라고? 이봐, 김준."

"응."

"어째서 내가 지금 공중에 떠 있는 거야?"

굳이 따지자면 떠 있다기보다는, '왜 당신 품에 안겨 있는 거야?'라고 물었어야 할 테지만. 대충 말은 통하니. 세진은 인상을 썼다.

그녀가 기억하고 있는 의식의 끝에서 준은 분명 소파에 드러누운 상태였고, 세진은 수호의 재잘거림을 피하기 위해 자주 사용하던 서재에서 노트북 자판을 두드리고 있었다.

그런데 어째서 눈을 뜬 지금 그의 품에 안겨 침대 앞에 와 있는지 모르겠다. 자고 있던 거, 아니었어? 세진은 옅은 미소를 그리고 있는 준을 노려보았다.

"잠은 제대로 잘 자야지."

소파에서 자겠다고 선언했던 당신이 할 소리야?

"시간에 맞춰서 깨워 줄게. 믿고 자."

"알람은 믿겠는데, 당신은 못 믿겠어."

부드럽게 침대에 내려놓는 준에게 세진이 차갑게 응수했다. 준은 그런 날카로운 반응에도 아랑곳하지 않고 그녀의 발 쪽에 가지런히 놓여 있던 이불을 끌어 올리고는 세진을 내려다봤다.

"어서 자."

슬쩍 눈을 돌리니 시계는 새벽 4시를 가리키고 있었다. 틀림없이 2시 반까지는 자판을 두드리고 있었는데. 어느새 졸아 버린 걸까. 세진은 부드럽게 미소를 지은 준이 침실의 스위치를 끄려는 것을 발견하곤 외쳤다.

"김준!"

준이 서서히 뒤를 돌아봤다. 그녀는 주저하다 입술을 열었다.

"이리 와 봐."

제게로 손짓하는 세진의 모습에 준의 눈동자가 흔들렸다. 그는 망설이다 흐리게 웃으며 터벅터벅 걸어와 무릎을 굽혔다. 베개에 머리를 댄 그녀가 그를 향해 몸을 돌렸다.

그와의 거리가 가까워지자 가슴이 쿵쾅쿵쾅 소리를 냈다. 부끄러울 만도 했지만 태연하게 그를 응시하던 세진은 목구멍에서 맴돌던 말을 흘렸다.

"아깐 왜 그랬어."

준이 의아한 표정을 지었다.

"강 검사님 앞에서."

"아."

'강 검사'라는 말이 흘러나오자마자 딱딱하게 굳어지는 준의 모습이 흥미로웠다. 세진은 눈을 가늘게 뜨며 그를 올려다봤다.

"질투라도 한 거야?"

답을 하는 대신 입을 다문 채 그녀를 바라보고 있기만 하는 준의 눈동자가 잔잔하게 일렁였다. 세진은 한숨을 내쉬었다.

"앞으론 그러지 마."

"……."

"우린 끝난 사이잖아. 다른 사람이 들으면 오해해."

세진은 말이 끝났다는 듯 눈을 내리감았다. 하지만 여전히 준의 인기척이 사라지지 않는다는 것은 똑똑히 느낄 수 있었다. 코끝에서 느껴지는 그의 숨결에 세진은 다시 슬며시 눈꺼풀을 위로 올렸다. 준은 그녀가 그에게 말을 뱉어 냈던 그 자세 그대로 세진을 응시하고 있었다.

"당신 때문에 혼란스러워. 아파. 머리 깨지겠어."

준은 여전히 입을 열지 않았다.

"모르겠어. 분명 안다고 생각했는데, 어려워. 당신을 어떻게 대해야 할지 모르겠어."

토해 내는 듯한 세진의 말에 준이 쓰게 웃었다. 아파 보이는 그 미소에 세진은 심장이 일렁이는 것을 느꼈다.

"하루에도 몇 번씩, 생각하고 또 생각해. 당신을 어떻게 대해야 할지."

"긍정적인 답변을 들려줬으면 좋겠어."

한참 뒤 들려온 답변에 세진은 코웃음을 쳤다.

"글쎄. 그러기엔 지나간 일들이 잊혀지지 않아서."

"세진아."

"오빠."

오랜만에 흘러나온 '오빠'라는 단어에 준의 눈동자가 요동쳤다. 세진은 미간을 찌푸리며 진지하게 물었다.

"정말로 나랑, 다시 시작하고 싶은 거야?"

그를 잊기 위해 다른 남자를 만나 보려 하기도 했다. 완벽히 떨어진다면 더는 생각이 나지 않을 것만 같아서. 애써 지워 내려 노력해 보았지만 결국 깨달은 것은 미련하기 그지없는 제 마음이었다.

흔들리면 안 된다는 것을 알면서도 흔들린다. 밀어내야 한다는 걸 인지하면서도 밀어내지 못한다.

아주 오래전부터. 너무나 깊게 가슴에 품어 왔던 사람이기에 그를 강하게 내칠 수도 없었다.

준은 그런 제 마음을 이용하고 있는 걸까. 좋아한다고 말해도, 사랑한다고 말해도 불안하기 그지없는 자신을 그는 똑바로 알고는 있는 걸까.

자꾸만 흐려지려는 시야를 맑게 하기 위해 고개를 휘휘 저으며 세진은 준을 쳐다봤다. 그는 입을 다문 채 그녀와 시선을 마주하고 있었다. 가슴에 가시가 박힌 듯 찌릿거렸다.

"다시 시작한다고 예전 일이 반복되지 않으리라는 법은 없잖아."

두렵다. 한 번 겪은 상처가 겨우 아문 지금, 용기를 내 그에게 손을 내민 후 일어날 일들을 상상해 보면. 현재는 머리부터 발끝까지, 전부 변하겠다고 장담하는 준이지만 언제 예전과 같이 냉담한 모습을 보여 줄지 모른다. 도박을 하고 싶지는 않았다.

세진은 떨리는 눈동자를 그에게 고정시켰다.

"반복되지 않을 거야."

준은 그런 세진을 안심이라도 시키듯 말했다.

"내가, 그렇게 만들지 않을 거니까."

"……."

"사랑해, 세진아."

달콤한 그의 목소리가 귓전을 두드렸다.

"그 남자보다 내가 더 널 사랑해."

그 남자?

정신을 못 차릴 정도로 속삭이던 그의 말 중 의아한 단어가 있었다. 미간을 좁히며 그의 말을 되짚어 보던 세진은 이내 준이 언급한 '그 남자'가 누구를 지칭하는지 알아차렸다.

"아, 그 사람은……."

"널 생각하는 시간도, 원하는 마음도, 사랑하는 깊이도 모두 내가 더 커."

"……!"

"딴 놈한테 시선 주지 말고, 나만 봐."

세진은 이으려던 말을 속으로 삼키며 준을 바라봤다. 그는 크고 차가운 손으로 세진의 뜨겁게 달아오른 이마를 식혀 주더니 작게 말했다.

"이제 그만 돌아와."

✿   ✿   ✿

"……님."

세진은 몸을 뒤척였다.

"……가님! 작가님! 도착했어요! 도착했다고요!"

귓가를 울리는 음성에 미간을 찌푸리던 세진은 이어 들리는 커다란 음성에 화들짝 놀라 몸을 부르르 떨었다. 번쩍 눈을 뜬 세진의 시야로 헤헤 웃으며 소리치는 수호가 들어왔다.

뭐가 그리 즐거운지, 입을 아주 귀에 건 채 내리지 않는 수호의 눈동자가 반짝반짝 빛났다. 세진은 '제주도예요! 제주도!' 하고 꺅꺅거리는 수호의 이마를 향해 손을 들어 올렸다. 딱. 살짝 움켜 쥔 주먹으로 꿀밤을 놓자마자 수호가 짧은 비명을 질렀다.

세진은 울상을 짓는 그를 무시하며 주위를 둘러보았다.

'정말, 제주도네.'

착륙 안내 멘트가 흘러나오고 있는 비행기 안. 마지막으로 기억하고 있는 장면은, 안전벨트를 매며 수호에게 도착할 때까지 깨우지 말라고 단단히 경고하던 제 모습이었다. 세진은 곁에서 들려오는 있는 수호의 칭얼거림을 한 귀로 듣고 다른 한 귀로 흘리며 눈을 비볐다.

"티켓 다시 끊어 놨어."

새벽 5시가 넘어서야 제대로 된 잠이 들었기에 10시 비행기에 맞춰 움직이는 데는 아무래도 곤란함이 있었다. 세진은 하품을 하며 나간 작업실 부엌에서 아침 식사를 차리고 있는 준을 발견하고 눈을 휘둥그레 떴다.

그는 그런 세진에게 앉으라는 듯 손짓하며 중얼거렸다.

"수호 것도 같이."

제주도 로케 촬영에 수호를 데려갈 생각은 추호도 없었다.
그 수다쟁이 녀석이 무슨 사고를 칠지 몰랐으니까.

안 그래도 준의 일로 머리가 복잡한데 수호로 인해 골머리
를 썩이고 싶지는 않았다. 준은 그런 마음을 전혀 모르는 것
같았지만.

이윽고 딩동 소리가 들렸고 신이 난 수호가 작업실로 모습
을 드러냈다. 2주에 걸친 제주도 로케 촬영이었으므로 세진
의 몸만 한 캐리어를 들고 나타난 수호가 '갑시다, 작가님!'
하고 소리쳤다. 세진은 한숨을 내쉬었다.

"일부러 그랬지."

그녀는 '어서 와' 하고 수호를 반기는 준을 노려봤다. 준
은 어깨를 으쓱였다.

"뭐가."

"정수호 데려가는 거."

"……."

"역시. 일부러 그랬네."

준은 대답하지 않고 알 듯 말 듯한 미소를 지었다.

"전화할게."

이미 끊어 놓은 비행기 티켓을 취소하라고 하는 것도 그랬다. 취소 수수료가 더 나올 테지. 거기다 저렇게 신이 나 있는데.

세진은 인상을 쓰며 투덜거리다 홍광호 PD에게 전화를 걸었다. 그녀가 타기로 했던 비행기에는 후발대의 스태프를 태우기로 결정하고 그녀는 수호, 그리고 사무 팀의 조감독과 함께 다음 비행기를 타기로 했다.

세진은 전화를 끊은 후 준을 바라봤다. 얼른 가라는 제 눈빛에도 준이 눈웃음을 보내자 이를 무시했다.

'일단은, 집중하자. 김준은 내버려 두자고. 촬영에 집중해.'

고작 2주라는 시간 동안 대본 분량을 전부 촬영해야 했다. 간혹 현장에서 수정을 해야 할 부분도 있었기에 집중이 요구됐다.

당연히 그를 생각할 시간은 없었다. 생각해서도 안 됐다. 하지만 그렇게 다짐하고 있으면서도 세진은 여전히 그를 떠올렸다.

"참. 작가님."

수화물을 챙겨 든 조감독이 그들을 배웅 나온 스태프를 찾으러 간 사이, 함께 걸음을 옮기던 세진은 자신의 캐리어까지 끌고 있는 수호의 말에 고개를 들었다.

새벽 5시까지 대본 수정이 아니라 준으로 인해 고심을 했었던 그녀는 여전히 개운하지 않은 컨디션을 자각하며 하품을 했다.

"희승이 형, 아직도 만나세요?"

무슨 소리를 하려기에 저리 진지한 얼굴을 하나. 제게 맞을 때도 저런 표정은 짓지 않는 수호가 뜸을 들이자 귀를 기울이던 세진은 그의 물음에 헛웃음을 터뜨렸다. 그리고는 빙긋 웃으며 대답했다.

"왜. 만나면 안 돼?"

수호의 두 눈이 흔들렸다. 희승이 대본의 감수를 맡아 준다는 이야기를 들었을 때부터 묘한 표정을 짓던 수호가 주저하다 입술을 씰룩였다.

"뭐. 꼭 그런 건 아닌데……."

아닌데?

"확실히, 작가님은 솔로고. 또 희승이 형도 물론 솔로이기는 하지만……."

"하지만?"

"뭐, 당연히 만날 수는 있죠. 솔로끼리. 만날 수는 있는데. 그래요. 그렇죠……."

"어이, 정수호."

나지막하게 중얼거리다 세진을 바라보고, 고개를 숙이며 입술을 움직이다 다시 그녀를 바라보는 수호의 눈빛이 예사롭지 않았다. 툴툴거리며 캐리어를 움직이던 그가 돌연 걸음을 멈추고는 세진을 쳐다봤다.

"그래도 두 사람이 만나는 건, 도의적으로 어긋난다고 생각해요!"

수호는 두 눈을 부라리며 소리쳤다.

"작가님이 좋아하는 사람은 따로 있는데. 제가 봐도 뻔히 보이는데, 그 마음을 숨기면서까지 다른 사람을 만나는 건 좋지 않아요!"

이 녀석이 진짜.

"희승이 형한테도 예의가 아닌 거고. 대표님한테도 마찬가지고. 그러고 보니 희승이 형도 이상하네. 자기도 따로…… 아악!"

흐음, 콧소리를 흘리며 중얼거리던 수호의 볼을 꽈악 꼬집어 버리는 세진으로 인해 그가 단말마의 비명을 흘렸다. 옆으로 고개를 내리며 아프다고 칭얼댔지만 세진은 끄떡도 하지 않았다. 오히려 이를 갈며 수호의 이름을 불렀다.

"정수호오!"

"흐잉. 장깡니잉!"

언제 따박따박 대들었냐는 듯, 순식간에 온순하기 그지없는 양처럼 변한 수호가 어색하게 웃었다. 세진은 차가운 눈을 빛내며 싱긋 미소 지었다.

"너 진짜, 요즘 기어오르는 게 아주 대박이구나?"

"허엉. 아항영. 장깡니이잉!"

"강 검사님 만나는 건 다 이유가 있어서야."

"헹?"

"네가 생각하는 그런 거, 아니거든!"

어리둥절한 표정을 짓는 수호를 바라보던 세진은 한숨을 내쉬며 볼을 잡고 있던 손에 힘을 풀었다. 그리고 멀리서 제게 손을 흔들고 있는 스태프를 발견하곤 중얼거렸다.

"어휴. 됐다. 말을 말자. 내가 너랑 다퉈서 뭘 하겠니."

세진은 흥, 코웃음을 흘리며 수호에게서 자신의 캐리어를 빼앗았다. 터벅터벅 걸어 나가는 그녀의 뒤를 멍하게 응시하던 수호가 어느새 제 곁으로 쪼르르 달려와 활짝 웃었다.

"그럼 희승이 형이랑은 아무 사이도 아닌 거예요?"

남자를 소개해 주겠다고 한 건 분명히 수호이면서 그와 얽히는 걸 어쩐지 원하는 것 같지 않은 자신의 문하생을 뚫어져라 응시하던 세진은 냉랭한 기운을 흘렸다.

"너 내가 답하면 김준한테 바로 고할 거지?"

수호는 손을 휘휘 내저었다.

"예? 하하, 제가 무슨 촉새인 줄 아십니까!"

촉새 맞잖아.

"전 작가님 편이잖아요."

"김준 끄나풀 주제에."

"에이. 끄나풀이라니! 제가 어딜 봐서 대표님 끄나풀입니까. 저는 태어날 때부터 우리 작가님의 충실한 문하생이었습니다! 작가님의 말이라면 무엇이든 듣지요!"

"제주도행 티켓 끊어 준 김준한테 이미 영혼을 팔았으면서."

"제주도는 환상적인 섬이니까요!"

수호가 눈을 반짝였다. 별처럼 빛나는 그 눈동자가 왠지 부담스러워 세진이 피식 웃었다.

"그래도 전 작가님의 문하생입니다. 그건 변하지 않아요!"

"아아, 그래? 그런데 요즘 그 문하생이 왜 일은 제대로 안 하고 스승님 감시만 할까."

"아하하핫! 우리 작가님, 또 왜 이러실까. 감시라뇨! 그저, 저는 우리 작가님에 대해 관심이 많을 뿐입니다!"

세진은 애써 부정하려는 수호를 흘겨보다 입술을 삐죽이며 어느새 도착한 스태프의 차에 올라탔다.

❂   ❂   ❂

"엄밀히 따지자면 '전' 남편 아닌가요?"

유려한 미소를 지으며 직격타를 날리는 남자의 표정은 자신만만했다. 무슨 꿍꿍이인지 알 수 없어서 더욱 기분이 나빴다. 질투? 그래. 그런 표현을 사용해도 될 만큼 가슴이 끓어올라 참을 수가 없었다. 준은 차가운 얼굴을 하고 간밤의 그 남자를 떠올려 보았다.

255

'깊은 관계는 아닌 것 같은데.'

도저히 무슨 사이인지 짐작할 수가 없었다. 그렇게 늦은 시간까지 함께 있었던 걸로 보아서 아예 마음이 없다고 할 수도 없었다. 준은 이를 악물었다. 그의 검은 두 눈이 불같이 일렁이다 서서히 안정을 되찾았다.

일단은, 임시방편으로 수호를 옆에 붙여 놓았으니 약간은 마음이 놓였다. 걱정 말라며 작업실을 나가는 준을 향해 주먹을 불끈 쥐던 수호였다. 무슨 일 있으면 전화하라는 손짓을 하고 밖으로 나온 그는 곧바로 그린 엔터테인먼트 사옥으로 향했다.

준이 세진의 집을 나섰던 시간은 오전 9시. 빨리 나가라며 재촉하던 그녀의 말에 하는 수 없이 두 사람을 공항으로 데려다주지도 못하고 작업실을 나서야 했던 그는 대표실에 도착하자마자 데스크 위에 가득 쌓여 있는 업무 파일을 정리했다.

정신없이 일을 처리하고 나니 어느덧 오후 4시가 되어 있었다. 지금쯤 도착했겠군, 중얼거리던 준은 인터폰의 버튼을 눌렀다.

—예. 대표님.

맑고 청아한 목소리의 주인공은 준의 비서 은채였다. 준은 4시 1분을 향하고 있는 탁상시계를 물끄러미 응시하다 입술을 달싹였다.

"이번 주 일정이 어떻게 되지?"

─오늘은 이대로 일과를 마무리하셔도 됩니다만 내일부터는 바빠지실 것 같습니다. 진헌 씨 영화 촬영 문제로 회의가 잡혀 있습니다. S사의 윤 국장님께서 제주도 로케 끝나기 전에 한번 뵙자고 연락을 보내셨습니다. 또……

"그거 다, 미룰 수 있나?"

─예?

"미뤘으면 해서."

"만약 제주도에서 뵐 수 있다면, 다시 뵀으면 좋겠군요."

"며칠만이라도."

도저히 머리에서 떠나지 않는 목소리가 기분을 나쁘게 만들었다. 서류에 집중을 하려고 해도 몇 번씩 생각나 참을 수가 없었다. 준의 말에 은채는 난감하다는 듯 숨을 흘렸다.

─노력해 보겠습니다.

"고마워."

짧은 감사를 표한 뒤 대화를 그만두려던 준은 고심했다. 현재 시간은 오후 4시. 미간을 찌푸리던 그는 입술을 열었다.

"그리고 비행기를 좀 알아봐 주었으면 하는데."

❖　　　❖　　　❖

"김재은이 일 칠 줄 내 진작 알고 있었지. 어휴."

선발대의 사무 팀이 있는 숙소에 도착하자마자 소식을 접한 세진은 긴 한숨을 터뜨렸다. A 팀에서 배우들 간에 갈등이 있었던 모양이었다. 사건의 주인공들은 여주인공인 채원과 그녀와 은근한 신경전을 벌이던 조연, 재은이었다. 비중은 크지 않지만 채원과 부딪히는 일이 많아 세진의 시선 역시 잡아끌던 재은은 아무래도 채원의 화를 폭발시킨 듯했다.

화를 낸 채원이 촬영장을 벗어나고, 건우가 그 뒤를 따랐다는 이야기를 들은 세진은 B 팀 촬영을 마치고 돌아온 진헌과 대화를 나누었다.

"이 작가. 상의할 게 있어요. 잠깐 시간 좀 내줘요."

그때였다. 세진은 저를 살짝 부르는 홍광호 PD의 음성에 시선을 돌렸다. 의아한 눈빛을 보내자 그가 어두운 얼굴로 중얼거렸다.

"중요한 거야. 캐스팅 문제랑 관련 있어요. 건우 씨가 없으니 이 작가와 상의해야 할 것 같아. 국장님껜 일단 먼저 말씀드렸으니 이 작가의 동의만 있다면 바로 실행할 예정이에요. 그러니 잠깐만 따라와요."

수심이 가득한 그의 얼굴에는 어쩐지 힘이 없었다. 세진은 고개를 끄덕이며 그의 뒤를 따랐다.

"아무래도 김재은 씨를 하차시켜야겠어."

보는 눈이 있었기에 세진을 제 숙소로 데려온 홍 PD는 한숨을 내쉬며 중얼거렸다. 세진 역시 그의 말에 동의했다. 김

재은은 드라마의 여자 조연인 윤시라의 소속사에서 강력 추천하여 캐스팅한 배우였다.

그런 그녀가 극의 메인 주인공인 채원과 자꾸만 트러블을 일으키면 곤란해지는 것은 홍 PD와 세진이었다. 캐스팅을 주도했던 것은 두 사람이었던지라 머리가 지끈거리던 세진은 알겠다고 말한 뒤 그와 함께 재은을 불러냈다.

호텔 로비에 위치한 카페에서 재은에게 서울로 올라갈 것을 명하자 그녀가 불같이 반발한 것은 당연한 일이었다. 더 난리를 피우기 전, 그녀를 카페에 버려 둔 뒤 다시금 숙소로 올라온 세진은 놀라운 소식을 접했다.

"뭐……? 아직까지?"

오후 6시쯤이었을까. 후드득 떨어지는 빗줄기가 갈수록 굵어지고 있는 중이었다. 이러다 정말 폭우가 쏟아지겠네. 세진은 꿀꿀한 기분에 숙소의 발코니에 서서 흐릿한 하늘을 올려다보고 있었다.

그때 세진의 숙소로 진헌과, 진헌의 매니저 혜성이 찾아왔다. 두 사람의 얼굴이 어쩐지 이상해 수호를 밖으로 내보낸 세진은 이어 들리는 말에 눈을 크게 떴다.

"아무래도 두 분 모두 우도에 묶인 것 같아요. 어쩌죠, 작가님?"

혜성은 울상을 지으며 세진을 응시했다. 난감하기는 그녀도 마찬가지이건만 그는 제게 해결을 요하는 듯한 표정이었다. 진헌은 길게 한숨을 흘렸다.

"다른 스태프들한테는 일단 두 사람이 일찍 휴식을 취한다고 말해 놨어요."

"둘 다 1인실이라 다행이네."

"으악! 이러다 정말 소문이라도 나면, 이거 망하는 거잖아!"

"어이, 최진헌이. 재수 없는 소리는 입 밖으로도 꺼내지 마."

세진이 머리를 쥐어뜯는 진헌에게 경고했다. 서늘한 표정에 진헌이 입을 다셨지만 세진은 개의치 않고 비가 쏟아지고 있는 창밖을 응시하며 고개를 숙였다. 긴 숨을 토해 내는 것은 비단 세진뿐만이 아니었다. 진헌과 혜성 역시 얼굴을 찌푸리고 있었다.

'난감하네.'

안 그래도 말이 많은 드라마였다. 워낙 소문이 좋지 않은 여주인공 채원과 그녀를 캐스팅하는 데 일조한 프로듀서 겸 배우인 건우가 동시에 사라진 걸로도 모자라 섬에서 하룻밤을 보냈을지도 모른다는 이야기가 전해진다면. 막막하지. 기상 악화 때문에 우도에 묶여 버린 두 남녀의 일을 어떻게든 비밀에 부쳐야 했다.

"헉! 작가님!"

오늘 하루에만 벌써 몇 개의 사건이 일어나는 건지. 머리가 터질 것처럼 부풀어 올라 인상을 쓰던 세진은 다급하게 저를 부르는 혜성을 발견했다. 무슨 일인가 했더니 침대 위에서 요란하게 울려 대는 자신의 핸드폰을 벌벌 떨며 가리키고 있었다. 대체 누구에게서 걸려 온 전화이기에 그러냐고 핸드폰 액정을 바라보던 세진의 얼굴 역시 사색이 됐다.

"김준한테, 말 안 했지?"

도통 끊어지지 않는 준의 전화를 내려다보던 세진이 진헌과 혜성에게 물었다. 그러자 두 사람이 약속이나 한 듯 일제히 고개를 끄덕였다. 세진은 '알겠어' 하고 작게 되뇐 후 입술을 열었다.

"응."

—잘 도착했어?

두 남자의 간절한 눈빛이 세진을 향했다. 세진은 그들의 시선을 무시하며 발코니로 나갔다. 준의 다정한 음성을 듣자 쿵쿵 심장이 뛰었지만 모른 척하며 대답했다.

"응. 뭐."

—촬영장은. 어때? 순조로워?

"……어."

—왜. 무슨 일 있어?

잠깐 뜸을 들인 것이 문제였을까. 세진은 귀신같이 제 반응을 알아차린 준의 말에 몸을 움찔거렸다.

"일은 무슨. 근데 당신, 내가 연락하기 전까진 연락하지 말랬지."

준은 퉁명스러운 세진의 말에 하하 웃었다.

—내가 언제 네 말을 듣는 사람이던가.

하긴. 빌어먹게도 그렇네. 제길.

준은 계속해서 질문을 던졌다. 뭐가 그리 궁금한 게 많은 건지.

—진헌인. 잘하고 있어?

"뭐. 그렇지."

—건우는? 장채원 씨는?

"다, 다들 잘하고 있어."

순간 당황했지만 세진은 다행히 위기를 넘겼다. 후우, 속으로 한숨을 삼키는 그녀에게 준이 말했다.

절대로 들켜선 안 됐다. 준이 알게 되면 불같이 날뛸지도 몰랐다. 그런 생각을 쉬지 않고 이어 가던 세진의 머리가 순간 텅 비어 버렸다.

—……그 남자는, 만났어?

그 남자? 처음엔 누구를 언급하는지 기억해 내지 못해 눈을 깜빡이던 그녀는 이내 '그 남자'의 정체를 떠올리며 픽 웃었다.

"김준. 어째 당신, 관심이 많다? 강 검사님한테."

냉정한 척하면서도 준은 희승에게 신경을 쏟아붓고 있었다. 세진이 묘한 코웃음을 흘리자 준은 잠시 입을 다물었다 대답했다.

—네 입에서 그 남자에 대한 이야기 나오는 거, 듣기 싫어.

"얘길 꺼낸 건 당신이야."

—…….

대꾸를 하니 또 묵묵부답이다. 이제야 촬영장이 잘 돌아가는지에 대한 여부가 궁금해서 전화한 것이 아니라는 사실을 알게 됐다. 안도의 한숨을 흘리며 세진이 말했다.

"나 도착한 지 얼마 안 됐어. 만날 시간은, 당연히 없었고. 아마 둘 다 바빠서 만날 일 없을 거야."

—그래?

어쩐지, 그의 목소리 톤이 조금 올라간 것 같기도 했다. 세진은 말을 이었다.

"응. 시간이 잘 안 맞더라고. 그래서 서울 가서 보기로 했어."

—……아예 안 만나지는 않는다는 거군.

"만나야 해. 약속한 게 있거든."

그 '약속' 때문에 세진과 희승은 어젯밤 늦게까지 이야기를 나누었다. 그에게 도움을 주기로 한 이상 세진은 의무를 지킬 생각이었다. 그래서 어쩔 수 없는 거지. 당신이 아무리 질투를 해도.

"김준."

—응.

"나 바빠. 이만 끊어야겠어."

스윽 뒤를 돌아보니 아예 두 손을 맞잡으며 바들바들 떨고 있는 혜성과 진헌이 보였다. 단호하게 말하는 세진에게 준이 다급하게 외쳤다.

—조금 더, 얘기하면 안 돼?

두근, 심장이 뛰는 것은 사실이었다. 아까보다 더 급격하게 움직였다. 애원하는 그의 간절한 목소리가 듣기 좋아서일까. 세진은 잠깐 동안 침묵을 유지하다 고개를 가로저었다.

"안 돼. 갑자기 캐스팅이 바뀌어서 대본 수정해야 해."

—그게 무슨 소리야? 캐스팅이 바뀌다니?

이런!

"아, 그건…… 그런데, 당신 주위가 왜 이렇게 시끄러워?"

재은의 하차 소식을 건우에게 알리기 전까지 준은 이 상황을 모르고 있는 편이 좋았다. 말을 얼버무리려던 세진은 자꾸만 준의 목소리를 덮어 버리는 소음에 인상을 썼다.

"밖이야?"

현재 시각 오후 6시 반. 평소라면 사옥에서 서류 업무를 보고 있을 준의 주변이 소란스러웠다. 세진이 눈을 가늘게 뜨며 중얼거리자 잠시 망설이던 준이 대답했다.

—사실 나…… 제주도야.

……뭐?!

세진은 반사적으로 뒤를 돌아보았다. 그녀의 행동에 덩달아 놀란 혜성과 진헌이 잠시 앉아 있던 그녀의 침대에서 벌떡 일어났다. 준의 목소리는 계속해서 들려왔다.

—애들한텐 말 안 하고 내려왔어. 네가, 보고 싶어서.

미, 미쳤어!

쿵쾅쿵쾅. 심장이 발작처럼 뛰었다. 이마에 맺혀 있던 땀방울이 주르륵 흘러내렸다. 그런 세진의 마음을 전혀 알지 못하는 준이 물었다.

—촬영장에 잠깐 들를까 해. 숙소가 어디랬지?

"……."

―그나저나 비가 장난이 아닌데. 촬영할 때도 날씨가 이랬나?

"기, 김준!"

중얼거리는 그의 말에 세진은 발코니를 벗어나 숙소 안으로 들어왔다. 크게 그의 이름을 부르는 세진의 외침을 들은 사람은 준뿐만이 아니었다. 진헌과 혜성의 시선 역시 그녀에게 꽂혀 있었다. 세진은 일부러 그들에게 들으라는 듯 소리쳤다.

"공항인 거야?"

―어? 어어.

"기다려. 내가 지금 당장 갈게!"

―……뭐?

"꼼짝 말고 기다려!"

❋   ❋   ❋

제주특별자치도 제주시 용담2동에 위치한 제주국제공항.

준은 공항 1층에 위치한 도착 게이트를 나오며 주위를 둘러보았다. 여기까지 올 생각은 없었는데, 정신을 차리고 보니 비행기에 올라타 있었다.

'티켓 예매했습니다' 라는 비서의 말에 일말의 망설임도 없이 사옥을 벗어났던 그는 어느새 제주도에 도착한 자신을 발견하곤 피식 웃었다.

김포를 떠난 비행기는 오후 6시를 넘겨서야 제주도에 착륙했다. 수화물이랄 것도 없기에 맨몸으로 도착 게이트를 나선 준은 주저하다 1번에 저장되어 있는 그녀의 번호를 길게 눌렀다.

몇 번의 신호 연결음 뒤로 들려오는 세진의 목소리는 어찌된 셈인지 조금 상기되어 있었지만 그녀의 음성을 들을 수 있다는 사실 하나만으로도 충분히 기뻤던 준은 크게 개의치 않았다.

그녀는 알고 있을까. 세진의 목소리를 듣는 것 자체가 그에게 있어서 큰 기쁨임을.

그래서인지 더더욱 홀로 내버려 두지 못하겠다. 임시방편으로 수호를 함께 보내기는 했으나 언제든 그를 떼어 놓고 움직일 수 있다는 걸 알기에 준은 세진을 만날 핑곗거리를 찾기 시작했다.

다행스럽게도 건우를 비롯한 그의 소속사 배우들이 세진과 함께 있다는 사실은 훌륭한 이유가 되었다. 준은 결국 드라마 '사랑에 무너지다' 팀을 방문하기로 결심했다.

공항을 나서기 직전의 선택은 두 가지. 깜짝 등장으로 세진을 당황시키느냐, 아니면 예고를 하고 찾아가 세진과 따로 만남을 가지느냐. 전자는 세진의 화를 돋울 가능성이 높았으므로 준은 후자를 선택했다.

―기다려. 내가 지금 당장 갈게!

　그의 입술 사이로 흘러나온 '제주도'라는 발언에 깜짝 놀라는 그녀가 왠지 모르게 수상해 보였다. 딱 보아도 무언가를 감추고 있는 것이 티가 났지만 준은 이번에도 모르는 척하기로 마음먹었다. 그래야 그녀가 안심한다는 것을, 알고 있으니까.

　"그쪽도 연착인가요? 마냥 기다리기도 지루한테 얘기나 하고 있을래요?"

　주룩주룩. 맑고 화창하기만 하던 해질녘의 서울 하늘과 제주도 하늘은 큰 차이가 있었다. 준은 어두컴컴한 걸로도 모자라 폭우가 쏟아지고 있는 전면 유리 밖을 응시하며 미간을 좁혔다.

　이세진이 잘 오고 있으려나. 크게 외치자마자 전화를 끊은 세진을 기다리며 대합실 의자에 앉아 있던 준이 고개를 들었다. 늘씬한 몸매에 긴 머리를 늘어뜨린 여자가 입가에 완연한 미소를 지은 채 자신을 쳐다보고 있었다. 저를 똑바로 바라보고 있음에도 불구하고 그는 대꾸하지 않고 다시 시선을 옮겼다.

　"저기요. 저, 지금 그쪽한테 말한 건데."

　그 말에 한숨을 내쉬며 싱긋 웃고 있는 여자를 바라본 그는 짜증 섞인 음성을 뱉어 냈다.

　"알고 있습니다만 별로 대답하고 싶지 않군요."

"……네?"

여자의 얼굴이 붉어지는 것이 보였다. 준은 심드렁하게 말을 이었다.

"연착이 아니라서."

저를 쳐다보지도 않는 모습에 여자가 씩씩 콧김을 내뿜었다. '별꼴이야!' 하고 외치며 여자가 떠나갔지만 그는 오직 무표정한 얼굴로 핸드폰이 울리기만을 하염없이 기다리고 있었다.

"김준."

그때였을까. 그렇게도 기다리던 여자의 목소리가 근처에서 들려왔다. 그가 자리에서 벌떡 일어난 것은 반사적인 행동이었다.

"당신, 여자들한테 그런 식으로 행동하면 있던 인기도 없어져."

헉헉, 뛰어온 것인지 세진은 숨을 헐떡였다. 한참 동안 호흡을 고르는 그녀를 바라보던 준이 잔잔한 미소를 그리며 다가갔다.

"세진아."

"왜."

"너는 내가 다른 여자들한테 인기 있었으면 좋겠어?"

그의 부드러운 목소리에 귀를 기울이던 세진의 얼굴이 구겨졌다. 당연히 싫어, 라는 말이 나올 거라고는 생각하지 않았다. 인상을 쓰며 저를 노려보는 것만으로도 충분했다.

준은 그녀의 머리끝에서 툭툭 떨어지고 있는 물방울을 발견하곤 눈을 크게 떴다.

"우산도 안 가져왔어?"

"아, 급하게 오느라."

"칠칠맞지 못하긴."

준은 슈트 안쪽에서 손수건을 꺼내 들었다. 곱게 접힌 손수건을 펼쳐선 세진의 젖은 머리카락 위로 얹는 행동이 너무도 자연스러웠다. 세진은 가만히 서서 그를 응시할 뿐이었다.

준은 커다란 손으로 손수건을 잡고 그녀의 머리카락에 묻은 물기를 닦아 주었다. 세진이 눈을 깜빡거리는 것이 보였지만 멈추지 않았다. 뚝뚝. 그녀의 머리카락 끝에서 흘러내리던 물방울이 더는 아래로 떨어지지 않자 준은 작게 입술을 달싹였다.

"그래도 감기 걸리니까, 제대로 말려야겠네."

"……."

"이세진?"

"망할. 또 홀릴 뻔했어."

그녀는 얼굴을 찌푸리며 준의 손이 닿았던 머리카락을 탈탈 털더니 그를 올려다봤다. 준은 투덜거리는 그녀를 내려다보며 의문을 쏟아 냈다.

"그런데. 어떻게 된 거야?"

일을 모두 미뤄 두고 친히 제주도까지 온 보람은 있었다.

소기의 목적은 달성한 셈이니까. 저를 보고 화를 내더라도, 세진의 모습을 보아서 기분은 좋았다. 하지만 의심이 피어나는 것은 막을 수 없는 일이었다. 준은 '뭐가' 하고 되묻는 세진을 부드럽게 직시하더니 물었다.

"내가 뭘 하든 무시했을 이세진이, 친히 공항까지 마중을 나오고."

"어?"

"촬영장에서 무슨 일 있었어?"

핵심을 찌르는 준의 말에 세진의 얼굴이 사색이 됐다. 그에 준은 직감했다. 확실히 무슨 일이 있었군.

"무슨 일은 무슨!"

라임이라도 맞추려는 걸까. 준은 고개를 획획 저으며 소리치는 세진의 외침에 픽 웃음을 터뜨렸다. 그가 여전히 의심의 눈초리를 거두지 않자 침을 꿀꺽 삼킨 세진은 돌연 그의 팔에 제 팔을 끼워 넣으며 외쳤다.

"김준!"

준은 의외의 행동을 이어 가고 있는 세진을 떼어 낼 생각 따윈 없었다. 팔짱을 낀 건 세진의 의지일 테지만 떼어 내는 건 쉽지 않을 거다. 커다란 눈으로 그를 바라보며 어색한 미소를 실실 흘리는 세진에게 눈웃음으로 화답했다. 그러자 세진이 더없이 다정한 목소리를 냈다.

"나 오늘 완전 우울해."

"그래?"

"그러니까 지금부터 내 기분 풀어 줘야겠어, 당신."

❖   ❖   ❖

—예? 무슨 일이라뇨? 오히려 제가 묻고 싶은 말입니다, 대표님. 여긴 아주 평화롭습니다. 하하. 정말 놀라울 만큼 평화롭죠.

진헌의 매니저였지만 이번 로케 촬영에서 채원과 건우의 총괄적인 관리까지 임명받았던 혜성에게 전화를 걸었다. 평소 같았으면 웃음소리조차 흘리지 않았을 혜성이 크게 웃기까지 하자 준의 눈이 가늘어진 것은 당연했다.

'확실히 일이 있기는 하군.'

혜성의 태도로 보아선 아마 배우들의 문제인지도 몰랐다. 준은 곧바로 혜성의 관리를 받고 있는 진헌에게 연락을 할까 하다가 곧 마음을 바꿨다.

—어.

"어디야."

키패드의 3번을 길게 누르니 전화가 갔다. 핸드폰 너머로 들려오는 목소리가 어딘가 어둡다는 것을 알아차린 준의 눈동자가 가라앉았다. 준은 귀에 신경을 집중하며 대답이 들려오길 기다렸다.

—……숙소.

약간의 침묵이 이어진 후 건우가 대답했다. 숙소? 그런데 왜 이렇게 시끄러운 걸까. 준은 눈썹을 살짝 꿈틀거리다 다시 평정을 되찾았다.

"촬영은."

—끝났어.

"무슨 일 있는 거 아니지?"

—……아무 일도 없어.

뜸을 들이는 게 왠지 마음에 걸렸지만 건우의 말이니 믿어 줘야겠다는 생각이 들었다. 준은 알겠다고 대답하며 통화를 끊으려 했다.

—뜬금없이 왜 그래?

"어?"

—무슨 일 있는 건, 오히려 형 아니야?

저 못지않게 눈치가 빠른 건우는 자신의 변화를 가장 먼저 알아차리곤 했다. 건우가 눈앞에 없는 것이 다행스럽게 여겨질 정도였다. 만약 있었다면 기괴한 표정을 짓고 있을 자신을 놀려 댈 것이 틀림없었으니.

"없어. 끊어."

—뭐? 잠…….

건우의 말이 이어졌지만 준은 종료 버튼을 눌렀다. 전화가 끊어진 핸드폰은 뜨겁게 달아올랐을 뿐 미동도 하지 않았다. 그는 말없이 침대 옆 테이블 의자에 앉아 자신의 핸드폰을 내려다보다 시선을 돌렸다.

주룩주룩. 굳게 닫혀 있는 창 밖에선 비가 끊임없이 쏟아

졌다. 가늘게 내리던 빗줄기는 적어도 세 배는 굵어져 있었
다. 준은 무표정하게 창 너머를 응시했다.

"그냥 옷만 말리면 되지, 무슨 샤워를 하라고. 하여간 깔
끔 떨기는."

상상했던 제주도의 푸른 밤과는 많이 다르지만, 달칵 문을
열고 들어오는 세진이 곁에 있어 다행이었다. 준은 수건으로
머리를 둘러싸곤 욕실을 벗어나고 있는 그녀를 쳐다봤다. 목
욕 가운을 입은 채 입술을 쭉 내밀며 자신이 앉아 있는 곳으
로 다가오고 있는 세진은 반짝반짝 빛이 났다. 준은 빙긋 웃
었다.

"다 젖었었잖아."

"괜찮다니까. 그깟 감기 걸리면 좀 어때."

"안 돼. 메인 작가가 감기 걸리면 촬영에도 지장 있어."

단호하게 고개를 젓는 준의 모습이 진지했다. 세진은 그런
그의 반응에 몸을 움찔거리다 이내 쳇, 입을 삐죽였다. 준은
그런 그녀를 물끄러미 바라보다 피식 미소를 흘렸다.

"옷이 마를 때까지는 못 나가겠군."

"어?"

"비가, 너무 많이 와."

창밖을 바라보던 준은 이젠 마음 놓고 걸을 수도 없을 만
큼 내리고 있는 빗줄기에 미간을 좁혔다. 방금 샤워를 하고
나와서인지 볼을 빨갛게 붉히고 있던 세진이 그의 근처까지
다가왔다.

자연스럽게, 그의 어깨 위에 팔을 얹으며 준의 시선이 향하고 있는 곳으로 눈을 옮기는 세진의 목선이 날카로웠다. 준은 그녀가 창밖의 풍경에 넋을 잃은 사이 몰래 세진을 올려다봤다.

"그래서 못 온다고 한 건가."

그의 뜨거운 눈빛을 아직 자각하지 못한 세진은 나지막하게 중얼거렸다. 준이 아무 말도 하지 않자 고개를 내린 세진은 그제야 그의 검은 눈동자와 허공에서 조우했다. 갑작스러운 폭우로 인해 한숨을 내쉬고 있던 세진의 얼굴이 굳어 갔다.

"김준."

"응."

"일부러 그랬지."

준은 대답하지 않았다. 말없이 휘어지는 준의 눈꼬리를 내려다보며 세진은 눈을 부라렸다.

"비 핑계 대며 갑자기 호텔로 끌고 온 것부터 이상했어. 제길. 나, 당한 거야?"

제주공항 근처의 호텔. 렌터카를 빌리지도 않고 바로 택시를 탄 후 도착한 곳에서 룸을 잡아 버리는 준의 거침없는 행동에 세진은 멍하니 끌려갔다. 정신을 차리고 보니 목욕 가운을 건네며 자신을 욕실로 밀어 넣고 있는 준이 있었다.

샤워를 하라는 다정한 속삭임에 그녀는 그에게서 시선을 떼지 못했다. 어떻게 해서든 그를 붙잡아야 한다는 생각이 강하기는 했지만 이런 식은 아니었다. 황당한 얼굴을 하는 세진에게 준이 속삭였다.

"그러다 정말 감기 걸려."

세진은 헐레벌떡 뛰어오느라 머리는 물론 옷까지 젖어 있었다. 그에 반해 그녀를 기다리는 동안 공항 안에 있었던 준은 비교적 양호한 편이었다. 슈트 상의를 벗으며 말한 뒤 등을 돌리는 그를 세진은 넋을 놓고 응시하다 흥, 코웃음을 쳤다.

이내 그녀는 그가 시키는 대로 욕실에서 샤워를 한 뒤 목욕 가운을 입고 나왔다. 이 모든 것이 김준의 계획대로라는 생각이 들자 입이 쭉 튀어나왔다. 그런 그녀를 바라보며 준이 미소를 지었다.

현기증이 일 정도로 눈앞이 어지럽다. 샤워를 하고 나와서 온몸이 나른해서인가. 세진은 코끝에 아른거리는 그의 숨결에 어금니를 악물었다.

두 사람의 거리는 세진이 살짝 무릎을 굽힌다면 입술이 닿을 정도로 가까웠다. 그의 아찔한 체취가 느껴졌다. 준은 검은 눈동자를 돌리지 않고 세진을 직시하고 있었다. 그녀는 그 시선에 목이 막혀 뜨거운 숨결을 토해 냈다.

"만약 다른 남자가 너를 여기까지 끌고 온다면, 주저 말고 다리 사이를 세게 차 버려."

세진이 긴장하고 있다는 것을 아는지 모르는지 준은 굳게 다물고 있던 입술을 움직였다. 그녀는 실소를 흘렸다.

"다른 남자랑은, 이런 곳까지 안 와."

아예 발을 내딛을 생각도 하지 못하겠지. 빌어먹게도 나는 당신밖에…… 쳇. 세진은 그의 시선을 회피하지 않고 지그시 쳐다봤다. 고작 시선을 교환하는 것뿐인데 심장이 미친 듯이 덜컹거렸다. 어지럽다. 김준. 당신 때문에.

"세진아."

호흡이 점점 가빠져 숨이 차오른다. 김준은 알까. 그를 향한 마음을 어쩔 줄 모르는 자신을. 세진은 울 것 같은 얼굴을 한 채 준을 내려다봤다. 그때, 준이 팔을 뻗어 세진의 턱 부근으로 손바닥을 가져다 댔다.

그의 따뜻한 온기가 턱에서 뺨으로 천천히 퍼져 나가자 세진은 입술을 악물었다. 반응하고 싶지 않았지만 저절로 얼굴이 붉어졌다.

"이세진."

준이 부드럽게 그녀의 이름을 부르자 세진의 눈동자가 세차게 요동쳤다. 준은 그녀가 흔들리고 있다는 사실을 정확히 인지한 듯 더욱 힘껏 팔을 뻗었다. 그의 기다란 팔이 수건을 두르고 있던 세진의 머리에 닿았다.

갑작스럽게 제 뒷머리를 감싸는 행동에 세진이 눈을 동그랗게 뜨자 준은 강한 힘으로 그녀를 제 얼굴 쪽으로 끌어당겼다.

"……!"

그가 그녀의 입술 위로 제 입술을 뒤덮은 건 순식간이었다. 세진은 부드러운 입김이 벌어진 입술 사이로 스며들어 오자 온몸을 파르르 떨었다.

✿   ✿   ✿

이럴 생각은…… 아니었다.

절대로, 이렇게 그의 발을 묶어 놓을 생각이 아니었다.

"작가님! 가능하면 오늘 밤엔 돌아오지 마세요! 대표님이 숙소로 오지 않게요, 아셨죠?!"

숙소를 나서는 세진을 향해 혜성은 소리쳤다. 덩달아 진헌까지 '파이팅!' 하고 주먹을 불끈 쥐었다. 걱정 말라며 세진은 엄지손가락을 치켜들었다.

문고리를 잡고 나서자 발을 동동 굴리며 안절부절못하던 수호가 '어디 가세요?' 라는 물음을 던졌지만 세진은 무시하고 제주공항으로 달려갔다.

어찌나 급하게 나온 건지, 아까 준에게 말했던 대로 우산을 챙겨 나올 시간도 없었다. 당연히 물에 젖은 생쥐 꼴마냥 나타난 것도 사실이었다. 그렇게 헐떡거리며 공항의 대합실을 두리번거리던 그녀는 웬 여자의 치근덕댐을 받고 있는 준을 발견했다. 괜히 화가 났다.

그가 여자에게 조금이라도 반응을 보인다면 앞으로 김준을 다시 고려하는 일은 없으리라. 세진은 서늘해진 표정으로 그들의 모습을 지켜봤다. 그때 준이 냉담한 음성을 흘렸다.

"알고 있습니다만 별로 대답하고 싶지 않군요."

어쩌면 준은 자신이 뒤에 서 있다는 것을 알고 있었던 건 아닐까. 그런 생각도 들었지만 세진은 올라가는 입꼬리를 주체하지 못했다. 다른 여자에게 냉기가 흘러넘칠 정도로 싸늘한 준이 제 목소리에는 벌떡 일어나 뒤를 돌아볼 때의 희열은 이루 말로 할 수 없었다.

세진은 일부러 그의 팔에 팔짱을 꼈다. 준에게서 거절을 당한 여자가 멀리서 그 모습을 발견하고 얼굴을 처참하게 구기는 게 보이자 세진은 더욱 친한 척 그에게 몸을 밀착시켰다. 준이 그런 그녀의 모습에 피식 웃음을 흘렸다.

쿵쿵.

미친 듯이 뛰는 심장 박동 소리를 들으며 세진은 가쁜 숨을 토해 냈다. 등을 스르륵 쓸어내리는 준의 기다란 손가락으로 인해 온몸이 부르르 떨렸지만 결코 신음을 흘리지는 않았다. 윗니로 아랫입술을 꽉 깨물어 버린 상태였기 때문이다. 세진은 인상을 쓰며 그를 내려다봤다.

"얼굴 펴."

준은 흐려진 눈으로 저를 올려다보는 세진에게 속삭였다. 펼 수 있다면 진작 폈지. 제 안에 가득 차는 그로 인해 세진은 대답하지 못했다. 그녀의 은밀한 곳을 채워 버린 그가 뜨겁게 부풀어 올랐다. 세진은 거친 호흡을 이어 가며 준의 목에 팔을 둘렀다.

"세진아."

으으. 소리가 흘러나오지 않았다. 좁은 공간을 비집고 들어와 제 허리를 감싸는 그가 미워 미칠 지경이었다.

세진은 이를 악물며 그를 내려다봤다. 짙어진 눈동자를 그녀에게 고정시킨 그가 자신의 이름을 부르자 몸이 더욱 달아오르는 느낌이었다. 세진은 원망스러운 표정을 지으며 준을 응시했다.

"세진아."

"……응."

"이세진."

그래, 내 이름. 그거 맞아.

불러도, 불러도 모자라다는 듯. 준은 세진의 이름을 입 밖으로 흘렸다. 다리 사이에서 느껴지는 강한 열기가 전신으로 퍼지자 세진은 속으로 중얼거렸다. 준은 등을 휘며 제게로 쓰러지는 세진의 야릇한 숨결에도 흔들리지 않았다.

미동 없는 검은 눈동자는 점점 갈증에 물들어 갔으나 결코 그녀에게서 시선을 떼지 않았다. 준은 이를 악물며 아래위로 움직이는 세진의 허리를 양쪽에서 부여잡았다. 샤워를 하고 나와 아직 축축하던 세진의 머리카락이 허공에 흩날렸다.

'미치겠어.'

쿵쾅쿵쾅. 벌거벗은 나신의 상태로 그의 몸 위에 올라타 있는 제 모습이 낯설었다. 이렇게 멀쩡할 때 다시 그와 침대 위에 드러누울 줄은 몰랐는데. 세진은 자신이 움직이면 움직일수록 반응하는 그의 분신을 느끼며 속으로 한숨을 뱉어 냈다.

정말, 미치겠다.

그동안 잊고 지냈었지만 그녀는 그의 탄탄한 가슴을 꽤 좋아했다. 그의 넓은 어깨도. 솟은 목젖도. 그리고,

"세진아."

저만을 바라보는 것이 확실한 눈동자도.

세진은 부르르 떨며 제 안을 파고드는 그의 분신으로 인해 준의 목에 두르고 있던 팔에 힘을 줬다. 준이 살짝 눈썹을 꿈틀거렸지만 곧, 더욱더 깊은 곳으로 그녀를 밀어 버렸다. 때문인지, 눈앞이 흐려졌다.

후드득, 여전히 창 밖에서는 비가 주룩주룩 내리고 있었다. 세진은 저를 안고 흔드는 그의 넓은 가슴 위로 쏟아졌다.

"당신, 침대에서는 달라지는 거 알아?"

짧은 키스에서 시작되었던 정사는 빗줄기가 가늘어지고 나서야 멈추었다. 얼마나 들러붙어 있었는지 그의 체취가 제게도 배어든 것만 같았다. 세진이 입고 있던 목욕 가운을 거

칠게 풀어 헤친 준은 그녀의 발끝부터 머리끝까지 부드럽게 입을 맞추었다.

보물이라도 다루듯 저를 대하는 그의 부드러운 입맞춤으로 인해 털끝이 쭈뼛거렸다. 강하게 밀고 들어올 때는 거침없으면서 그전의 유희를 적당히 즐길 줄 아는 준은 침대 위의 신사나 다름없었다. 그것이 마음에 들기도 하고, 또 괜히 심술이 나기도 해서 세진은 제 곁에 누워 있는 준을 노려보며 중얼거렸다. 그가 천천히 고개를 돌려 그녀를 응시했다.

"어떤 점이?"

"지나치게 친절한 점."

잘은 기억나지 않지만, 맨 처음 관계를 가졌을 땐, 이토록 저를 쉽게 깨지는 유리 다루듯 다루지는 않았던 것 같은데. 세진은 강하게 일렁이는 준의 눈동자를 직시하며 중얼거렸다.

"너무 신사다워."

"싫어?"

그가 오히려 되묻자 세진은 할 말을 잃었다. 글쎄. 굳이 따지자면 싫은 것 같지는 않고. 거친 것도 괜찮았지만 사실 부드럽게 대해 주는 것이 더 좋기는 했다. 사랑받고 있다는 느낌이 들었으니까. 세진은 머뭇거리다 고개를 저었다.

"아니."

"그럼 다행이네."

준은 옅은 미소를 그리며 손을 뻗어 올렸다. 그의 커다란 손이 그녀의 이마에 닿았다. 세진의 볼록한 이마를 가리고 있던 앞머리를 뒤로 쓸어 넘긴 그로 인해 훤히 얼굴을 드러낸 그녀가 미간을 좁혔다. 준은 이마에 입술을 가져다 대 입을 맞췄다.

"⋯⋯."

냉정하고 매정해 보이기만 하던 남자가 넘칠 것 같은 사랑을 드러내고 있는 것이 적응되지 않았다. 온몸으로 느끼기는 했지만 아직도, 부족했다. 그동안 너무 갈구했던 것일까. 세진은 그의 품을 파고들었다. 준이 돌연 제 가슴에 얼굴을 파묻는 세진을 내려다보며 놀란 듯 멈칫했다. 세진은 있는 힘껏 그의 허리를 끌어안고선 중얼거렸다.

"당신이 미워."

세진의 목소리는 떨리고 있었다. 준은 말없이 그녀의 뒷머리를 쓸어 주었다. 그래서 더 미워. 세진은 두근두근 뛰는 준의 심장 박동 소리를 느끼며 말을 이었다.

"너무 미운데⋯⋯ 놓지를 못하겠어."

내가 바보지. 정말 눈에 뻔히 보일 정도로 앞날이 그려지는데, 또 속게 되다니. 정말 바보야. 세진은 아픈 숨결을 흘리며 준을 올려다봤다. 준 역시 세진을 그윽하게 쳐다보고 있었다.

"그러니 약속해 줘."

그는 세진의 이어질 말을 기다렸다. 그가 제 말을 기다리고 있다는 걸 자각한 그녀는 크게 호흡을 고른 뒤 붉은 입술을 달싹였다.

"만약 우리가 다시 시작하게 된다면, 내가 원하는 전부를 들어주기로."

그가 눈꼬리를 휘며 물었다.

"뭘 원하는데?"

"별거 아니야. 나, 결혼 전에 당신이랑 제대로 데이트도 못 했어."

"……."

"이번에는 결혼 전에 하지 못했던 모든 걸 할 거라고."

세진은 각오를 다지며 말했다.

"같이 카페에 가서 차도 마시고, 심야 영화도 보고, 다른 연인들처럼 손잡고 가로수길도 걸어 보고, 맛집도 함께 다니고, 동반 모임이 있으면 참석해서 소개시켜 주고. 미래에 대한 이야기도 진지하게 나눠 보고, 가급적 서로를 이해하고 맞춰 주면서 함께 헤쳐 나갈 거야."

작은 손까지 불끈 움켜쥐는 세진의 모습에 준은 그저 웃을 뿐이었다. 세진은 미소 짓기만 하는 그의 가슴을 툭, 치고 으르렁거렸다. 준이 아프다는 듯 나지막한 신음을 터뜨리자 세진이 경고했다.

"하지만 그렇게 겨우 다시 시작했는데, 김준이 또 지쳐 나가떨어진다면……. 나, 당신이 뭐라고 해도, 절대로 당신 안 봐."

푸른색이 감도는 그녀의 갈색 눈동자가 준에게 고정되어

있었다. 준은 고개를 가로저었다.

"그럴 일은 없어."

"맹세해?"

"말했었지. 난, 절대 널 놓지 못해."

세진을 와락 끌어안아 버리는 그의 호흡은 거칠었지만 귓가로 들려오는 음성은 상냥했다.

세진은 김준의 대시에 결국 백기를 들어 올린 스스로에게 혀를 끌끌 찼다. 준이 '사랑해' 하고 속삭이는 소리가 들려왔지만 코웃음 쳤다.

'아직은 말해 주지 않을 거야. 내가 당신 때문에 그동안 얼마나 고생을 했는데. 그런 말을 쉽게 들려줄 것 같아?'

세진은 입술을 씰룩이며 말없이 그의 따뜻한 가슴에 얼굴을 기대었다. 두근두근, 들려오는 그의 심장 박동 소리가 귓가를 한가득 메웠다. 부드럽게 머리를 쓸어 주는 그에게 당장 손을 떼라고 말을 하려다 생각을 바꿨다. 세진은 준의 품안에서 스르륵 눈을 감았다.

'그런데……'

내가 왜 이 남자랑, 만나는 중이더라?

❀　　　❀　　　❀

눈을 뜨자마자 저를 바라보고 있는 준을 발견했다. 따뜻한 그의 눈웃음이 꿈인지 현실인지 믿어지지 않아 한참을 쳐다보던 세진은 손을 뻗어 준의 얼굴을 매만졌다.

준은 작은 손이 제 뺨에 닿자 살짝 고개를 돌려 세진의 손목에 입을 맞추었다. 요동치는 준의 검은 눈동자가 시야로 들어오자 세진은 빙긋 웃으며 그를 제 쪽으로 끌어당겼다.

"훗!"

동이 트지 않은 새벽.

여전히 비가 내리고 있는 창밖과 달리 공항 근처의 호텔 룸 안은 후끈 달아오른 상태였다. 세진은 제 안을 파고 들어오는 준의 남성을 느끼며 도톰해진 입술 사이로 숨을 터뜨렸다.

벅벅, 그의 널찍한 등을 긁을 수밖에 없었던 건 은밀한 곳을 파고드는 준의 분신이 부풀었기 때문이다. 세진은 온몸 가득 그를 끌어안으며 야릇한 신음을 흘렸다.

비좁은 여성 안을 휘저으며 점점 잠식하기 시작하는 그로 인해 전신의 피가 들끓었다. 내벽까지 닿는 그의 남성은 자극적이었다. 세진은 눈에 보이는 곳부터 시작하여 보이지 않는 비밀스러운 곳까지 입술을 대는 준을 흐려진 눈동자로 응시했다.

쿵쿵. 심장이, 멋대로 뛰었다.

"아파?"

그의 뜨거운 분신이 깊숙이 안을 파고들자 그녀는 반사적으로 얼굴을 찌푸렸다. 세진의 좁아진 미간을 바라보던 준이 걱정을 담은 목소리로 물었다. 스윽, 눈꺼풀을 들어 올려 준을 응시한 세진은 그렇게 말하면서도 더욱 커져 가는 그를 느끼며 풋 웃었다.

"아프면."

세진은 그의 등을 휘감던 손을 위로 올려 목을 끌어당기며 속삭였다.

"안 할 거야?"

도발적인 그녀의 눈빛에 준이 입꼬리를 올리며 미소를 머금었다. 세진은 그 말을 끝으로 저를 강하게 끌어안는 준을 느끼며 눈꺼풀을 다시 아래로 내렸다. 뜨거운 숨소리가 룸 안을 채우기 시작했다.

서로를 탐하고 또 탐하며 준과 세진은 하나가 되어 갔다. 잠시 준을 막으러 왔다는 목적도 잊을 만큼 오롯이 그만을 생각하며 시간을 보냈다. 제 안에서 준을 느끼는 것은 또 다른 행복이었다.

폭신한 침대 위에서 그녀는 멍하니 준을 바라봤다. 그가 부드러운 시선으로 저를 직시하고 있는 것이 보였다.

"아무래도 정말, 우리는 침대에서 대화를 나눠야 하나 봐."

"왜."

"그래야 싸우지 않으니까."

그녀의 말에 준이 말없이 웃었다. 몸이 겹쳐지면서 그간 쌓였던 오해들이 하나둘씩 풀려 가는 것 같았다. 흐리게 미소 짓는 세진의 흐트러진 앞머리를 쓸어 주던 준이 고개를 돌렸다. 하늘이 뚫린 것처럼 무섭게 쏟아지던 빗줄기가 어느새 뚝 끊어져 있었다.

현재 시각 오전 6시.

몸을 일으킨 세진은 놀라울 정도로 맑아진 창밖을 쳐다보며 섰다.

침대를 벗어난 준은 어느새 샤워를 마치고 말끔한 슈트 차림으로 갈아입고 있었다. 기다란 손가락으로 하얀 셔츠의 단추를 하나둘씩 잠그던 준이 이내 거울 앞에 서서 넥타이를 매려하자 세진은 미간을 살짝 좁혔다.

"김준."

망설이던 그녀가 그를 향해 터벅터벅 걸음을 옮겼다. 넥타이를 매기 위해 셔츠의 깃을 세우고 있던 준이 손을 뻗는 그녀의 행동을 지켜봤다.

"뭐하는……."

"움직이지 마. 내가 매 줄 거니까."

준은 제 말을 끊어 버리고는 넥타이의 양끝을 부여잡는 세진을 가만히 응시했다. 너무도 자연스럽게 홀로 넥타이를 매려는 그의 모습이 마음에 걸려 호기롭게 나서기는 했지만 막상 매 주려니 묶는 방법을 까먹어 버렸다는 것을 인지했다.

워낙 오랜만이라서 그런가. 세진은 숨을 길게 내쉬며 얼굴을 구겼다. 준은 그런 그녀를 바라보다 피식 웃음을 흘렸다.

"우, 웃지 마. 떠올리는 중이니까."

"응."

"기다려 보라고. 아주 예쁘게 매 줄 테니."

"그래."

부드럽게 웃으며 저를 내버려 두는 준의 행동에 자극을 받은 세진은 결의를 다진 후 넥타이의 양끝을 이리저리 돌려가며 끙끙거렸다. 준은 그저 그녀를 바라보고 있을 뿐이었다.

그러니까, 이렇게 하는 거였나? 넓은 쪽의 줄을 얇은 쪽의 줄에 한 바퀴 감고 풀기를 반복했지만 이상하게 뜻대로 되지 않았다.

어휴. 세진이 숨을 토해 내며 인상을 쓰자 미소를 짓고 있던 준이 손을 들어 올렸다.

"이렇게."

"……!"

넥타이와의 사투를 벌이고 있는 세진의 양손 위에 제 손을 포개며 준이 속삭였다. 그의 상냥한 음성과 고른 숨결이 귓가를 간질였다. 세진은 두근두근 뛰는 가슴의 진동으로 인해 입술을 세게 짓눌렀다.

준이 세진의 손을 움직여서 결국 넥타이를 매기는 했지만 그녀의 시선은 넥타이가 아닌 그의 얼굴로 향해 있었다. 준은 붉어진 세진의 얼굴을 내려다보며 눈꼬리를 휘었다.

"앞으론 네가 해 줘."

세진의 요동치는 동공을 응시하며 준이 말했다. 온몸이 화끈거려 왔다. 세진은 눈꺼풀을 파르르 떨며 그를 쳐다보다 획 고개를 돌렸다.

그런 세진의 귓가에 그가 말을 이어 나갔다.

"하나부터 열까지 다. 전부. 이세진, 네가 해 줘."

왜인지 달콤하게 들려오는 그의 목소리가 귀에 안착했다. 세진은 회피했던 눈길을 스르르 옮기며 준을 바라봤다. 그는 하나도 놓치지 않겠다는 듯 그녀를 쳐다보고 있었다. 숨이 막혀 왔지만 가까스로 참아 내며 세진은 입술을 삐죽였다.

"내가 뭐, 다, 당신 하녀야? 하나부터 전부 다 맡기게."

준은 툴툴거리는 세진의 손을 붙잡으며 웃었다. 홀릴 만큼 예쁜 미소였다.

"그건 아니지만 애인이니까."

"……!"

"곧, 다시 결혼도 할 거고."

'애인'이라는 단어에 새삼 충격을 받던 세진은 2차로 들려오는 '결혼'이라는 단어에 몹시 흔들렸다. 털썩 주저앉지 않은 스스로가 대견스럽게 느껴질 정도였다. 준은 엄청난 말을 뱉어 내고는 굳어 버린 그녀의 손을 놓아주고 침대에 올려 두었던 슈트 상의를 꺼내 들었다.

다정하지만 때론 거칠던 짐승에서 완벽한 비즈니스맨으로 변신한 준이 입술만 삐끔거리는 세진에게 말했다.

"데려다줄게."

✿   ✿   ✿

"작가님!"

슬그머니 문고리를 잡아 돌리려던 세진은 갑작스레 들려오는 목소리에 움찔 놀라 뒤를 돌아봤다. 제 발에 저려 주위를 두리번거리기까지 했는데 결국 들켜 버린 모양이었다. 입을 쭉 내민 채 저를 노려보고 있는 남자가 보였다. 콧김을 씩씩 내뿜으며 세진을 내려다보고 있는 그는, 바로 수호였다.

"아, 깜짝이야! 놀랐잖아, 정수호!"

세진은 놀란 가슴을 쓸어내리며 한숨을 내쉬었다. 수호가 그런 세진을 냉랭하게 내려다보다 팔목을 덥석 잡았다.

이, 이 녀석이 왜 이래. 세진은 문고리를 대신 돌리며 저를 안으로 밀어 넣는 수호의 행동에 황당함을 금치 못했다. 수호는 쾅 닫히는 문을 바라보지도 않고 세진을 룸 한 가운데로 데려오더니 눈을 부라리며 소리쳤다.

"어젠 어떻게 되신 거예요!"

"어?"

"저 몰래 어딜 가셨냐고요!"

수호는 바락바락 소리를 질렀다. 그 모습이 꼭 외박한 딸을 꾸짖는 아버지 같아 세진은 헛웃음을 삼켰다. 수호는 어이없어하는 세진을 아랑곳하지 않으며 계속해서 타박했다.

"설마 희승이 형이랑 만났던 건 아니죠?"

"어이, 정수호."

"안 돼요! 제가 말씀드렸잖아요. 두 분은 안 된다니까요."

"……"

"제길. 희승이 형한테 경고해야겠어요. 그 형도 참 이상하네. 그럴 생각 없다고 말해 놓고선 왜 이제 와서. 아, 머리 아파, 정말."

복슬복슬한 머리 숲을 벅벅 헤집으며 중얼거리는 수호의 얼굴엔 난감한 기색이 가득했다. 뭔가 단단히 오해를 하고 있는 수호를 마냥 내버려 뒀다가는 정말로 희승에게 전화를 할 기세였다. 세진은 '대표님한테는 뭐라고 말해……' 하고 중얼거리던 수호가 제 손을 스르륵 놓자 고개를 절레절레 저으며 침대 위로 몸을 맡겼다.

"너무 앞서 나가지 마라, 정수호."

안절부절못하며 핸드폰을 만지작거리는 수호를 흘긋거리던 세진은 툭 말을 던졌다. 그러자 손톱을 물어뜯던 수호가 놀란 눈으로 벌러덩 누워 있는 그녀를 바라봤다.

"강 검사님 만나고 온 거 아니야."

"예? 그럼요?"

"오늘 우리가 만났던 건, 비밀로 해."

데려다준다는 그의 말에 흔쾌히 고개를 끄덕일 수 없었던 이유는 당연했다. 아직 건우와 채원이 숙소로 돌아왔다는 이야기를 듣지 못했으니까. 수시로 핸드폰을 확인했지만 착신은 수호밖에 없었다. 의아한 표정을 짓기는 했으나 '아직은 아무에게도 알리고 싶지 않아'라는 세진의 말을 그는 이해하는 듯했다.

"알겠어."
"고마워."

세진은 준의 대답에 희미한 미소를 지었다. 이로써 소기의
목적은 달성한 셈이었다. 이건우와 장채원은 제게 밥이라도
사 줘야 할 판이었다. 나중에 사실이 밝혀진다면 당당히 요
구해야지. 세진은 입꼬리를 올렸다.

"그럼 갈게."

긴 숨을 뱉어 내는 사이 준이 먼저 룸을 빠져나갈 준비를
했다. 서울로 돌아가기 위해 비행기에 탑승해야 했기 때문이
다. 세진은 쿨하게 그를 보내 주고 싶었지만 고개가 끄덕여
지지 않았다.

미처 그런 세진의 표정을 보지 못한 준이 한바탕 일을 저
질렀던 룸을 벗어나려다 멈칫했다. 세진이 그의 슈트 자락을
잡고 있었던 것이다.

"왜."
"뭐가."
"……잡고 있는데."

그녀의 손을 턱짓하며 말하는 준의 목소리에 세진은 뒤로 물러났다. 무의식적으로 그를 잡았던 제 모습에 얼굴이 붉어졌다. 준은 어쩔 줄 몰라 하며 얼굴을 찌푸리는 세진에게 미소를 그렸다. 그리고 아쉬운 듯 옷자락을 잡았던 손을 멍하니 내려다보는 세진에게 그가 다가갔다.

"어차피 서울에서 다시 만날 거잖아."

다정한 그 음성에 홀린 듯 고개를 든 세진은 요동치는 시야 안에 그를 담았다.

"아니면. 내가 다시 내려올까?"

야릇한 미소를 흘리는 준에게 홀딱 넘어가 버렸다. 정신을 차리니 세차게 고개를 끄덕이던 자신이 있었다. 준은 그런 그녀를 내려다보더니 허리를 굽혀 볼에 입을 맞추었다.

그가 떠난 뒤에도 한참이나 움직이지 못했던 그녀는 오랜 시간이 지나고 나서야 숙소로 걸음을 할 수 있었다.

"작가님!"

준과의 일을 떠올리면 항상 이렇게 저 혼자만의 세계로 빠져들었다. 그래서인지 수호가 무어라 빽빽거려도 무시하기 일쑤였다. 이번에도 그랬는지, 그가 아예 제 어깨를 수호가 흔들고 나서야 세진은 눈을 깜빡거렸다.

그녀는 '그럼 누구 만나고 오셨는데요!' 하고 물으며 제게 해명을 요구하고 있는 수호에게 말을 하기 위해 입을 벌렸다.

"왔어요! 왔다고요, 작가님!"

그녀의 목소리가 입술 밖으로 흘러나오기 직전, 똑똑 문을 두드리더니 진헌이 다급하게 들이닥쳤다.

흥미로운 일이 발생했다.

진헌의 등장으로 인해 수호와의 대화를 중단한 세진은 제작진 회의에서 이미 하차 결정을 내린 재은을 다시 한 번 드라마에 출연하도록 재고해 줄 수 없냐고 고개를 숙이는 채원을 발견하곤 깜짝 놀랐다.

사건의 당사자인 채원이 직접 나서서 재은을 감싸자 오히려 그녀를 하차시키려 했던 홍광호 PD와 세진의 입장이 난감해졌다. 재은까지 엉엉 울 기세로 제발 한 번만 더 기회를 달라고 부탁하자 하는 수 없이 고개를 끄덕인 홍 PD와 세진은 채원에게 진심으로 감사해하는 재은을 바라보며 픽 웃음을 흘렸다.

정말 성녀가 따로 없군.

저 같았으면 결코 상상도 하지 못할 일이었다. 일부러 NG를 내며 연기를 방해하던 후배에게 저렇게 따스한 온정을 베풀어 주다니. 하긴. 그래서 저 역시 채원을 이번 드라마의 주인공으로 낙점한 건지도 모른다. 세진은 조금은 누그러진 촬영장 분위기에 미소를 지었다.

화창한 제주도.

어젯밤과는 달리 맑다 못해 아름답기까지 한 제주도의 하늘 아래서 드라마 '사랑에 무너지다' 팀원들은 오전부터 촬영을 이어 나가고 있었다. 어제 끊겨졌던 촬영을 속개하기로 한 A 팀의 촬영장에 나와 있었던 세진은 무심한 얼굴을 한 채 대본을 읽고 있는 건우를 흘긋거리며 오징어를 잘근잘근 씹는 중이었다.

"그나저나, 아깐 대체 뭐야?"

말할까 말까. 한참을 고민하던 그녀가 불쑥 속에 든 말을 던진 건, 채원과 재은 사이에 있었던 일을 건우에게 들려주고 난 뒤였다.

세진의 의문에 대본을 향해 있던 건우의 기다란 속눈썹이 파르르 떨렸다. 제게로 꽂힌 검은 눈동자를 발견한 세진이 빙긋 웃자 건우의 깊은 눈매가 씰룩였다.

"뭐가?"

세진은 히죽 웃으며 말을 이었다.

"채원 씨랑 오빠 말이야. 어젯밤 두 사람 함께 있었다며. 그때 무슨 일이라도 있었어?"

미간을 좁히는 건우에게 한 걸음 다가가 묻자 그가 처참할 정도로 얼굴을 구겼다. 조금 놀랐다. 정말 무슨 일이 있었던 걸까. 세진은 오전에 건우 이야기를 꺼내자 흠칫 놀라 화제를 돌리던 채원을 떠올려 보았다.

"채원 씨랑 오빠, 싸운 건 아니지?"

채원의 얼굴이 어두워진 것도 그렇고 건우의 표정이 심상찮은 것도 신경이 쓰였다. 조심스레 묻는 그녀를 묵묵히 응시하던 건우가 차갑게 얼굴을 굳히며 제 이름을 불렀다. 그만하라는 표현이었다. 그 반응에 움찔한 세진이 손을 휘휘 젓더니 어색하게 웃음을 흘렸다.

'뭔가 잘 안 됐나.'

확실히 무슨 일이 있었던 모양이지만 저와는 달랐던 모양이었다. 세진은 흐응, 묘한 코웃음 소리를 흘리며 멀리서 다른 배우들과 함께 대화를 나누고 있는 채원과 건우를 번갈아 쳐다봤다. 그때였을까.

〈나, 도착했어.〉

세진은 지이잉, 울리는 핸드폰의 진동에 놀라 정신을 차렸다. 얼른 꺼내 들어 액정을 바라보니 준으로부터 문자메시지가 도착해 있었다. 반사적으로 입이 길게 찢어졌다.

〈언제 다시…… 내려올 거야?〉
〈글쎄. 일단 상황을 봐야 할 것도 같은데.〉

역시. 말뿐이었나.

세진은 즉각적인 대답을 들려주는 준의 문자메시지를 바라보며 쓴웃음을 흘렸다.

그의 사정을 이해 못 하는 것은 아니었다. 준은 저만큼이나 바쁜 사람이었으니까. 소속 배우들을 관리하고, 그들이 더 넓은 시장으로 뻗어 나갈 수 있도록 노력하는 사람이니까. 이해하면서도 씁쓸해지는 것은 어쩔 수 없나 보다. 그래도,

'각오하고 다시 시작한 거니까.'

그와 침대에 누웠던 그 순간부터 세진은 마음을 다잡아야 했다. 그는 바쁜 사람이었고 세진 역시 지금은 촬영에 집중해야만 했다.

그가 그녀를 보기 위해 제주도에 또 내려와 준다는 말을 한 것으로도 충분했다. 이제는 다시, 그녀를 내버려 두지만은 않을 테니까.

〈괜찮아. 이해해.〉

너무 재촉하는 것도 좋지 않지. 세진은 답장을 보낸 후 핸드폰을 주머니 속으로 밀어 넣었다. 그로부터 몇 시간 뒤, 준으로부터 문자가 도착했다.

❃   ❃   ❃

"대표님. 정말 괜찮으시겠어요?"

그린 엔터테인먼트 대표, 김준의 비서인 은채는 업무 시간

이 끝나자마자 빠르게 대표실을 벗어나려는 준을 발견했다. 서둘러 슈트 상의를 입는 그에게 브리프 케이스를 넘겨주는 은채의 염려 섞인 질문이 준의 걸음을 멈추게 만들었다. 준은 의아한 표정을 지으며 은채를 바라봤다.

"뭐가?"

"요 며칠, 줄곧 무리하고 계시잖아요."

은채가 나지막하게 중얼거렸다.

"그러다 몸 상하실 것 같은데. 차라리 그냥……."

"괜찮아. 나는."

흐리게 웃으며 고개를 가로젓는 준으로 인해 은채는 이으려던 말을 속으로 삼켰다. 준은 슈트의 단추를 잠근 뒤 대표실 문 앞까지 다가가서는 뒤를 돌아보았다.

"정 비서도 아직은 다른 녀석들한테 말하지 마. 또 돌아서게 만들고 싶지 않으니까."

"……."

"정 비서?"

"예. 알겠습니다."

고개를 끄덕이는 그녀를 지켜보다 '간다' 하고 인사를 한 준은 밖을 나섰다. 그가 향하는 곳은 지난 일주일 사이 줄기차게 드나들던 곳이었다.

❀   ❀   ❀

"이 작가!"

숙소를 빠져나가려던 세진은 저를 부르는 귀 익은 목소리에 걸음을 멈췄다. 스윽 뒤를 돌아보자 활짝 웃으며 제게 손을 흔드는 남자가 보였다. 사무 팀의 연출, 홍광호 PD였다.

오늘 촬영 분을 지켜보다 대본을 수정하고 난 후, 로비를 지나가려던 세진은 제게 웃으며 다가오는 홍 PD에게 고개를 까딱였다.

"이 밤에 어딜 그렇게 가요? 수호 씨는 안 보이네?"

서글서글한 눈매 덕분에 한층 더 호감 가는 얼굴의 소유자 홍 PD가 주위를 두리번거렸다. 촬영장까지 끌고 온 세진의 충실한 문하생 수호는 어느덧 사무 팀의 일원으로 인정받고 있었다. 싹싹하고 말 잘 들으며 일까지 잘하는 수호를 미워할 사람은 거의 없었으니. 세진은 심장이 철렁거리는 것을 느끼며 어색하게 웃었다.

"잠깐, 혼자 바람 좀 쐴까 해서요."

"이 시간에?"

"잘 안 풀리는 부분이 있어서."

곤란하다는 표정으로 대답하자 홍 PD는 특유의 맑은 미소를 지어 보이며 주먹을 불끈 쥐었다.

"힘내요. 이 작가 이번 작품, 정말 좋으니까. 반드시 성공할 거예요!"

세진은 시청률은 걱정 말라며 자신 있게 말하는 홍 PD에게 고맙다고 화답한 후 잘 다녀오라는 배웅까지 들으며 숙소

로비를 벗어났다.

'후우.'

큰일 날 뻔했네.

제주도로 로케 촬영을 온 지 벌써 일주일하고도 사흘. 이 로케 촬영이 끝나기까지 아직 나흘이 더 남아 있었지만 첫날부터 세진은 숙소에서 잠을 청하지 않았다.

밤마다 룸을 빠져나가는 세진을 보며 준으로부터 감시 명령을 받았던 수호는 처음 며칠은 소란을 피워 댔지만 내막을 알게 되자 오히려 그녀를 바깥으로 밀어 버리기까지 했다.

"오늘도 가시는 거죠? 흐흐. 파이팅입니다, 작가님!"

음흉한 표정을 짓는 수호의 볼을 세게 꼬집고 싶다는 욕망을 가까스로 참아 낸 세진은 고개를 절레절레 저었다.

두근두근.

택시를 타고 만남의 장소로 달려가는 가슴이 크게 일렁였다. 얼마나 세차게 뛰는지 호흡이 가빠 올 정도였다. 그러면서도 웃음을 잃지 않는 것은 피곤한 와중에도 매일같이 그녀를 보기 위해 제주도로 내려오는 그의 애정 덕분이었다. 요즘만 같으면, 정말 사랑할 맛이 난다.

얼마 전까지만 하더라도 그 때문에 머릿속이 헝클어져 제정신이 아니었다. 그로 인한 여파로 글도 엉망진창이 되어만 갔다. 하지만 근래에 들어선 작업을 하는 시간도 행복했다.

해피 바이러스가 온몸으로 퍼져 나가는 기분이었다.

드라마 촬영장의 분위기도 더할 나위 없이 화기애애했다. 재은과 트러블이 있었던 채원은 세진이 상상해 왔던 대로 깊이 있는 연기를 펼치고 있었고 상대역인 진헌도 마찬가지였다.

다른 조연 배우들 또한 그들의 몫을 충분히 해 주고 있는 상황. 딱 한 사람, 건우의 표정이 유독 좋지 않았지만 그는 캐물어도 말하지 않을 사람이라는 걸 알았기에 세진은 신경을 쓰지 않고 있었다.

'조금, 늦었나.'

그가 불시에 제주도를 찾았던 그날 이후 '비밀 접선 장소' 가 되어 버린 제주공항 근처의 호텔에 도착한 세진은 10시를 가리키고 있는 시계를 바라보며 작게 중얼거렸다.

보통 8시쯤 제주공항에 도착했다고 연락이 오던 준이었으니 지금쯤 먼저 룸에 들어가 있을 것이 분명했다. 세진은 조급해지는 마음을 억지로 가라앉히며 걸음을 빨리했다.

1203호. 침대가 마음에 들어 줄곧 이용하고 있는 객실 앞에 도착한 세진은 후우, 숨을 크게 들이마신 후 키를 집어넣었다. 삐리릭, 소리와 함께 문이 열리자 이상하게 들뜨기 시작했다.

샤워를 먼저 마쳤을까. 어떤 표정으로 기다리고 있으려나. 이제 며칠만 더 있으면 이 밀회도 끝이네. 왠지 아쉬운 마음이 들어 입을 쩝쩝거리던 세진은 웃으며 룸 안으로 들어서다 걸음을 멈추었다.

홍광호 PD에게 잡혀 버리는 바람에 시간을 지체했다. 대화를 마치자마자 얼른 달려오기는 했지만 준을 기다리게 한 것은 사실이었다. 그런 시간은 모두 몸으로 봉사해 줄 생각이었다.

야릇한 미소를 흘리며 침대로 걸어가던 세진은 두 사람이 사용하기에 적절한 킹사이즈 침대 위에 슈트 상의도 벗지 않고 누워 있는 준을 발견하곤 피식 웃음을 흘렸다.

색색, 정신없이 잠을 자고 있는 남자의 모습은 인상을 쓰고, 눈에 힘을 주던 것보다는 훨씬 편해 보였다. 세진은 살금살금, 그가 깨지 않도록 조용히 발을 움직여 침대 위로 올라갔다. 그리고 눈을 감고 있는 그의 얼굴을 바라보기 위해 옆으로 눕고선 희미한 미소를 지었다.

'잘 자, 김준.'

하루쯤은, 만나기만 하면 짐승처럼 몸을 섞고 서로를 탐하는 것보다 매일 밤 저를 보기 위해 서울에서 제주도까지 내려와 주는 남자가 편하게 잠자는 모습을 지켜보는 것도…… 나쁘지 않다는 생각이 들었다.

✦　　　✦　　　✦

"이 작가. 요즘 그린의 김 대표랑 다시 만나?"

2주 동안 진행되었던 제주도 로케이션 촬영을 마치고 드라마 '사랑에 무너지다' 팀은 서울로 올라왔다. 새해 저녁 처음 방송되는 드라마 홍보에 열을 올리고 있는 것은 홍보팀뿐 아니라 드라마 작가인 세진 역시 마찬가지였다.

여러 번 함께 작업을 해서 친분을 나눈 적이 있었던 방송 작가들과의 점심에서 드라마에 대해 열변을 늘어놓던 그녀는 문득 말을 던지는 K사 출신의 드라마 작가의 말에 눈을 동그랗게 떴다.

하마터면 무심코 고개를 끄덕일 뻔했다. 가까스로 참아 낸 것이 다행이었다.

그녀가 일하고 있는 방송 업계는 정말이지 놀라울 만큼 좁았다. 이혼 서류가 정리된 지 일주일도 되지 않아 세진이 아는 모든 이들의 귀에 소식이 들어갈 정도였다.

준과의 이혼으로 한창 힘들어할 때였다. 방송국에 일이 있어 걸음을 했던 그녀를 향해 반가운 척 다가온 동료 작가 중 한 명이 생글생글 웃으며 건넸던 '이혼했다며? 힘내' 라는 말이 아직도 귓가를 맴돌았다.

가식적이었던 그녀의 말에는 제게도 기회가 찾아올 것이라는 확신이 심어져 있었으니까.

그러고 보니 준은 업계에서 꽤나 인기가 많은 편이었다. 신혼 때, 세진이 그와 결혼했다는 걸 뻔히 알고 있으면서 준을 탐내던 여우들도 있었을 정도니까. 확실히 연예인 못지않은 조각 같은 얼굴에 현재 업계를 휘어잡는 유명한 엔터테인먼트 대표라는 직함은 누구나 솔깃할 만했다. 세진은 괜히 입술을 삐죽였다.

'큰일 날 뻔했네.'

준과 재결합을 하긴 했지만 아직은, 다른 사람들의 입에 오르내리는 것은 사양이었다. 세진은 제 대답을 기다리듯 눈을 반짝반짝 빛내며 테이블 주변을 둘러싸고 있는 여성 작가들의 얼굴을 들여다보았다.

저마다 기대를 가득 품고 제 입술이 열리기를 고대하는 그들의 표정이 재미있었다. 세진은 싱긋 웃으며 오히려 모르는 척, 되물었다.

"왜요. 김 대표가 만나는 사람이 있대요?"

역공격을 당한 K사의 작가가 미간을 좁히며 '아냐?' 하고 중얼거리더니 이내 고개를 끄덕였다.

"이 작가는 아닌가 보네. 아니. 내 주변에 U 호텔에서 일하는 사람이 있는데, 요즘 김 대표가 밤마다 그곳을 들락거린다 하더라고."

U 호텔이면 크리스마스부터 자주 이용했던 호텔이었다. 입막음이 철저한 곳이라 들었는데 눈앞의 여자가 알 정도면 그것도 아닌가 보다. 세진은 고개를 절레절레 저었다.

"이 작가가 아니면 대체 누구지. 김 대표랑 같이 온 여자, 엄청 늘씬하고 예쁘다던데."

"호호. 최 작가님, 저 칭찬해 주시는 거구나. 엄청 늘씬하고 예쁘다고."

"엥? 그렇게 되나?"

"감사해요. 칭찬 잘 얻어먹을게요!"

싱긋 웃으며 한쪽 눈을 찡긋거리자 말을 꺼낸 K사의 작가가 머쓱한 듯 뒷머리를 긁적였다. 그들의 대화를 듣고 있던 다른 작가들이 뭔가 말을 하기 위해 입을 벌리는 듯싶었지만 다른 곳으로 화제를 돌려 버리는 세진으로 인해 그 주제를 다시 꺼내지는 않았다.

"나 차로 왔는데. 이 작가 태워 줄까?"

점심을 먹기 위해 만난 모임이었지만 어느덧 해가 저물어 있었다. 4차까지 가자는 무리를 먼저 보내고 난 세진은 제게 말을 건네는 M사의 작가를 바라보았다.

"말씀은 감사합니다, 작가님. 그런데 누가 데리러 오기로 해서요."

"어머. 남자야?"

세진은 눈을 빛내는 그녀에게 알 듯 말 듯한 미소를 지어 주었다. 부르릉, 소리를 내며 그녀까지 떠나가자 길거리에 남은 사람은 세진뿐이었다. 세진은 어느덧 7시를 표시하고 있는 핸드폰의 액정을 내려다보다 걸음을 옮겼다.

빵— 하는 클랙슨 소리가 들린 것은 약속 장소와 가까워진 곳을 걷고 있을 때였다. 스윽 고개를 돌리자 닫혀 있던 조수석의 창문이 드르륵 열리고 선글라스를 끼고 있는 남자가 자신을 바라보고 있었다.

"낮도 아닌데 차 안에서 웬 선글라스?"

길가에 차를 세운 준이 대답했다.

"타."

그녀는 조금의 망설임도 없이 차에 올라탔다.

"난 줄 어떻게 알았어?"

안전벨트를 직접 채워 주는 준의 목덜미에서 좋은 냄새가
났다. 당장이라도 덮쳐 버리고 싶을 만큼 아찔한 체취였다.
쿵쿵, 심장이 달아올라 숨을 작게 내쉬던 세진은 액셀러레이
터를 밟고 출발하는 준에게 물었다.

"넌 알아."

그 말 앞에는 마치, '다른 사람은 못 알아봐도' 라는 말이
생략되어 있는 것만 같았다. 세진은 두근거리는 가슴의 소리
를 느끼며 미소를 그렸다. 그리곤 창밖으로 시선을 던지며
중얼거렸다.

"당신, 정말 나한테 엄청 빠져 있나 보네. 뒤태만 봐도 알
정도면."

"이제 알았어?"

"아니. 원래 알고 있었지만, 새삼 다시 느꼈어."

간지럽다.

가슴이.

당연한 듯 뱉어 내는 그 말이 달콤하게 들려와 귓속을 가
득 메웠다. 세진은 차창에 비친 그의 옆얼굴을 바라보았다.

얼마 전까지 원망도 하고, 미워도 했던 애증의 남자가 이
제는 한없이 사랑스럽기만 했다. 저를 애태우고 힘들게 했던

만큼 쉽게는 내뱉고 싶지 않은 그 말이 무의식적으로 튀어나올 뻔했다. 세진은 후우 숨을 흘렸다.

"작가들 모임 있었다며?"

세진은 제 스케줄을 훤히 꿰고 있는 준을 놀란 듯 응시하다 고개를 절레절레 저었다. 보나 마나 그 촉새 같은 정수호가 입을 나불거린 것이 틀림없었다.

"수호 그 녀석은 내 문하생이야, 아님 당신 비서야?"

하하 웃은 준이 말을 이었다.

"다들 잘 지내나?"

"뭐, 그렇지. 최 작가님은 3월에 K사랑 새로운 드라마 할 것 같더라고. 사무 피했다고 좋아하시던데. 윤 작가는 M사랑 여름 기획 특별 드라마 하는 것 같고, 정 작가는 케이블이랑 이야기 나누는 것 같더라."

"그렇군."

"참! 김준. 우리, 호텔 바꿔야겠어."

마침 신호에 걸려 멈춰 선 차 안에서 준이 스윽 고개를 돌렸다. 세진은 눈에 힘까지 주며 말했다.

"U 호텔 말이야. 최 작가 지인이 거기서 나랑 당신 봤었대."

"아."

"빨리 들키면 재미없잖아. 우리 조금 더 이 스릴을 즐겨 보자고. 응?"

그들의 비밀을 알고 있는 건 수호 한 명이면 충분했다. 말로만 듣던 비밀 연애라는 것을 한번 즐겨 보고 싶어 세진은 애절한 눈으로 그를 바라봤다. 준은 뭔가 할 말을 담은 눈으로 그녀를 응시하다 이내 한숨을 내쉬며 알겠다는 눈빛을 보냈다. 세진의 입꼬리가 올라갔다.

"그런데. 우리 지금 어디 가?"

❂　　　❂　　　❂

"뭐⋯⋯하는 거야?"

세진은 눈을 크게 떴다. 차에서 내리자마자 제 곁으로 다가온 준이 저를 향해 손을 내밀었기 때문이다.

밥이라도 먹으러 왔나, 싶어 주위를 둘러보던 세진은 마치 잡아 달라는 듯 말없이 손을 내미는 그를 보며 미간을 좁혔다. 준은 계속해서 그의 커다란 손을 꼼지락거렸다.

이 남자가 대체 뭘 하는 걸까. 신사동 가로수길. 이곳으로 온 이유를 모르겠다. 이미 작가 모임에서 저녁을 먹었고, 또 준 역시 저녁 식사는 한 걸로 알고 있었기에 더더욱. 술이라도 한잔하자는 의민가. 하지만 준은 이렇게 사람이 북적이는 곳을 좋아하지 않는 편이었다. 세진이라면 모를까.

그녀는 한참 준을 바라보고 서 있다 천천히 입술을 달싹였다.

"잡아 달라고?"

준이 미소를 그리며 고개를 끄덕이자 세진은 옅게 웃으며 그의 손 위로 제 손을 포갰다. 그녀의 손바닥이 닿자마자 준은 세진의 손가락 사이에 제 손가락을 밀어 넣으며 깍지를 꼈다. 그녀가 도망치지 못할 정도로 촘촘하게 손을 잡아 버리는 준을 세진은 놀란 듯 응시했다.

"그럼 가 볼까."

주머니에서 여자용으로 보이는 선글라스를 꺼내어 씌워 준 준이 세진을 끌었다. 세진은 그에게 이끌려 발을 움직이면서 주위를 둘러보았다. 금요일 저녁의 가로수길. 사람들이 많다 못해 터져 나갈 지경이자 세진은 혀를 내둘렀다.

"맛집이라도 찾은 거야? 갑자기 여긴 왜 왔어?"

그의 손과 닿아 있는 제 손에서 진한 열기가 느껴졌다. 준의 두근거리는 가슴 소리와 자신의 심장 박동 소리가 섞이는 것 같았다. 흥분이 차올랐지만 내색하지 않으려 노력하던 세진은 성큼성큼 사람들 틈 사이를 걷고 있는 준에게 물었다.

선글라스에 가려진 준의 검은 눈동자가 잘 보이지는 않았으나 무슨 표정인지는 대충 짐작할 수 있었다. 그의 올라간 입꼬리가 그것을 증명했다.

"데이트."

"데이트?"

"와 보고 싶어 했잖아."

"내가? 언……!"

눈썹을 꿈틀거리며 대답하려던 세진의 얼굴이 딱딱하게 굳어졌다.

"같이 카페에 가서 차도 마시고, 심야 영화도 보고, 다른 연인들처럼 손잡고 가로수길도 걸어 보고……."

세진은 순간 할 말을 잃었다. 준은 부드럽게 미소를 지으며 그녀의 손을 더욱 세게 움켜쥐었다. 쿵쿵. 그의 심장 박동소리가 귀를 멀게 만들었다. 세진은 떨리는 시선으로 그를 올려다봤다.

"모두 하자."

준이 파르르 떨리는 그녀의 입술을 다른 한 손으로 쓸며 작게 속삭였다.

"네가 원하는 건, 전부. 하나부터 열까지 다 하는 거야."

세진은 소리를 뱉어 내지 못했다. 그는 그녀의 사소한 모든 것까지 기억하고 있다는 얼굴이었다. 다정한 말에 심장이 미친 듯이 발작했다. 숨이 막혔다.

"네가, 나로 인해 행복했으면 좋겠다. 세진아."

준이 울컥 차오르는 눈물을 막지 못하고 있는 세진을 내려다보며 말했다. 이어지는 말에 세진은 제길, 하고 낮게 욕지거리를 흘리며 말없이 그의 넓은 얼굴에 가슴을 가져다 댔다.

바보.

이러면…… 예전보다, 더 좋아지잖아.

지금 당장이라도 그에게 좋아한다고, 사랑한다고 말하고 싶은 마음이 굴뚝같았지만 입을 꾹 다문 채 그의 가슴을 끌어안았다.

그 말을 뱉어 내면 더 심각하게 그에게 빠져들 제 모습이 그려졌기 때문이다.

북적이는 가로수길 한가운데서, 세진은 준의 쿵쿵 뛰는 심장 소리를 들으며 한참을 서 있었다.

ALWAYS FOR YOU

"김준! 나 왔어!"

12월 31일. 이제 몇 시간 뒤면 새로운 해가 밝아 오는 바로 그날. 짐을 바리바리 싸 든 세진이 초인종을 눌렀다. 서울에 위치한 한 호텔 룸의 문이 열린 것은 그때였다. 생글생글 웃으며 세진이 크게 외치자 부드럽게 미소를 지은 그가 살짝 옆으로 비켜 들어올 공간을 마련해 주었다.

"왔어?"

"응. 뭐하고 있었어?"

룸 안으로 들어서는 세진의 손에 들려 있는 가방을 건네받으며 준이 뒤를 따랐다.

"그냥, 너 기다리던 중."

신이 난 듯 룸 안을 마구 휘젓고 다니던 세진의 걸음이 멈췄다. 놀란 시선을 담담하게 받아 내던 준은 미소와 함께 소파에 엉덩이를 붙였다. 세진은 가방을 소파 근처에 내려놓은 준이 저를 빤히 응시하자 물었다.

"내가 올 줄 알고 있었던 거야?"

딱히 약속을 한 것은 아니었는데.

대본 작업을 끝내자마자 이곳으로 달려온 것은 확실히 어떤 목적이 있어서였지만. 세진의 질문에 준이 대답했다.

"올해의 마지막 날이니까. 넌 의미 있는 날을 좋아하잖아."

"흐응."

"게다가 요 며칠은 여기서 매일 만났었고. 취소 문자도 없었으니, 당연히."

짙은 눈웃음을 그리며 어깨를 으쓱이는 준을 빤히 바라보며 세진은 배시시 웃었다.

"아, 제길. 어떻게 당신은 나보다 더 나를 잘 아는 거지?"

탐탁찮다는 표정을 지으면서도 두 팔을 벌리곤 허벅지 위로 안착하는 세진을 그가 안아 들었다.

"괜히 이세진 애인이겠어?"

"그러게. 하, 어쩔 수 없네. 정말 김준밖에 없겠어, 내 애인은."

쪽, 준의 이마에 입술을 맞추며 세진이 키득거렸다. 준은 그런 세진의 목덜미에 붉은 반점을 남기기 시작했다. 웃음소리가 가득했던 룸 안이 열기로 차는 것은 순식간이었다. 준은 세진이 입고 있던 얇은 셔츠 단추를 끌며 곧 드러난 굴곡진 가슴 사이로 얼굴을 파묻었다.

"왜 이렇게 오래 걸려."

쇄골에서 점점 아래로 내려오는 그의 입술이 뜨거웠다. 곳곳에 자신의 흔적을 남기려는 남자의 부드러운 머리카락을 손가락으로 헤집고 있던 세진은 제 허리 위에서 분주하게 손을 움직이는 그를 향해 웃었다. 파여 있는 세진의 가슴골을 희롱하던 준이 스윽 고개를 들었다.

"평소엔 세 개더니. 오늘은 네 개잖아."

"내가 해 줘?"

입술을 쭉 내밀며 살짝 인상을 쓰는 그가 귀여워 세진은 싱긋 미소 지었다. 준이 고개를 끄덕이자 기다리라며 눈빛을 보낸 세진은 손을 뒤로 돌렸다. 확실히 준보다 스스로 풀어 버리는 게 더욱 빨랐다.

세진은 가슴을 모으고 있던 브래지어를 끄른 뒤 바닥으로 집어 던지며 준을 내려다보았다. 봉긋 솟은 두 개의 언덕을 준이 감상하듯 응시하자 괜히 얼굴이 더 붉어졌다.

두근두근. 심장의 움직임이 갈수록 증가했다. 그 야릇한 시선에 핀잔을 놓으려고 하는 순간 준이 고개를 숙였다.

"홋!"

펄펄 끓는 그의 입안으로 제 것이 들어가자 세진은 반사적으로 숨을 들이켰다. 과실을 힘껏 물어 버리는 준으로 인해 전신이 찌릿거렸다.

세진은 교성을 토해 내며 기다란 혀끝으로 유륜 근처를 맴도는 준의 머리를 붙잡았다.

뜨겁다. 제 엉덩이가 놓여 있던 준의 허벅지 사이로 묵직한 무언가가 느껴졌다. 금세 반응하는 그의 분신을 느끼며 그녀는 이번엔 다른 쪽으로 자리를 옮겨 가는 준의 머리 숲에 손을 집어넣었다.

쉽게 깨질 것 같은 유리를 다루듯 준은 조심스럽게 세진을 어루만졌다. 무엇이 그렇게 그를 두렵게 만드는 건지는 모르겠지만, 조금은 거칠어도 괜찮은데. 하지만 지금도 그리 나쁘지는 않아 세진은 야한 숨을 흘리며 아래로 내려오는 준의 혀 놀림에 신경을 세웠다.

그녀의 과실 끝, 돌기를 강하게 빨아 당기며 세진을 자극하던 준은 계속해서 아래로, 아래로 내려갔다. 그의 허벅지 위에 앉아 있던 세진이 허리를 굽혔다 다시 펴기를 반복했지만 준은 멈추지 않았다.

온몸이 달아올랐다. 숨이 가빠져 참을 수가 없어졌다. 세진은 준의 혀끝이 닿을 때마다 소스라치게 반응하는 자신을 제어하려 노력했지만 본능적인 반응은 감추지 못했다. 결국 그녀는 입고 있던 미니스커트의 지퍼를 스스로 풀어 헤쳤다.

검은 눈동자에 한없이 홀려 버린 세진은 제 배꼽 근처를 애무하는 준을 내려다보다 그의 허벅지 위에서 마지막 남은 팬티까지 내려 버렸다. 그에 준이 요동치는 눈으로 저를 응시하는 것이 보이자 세진은 속삭였다.

"안아 줘."

그들에겐 대화가 필요했다.

말로 나누는 대화와 몸으로 나누는 대화 모두.

오늘은 몸으로 대화를 나눌 시간이었다. 세진은 불룩해진 그의 바지 지퍼를 내리며 야릇하게 눈웃음을 그렸다. 준이 픽 웃으며 제게 안겨 오는 그녀를 받아들였다.

으읏. 진한 탄성이 다물어진 입술을 비집고 흘러나왔다. 세진은 촉촉이 젖은 그녀의 여성 안으로 곧장 들어오는 준의 남성을 느꼈다. 잔뜩 흥분을 했는지 그의 분신이 금세 안을 휘저었다. 세진은 그의 어깨 위로 얼굴을 떨구며 짙은 숨결을 뱉어 냈다.

"힘들어?"

"괜찮아."

"……."

"더, 느끼고 싶어."

당신을.

조금…… 더. 많이.

세진은 붉어진 그의 귓불을 살짝 깨물며 웃음을 흘렸다.

"느끼게 해 줘."

달콤한 제 말에 준의 분신이 안에서 용솟음치는 게 느껴졌다. 세진은 부풀어 오르는 그를 받아 내기 위해 숨을 깊게 들이마셨다. 이내 준이 세진의 양 허리를 부여잡으며 힘을 주기 시작했다.

곧, 살과 살이 부딪치는 소리가 룸 안을 메워 나갔다.

"한잔할래?"

새해를 축하하는 기념으로 밤새 소파에서 그와 뒹굴다 새벽녘쯤에서야 침대로 장소를 바꾼 세진은 이미 밝아진 창밖을 응시하다 준을 보며 싱긋 웃었다. 샤워를 마치고 나오던 준이 눈을 동그랗게 떴다.

"아침부터?"

씩 미소를 그린 세진이 침대에서 벌떡 일어나 침실을 빠져나가더니 이내 어디서 준비해 왔는지 샴페인과 잔을 두 개 들고 나타났다. 준은 그녀가 침대 위로 다시 앉을 때까지 가만히 바라보기만 하고 있었다.

"하자. 응?"

현재 시각 오전 7시. 곧 출근을 하기 위해 집에 잠시 들러야 하는 그를 노골적으로 유혹하는 여자가 왜 이렇게 상기되어 있는지 잘 알고 있었다. 준은 망설이다 픽 웃으며 고개를 끄덕였다.

세진은 얇은 슬립 하나만을 입고 있는 상태였다. 아슬아슬하기 그지없는 그녀의 모습을 흘긋거리던 준에게 세진이 샴페인이 담긴 잔을 건넸다.

"우리의 성공을 위하여!"

"위하여."

1월 1일. 지난 몇 달간 고생하며 준비했던 드라마 '사랑에 무너지다'는 어느덧 방영일만을 기다리고 있었다. 그리고 바

317

로 오늘이 그 영광스러운 첫 걸음을 내딛는 날이었다.

오늘 밤 10시 5분에 방영되는 드라마를 보기 위해 준은 사무 팀을 모두 초청하여 단관 계획까지 잡은 상태였다. 세진은 흥분을 감추지 못하고 아침부터 꿀꺽꿀꺽 샴페인을 들이켜며 헤헤 웃었다.

"으, 맛 좋다!"

"너무 많이 마시지 마."

준은 온몸을 부르르 떨며 하얀 이를 드러내는 세진에게 작게 속삭였다. 세진이 입을 쭉 내밀며 충고하는 그를 빤히 직시했다.

"당신은 기분 안 좋아?"

그럴 리가. 옅은 눈동자를 반짝거리는 세진을 바라보던 준은 고개를 가로저었다.

"좋지. 하지만 아침부터 많이 마시면 몸에 안 좋잖아."

"샴페인인데 뭐."

"그래도. 그런 의미에서 그건 내가 마시지."

"에에, 안 돼!"

"안 되긴."

다시금 샴페인이 따라진 세진의 잔을 빼앗은 준은 소리를 지르는 그녀를 무시하며 입안에 술을 쏟아부었다. 세진이 뚱한 얼굴로 '조금은 남겨 둬!' 하고 덧붙였지만 그는 대답하지 않았다.

✿　　　✿　　　✿

"이건우!"

세진은 쉬지 않고 초인종을 누르던 남자가 문이 열리자마자 모습을 드러낸 누군가를 와락 안는 모습을 지켜봤다. 하여간 못 말리겠다. 웃음이 터져 나오려는 것을 꾹 참았다.

건강에 안 좋다며 그녀의 몫까지 모두 마셔 버린 준은 평소답지 않게 술에 취한 상태였다. 하이톤의 목소리를 뱉어내며 들떠 있는 그의 모습이 귀여워서 내버려 두었던 세진은 술잔을 나누다 갑자기 건우를 데리러 가자는 준의 제안을 받아들였다.

"뭐야."

제 차가 아니면 탑승하지도 않겠다는 그의 손을 꼭 붙잡고 달래고 어르며 택시를 탄 후 건우의 집에 도착했다. 7시를 갓 넘긴 시각에 방문한 준을 발견한 건우가 아나나 다를까, 게슴츠레 뜬 눈을 슥슥 비벼 가며 인상을 썼다. 세진은 준의 뒤에 숨어 있었다.

"……아침부터, 한잔한 거야?"

헤픈 미소를 흘리고 있는 준의 모습에 건우는 얼굴을 찌푸렸다. 질투가 날 정도로 건우를 끌어안고 있던 준이 화들짝 놀라며 뒤로 물러나는 바람에 하마터면 세진도 덩달아 넘어질 뻔했다.

"어? 냄새나냐?"

소매에 코를 가져다 대며 킁킁거리는 준을 물끄러미 바라보던 건우가 긴 한숨을 뱉어 내며 중얼거렸다. 어째서 술을 마셨냐고 묻는 건우에게 준이 첫 방영일을 언급하자 그는 피식 실소를 흘렸다.

"그런데 형."

세진은 언제 모습을 드러내야 할지 고민하고 있었다. 서프라이즈를 준비하며 일단 뒤에 숨어 있기는 했는데 모습을 드러낼 타이밍을 놓쳐 버렸다. 바로 그때. 싱글벙글 웃는 준을 빤히 올려다보던 건우가 조심스러운 질문을 던졌다.

"설마 음주운전은 아니지?"

준이 기겁하며 고개를 젓자 건우의 의심은 더욱 짙어졌다.

"그럼 여기까지 어떻게 온 거야?"

드디어 내가 나설 차례가! 세진은 길게 찢은 입꼬리를 귀에 걸며 준의 등 뒤에서 빼꼼 얼굴을 내밀었다.

"내가 데려왔거든!"

"이세진?"

건우는 그녀의 등장을 예상하지도 못했다는 얼굴이었다. 세진은 준과 성공했다는 눈빛 교환을 하며 배시시 웃었다. 건우는 두 남녀가 무언의 시선을 주고받는 것을 보고 더욱 의문에 휩싸인 듯했다.

"두 사람이 왜 같이 와? 뭔가 이상…… 잠깐! 두 사람, 왜 어제 입었던 옷이랑 똑같은 옷을 입고 있지?"

그들의 밀회를 건우에게까지 비밀로 하는 것은 무리가 있었다. 다시 만나기 시작한 지 벌써 몇 개월이나 흘렀다는 것을 슬슬 밝혀야 한다고 생각하던 시점이었다. 그래서 이렇게 함께 모습을 드러냈던 것이고.

세진은 저와 그를 번갈아 바라보다 탄성을 터뜨리는 건우의 모습에 순간적으로 준을 응시했다. 준의 얼굴에 난처함이 맴돌았지만 개의치 않으며 세진은 대답했다.

❀　　　❀　　　❀

"모두를 감쪽같이 속이다니. 두 사람, 정말 대단하군."

홍대의 한 칵테일 바. 그린 엔터테인먼트 소속사 직원 중 한 명의 사촌이 운영하고 있는 이곳을 특정 시간 동안 빌린 준은 드라마 '사랑에 무너지다'의 모든 팀원들을 초대하여 단체 관람을 즐기기 위한 준비를 하고 있었다.

오전 내내 제 앞에서 철썩 붙어 있는 준과 세진을 바라보며 어이없는 실소를 터뜨리던 건우는 아무리 봐도 믿어지지 않는다는 얼굴을 하며 중얼거렸다.

"난 너한테 밝히는 거 반대였는데."

적어도 건우에게만큼은 솔직해지고 싶었던 세진과는 달리 준은 꽤나 못마땅한 얼굴을 하고 있었다. 건우는 섭섭하다며 준을 쳐다봤지만 그는 여전히 얼굴을 펴지 않은 채 중얼거렸다.

"네가 얼마나 골려 댈지, 눈에 선하군."

"에이, 형은 무슨. 내가 둘 사이를 얼마나 응원하는데! 어이, 이세진. 이번에는 준이 형한테 잘해라. 또 헤어진다 만다 하지 말고."

갑자기 제게 불똥이 튀자 세진은 뺙 소리를 질렀다.

"잘해야 하는 건 김준이거든!"

"준이 형 너보다 다섯 살이나 많아. 쪼끄만 게 어디서 김준, 김…… 형?"

준이 세진의 머리를 콕 찍으려는 건우의 팔을 잡은 채 고개를 가로저었다.

"우리 세진이 때리지 마."

"……!"

단호하다 못해 살벌하기까지 한 준의 말에 건우의 눈이 튀어나올 정도로 큼지막해졌다. 그가 대놓고 세진을 감싸는 준을 흘긋거리더니 '단단히 씌었어' 라고 고개를 가로젓자 세진은 하하 웃어 버렸다.

둘과 어울리다간 닭살이 돋아나겠다는 말과 함께 몸을 돌린 건우가 다른 배우들에게 다가가는 모습을 지켜보던 세진은 슬며시 준을 쳐다봤다.

"왜."

"아니, 그냥. 당신…… 많이 변했다 싶어서."

가슴이 간질간질했다. 건우의 앞에서 이런 다정한 행동을 해 주는 그의 모습이 낯설어서. 비밀 연애를 이어 나가는 몇 달간 계속 보아 왔던 애정 행각이었지만 아직도 적응이 되지 않았다. 기쁘기도 하고, 가슴이 벅차오르기도 하고 복잡한 심정이었다. 세진의 옅은 미소에 준은 작게 중얼거렸다.

"변하기로 했으니까."

"……."

"이세진을 위해서는 무슨 짓이라도 해."

달콤한 그의 목소리가 귓가에 내려앉았다. 세진은 수많은 사람들로 가득 찬 이곳에서도 서슴없이 사랑을 속삭이는 그의 말에 얼굴이 화끈 달아오르는 걸 느꼈다.

"요즘은 그 남자……."

가끔 준은 정말 앞뒤를 보지 않고 달려들 때가 있었다. 그것이 이 남자의 매력이기도 하고.

목 부분을 만지작거리며 떨리는 감정을 감추기 위해 시선을 피하려던 세진은 작게 중얼거리는 준을 쳐다봤다. 준은 뭐라 더 말을 이으려다 아무것도 아니라며 흐리게 웃었다.

사무 팀의 단관 분위기는 점점 무르익었다. 정확히 10시 5분에 대형 스크린을 통해 드라마가 시작하자 모두들 눈에 힘을 주며 집중하기 시작했다.

"작가님! 대표님!"

그간 팀원들 한 명, 한 명의 노고가 절실히 묻어난 드라마 '사랑에 무너지다' 는 저들이 생각해도 꽤나 잘 뽑힌 작품이었다.

첫 방송이 끝난 후, 왁자지껄한 분위기 속에 녹아든 세진과 준은 눈빛을 교환하며 실시간 시청률이 나오기만을 기다렸다. 드라마의 실제 시청률은 다음 날 아침쯤에나 나오기 때문이다.

각 방송사별 최고 시청률을 알려 주는 실시간 시청률은 시청자의 반응을 파악할 수 있는 지표 중 하나였다. 칵테일 바 내의 모든 이들이 그것만을 기다리며 두근거리는 마음을 감추지 못하고 있을 때, 흥분한 수호가 세진과 준 앞으로 달려 왔다.

"나왔대요! 실시간, 나왔대요!"

❀   ❀   ❀

첫 실시간 최고 시청률은, 8.6%.

단관까지 해 가면서 기다렸던 성적이라기엔 너무도 초라했다. 대표로 마이크를 잡고 소식을 전하는 홍광호 PD를 비롯한 팀원들의 얼굴에 암운이 드리워졌다.

웅성거리기 시작하는 사람들 중에는 잘못 나왔을 거라며 자위하는 스태프들도 있었고 입을 굳게 다문 채 한숨만 흘리는 스태프들도 있었다.

건우와 채원을 비롯한 배우들의 입술은 열리지 않았고 그 이야기를 듣고 서 있던 세진 역시 아무 말도 하지 못했다. 준은 모두가 시선을 홍광호 PD에게 준 사이 세진의 손을 잡으며 그녀를 위로했다.

다음 날 공식적인 집계가 이루어졌다. 실시간 시청률과 별

차이 없는 드라마 '사랑에 무너지다'의 첫 시청률은 수도권 9.8%, 전국 8.1%.

그렇게 고대하고 심혈을 기울인 작품이 좋지 못한 성적으로 시작하자 세진은 얼마간 고개를 들지 못했다.

"작가님! 너무 걱정하지 마세요. 제가 쭉 둘러봤는데 두 자리는 돌파 못 했지만 커뮤니티 반응은 엄청나더라고요! 분명 반등할 거예요. 확신해요!"

눈을 반짝반짝 빛내며 풀 죽은 자신을 위로하는 수호에게 그녀는 흐리게 웃어 보였다. 그게 말처럼 쉽다면 얼마나 좋을까.

현재 가장 잘나가는 스타인 최진헌과 윤시라, 그리고 대한민국 '4대 느님' 중 한 명인 이건우를 앞세우고도 이런 성적표를 냈다는 것이 믿어지지 않았다. 적어도 첫 방영에서는 10% 중후반을 기록할 줄 알았으니까.

채원을 캐스팅하자고 우기는 게 아니었나. 잠깐 그런 생각도 머리를 스쳤지만 세진은 곧 코웃음을 쳤다. 만약 그녀가 없었더라면 이 드라마 자체를 제작할 일은 없었을 거다.

'내 대본에 문제가 있었던 건지도.'

세진은 쓴웃음을 흘렸다. 나름, 괜찮은 드라마를 만들어냈다고 생각했는데 아무래도 대중들의 주목을 받기엔 힘들었던 건지도 몰랐다. 마니아층이 유독 많았으니 그런 이미지가 한몫을 했을지도.

"오늘은…… 그럴 기분이 아니야."

2화가 방영되던 날, 세진은 매일 들르던 준의 집에 발걸음을 하지 않았다.

오후 6시만 되면 작업실을 벗어나던 세진이 멍하니 노트북을 무릎에 놓고 소파에만 앉아 있자 수호는 고개를 갸웃거렸다.

"작가님."

"나 잠깐만 눈 좀 붙일게. 정리하고, 일찍 퇴근해."

"예? 작……."

기대했던 작품이 외면받을지도 모르는 상황에 놓이자 힘이 쭉 빠졌다.

반 사전 제작 드라마인 '사랑에 무너지다'의 대본은 마지막을 향해 순항하고 있던 중이었다. 하지만 이런 기분이라면 불시에 슬럼프가 찾아올지도 모르겠다. 숨을 돌릴 필요가 있었다. 내일부터 다시 일어나 앞으로 달려가야 하니까.

세진은 놀라는 수호를 내버려 둔 채 작업실 내의 침실로 들어갔다. 침대로 몸을 누이자 스르륵 눈이 감겨 왔다.

"아니지? 아니지? 그치? 내가 잘못 들은 거지? 잘못 들은 거잖아!"

혼을 놓은 듯 넋 나간 소리를 흘리던 누군가가 소리쳤다. 세진은 그 목소리가 제 것이라 확신했다. 쇳소리가 섞여 있기는 했지만 제 목소리를 알아듣지 못할 만큼 바보는 아니었으니까.

그러나 아무리 떠올려 보아도 그런 말을 뱉어 낸 기억이 없었다. 꿈속의 일부인가.

"……안해. 미안하다. 정말…… 미안해."

이윽고 들려온 음성은 틀림없는 준의 것이었다. 세진은 미간을 좁혔다. 그가 뱉어 내는 말에 어쩐지 가슴이 찢어질 것만 같았다.

세진은 입술을 악물었다. 듣고 싶지 않았으니까. 더는 듣고 싶지 않아서 귀를 막으려 했다. 아픈 말은 싫어. 제발 그 말을 하지 말아 줘.

세진은 주르륵, 눈가를 적시는 물방울이 뺨을 타고 흐르는 것을 느끼며 번쩍 눈을 떴다.

"아."

스르륵 눈을 뜬 세진은 제 눈가에 맺힌 물방울을 닦아 주고 있는 준을 보았다. 저를 바라보고 있는 준을 올려다보며 입술을 삐죽였다.

"오해 마. 시청률 낮아서 운 거 아니야."

준은 대답 대신 미소를 지었다.

"언제 왔어?"

"얼마 안 됐어."

"또 거짓말한다."

그의 두 눈에 담긴 제 모습이 마구 흔들리는 것으로 보아 분명 거짓말이었다. 세진은 흥 콧방귀를 뀌며 그를 올려다봤다. 그리고는 손을 뻗어 그의 뺨을 어루만졌다.

"김준."

준은 누워 있는 그녀를 내려다보기만 할 뿐 아무 말도 하지 않았다. 세진은 잠꼬대를 흘리듯 말을 이었다.

"사랑해."

검은 눈동자가 요동쳤다. 세진을 가득 담고 있는 그의 눈빛이 세차게 일렁였다. 몇 달쯤 뜸을 들였으면 이젠 말을 해도 되겠지. 세진은 눈꼬리를 휘며 속삭였다.

"많이 사랑해."

부드러운 그의 뺨에 손바닥을 가져다 대자 준이 손을 들어 그녀의 손목을 붙잡고선 입을 맞추었다.

촉, 닿았다 떨어지는 입맞춤에 그녀가 눈을 동그랗게 뜨자 준은 고개를 더욱 아래로 숙이곤 그녀의 입술 위로 제 입술을 포갰다.

'나도.'

하고 중얼거리는 준의 다정한 음성을 들은 것 같기도 하다고, 세진은 생각했다.

❖   ❖   ❖

충격적이었던 드라마 '사랑에 무너지다'의 첫 방송 이후

여론은 뜨겁게 달아올랐다. 혹평을 쏟아 낸 언론들도 있지만 대부분의 반응은 호의적이었다. 세진의 걱정과 다른 일이 일어나게 된 것은 바로 그 직후였다.

실망스럽기 그지없는 8.1%라는 시청률을 낸 첫 방송에 이어 방영된 2화는 많은 시청자들을 사로잡는 데 성공했다. 이어 나온 결과는 전국 시청률 16.1%, 수도권 시청률은 무려 16.5%. 두 배나 가까이 상승한 시청률로 인해 전국은 들끓었다.

바야흐로 '사무 신드롬'이 시작되는 순간이었다.

그로부터 몇 주는, 정말로 꿈만 같았다.

8.1%라는 한 자릿수 시청률로 시작했던 드라마는 어느새 마의 40%를 돌파하며 승승장구하고 있었다. 두 자릿수 시청률만 기록해도 '인기 드라마'라 치부되는 요즘, 50%까지 노리고 있는 '사랑에 무너지다'는 이미 국민 드라마로 자리를 잡은 상황이었다.

훌륭한 연출진과 완벽한 배우들의 조합이 어우러져 충분히 사랑받을 만한 드라마라 칭송되기까지 했다. 언론들은 연이어 사무 팀 배우들을 인터뷰하기 위해 졸졸 쫓아다녔고 메인 작가인 세진의 몸값도 덩달아 상승했다.

많은 이들의 주목을 받는 드라마답게, 배우들과 연출진의 행동 하나하나가 구설수에 오르기 쉬웠지만 다행히 사무 팀에서는 그 누구도 이렇다 할 문제를 일으키지 않아 관계자들은 내심 안도하고 있었다.

그러나 며칠 전 대형 사고를 터뜨려 버린 이들이 있었으니. 바로 드라마의 남자 주인공인 '최진헌'과 여자 조연인 '윤시라' 사이의 열애 스캔들이었다.

야밤의 회식 이후 포옹하는 장면이 하필이면 파파라치에게 찍혀 버렸던 터라 빼도 박도 하지 못한 채 열애 사실을 인정해야 했던 그들로 인해 두 배우의 소속사 대표들은 골머리를 썩이고 있었다.

특히 그린 엔터테인먼트의 대표 준은 진헌이 스캔들에 엮였던 상대가 시라가 아닌 다른 사람일 거라 생각을 해서인지 더욱 충격을 받은 상태였다.

세진은 아무도 모르게 밀회를 즐긴 이들이 비단 준과 자신뿐만이 아니라는 사실에 꽤나 놀랐다. 이것들이 나 몰래 사귀고 있었단 말이지. 발칙하기 그지없는 어린 두 명의 배우들에게 혀를 내두르며 헛웃음을 삼켜야 했다.

큰 화제를 일으키기는 했지만 두 사람 다 호평을 받고 있던 좋은 이미지의 남녀 배우들이었으므로 연애를 인정하자 대중들은 핀잔이 아닌 축하 인사를 건넸다.

다행히 활활 타오르려던 불씨가 소리 소문 없이 가라앉자 준을 비롯한 관계자들은 크게 안심했고 세진 역시 드라마에 큰 영향을 미치지 않는 상황에 만족하며 대본 작업을 이어 나갈 수 있었다.

그리고 오늘은 건우가 속해 있는 B 팀의 야외 촬영이 있는 날이었다. 수호와 함께 작업실에서 노트북 자판을 두드리고 있던 그녀는 갑자기 걸려 온 준의 전화에 함박웃음을 지었다.

"웅! 나야."

심드렁한 얼굴로 거실에 드러누워 세진이 써 내려간 대본의 오·탈자를 점검하고 있던 수호는 핸드폰을 집어 들자마자 목소리를 흘린 그녀가 누구와 통화하고 있는지 쉽게 알아차릴 수 있었다.

'대표님인가.'

자신의 스승이 저렇게 반갑게 인사를 하는 사람은 현재로썬 딱 둘뿐이었다. '사랑에 무너지다'의 여자 주인공인 채원과 세진의 애인이자 전남편인 그 사람, 김준 대표.

장채원과 연락이 안 된다며 울상을 지었던 게 바로 어제였으니, 발신인은 아마도 김 대표겠지. 수호는 간드러지는 세진의 음성에 고개를 절레절레 저으며 작업을 이어 나갔다.

'오늘은 일찍 작업실에서 나가야겠네.'

요 며칠간 최진헌과 윤시라의 스캔들 수습으로 인해 밤잠을 설쳐 가며 일해 왔던 김준 대표가 아마도 세진의 작업실을 찾기 위해 전화를 건 것이 틀림없었다.

간만에 이루어지는 두 사람의 재회를 방해했다가는 제 볼이 남아나지 않을 것이다. 괜히 트집 잡히기 직전 미리 발을 빼는 것이 좋다는 생각에 수호는 주먹을 불끈 쥐었다. 앞으로 두 장만 더 살펴보면 그에게 할당된 대본 검사는 모두 끝이었다.

'영지 씨한테 문자나 보내 볼까.'

그린 엔터테인먼트 비서 팀의 막내인 영지와 좋은 관계를 계속해서 유지해 나가던 그는 심야 영화나 한 편 보자고 제안할 생각에 입꼬리를 올렸다. 어떤 식으로 문자를 보내야 넘어오려나.

싱글벙글 웃으며 바지 뒷주머니에서 핸드폰을 꺼내 들려던 수호는 갑자기 버럭 소리를 지르는 세진의 음성에 화들짝 놀라 몸을 일으켰다.

"뭐? 사고?"

준의 연락을 받은 세진이 입술을 파르르 떨고 있는 것이 보였다. 창백하게 질린 그 모습이 너무도 당황스러워 수호는 동그래진 눈을 그녀에게서 돌리지 못했다.

❀　　　❀　　　❀

"쭌! 쭌!"

에스터가 요란한 소리를 내며 헐레벌떡 달려왔다. 한국대학 병원 VVIP실 앞 대기실에 앉아 있던 준은 그녀를 비롯한 다른 사람들의 등장에 쓴웃음을 흘리며 몸을 일으켰다.

"장모님."

"쭌! 어떠케, 어떠케, 하아, 댕 거야! 우리 로이, 로이 마니 다, 다쳐써?"

헉헉, 숨을 제대로 몰아쉬지도 못하고 에스터는 준의 옷자락을 잡았다. 푸른 눈동자에 그렁그렁 맺혀 있는 눈물이 그녀가 얼마나 걱정하고 있는지 알 수 있게 만들었다.

준이 흐리게 웃으며 '아주 많이 다친 건 아니에요'라고 대답하자 에스터는 몸을 비틀거렸다. 그녀의 뒤에 서 있던 명훈이 손을 뻗어 잡아 주지 않았더라면 바닥에 털썩 주저앉아 버렸을지도 몰랐다.

"의식은 있나?"

백지장처럼 하얀 얼굴을 한 에스터가 가쁜 호흡을 뱉어 내고 있자 세진은 병실 앞 의자에 그녀를 앉혔다. 명훈은 그런 두 사람을 물끄러미 바라보더니 긴 한숨을 뱉어 내며 준을 쳐다봤다.

"앞서 말씀드렸듯, 큰 부상은 아닙니다. 가벼운 접촉 사고였어요. 적어도 2주 동안은…… 병원 신세를 져야 할 것 같지만."

"건우 이 자식. 무리하지 말라고 했건만."

"들어가 보시겠어요?"

명훈은 겨우 안정을 되찾은 에스터를 내려다보더니 눈짓했다. 준이 알겠다는 듯 몸을 돌려 문고리를 열자 명훈이 에스터를 부축해 병실 안으로 들어갔다. 세진은 함께 들어가려다 말고 준을 올려다봤다.

"오전에 누구랑 있었어?"

그녀의 질문에 준이 몸을 움찔거리는 게 보였다. 뭔가 이상하다고 생각했지만 '사옥에 있었어'라고 대답하는 그의 말을 크게 의심하지는 않았다.

"하여간 이건우. 스턴트 안 썼다며? 욕심이 많아도 너무 많아. 나이도 있으면서 뭘 그렇게 사활을 거는 건지."

"좋은 작품을 만들고 싶으니까 그랬겠지."

"그래도!"

빽 소리를 지르며 준을 올려다보던 세진이 눈에 힘을 주며 말했다.

"당신은, 어디 다치지 마."

세진의 말에 준의 가라앉은 눈동자가 급격하게 요동쳤다. 그녀는 속이 따끔거리는 것을 느끼며 중얼거렸다.

"당신이 다치면…… 지금보다 더 견딜 수 없을 것 같으니까."

"……."

"대답해."

준이 묘한 눈으로 세진을 응시했다. 어쩐지 아픔이 느껴지는 것 같은 그 시선에 가슴이 자꾸만 욱신거렸다. 하지만 전부, 건우의 사고로 그런 것이라 치부하며 세진은 그에게 답변을 요구했다. 뭔가 참는 듯 입술을 꽉 짓누르던 준은 이내 흐리게 웃으며 고개를 끄덕였다.

"알겠어. 너를 위해서라도, 다치지 않을게."

"약속해."

새끼손가락까지 내미는 세진을 물끄러미 직시하던 준이 제 손가락을 걸었다. 지장을 찍고 나서야 안심했다는 듯 맑게 웃음을 지어 보이던 세진이 얼른 안으로 들어오라고 하는 에스터의 외침에 VVIP실로 발걸음을 옮기는 것을, 준은 가만히 지켜봤다.

'대신 너도 다치면 안 돼.'

목구멍을 맴돌던 그 말. 두 번 다신 떠올리고 싶지 않은 바로 그날을 상기시키는 그 말이 입 밖으로 흘러나오지 않아, 준은 미간을 좁혔다. 콕콕. 바늘이 심장을 찌르는 것처럼 강하게 아려 왔다.

❖　　　❖　　　❖

"내 말은 안 들으니까. 이 작가가 연우 씨 좀 묶어 둬요. 다 나을 때까진 병원에서 한 걸음도 못 나오게."

드라마에서 건우의 역할인 '연우'라는 이름을 불러가며 홍광호 PD는 세진에게 부탁했다. 촬영 도중 일어난 불미의 사고를 몹시 걸려 하는 눈빛이었다. 다행히 전치 2주라 망정이지 더 큰일이 발생했으면 어쩔 뻔했냐며 고개를 절레절레 젓는 홍 PD의 간절한 부탁에 세진은 하는 수 없이 한국대학병원 VVIP실을 다시 찾아야 했다.

어차피 요즘은 현장에 잘 나가지 않고 작업실에 있는 것이 대부분이었고 감시라고 해 봤자 자고 있는 건우를 지켜보는 것이 다였다. 저를 기다리고 있는 작업실의 수호에게 전화를 걸어 메일로 대본을 넘겨주겠다며, 오 · 탈자 검사도 꼼꼼히

하라는 말을 한 세진은 VVIP실을 지키고 있던 보안 요원들
과 인사를 나누었다.

달칵. 저 대신 문고리를 잡아 돌려 주는 보안 요원들에게
고개를 까딱인 그녀가 병실 안에서 본 사람은 무척이나 익숙
한 얼굴을 하고 있었다. 화들짝 놀란 세진이 소리쳤다.

"엄마?"

반가움이 담겨 있는 세진의 음성에 건우에게 사과를 깎아
주던 에스터가 고개를 돌렸다.

"허니!"

환자복을 입고 있던 건우의 시선도 세진을 향했다. 세진은
성큼성큼 그들에게 다가가 고개를 갸웃거렸다.

"엄마가 아침부터 여긴 어쩐 일이야?"

에스터는 싱긋 웃으며 대답했다.

"어쫀 이리긴. 로이가 마니 아프니까. 에스터라도 도아죠
야게따고 생가캐찌!"

건우를 흘긋거리며 씩 미소를 짓는 에스터는 처음 그의 소
식을 들었을 때보다 많이 안정된 모습이었다. 에스터는 부모
님과 떨어져 한국으로 온 건우를 자신의 친자식처럼 여기고
있었다. 그런 그녀의 말에 쑥스러운 듯 머리를 긁적이던 건
우가 중얼거렸다.

"숙모한테 뭐라 드릴 말씀이 없네요. 괜한 걱정을 끼쳐 드
린 것 같아서……"

"어머, 로이! 무승 소리야! 갱차나. 에스터는 시가니 마나!"

가슴을 탕탕 치며 외치는 에스터의 말에 건우를 비롯한 세진도 웃음을 터뜨렸다. 건우에게 앞으로는 촬영할 때 조심 좀 하라며 핀잔을 늘어놓던 세진은 에스터와 대화를 이어 나가는 그를 흘긋거리다 근처 소파에 자리를 잡았다.

이러고 있을 시간이 아니지. 다행스럽게 에스터가 건우의 대화 상대가 되어 주었기에 저는 이곳에서 대본 작업을 이어 나갈 생각이었다. 그렇게 한참 노트북의 자판을 두드리고 있을 무렵, 에스터와 이야기꽃을 피우고 있던 건우의 검은 눈동자가 세진을 향했다.

"그런데 너, 여기 와 있어도 돼?"

톡톡탁탁. 열심히 손가락을 움직이며 세진은 심드렁하게 답했다.

"홍 PD가 오빠 지켜보래. 도망 못 가게."

"어? 아, 그건. 그래도 여긴……."

뭔가 묘한 주저가 담겨 있는 건우의 중얼거림에 그녀의 눈동자가 큼지막해졌다. 세진은 아차 하는 얼굴로 더는 말을 잇지 않는 건우를 의아하게 바라봤다. 귤껍질을 까던 에스터의 파란 눈동자 역시 동그래졌다. 세진은 미간을 좁혔다.

"여긴 뭐?"

"……."

"뭐야, 이건우. 뭔데?"

"……무엇도. 아무것도 아니야."

고개를 가로젓는 그의 낯빛은 딱 봐도 수상했다. 세진이

인상을 쓰자 그녀에게서 시선을 돌린 건우는 의아한 표정을
짓던 에스터를 향해 생긋 웃었다.

"숙모. 그거 저 주려 하신 거죠? 얼른 주세요!"

"아, 으응! 자, 머거, 로이!"

에스터는 마침 반쯤 깐 귤을 건우의 입속으로 쏙 넣어 주
며 맑게 미소 지었다. 그런 두 사람의 다정한 모습을 바라보
던 세진은 왠지 모를 찝찝함에 얼굴을 구겼다.

"허니."

온종일 건우의 병실에서 시간을 보내고 나오는 길. 오랜만
에 집에서 밥을 먹고 가라는 에스터의 제안에 수호까지 본가
로 초대한 세진은 택시 안에서 저를 응시하는 그녀를 바라봤
다.

부드럽고 상냥한 미소를 짓고 있는 에스터는 여전히 반짝
반짝 빛났다. 제 어머니긴 하지만 참 예쁜 사람이라는 사실
을 부정하지 못하겠다. 응, 하고 나지막하게 대답하는 세진
을 빤히 직시하던 에스터가 씨익 웃으며 속삭였다.

"쭌이랑 다시 함칭 꺼징?"

노골적인 그 말에 세진은 크게 눈을 떴다. '온재 함칭 꺼
야?'라는 말까지 덧붙이는 에스터의 얼굴에는 기대가 가득
했다.

얼굴이 화끈거려 무슨 말을 해야 할지 모르겠다. 아직 에
스터나 명훈에겐 재결합 소식을 알리지 않아서 그런지 더욱

부끄러운 건지도. 세진은 붉어진 얼굴을 감추기 위해 손으로
부채질을 하며 투덜거렸다.

"하, 합치긴 무슨."

"어? 함치능 거 아니야?"

그건, 그렇지만…….

"함치면 에스터는 너무 기뻐!"

당황해하는 세진의 손을 붙잡으며 에스터가 활짝 웃었다.
세진은 격하게 요동치는 벽안의 어머니를 쳐다보며 가슴이
쿵쿵 뛰는 것을 느꼈다. 그렇게도 좋은가. 울렁이려던 마음
이 천천히 안정을 되찾았다.

"엄마는 내가 김준이랑 다시 합치면 좋겠어?"

에스터는 재고의 여지도 없이 고개를 끄덕였다. 얼마나 세
차게 고개를 끄덕이는지. 세진은 옅은 미소를 지으며 물었다.

"왜?"

"쭌이랑 허니는, 짤 어우리니카!"

너무도 당연하다는 듯 뱉어 내는 대답에 풋 웃음이 터져
나왔다. 에스터가 '아니야?'라고 되묻자 깔깔 웃던 세진이
고개를 가로저으며 대답했다.

"아니. 맞아."

잘 어울린다. 그래서 그와 다시 만나는 건지도 모른다.

세진은 미소를 그렸다.

❁   ❁   ❁

―또?

준의 목소리가 어쩐지 심상찮았다.

터벅터벅 걸음을 옮기던 세진은 눈앞에 보이는 하얀색 건물을 응시하며 입술을 움직였다.

"응. 홍 PD가 단단히 감시하라더라고. 이건우라면 병원 탈출해서 촬영장으로 오고도 남을 인물이라며."

―건우가 그 정도는…….

"설마. 아니라고는 못 하겠지."

준의 웃음소리가 들려왔다. 확실히 건우는 그러고도 남을 인물이었기 때문이다.

이건우가 촬영 도중 부상을 당한 지 닷새째 되는 날.

세진은 어김없이 한국대학 병원으로 출근을 하고 있었다. 지극정성이 아닐 수 없다. 이렇게 매번 병실을 들락거리는 것은 그가 자신의 사촌 오빠라는 이유도 있었지만, 건우가 제 드라마의 주요 배우 중 한 명이기 때문이었다.

세진 못지않은 고집쟁이인 이건우는 본인이 맡은 배역에 대한 애착이 꽤나 강한 편이었다. 부상을 당했어도 그것을 감추며 촬영이 끝난 뒤에야 그 사실을 털어놓는 경우가 많았다. 이번엔 숨기지 못해서 다행이지, 안 그랬으면 아찔하다. 세진은 한숨을 푹푹 내쉬었다.

―나중에 퇴근할 때, 데리러 갈까.

"어?"

─요즘 자주 못 만났으니까. 보고 싶은데.

'하여간 홍 PD는 날 너무 부려 먹어' 하고 준에게 툴툴거리던 세진은 병원 로비를 지나다 걸음을 멈추었다. 쿵쿵쿵. 발작이라도 난 듯 뛰는 이 가슴으로 인해 숨이 가빠졌다.

김준은 간혹 이렇게 갑자기 훅, 치고 들어올 때가 있었다. 세진은 귓불까지 달아오르는 것을 느꼈다.

나쁜 놈. 아무렇지도 않게 뱉어 내는 그 말에 눈앞이 어지럽고 정신을 못 차리겠다. 세진은 입술을 씰룩였다.

"마, 마음대로."

'당신이 어디 내 말을 듣는 사람인가' 라는 말을 덧붙이려다 말았다. 그 말을 듣고 준이 '그럼 가지 말까?' 라고 할까 봐 두려웠으니까.

─그래. 그럼 데이트하자. 심야 영화 어때?

"어? 어어. 그, 그러지 뭐. 인심 쓴다!"

준이 작게 웃음을 터뜨리는 소리가 들려오자 세진도 싱글거렸다.

─나중에 혜성이 데리고 갈게.

"혜성 씨는 왜?"

─건우 감시해야 하니까.

"당신도 홍 PD한테 전염된 거야?"

─진헌이 케이스도 있고. 지금은…… 알려지지 않는 편이 좋아.

뭐가 알려져?

세진은 의미심장한 준의 말에 고개를 갸웃거렸지만 곧 그가 전화를 끊어 버리는 바람에 더는 묻지 못했다. 미동 없는 핸드폰을 내려다보던 세진의 무표정하던 얼굴이 점점 환해졌다. 그녀는 손쓸 틈도 없이 길게 찢어지는 입꼬리를 막지 못했다.

'만세!'

오랜만의 데이트였다.

그간 진헌과 시라의 스캔들을 수습하느라 눈코 뜰 새 없었고, 이어진 건우의 사고로 인해 더욱 만나기 힘들었다. 전화나 문자는 자주 하곤 했지만 그의 얼굴을 마주한 지는 까마득한 것만 같았다. 건우의 사고가 일어났던 닷새 전, 병원에서 마주쳤던 게 다였으니까.

저와 에스터, 명훈에게 인사를 한 뒤 쉬지 않고 걸려 오는 기자들의 전화를 받느라 먼저 돌아갔던 준의 뒷모습을 세진은 한참 동안 바라보고 서 있었다.

'어딜 가지?'

병상에 누워 있는 건우에게 미안하기는 하지만 그녀의 데이트가 우선이었다. 김준은 제 것이니까, 오늘 밤 정도는 이해해 달라고. 환자복을 입고 있기는 하지만 멀쩡한 모습의 건우를 떠올리며 세진은 코웃음 쳤다.

수호에게 요즘 잘나가는 영화에 대해 알아봐 달라고 문자를 찍어 보낸 후 싱글벙글 웃고 있던 그녀는 드르륵 열리는 엘리베이터에 몸을 실었다.

〈영화요? 알겠습니다! 작가님의 충실한 문하생, 이 정수호!
샅샅이 조사해 보겠습니다! 액션, 에로, 로코, 아무거나 상관없
으시죠? 흐흐. 맡겨만 주십쇼!〉

작업실에서 시간을 보내고 있을 수호는 어쩐지 그녀보다
더 들뜬 답장을 보내왔다. 그렇게도 좋은가. 어떻게 해서든
저와 준을 엮어 주기 위해 애쓰는 수호가 오늘따라 귀엽게
보였다. 이렇게 귀엽기만 하면 월급도 올려 줄 텐데. 세진은
웃으며 핸드폰을 주머니 안으로 집어넣었다.

그때였을까. 그녀는 자신을 빤히 바라보고 있는 시선을 느
꼈다. 스윽 고개를 들어 올리자 의사 가운을 입은 웬 여자가
저를 응시하는 게 보였다. 세진은 미간을 좁혔다.

가슴에 달린 명찰에 '산부인과 과장 안정연'이라는 이름
이 적혀 있었다. 유심히 저를 쳐다보고 있는 여의사의 뜨거
운 눈빛에 세진은 고개를 갸웃거렸다.

"맞죠?"

세진이 그녀의 말에 눈을 동그랗게 떴다. 저를 향해 뱉어
내는 말이 틀림없었다. 여의사는 어리둥절한 표정을 짓는 세
진에게 웃으며 말을 건넸다.

"이세진 환자, 맞죠?"

제 이름이 '이세진'인 건 확실하다. 하지만 '환자'라니?

세진은 의아한 얼굴로 예의 여의사를 바라봤다. 그러나 그

녀보다 먼저, 여의사가 미소와 함께 말을 이었다.

"어때요. 몸은 이제 좀 괜찮아요?"

"……예?"

"걱정 많이 했었는데. 건강해 보여서 다행이에요."

그게, 무슨……?

저를 알고 있는 듯한 그녀의 모습에 당혹스러움을 느낀 세진이 굳어 버렸을 때, 여의사는 마침 도착한 엘리베이터 문을 바라보며 말을 뱉어 냈다.

"아. 내려야겠네요. 만나서 반가웠어요."

그녀는 돌처럼 딱딱한 얼굴을 하고 있는 세진에게 화사한 미소를 지어 보이며 엘리베이터를 벗어났다. 드르륵, 문이 닫힌 후 올라가는 엘리베이터 안에서 세진은 한동안 움직이지 못했다.

❀   ❀   ❀

"뭐야. 또 너냐?"

달칵 문을 열고 들어가자 건우는 얼굴을 구겼다. 대놓고 짜증이 가득한 표정을 짓는 그의 모습에 세진은 흥 콧방귀를 뀌었다.

"와. 사촌 동생 반기는 모습이 너무한 것 같은데."

건우는 들고 있던 대본을 한 장 넘기며 퉁명스레 응수했다.

344

"너무 자주 오니까 그렇지. 대본, 안 써?"

서슴없이 2차 공격을 날리는 건우를 향해 세진은 성큼성큼 걸어와서는 비어 있던 간이 의자에 털썩 엉덩이를 붙였다.

"안 그래도 여기서 쓰려고."

"어이."

"나 신경 쓰지 말고, 쉬어."

"참 나."

그가 뭐라고 하든 세진은 홍광호 PD로부터 특명을 받았기에 사무 팀의 일원으로서 건우를 감시해야 할 의무가 있었다. 어깨를 으쓱이며 들고 온 에코 백에서 노트를 꺼내 든 세진을 건우는 못마땅한 듯 응시했다. 세진은 아무렇지도 않게 무언가를 끄적이다 인상을 썼다.

"대체 누구였지……."

"뭐가."

"오빠한테 한 말 아니야."

세진은 입술을 삐죽이며 머리를 벅벅 긁는 건우에게 심드렁하게 답했다. 건우가 '뭐야' 하고 나지막하게 중얼거렸지만 그녀는 무시했다.

'뭐……였지.'

그의 시선 따위는 전혀 신경이 쓰이지 않을 정도로 아까 엘리베이터에서의 일이 자꾸만 떠올랐다. 제 얼굴을 뚫어져라 응시하던 여의사의 표정이 아른거렸다. 이윽고 뱉어 낸 말 역시, 마찬가지. 세진은 쿵쿵 뛰는 심장의 박동을 느끼며 인상을 썼다.

단순히 TV 프로그램에서 그녀를 보았다고 하기에는 거리가 멀었다. 이세진 환자라니. 자꾸만 눈앞을 아른거리는 여의사의 얼굴을 애써 지워 내며 그녀는 입술을 짓눌렀다.

'……응?'

한참 머릿속을 휘젓는 낯선 이의 대한 생각으로 상념에 빠져 있던 세진은 침대 위에 앉아 있던 건우의 모습이 뭔가 이상하다는 것을 알아차렸다. 환자복을 입은 채 무릎에 놓아둔 대본과 핸드폰을 번갈아 바라보는 건우에게서 몹시 초조함이 느껴졌다.

세진은 긴 한숨을 터뜨리며 고개를 절레절레 흔들고 있는 건우의 불안한 모습에 참다못해 소리쳤다.

"이건우! 정신 사납게 왜 그래?"

짜증스러울 정도로 기괴한 행동을 이어 가고 있는 건우를 향해 빽 외치자 그가 낮은 신음을 터뜨렸다. 아무것도 아니라며 손을 휘휘 젓는 그를 응시하다 세진은 다시 펜을 슥슥 움직이며 작업에 집중하려 했다.

"하아아."

망할.

"뭐야, 이건우? 대체 왜 그러는 건데? 기다리는 전화라도 있는 거야?"

주의를 줬음에도 불구하고 건우가 대본집과 핸드폰을 저

울질하는 행위를 멈추지 않자 결국 폭발해 버렸다. 세진은 그의 손에서 대본집을 빼앗으려다 핸드폰을 낚아채고는 눈을 부라렸다.

건우는 갑작스러운 그녀의 행동에 크게 당황한 눈치였다. 세진에게서 자신의 핸드폰을 되찾기 위해 손을 뻗던 그는 통증이 느껴지는지 얼굴을 구겼다. 그리곤 세진이 코웃음을 치자 긴 숨을 흘리며 중얼거렸다.

"그렇게 보여?"

세진은 망설임 없이 고개를 끄덕였다.

"대체 누구 전화 기다리는 건데? 여자라도 되냐?"

설마 이건우가 여자의 전화를 기다릴 리는 없다고 생각하며 말을 꺼냈던 세진은 이어진 침묵에 몹시 놀랐다. 꼬리 내린 강아지마냥 다 죽어 가는 얼굴을 하는 건우의 모습은 30여 년이 넘는 시간 동안 그를 알고 지냈던 세진조차 처음 보는 모습이었다.

"지, 진짜 여자야? 뭐야, 이건우! 여자가 있었어? 누군데? 누구야!"

꿈인가 생신가. 생불에 가까울 정도로 깨끗한 사생활을 유지하던 이건우에게 여자라니. 제 눈으로 보고도 믿어지지 않아 세진은 평소보다 더욱 흥분했다. 건우는 그런 그녀를 물끄러미 응시하다 더 큰 한숨을 뱉어 냈다. 세상의 짐이란 짐은 다 짊어진 얼굴로.

"보통 여자들은 애인이 다치면 걱정을 하지 않나?"

"당연히 하지!"

"그런데, 왜 전화가 안 오지?"

상심한 건우의 모습은 정말로 안타까웠다. 연기는 아니었다. 확신한다. 세진은 이상하게 부푸는 감정을 느꼈다. 넋을 놓고 건우를 내려다보다 어느새 바닥에 떨어진 노트를 집어 들었다.

펜, 펜이 어디 있지! 손에 펜을 쥐고 있으면서도 흥분한 나머지 그것을 망각한 그녀가 펜을 찾아 헤맸다. 겨우 손가락 사이에 끼워진 펜을 발견한 그녀는 하얀 이를 드러내며 소리쳤다.

"그 표정, 내가 지금까지 한 번도 보지 못한 표정이야! 신기해!"

세진은 건우가 낙심을 하든 말든 방치해 둔 채 간이 의자에 털썩 앉았다. 슥슥. 쉬지 않고 무언가를 써 내려가는 그녀의 모습에 건우가 황당한 소리를 흘렸다.

"뭐하는 거야?"

어이없어하는 그에게는 시선도 주지 않고 세진이 대답했다.

"지금 이 감정, 적어 놓으려고. 아, 나 신경 쓰지 말고 하던 거나 계속해. 남주가 애달아 하는 상황으로 아주 딱이야, 딱. 흐흐."

가끔은 이건우도 도움이 되네. 오랜만에 소재거리를 찾았다는 사실에 기분이 좋아졌다. 픽 실소를 터뜨리는 건우의 음성도 현재 세진의 귀에는 들리지 않았다. 멈추지 않고 펜을 휘갈기는 세진을 흘겨보던 건우가 나지막한 신음을 흘리며 침상을 벗어나는 것도 눈치채지 못했다.

남자 주인공이 여자 주인공에게서 전화가 오지 않아 발을 동동 구르는 상황을 끄적거리며 웃음 짓던 세진은 이내 들려오는 건우의 목소리에 고개를 들었다.

"진헌이 밴?"

건우는 어느새 창가에 서 있었다. 언제 저기까지 간 거야. 제대로 몸을 움직이기도 쉽지 않으면서 이동한 건우의 뒤에 선 세진은 창밖을 바라보다 기겁했다.

"미, 미쳤어, 저것들!"

뭔가 소란스럽다 했더니, 요주의 인물인 두 남녀가 익숙한 밴에서 내려 한국대학 병원 로비 안으로 들어오고 있는 장면이 시야로 들어왔다. 안 그래도 건우의 입원으로 병원 주위에 진을 치고 있던 기자들이 카메라를 들고 밴으로 몰려들고 있었다. 세진의 얼굴이 하얗게 질렸다.

"자중 좀 하라니까 그새를 못 참고! 어휴, 내가 돌겠네, 정말!"

김준이 그렇게 애쓰고 있는데. 그런 그의 마음은 알아주지 않는 걸까. 진헌과 시라가 아주 당당하게 병원 로비로 들어오는 건 모두 건우의 병문안 때문일 거다. 굳어 있는 건우의 얼굴을 살펴보던 세진은 준이 이 사실을 알게 되면 얼마나 난처해질지부터 떠올렸다.

제길. 냄새를 맡은 기자들이 그들에게 다가가는 것을 보다 못한 그녀는 입술을 다물고 있는 건우에게 말했다.

"일단 저것들 좀 떼어 놓고 올게."

　그가 뭐라 대답할 사이도 없이 세진은 VVIP실을 빠져나갔다.

❖　　　❖　　　❖

　─미안. 진헌이 때문에 아무래도 오늘은 밤새야 할 것 같아. 내일. 내일…… 꼭 가자.

　결국 진헌과 시라가 사고를 터뜨렸다. 건우의 병문안을 온답시고 한국대학 병원까지 찾아 와 쇼를 벌였던 것이다. 지하 주차장에서 그들을 맞닥뜨렸던 세진은 진헌과 시라에게 준을 괴롭히지 말라는 말까지 뱉어 내며 타박했다. 일이야 어찌 되었든, 사건을 수습하는 것은 역시 준이었으니까. 그를 힘들게 하는 일은 사양이었다.

　준이 아쉬움을 가득 담은 음성을 흘리며 그녀에게 말했다. 심야 영화가 물 건너가는 순간이었다. 하지만 이상하게도 심장은 동요하지 않았다. 세진은 무표정한 얼굴을 한 채 입술을 움직였다.

"응."

　─화……났어?

　세진은 소리를 뱉어 냈다.

"아니."

—화난 것 같은데.

"김준. 나 약속 잡았어. 끊을게."

—어? 세······.

주저 않고 종료 버튼을 눌렀다. 다시 전화가 걸려 올 것 같아 입술을 잘근 깨물던 그녀는 핸드폰을 무음으로 바꾸어 버렸다. 아니나 다를까 준에게서 전화가 왔지만 무시했다.

심장이 쿵쿵거렸다. 기뻐서가 아니라 벌벌 떨려서. 세진은 입술을 세게 악물며 흐트러지려는 마음을 붙잡았다. 미쳐 버릴 것만 같았다.

"이 작가님."

차라리 다른 생각을 할 수 있다면 좋을 것을. 세진이 벌렁거리는 마음을 감추지 못하며 입술을 뜯고 있을 때, 근처에서 저를 부르는 부드러운 목소리가 들렸다. 고개를 들자 보이는 건 희승이었다. 자리에서 일어나려던 세진은 괜찮다며 웃는 그의 말에 다시 의자에 앉았다.

"잘 지내셨어요?"

"덕분에요."

희승은 맑은 미소와 함께 그녀의 앞에 마주 앉았다. 그와 함께하는 시간에는 적어도 다른 것에 신경을 쓰지 않겠지. 세진은 다행이다 생각하며 커피를 주문하는 그를 지켜보았다. 여전히 엘리트한 분위기를 풍기는 눈앞의 남자는 약간 피곤해 보이는 얼굴이었다.

"안색이 안 좋으시네요."

"하하, 그런가요? 사실 요즘 통 잠을 못 자서 말이죠."

"수사 때문에요?"

"그렇죠."

옅은 눈웃음과 함께 대답한 희승은 고개를 끄덕이며 머그 잔으로 손을 가져다 대는 세진을 바라보더니 물었다.

"드라마, 열심히 보고 있습니다. 잘돼서 정말 다행이에요."

"바쁜 와중에도 시청해 주시는 거예요?"

"챙겨 봐야죠. 이 작가님 드라만데."

"강 검사님 효과를 톡톡히 보네요."

"별말씀을."

세진과 희승은 말없이 웃음을 교환했다. 건우의 병원을 나서던 세진을 호출한 건 다름 아닌 희승이었다. 준과의 약속이 깨지고 나서 차라리 잘됐다고 생각했다.

세진은 언제 그 일에 대한 이야기를 꺼내야 할지 타이밍을 잡고 있는 듯 입술을 움찔거리는 희승에게 먼저 말을 걸었다.

"조만간 시놉시스를 보여 드릴 수 있을 것 같아요."

세진의 눈치를 살피던 희승의 눈동자가 큼지막해졌다.

"정말입니까?"

"네. 사무 원고 쓰던 도중 틈틈이 써 봤거든요. 다음 주 중으로 메일 보내 드릴게요."

"이거 어떻게 감사드려야 할지 모르겠군요. 작가님도 바쁘실 텐데, 폐가 된 건 아닌지."

"무슨 소리세요. 오히려 제가 도움이 될 수 있다는 사실이 영광스러운데요."

"하하. 그렇게 생각해 주신다니 감사합니다."

"영화에 출연할 배우들은 섭외해 보셨어요?"

희승은 흐리게 웃으며 뒷머리를 긁적였다.

"아직요. 약간 위험해질지도 몰라서, 선뜻 말을 꺼내기도, 받아들여 주지도 않네요. 일단 시나리오가 완성되면 움직여 볼 생각입니다."

"음. 그럼 캐스팅 작업하실 때 저도 같이 데려가 주세요."

"이 작가님을?"

"저도 한배를 탄 거나 마찬가지니까요. 작전이 완료될 때까지, 힘써 보고 싶네요. 만약 일이 잘 풀리면 저 이걸로 드라마 만들어도 되죠?"

"그럼요. 저작권 통째로 넘겨 드리죠!"

'그랬다간 나중에 후회하실 텐데' 하고 나지막하게 중얼거렸지만 희승은 괜찮다는 듯 손을 내저었다.

희승이 촬영장을 방문한 날, 밤늦게까지 그가 세진을 붙든 이유를 들려 주었다. 현재 자신이 맡은 부서에서 진행 중인 극비 작전에 세진이 동참해 줄 수 없냐는 제안이었다. 그 말을 꺼내기까지 어려웠다며 어색하게 웃는 그의 말에 세진은 쓰게 미소를 지었다.

저 역시 준을 잊기 위한 수단으로 희승을 만난 거지만 그 역시 다른 의도가 있어서 제게 접근했던 것이었다. 그래도, 딱히 기분이 나쁘지 않았던 것은 그의 제안이 흥미로웠기 때문이었다.

장장 12시까지 이어진 회의 끝에 세진은 그의 제안을 받아들였고 드라마 대본을 쓰는 도중에도 작전에 필요한 시나리오의 시놉시스를 써 내려갔다.

세진의 시놉시스가 완성되면 본격적인 영화 촬영을 가장한 수사 팀의 작전이 진행된다. 그 현장의 분위기를 절절하게 느끼고 싶어 은근슬쩍 말을 던진 세진은 흔쾌히 고개를 끄덕이는 희승의 말에 빙긋 웃었다.

"그런데 전남편분께서는, 아직도 오해하고 계십니까?"

중앙지검 내에서도 워낙 극비리에 진행되었던 일이라 세진 역시 주변 사람들에게 희승과의 일을 읊지 않았다. 준에게도, 수호에게도 마찬가지.

짧지만 즐거웠던 그와의 작전 회의를 마친 뒤, 데려다주겠다는 희승에게 고개를 가로저은 그녀는 카페를 나서다 들려오는 그의 말에 대꾸했다.

"네. 엄청이요."

"이런. 아무래도 그때 너무 농이 심했던 것 같네요. 사과를 드려야 하나."

"괜찮아요. 김준이 질투를 하는 건, 꽤 보기 좋으니까. 조금 더 괴롭혀 주죠, 뭐."

희승은 대답하는 세진을 보며 하하 웃었다. 그를 따라 큰 소리로 웃음을 터뜨리고 싶었지만 어쩐지 가슴이 콕 막혀 와 세진은 입꼬리만 올릴 뿐이었다. 택시를 잡아 주던 희승이 가만히 그녀를 내려다보다 물었다.

"무슨 일, 있으십니까?"

어두워진 세진의 낯빛에 의문을 느낀 모양이었다. 가슴이 덜컹거려 어금니를 악물던 세진은 빙긋 미소를 지으며 희승을 올려다봤다.

"아뇨. 딱히."

❀   ❀   ❀

"무슨 일, 있으십니까?"

희승의 물음에 입술이 파르르 떨렸다. 무슨 일이 있다고는 말할 수가 없었다. 어디까지나 업무상 가까워진 사이였기에 더욱 그러했다. 세진은 흐려진 얼굴을 절레절레 흔들며 발을 내딛었다.

"또 뵙네요."

한 걸음, 한 걸음 앞으로 걸어갈 때마다 숨이 막혔다. 오후 내내 귓가를 맴돌던 목소리가 잊혀지지 않았다.

진헌과 시라를 혼내기 위해 지하 주차장으로 향했다 다시 건우의 병실로 돌아오는 길. 세진은 예의 '여의사'와 다시 마주쳤다. 놀라 경직된 세진을 향해 그녀는 부드러운 미소를 지으며 다가왔다.

"그땐 너무 정신이 없어서 인사할 틈도 없었어요. 환자분 그렇게 되고 남편분이 정말 힘들어 보이셨는데. 두 분 다 잘 지내시죠?"

"……."

"사실 그렇게 가신 후에 많이 걱정했는데. 오늘 뵌 환자분 얼굴이 밝아 보여서 마음이 놓이네요."

준의 오피스텔 앞. 한때, 세진와 준의 신혼집이기도 했던 그 집 앞에 세진은 이를 악문 채 서 있었다. 대문 너머에 준은 없었다. 그는 오늘 밤, 오전에 사고를 친 진헌과 시라 덕분에 사옥에서 밤을 샐 예정이었으니까.

쿵쿵. 심장이 시릴 듯 아파 왔다. 세진은 인상을 쓰며 자동키로 손을 뻗었다. 자신의 생일 여섯 자리를 꾹꾹 누르자 문이 열렸다.

쓴웃음을 흘리며 집 안으로 들어 선 그녀는, 요즘 다시 드나들기 시작한 이 집이 오늘따라 많이 낯설다고 생각했다.

"서재?"

"응! 나 책 읽고 싶은데."

"……"

"비밀번호, 정말 안 가르쳐 줄 거야? 아니, 그리고 서재에 자동
키를 달아 두는 경우가 어디 있어? 뭐 보물이라도 숨겨 놨나?"

다시 그와 만나기로 한 뒤, 주로 호텔에서 관계를 가졌지
만 가끔 준의 집에 오는 날도 있었다. 제 신혼집이기도 했던
그곳에 어렵게 걸음을 한 세진은 자동키를 달아 둔 준의 행동
에 어이가 없다는 듯 쏘아붙였다.

"나중에."

비밀번호를 알려 달라고 요구하는 세진에게 준은 알 듯 말
듯한 미소를 지으며 중얼거렸다.

"나중에, 가르쳐 줄게."
"김준!"
"책 읽을 시간에, 나랑 더 붙어 있어야지."
"뭐?"
"이리 와."

책을 읽겠다는 세진을 품으로 끌어당기며 옷을 벗겨 버리
는 준에게 항상 넘어가기 일쑤였지만, 오늘은…… 다르다.
"……"

미친 듯이 쿵쾅거리는 심장의 박동을 애써 무시하며 손을 가져다 댄 세진은 불빛이 들어오는 키패드를 두드렸다. 대문과 똑같은 자동키였으니 아마도 비밀번호도 여섯 자리겠지.

제 생일을 눌러 보았지만 문은 열리지 않았다. 오기가 생겼다. 준의 생일도 눌러 보고, 건우, 에스터, 명훈의 생일도 눌러 보았지만 마찬가지였다.

세진은 인상을 쓰다 결혼 날짜를 눌러 봤다. 여전히 문은 반응이 없었다.

'설마.'

세진은 입술을 잘근 깨물며 뭔가 생각하다 이혼 일자를 눌렀다. 이혼 서류가 정식으로 받아들여진 날. 생각만 해도 가슴이 쓰려 오는 그날을 꾹꾹 누르자…… 달칵, 소리를 내며 문이 열렸다. 그녀는 인상을 쓰며 열려 버린 문고리로 손을 뻗었다.

"다음에 남편분이랑 함께 검사받으러 오세요. 희망을 잃지 말아요."

손을 잡으며 다정하게 말하던 여의사의 말이 귓가에 아른거렸다. 그녀의 말이 도대체 무슨 의미인지 알 수가 없어 멍하니 서 있기만 했다. 그 후로 어떻게 병원을 나와 희승과의 약속 장소로 향했던 건지 모르겠다. 세진은 울컥거리는 감정을 억누르며 서재의 문고리를 세게 잡아당겼다.

358

준이 집으로 돌아온 것은 세진이 서재에서 밤을 샌, 그날 아침이었다.

❖   ❖   ❖

"대표님. 눈 좀 붙이고 오세요."

신경을 써야 할 곳은 하나인 줄 알았더니, 복병이 있었다. 설마하니 진헌과 시라가 그런 대형 스캔들을 일으킬 줄이야. 밤잠을 설쳐 가며 진헌과 시라의 스캔들을 수습하기 위해 애쓰던 준은 이젠 아예 대놓고 농성을 벌이는 두 남녀의 '이건 우 병문안' 때문에 머리가 터져 버릴 지경이었다.

짧지만 타격이 컸던 건우의 입원으로 인해 극심한 두통을 느끼고 있던 준은 세진과 데이트를 하기 위해 겨우 낸 시간도 진헌과 시라의 사고를 처리하느라 보내야 했다.

충혈된 눈으로 전화를 받고, 대응 준비를 하길 몇 시간. 어느새 캄캄하던 하늘은 밝아져 있었다. 지끈거리는 관자놀이를 짓누르며 서류를 훑어보던 준은 똑똑, 문을 두드리더니 대표실로 들어온 비서 은채의 말에 흐리게 웃었다.

"트리 엔터 쪽이랑은 어떻게 됐지?"

"사실 그대로 발표하기로 했습니다. 동료 배우인 이건우 씨의 쾌차 기원 방문으로."

"진헌이랑 연락되면 바로 말해 줘."

"예."

스윽, 창밖을 훑어보던 준은 긴 한숨을 흘렸다. 사고를 저질러 놓고선 준의 반응이 무섭기는 한 모양인지, 진헌은 그의 전화를 받지 않고 있었다. 숨 좀 돌리면 전화를 하겠지. 아마도 이제 막 동이 틀 무렵이라 그런 건지도 모른다.

준은 은채의 제안을 받아들이기로 했다. 의자에서 일어난 그는 옷걸이에 걸려 있던 슈트 상의를 걸쳐 입으며 은채를 바라봤다.

"오후에 돌아오지."

고개를 끄덕이는 은채를 내버려 두고 준은 대표실을 벗어났다. 주차장으로 향해 차를 타고 집으로 향하던 도중 눈앞에 가장 아른거리는 사람은 진헌이 아니라 세진이었다.

많이 화났으려나. 어젯밤, 핸드폰 너머로 들려오던 그녀의 퉁명스러운 목소리가 귓가에 맴돌아 준은 이를 악물었다.

—가지 말라고? 왜?

건우가 입원해 있는 병원이 하필 그곳이었다. 가급적 발을 딛지 않으려 애써 왔지만 결국 이렇게 되었다. 홍광호 PD의 부탁으로 한국대학 병원에 건우를 감시하러 간다며 투덜거리는 세진에게 준은 솔직한 속내를 드러냈다.

저를 이상한 눈으로 바라보는 그녀에게 차마 다음 말을 잇지 못했다. 천진난만한 그녀의 얼굴이 속을 쓰리게 만들었다. 준은 입술을 잘근 깨물었다.

"어째서? 왜? 난…… 모르겠어. 아니지? 아니라고 해 줘, 오빠. 응? 아니라고 해!"

핏기 하나 없는 얼굴로 제 옷자락을 잡던 세진의 음성이 떠올랐다. 어렵게 말을 꺼낸 자신에게 세진은 입술을 덜덜 떨며 소리쳤다. 준은 입을 열 수가 없었다. 울컥거리는 감정을 억누르기 전에 그녀를 진정시켜야 한다는 생각이 더 강했지만, 그녀를 말릴 수도, 소리를 흘릴 수도 없었다.

"아니라고 해!"

끼이익. 귀를 찌르듯 울리는 세진의 고함에 준은 저도 모르게 핸들을 돌렸다. 몰고 있던 차를 길가에 주차한 뒤 핸들 위로 얼굴을 파묻는 그의 얼굴은 백지장처럼 새하얘졌다.

쿵쿵. 그날의 일을 떠올리면 여전히 숨이 막혔다. 온몸이 미친 듯이 떨려 와 참을 수가 없어졌다.

준은 주먹을 세게 움켜쥐었다. 태연해야 한다. 적어도 세진의 앞에서는, 아무 일도 없었던 것처럼. 그녀가 그날을 떠올리지 못하는 것처럼.

준은 후우, 숨을 골랐다. 두근거리는 심장을 안정시킨 뒤이내 결심한 듯 핸드폰을 꺼내 들었다. 키패드 위의 숫자 1을 길게 누르니 세진의 번호가 떴다. 너무 이른 시간인가. 아직 오전 6시밖에 되지 않았다.

준은 받지 않는 핸드폰을 뚫어져라 응시하다 쓰게 웃었다. 잠시 얼굴만 보고 가려 했는데 그것도 마음대로 되지 않았다. 멍한 눈으로 주변을 살피다 다시 액셀러레이터를 밟았다.

❀　　　❀　　　❀

예전엔 너무 쓸쓸하고 외로워서 들어가기 꺼려졌던 제 집을, 이젠 하루에도 몇 번씩 가고 싶다는 생각을 했다.

이유는 간단했다. 그곳에는 토끼 같은 아내가 활짝 웃으며 저를 반기고 있었으니까.

고독하다 못해 끔찍한 그 집을 이젠 그 여자가 가득 채워주고 있었다. 하룻밤을 핑계로 일을 몰아붙인 건 현명한 선택이었다.

세진은 고작 '책임' 때문에 자신과의 결혼을 강행했다고 생각하는 것 같았지만 그건 그녀의 엄청난 착각이었다.

세진은 이런 식으로라도 저를 잡았다고 확신했으나 사실은 그 반대였다. 언제나 그녀를 갈망한 것도, 제 품을 떠나갈까 두려워한 것도 저였다.

때문에, 세진의 그 유혹이 얼마나 기뻤는지 모른다. 그 일이 아니었더라도 준은 그녀 외의 다른 사람과의 결혼은 생각하지 않았을 것이다.

오직 세진이었으니까, 그 맹랑한 소녀가 제 앞에 나타났던 그 순간부터 사랑에 빠져 버렸으니까, 세진을 끌어당긴 거다.

준은 자신의 선택을 단 한 번도 후회한 적이 없었다. 어설프게 저를 유혹하는 세진의 옷고름을 풀고 빙긋 미소 지은 것을, 절대.

겉으로 내색하지는 않았지만 세진이 좋아하는 것을 줄줄이 꿰고 있을 정도로 준은 그녀에게 맹목적이었다. 오죽하면 그런 준을 지켜보던 건우가 '형 같은 사랑이 가능해?' 하고 혀를 찰 정도였으니.

준은 세진의 사소한 일들까지 모조리 알고 있는 자신을 물끄러미 응시하며 어이없어하는 건우에게 어색한 웃음을 흘릴 수밖에 없었다. 가능해. 온종일 세진을 생각하고, 세진을 기억하고, 세진을 떠올리는 일은 그가 매일 하는 습관 같은 것이었다. 준의 미소에 건우는 팔불출이라 놀렸지만 그는 대꾸하지 않았다.

세진과 결혼식을 올린 후 꿈처럼 느껴지는 행복한 나날을 보내고 있기는 했지만 그렇게 생각하는 건 안타깝게도 자신뿐이었다. 세진을 법적으로나마 제 곁에 묶어 두었다는 사실에 만족하는 자신과 달리 그녀는 함께 있어 주지 못하는 준에게 불만이 쌓여 갔다.

자신이라고 왜 그녀와 함께 있고 싶지 않았겠나. 마음 같아서는 하던 일도 다 때려치우고 오직 그녀만 침대에 눕힌 채 세진의 눈동자를 바라보고 싶었지만 건우와 오랜 기간 계획하던 일이 차츰 성장 궤도에 오르자 제대로 시간을 낼 수가 없었다. 가슴이 찢어졌으나 세진은 이해해 줄 거라 믿었다. 그녀 역시 두 남자가 얼마나 이 일을 기대했는지 지켜봐왔으니까.

밤늦게까지 이어지는 회사 일에 세진이 사 오라던 아이스크림을 결국 사 들고 돌아가지 못했다. 새벽녘이 되어서야 진헌의 일에 대해 결정을 내리고 돌아오던 준은 근처 마켓에서 그녀가 원했던 아이스크림을 발견했다.

전날 밤 9시쯤 준에게 전화를 걸어 왔던 세진의 부탁을 들은 지 열두 시간이 지나서야 미션을 완료한 그는 드디어 세진의 얼굴을 볼 생각에 조금 들떠 있었다. 겉으로는 여전히 냉랭한 얼굴이었지만 세진을 마주하면 바보처럼 헤실거릴 것만 같았다.

달칵, 문을 열고 집 안으로 들어서는 그의 심장이 쿵쿵 뛰었다. 9시니, 자고 있겠지. 방송국은 그만두었지만 가끔씩 저를 기다리느라 늦게 잠을 자던 세진은 오전 늦게 기상을 하곤 했다. 넓고 황량하기만 했던 그의 침실에 이젠 자신의 것을 채워 놓기 시작한 세진을 떠올리며 준은 웃었다.

"그게…… 무슨 소리야?"

그러나 준의 예상과는 다르게 세진은 두 눈을 말똥말똥 뜬 채 준을 반겼다. '김준!' 하고 문 여는 소리가 들리자마자 현관으로 달려와서는 상기된 표정을 짓는 세진의 얼굴이 반짝거렸다. 준은 당황스럽기 그지없는 그녀의 행동에 미간을 좁혔다. 세진은 의문에 잠긴 준을 바라보다 있는 힘껏 소리쳤다.

"무슨 소리긴! 당신이, 곧 아기 아빠가 된다는 거지!"

그는 아버지가 된다는 것을 한 번도 상상해 본 적이 없었다.

사실, 세진을 만나기 전까지는 결혼도 생각해 보지 않았던 준이었다. 어머니를 버린 아버지, 자신을 버린 어머니. 준이 기억하고 있는 가족이란 존재 자체가 죄악이었다.

세진을 만나고, 그녀로 인해 에스터와 명훈, 건우까지 알게 되면서 피는 이어지지 않았지만 가족이 있다면 이들이었으면 좋겠다고 생각했었다.

"아기…… 아빠?"

그래서인지 세진과 결혼을 한 그는 행복했다. 텅 비어 있던 심장이 조금씩 메워져 갔다. 세진은 그에게 과분할 정도로 큰 사랑을 주었고 에스터와 명훈 역시 마찬가지였다. 건우 또한 그의 둘도 없는 친구이자 동생으로 의지하던 상대였다.

일평생을 홀로 살아왔던 고독한 준의 주변이 조금씩 빛나기 시작할 무렵 들려온 세진의 말에 정신을 차릴 수가 없었다. 덜덜, 떨리는 음성을 뱉어 냈다는 것을 아는지 모르는지 세진이 더듬거리는 준에게 눈부신 미소를 보냈다.

"응! 여기 김준 아이가 자라고 있어!"

세진은 자신의 배를 가리키며 작게 속삭였다. 준은 뭐라 말을 잇지 못했다. 꿈인지 현실인지 믿어지지 않았으니까.

강철 체력을 지녔을 것만 같았던 세진은 사실 건강한 편은 아니었다. 아무래도 직업의 영향인지 밤낮을 가리지 않고 일을 강행하는 바람에 많이 지쳐 있었다.

결혼 전 검진에서 자궁에 자잘한 혹이 많이 존재해 임신이 쉽지 않을 거라는 이야기도 들었지만 준은 크게 개의치 않았다.

세진으로 인해 꿈꿔 본 적 없던 결혼을 했다. 그녀가 원한다면 아이를 낳아도 되지만 그러지 못한다고 하더라도 괜찮았다. 세진만 행복하다면, 저도 행복할 수 있었다.

어려울 거라 생각했던 세진의 임신은 축복이나 다름없었다. 얼떨떨한 표정을 짓던 준의 입꼬리가 세진의 얼굴을 응시하다 길게 찢어졌다.

"으악!"

준은 싱글벙글 웃으며 저를 바라보는 세진을 번쩍 들어 올렸다. 갑자기 공중으로 붕 뜬 제 몸으로 인해 세진이 화들짝 놀라 탄성을 흘렸지만 준은 그녀를 내려 주지 않고 뱅그르르 돌렸다.

세진도 곧 꺄르르 웃으며 준의 반응을 즐겼다. 그렇게 그녀를 번쩍 들고 웃어 주던 준은 서서히 세진을 아래로 내리며 입을 맞추었다. 그녀의 이마, 입술, 그리고 새로운 생명이 자라고 있을 배.

조심스럽게 입을 맞춘 준은 떨리는 시선으로 저를 바라보는 세진에게 감사의 인사를 전했다.

"고마워."

❀　　　❀　　　❀

〈혹 사이에 착상하기는 했는데, 괜찮을 거야. 의사 선생님도 일단은 지켜보자 하셨어. 당장 떼어 내기 힘들다고. 그래도 너무 걱정 말래.〉

〈응. 병원 다녀오는 길. 조금 더 두고 봐야겠어. 성장이 좀 느린가 봐.〉

〈오빠. 어떻게 될지 모르니까 우리 아직 다른 사람들한테는 말하지 말자. 엄마한테도 마찬가지야. 건우 오빠한테 말한 건 아니지?〉

〈김준! 나, 아기 신발 살까 하는데. 언제? 무슨 색 살까? 우리 기적이, 공주님일까, 왕자님일까?〉

태명을 '기적'이라 붙였다. 정말로 기적적이었으니까. 작은 혹들 사이에 착상을 했다는 사실 하나만으로도 대단했다.

세진은 하루에도 몇 번씩 준에게 전화와 문자를 보내왔다. '오늘 우리 기적이를 위해 밥을 먹었어'부터 시작하여 '기적이 침대를 살까 하는데, 오빠는 어떻게 생각해?', '기적이가 나랑 김준의 좋은 부분을 골고루 닮았으면 좋겠다. 그럼 정말 행복할 것 같아', '엄마한테 말하고 싶어. 하지만 아직은 안 되겠지? 조금 더, 기다려야겠지?', '삼분의 일밖에 안 자랐대. 내가 너무 못 먹어서 그런가 봐. 오늘부터 억지로라도 먹어야겠어. 의사 선생님이 과자라도 먹으래' 등등.

임신을 한 이후로 밥조차 삼키지 못하는 세진이 살이 찌기는커녕 말라 가자 담당 의사는 극단의 조치를 취한 듯했다. 최진헌의 데뷔 준비 와중에도 그녀의 전화와 문자를 받으며 실실거리기만 하는 준을 주변 사람들은 수상하게 생각했다.

"대체 뭐 때문에 그렇게 멍청하게 웃는 거야?"

오죽하면 보다 못한 건우가 인상을 쓰며 '이미지 관리도 좀 해!'라고 소리칠 정도였다. 쯧, 혀를 차는 건우에게 '나 아빠 된다!'라는 말을 하고 싶어 미칠 지경이었다.

하루에도 몇 번씩 입이 간질거렸다. 건우도 이 사실을 알게 되면 얼마나 좋아할까. 그에게도 조카가 생기는 거니까. 준은 인상을 쓰며 '뭘 그렇게 봐?'라고 묻는 건우에게 웃어 주었다.

'기적이'의 존재는 준에게 있어서도 그랬지만 세진에게도 큰 위안이었다. 바쁜 업무상 그녀와 함께하는 시간이 줄어들었던 준 대신에 시간을 보내는 또 다른 존재였기 때문이다. 아직은 정확한 실체도 보이지 않는, 티끌만큼 작은 크기였으나 앞으로 열 달 뒤면 그들 부부의 혼을 쏙 빼놓을 만큼 커져 갈 것이다.

이젠 그와 함께하는 시간보다 기적이와 있는 태교 시간이 더 좋다며 밤늦게 집에 돌아온 준에게 투덜거리던 세진의 얼굴은 근래와 비교했을 때 훨씬 밝아 보였다.

기뻤다. 세진이 행복해하는 모습이 보기 좋아서. 그런 행복이 영원하길 바라며 준은 그들의 첫 아이가 얼른 세상에 나오기를 바랐다. 그 누구보다도 간절히. 기적이 일어나기를, 기원하며.

❀　　　❀　　　❀

어려운 여건 속에서도 기적이는 잘 자라고 있었다. 세진의 배 안에 자리 잡은 지 겨우 8주밖에 되지 않았다는 사실이 믿어지지 않았다. 세진이 가져온 초음파 사진을 하루에도 몇 번씩 들여다보다 건우의 눈총을 샀다.

그에게 말할 수 없는 비밀이 생겨 버린 것이 꽤나 미안했지만 그래도 세진이 확실해지면 말하자고 주장한 터라 입을 굳게 다물었다. 아기가 생기기는 했으나 세진의 몸 상태를 보아선 언제 유산을 할지도 모른다며 그녀의 담당 의사는 말했었다.

불규칙적이었던 자신의 신체 리듬을 규칙적으로 변화시키고 들어가지 않는 음식을 억지로 먹으며 세진이 애를 쓴 것은 모두 한 가지 이유 때문이었다. 기적을 탄생시키기 위해. 그 마음이 너무 예뻐 보여 준은 세진의 손을 꼭 잡아 주곤 했었다.

"예. 제가 김준인데요. 누구시죠?"

'그날'은 평소와 비교해 보았을 때 평범하기 그지없는 하루였다. 잠에서 깨어나 아침을 차려 주겠다는 세진에게 조금 더 누워 있으라는 말을 한 뒤 그는 출근을 하기 위해 침실로 향했다.

싱긋 웃으며 저를 올려다보는 세진의 이마와 입술, 그리고 배에 항상 그랬던 것처럼 키스를 한 준은 '다녀올게'라는 말을 한 뒤 몸을 돌렸다.

진헌의 데뷔가 코앞이었다. 건우와 함께 차린 회사의 첫 소속 배우였기에 진헌에 대한 애착이 강했던 준은 오후 3시 쯤 걸려 온 전화에 고개를 갸웃거렸다. 그러나 이내 '한국대학 병원 응급실'이라는 그들의 말에 준의 심장은 바닥을 찧었다.

세상이, 무너져 내렸다.

움직일 수 없었다. 말을 듣자마자 핸드폰이 바닥에 떨어져 내렸다. 가슴이 찢어지는 고통이 느껴졌지만 저보다 더한 이가 있다는 생각에 눈물이 흘러나오지는 않았다.

전화 한 통에 넋을 잃은 준을 발견한 건우가 의아한 표정을 지으며 다가왔다. 준은 뭐부터 말해야 될지 몰라 멍하니 그를 바라봤다. 그러다 건우의 멱살을 잡고 소리쳤다.

"운전해."

"뭐?"

"운전하라고!"

자신이 운전대를 잡았다간 틀림없이 사고가 날 것 같았기에 준은 건우를 앞세웠다. 뜬금없이 운전을 하라며 이끄는 준의 모습에 건우는 차를 몰아 한국대학 병원으로 향했다.

잘못 걸려 온 전화이기를. 제발 아니기를. 그것만은, 아니기를. 세진이 얼마나 기적이에게 힘을 쏟았는지 알고 있었던 준은 바라고 또 바랐다. 간절하게 바라면 이루어진다는 하늘의 기적에 모든 것을 맡기며 그는 활짝 열리는 응급실의 자동문 안으로 들어섰다.

그리고 그곳에서, 준은 혈색이 감돌지 않는 여자가 힘없이 침대에 누워 있는 모습을 발견했다.

교통사고였다.

택시를 타고 아기 용품을 사러 가는 길에 일어난.

사고를 일으킨 장본인은 긴 시간 트럭을 운행했던 기사였다. 잠깐 졸아 버린 사이에 발생한 그 끔찍한 일이 죽음으로 이어지지 않은 게 다행이라며, 세진을 검진한 의사는 말했다. 냉정한 여의사의 말에 준은 그 어떤 말도 할 수가 없었다. 아니, 하지 못했다. 소리가 흘러나오지 않았다.

"유산……하셨습니다. 죄송합니다."

담담한 말에 준은 주먹을 세게 움켜쥐었다. 멱살을 잡고 '거짓말이지?' 라고 묻고 싶었지만 그에게 있어선 세진의 안위가 더 중요했다. 아이야 또 만들면 되니까. 만에 하나 그러지 못한다면 배가 아닌 마음으로 아이들을 낳으면 되었다.

준은 잠들어 있는 세진을 내려다보며 이를 악물었다.

저와 결혼을 할 때보다 더 좋아하던 세진에게 과연 뭐라고 말을 해야 할까.

교통사고가 났다는 사실은 알고 있을 테지만 유산 소식을 전하기는 쉽지 않는데. 준은 긴 숨을 흘리며 의식이 돌아오길 기다렸다. 그런 그의 마음을 눈치챘는지 세진이 스르륵 눈을 떴다. 그리고 그녀가 가장 먼저 찾은 사람은 그가 아닌 기적이었다.

✿   ✿   ✿

"어, 오빠 왔어?"

2주 정도 치료를 받은 뒤 세진은 퇴원을 했다. 드디어 갑갑한 병원에서 나왔다며 활짝 웃던 세진에게 준은 어쩐지 웃어 줄 수가 없었다. 태연하게 행동하는 건지, 아니면 유산을 잊기 위한 몸부림인지 준은 알지 못했다. 세진이 이상해진 것은 아마 그 무렵이었다.

"나 오늘 아기 신발 샀어! 공주님일지 왕자님일지 아직 몰라서 녹색이랑 노란색 두 개 다 샀어. 오빠는 어떤 게 더 마음에 들어?"

준은 생글생글 웃으며 말하는 세진을 넋을 놓고 응시했다. 그녀가 무슨 소리를 하는 건지 알 수 없었다. 세진은 꼭 제 배에 아이가 아직 자라는 걸로 믿고 있는 듯했다. 정말로 그녀의 두 손에 들려 있는 신발을 내려다보며 준은 심장이 튀어나오는 줄 알았다.

"우리 기적이 얼른 세상에 나왔으면 좋겠다. 오빠. 우리 기적이 나오면 같이 여행 갈까? 아, 그러기엔 좀 힘드려나?"

헤헤, 웃으며 말을 잇는 세진의 말을 들으며 준은 피눈물을 삼켰다. 그녀는 하루에도 몇 번씩 기억을 혼동하고 있었다. 일부러 그날을 잊으려 하는 건지, 아니면 정말로 모르는 건지 분간이 안 갈 정도로 아기에 대한 미련을 떨치지 못했다.

"거짓말! 그런 거짓말에 내가 속……."

"세진아!"

보다 못해 이미 기적이는 죽었어, 라고 말하면 그녀는 기괴한 비명을 지르며 쓰러졌다. 그럴 때마다 준은 묵묵히 세진을 부축했다. 겨우 사실을 받아들이며 엉엉 울던 세진은 다시 다음 날이 되고 퇴근한 준을 향해 아기 신발을 내밀었다. 준은 그런 세진을 붙들고 미친 듯이 울었다.

"왜 울어, 김준? 그렇게 아기 신발이 좋아?"

세진의 증상은 거의 한 달간 지속되었다.

❖　　　❖　　　❖

피할 수밖에 없었다. 저를 보면 아기를 떠올리는 세진에게 진실을 알려 주기가 무서워졌다. 사실을 들으면 세진은 또 무너졌다. 세진이 가지고 있던 첫 아이에 대한 미련은 쉽게 떨쳐지지 않았다.

차라리 세진의 기억이 아예 없어져 버린다면. 그렇게 된다면 그녀가 그리 아파하지 않을 텐데. 일부러 제 얼굴을 보이지 않고 업무에 집중하자 아기를 향해 있던 세진의 시선이 점점 준을 향해 옮겨 갔다.

그녀가 그에게 불만을 쌓아 가고 있다는 사실을 알고 있으면서도 준은 세진에게 다가갈 수가 없었다. 가슴이 찢어지는 것 같았으나 이 방법이 최선이라 생각했다. 시간이 지나면 잊을 수 있겠지.

그렇다면, 다시.

언젠가 다시, 그들에게도…… 또 다른 기적이 생기지 않을까.

"오빠. 나, 하고 싶은 말 있는데."

"하고 싶은 말?"

"아이, 가지고 싶어."

그의 심장은 바닥으로 곤두박질쳤다. 유산을 한 지 얼마 되지 않고, 기억까지 혼동하고 있던 세진이라고는 믿어지지 않았다. 싱긋 웃으며 아이를 가지고 싶다고 말을 하고 있는 그녀는 마치 자신이 임신을 했었다던 사실을 잊어버린 사람처럼 행동했다. 숨이 컥 막혀 왔다.

"왜 말이 없어?"

"……"

"김준!"

그의 간절한 바람이 이루어진 것일까. 그렇게 기억을 혼동하던 세진이 기적이에 대한 기억만을 제 머릿속에 봉인시켜 버렸다. 준이 아파하고, 자신이 아파했던 지난 몇 달간의 기억을 모조리 지워 버렸다. 믿어지지 않았지만 현실이었다.

준은 천진난만한 표정을 지으며 제게 아이를 가지자고 제안하는 세진에게 차마 '그래'라고 답할 수 없었다. 저번의 유산으로 아마 두 번 다시 아이를 가지기 힘들지도 모른다는 판정을 받았던 그녀였기에 더더욱 준은 이를 악물며 말할 수밖에 없었다.

"아이는…… 없으면 안 돼?"

세진의 얼굴이 파랗게 질려 갔다.

❁   ❁   ❁

1년.

세진과의 결혼 이후 너무나 행복했던 반년을 보내고, 가슴이 찢어질 것만 같던 반년을 보냈다. 어떻게 해서든 제게 다가오려는 그녀를 밀어내느라 죽을 맛이었다. 세진에게 그날의 일을 떠올리지 않게 하기 위해 손을 내밀지도, 그렇다고 끌어당기지도 못했다. 그녀가 저를 차갑게 응시하는 것은, 당연한 일이었다.

모두 자신이 감내해야 할 일이라고 생각했다. 그녀를 잘 보살피지 못했던 제 잘못도 있었으니까. 그날, 아기 용품을 사러 간다고 신이 나 전화를 하던 그녀를 자신이 데리러 갔더라면. 진헌의 데뷔일을 미뤄서라도 세진의 몸을 보살폈더라면 그런 일이 일어나지 않았을 테니까. 전부, 그의 잘못이었다. 준은 그렇게 생각했다.

"이혼해."

그를 보면 항상 웃던 그녀가 점점 화를 내기 시작했다. 마주치면 싸우기만 하는 둘 사이의 골은 쉽게 메워지지 못했다. 세진이 제 곁에서 행복해질 수 없다면 그녀를 놓아주어야 하는 걸까. 준의 고민이 갈수록 깊어져 가던 어느 날, 세진은 그를 향해 성난 음성을 뱉어 냈다. 그녀가 홧김에 흘린 말이라는 것을 잘 알고 있으면서도 준은 대답할 수밖에 없었다.

"원한다면."

저로 인해 고통스러워하는 세진을 내버려 둘 수가 없었다. 밝은 아이였다. 그래서 더욱 반짝반짝 빛나는. 손에 쥐고 있으면 눈이 부셔 눈꺼풀을 올릴 수 없을 만큼 사랑스러운 세진이 괴로워하는 모습을 볼 수가 없어 준은 말했다. 그것이 얼마나 제게 상처가 될 줄은, 그땐 가늠하지 못했다.

행복했던 그간의 기억을 잃었던 세진. 준이 자신의 제안을 이유 없이 피하기만 한다고 생각하던 세진. 그로 인해 준이 가슴 아플 정도로 힘들어하는 세진. 함께 있으면 아프기만 하는 사이라고 생각했다. 그래서 놓아주었다. 그로 인해 자신이 더욱 고통스러워질 거라곤 여기지 않았다.

세진을 보내고 준은 처참하게 무너져 있는 스스로를 발견
했다. 그는 오직 그녀의 곁에서만 웃는 남자로 변해 버렸다.
그 누구의 옆에서도 미소를 짓지 못했다. 세진이 아니라면.
그녀와 조금이라도 관계가 있는 사람이 아니라면, 얼어붙은
시선으로 상대를 바라봤다.

이대로는 안 된다. 이대로는.

세진도, 그도. 조금도 앞으로 나아가지 못하고 있었다.

그녀는 계속해서 준의 곁을 맴돌았고 그러는 것은 준 역시
마찬가지였다. 서른 해를 훨씬 넘긴 그의 인생에서 이세진은
거의 전부였다. 오직 그녀가 제 인생의 중심이었고 그녀 없
이 사는 것은 죽음과도 같다는 것을 알아 버렸다. 결국 준은
그녀와 이혼한 지 반년 만에, 세진의 곁으로 돌아갔다.

❁　　　❁　　　❁

'응?'

문고리를 잡아 돌리던 준의 눈동자가 큼지막해졌다. 현재
시각 오전 7시. 집으로 돌아오는 길에 근처 카페에서 커피를
사 들고 들어오던 준은 현관에 낯선 신발이 놓여 있는 것을
발견하곤 멈칫했다.

'세진이가 왔나?'

의아한 표정을 지으며 준은 걸음을 옮겼다. 가지런히 놓여

있는 신발 두 짝은 세진의 것이었다. 준은 고개를 갸웃거리며 구두를 벗고선 집 안으로 발을 내딛었다.

"이세진?"

주위를 두리번거렸다. 오늘 올 거라고 생각하지 못했는데. 갑작스러운 선물이라도 받은 기분이었다. 준은 웃으며 침실로 걸어갔다. 아마도 침대에서 자고 있겠지. 항상 그랬던 것처럼. 슬며시 침실 문을 연 준은 텅 비어 있는 침대 위의 모습에 미간을 좁혔다.

그럼, 소파인가.

소파에서 자면 몸이 결리니 그러지 말라고 몇 번이곤 말을 했었는데. 하여간 말은 참 안 듣는다며 쓴웃음을 흘리던 준은 몸을 돌려 거실로 향했다. 터벅터벅, 거실 소파로 걸어가던 도중 무심코 고개를 돌린 그의 시야로 놀라운 장면이 들어왔다. 분명 집을 나서기 직전 잠가 두었던 서재의 문이 열려 있었던 것이다.

쿵, 심장이 나락으로 떨어졌다.

"이세진!"

준은 미친 듯이 서재로 달려가 열려 있는 문을 세게 밀었다. 이윽고 들어온 그의 시야로 온몸을 부들부들 떨며 굵은 물방울을 툭툭 흘리고 있던 여자가 고개를 들어 올리는 모습이 보였다.

손이 벌벌 떨리고 목이 막혀 왔다. 호흡이 가빠진다. 준은 무슨 말이라도 뱉어 내야겠다 생각했다. 무슨 말이라도. 아무 말이라도 좋으니, 그녀에게 말을 걸어야 했다. 그녀의 손에 들린 저 빌어먹을 아기 신발을 아직도 보관하고 있었다니. 끝내 버리지 못했던 제 미련이 이렇게 돌아오게 될 줄은. 준은 세진을 부르려 했다.

"이세……."

"오지 마!"

목에 핏대를 세우며 세진은 소리쳤다. 악에 찬 목소리가 준의 심장에 콕콕 박혀 왔다. 준은 그대로 굳어 버렸다. 후드득 떨어지는 그녀의 눈물이 가슴 아팠다. 입술을 깨물며 준은 인상을 썼다.

"언제까지…… 속일 생각이었어?"

세진은 앞이 보이지 않을 만큼 가득 눈물을 채우며 외쳤다. 준은 대꾸할 수가 없었다.

"대체 언제까지!"

"……세진아."

"내가, 우스워?"

준을 노려보며 말한 세진은 붉게 물들어 있는 동공을 그에게 고정시켰다. 여전히 준은 말할 수 없었다. 아니, 하지 못했다. 세진은 묵묵부답을 유지하는 준을 못마땅한 듯 노려보더니 이내 신음을 흘렸다. 준은 그 소리에 놀라 세진에게 다가갔다.

"다가오지 말라니까!"

세진은 비틀거리며 자리에서 일어나려는 그녀를 붙잡기

위해 손을 내미는 준의 손을 세차게 뿌리치며 외쳤다. 준은
경직된 얼굴로 세진을 바라봤다. 분노로 가득 찬 그녀의 얼
굴은 점점 더 냉랭해졌다. 바들바들 떨리는 다리에 힘을 주
고 겨우 제자리에 선 세진은 서늘한 눈을 빛내며 말했다.

"당신 얼굴 따위 보고 싶지 않아."

한 자, 한 자. 힘겹게 말을 뱉어 내던 세진은 눈을 감고 고
개를 떨구는 준을 지나치려 했다. 쿵! 하는 소리와 함께 세진
이 준의 발아래 쓰러진 것은 그 순간이었다.

❀   ❀   ❀

"꽃이 정말 활짝 폈네요. 꼭 장모님 같습니다."

"쮼! 가찬이야! 호호!"

아주 꼴값을 떠네. 흐드러지게 핀 분홍빛 꽃이 수를 놓고
있는 동산을 오르던 중 앞서 나가던 준과 에스터가 대화를
나누었다. 명훈이 그 뒤를 따르고 있었고 세진 역시 그 행렬
을 따라가며 혀를 끌끌 찼다.

준과 에스터는 뭐가 그리 즐거운지 싱글벙글 웃고 있다.
바쁘다고 했던 사람이 저래도 되는 건가. 세진은 화기애애한
그들을 흘겨보다 흥 코웃음을 쳤다.

그때였을까. 그녀는 제 옷자락을 잡아당기는 느낌에 고개
를 아래로 내렸다. 하얀 얼굴의 준과 저를 쏙 빼닮은 아이가

저를 올려다보고 있었다. '엄마아' 하고, 청아한 음성을 흘리는 아이를 향해 세진은 무릎을 굽혔다.

"응. 우리 기적이! 엄마 불렀어?"

아이는 세차게 고개를 끄덕였다. 세진은 커다란 눈으로 저를 바라보고 있는 아이를 향해 활짝 웃어 주더니 이내 손을 뻗어 아이를 안아 들었다. 작은 아이는 솜털처럼 가벼웠다. 품 안에 쏙 들어오는 아이를 들고 세진은 터벅터벅 걸음을 옮겼다. 커다란 나무 아래 이미 자리를 잡은 에스터와 명훈이 저를 향해 손짓하고 있었다.

"갈까."

저와 아이를 내버려 둔 채 에스터와 앞서 나가던 준은 옅은 미소와 함께 그녀에게 손을 내밀었다. 세진은 말없이 그의 손을 잡았다.

"……."

그리고 제 손이 준의 손과 닿자마자 눈이 번쩍 떠졌다.

세진은 익숙한 천장을 올려다보며 쓴웃음을 흘렸다. 그래, 모두 꿈이겠지. 두근두근. 심장이 두근거렸다. 미칠 듯이 뜀박질하는 박동 소리에 세진은 한동안 멍하니 누워 있었다. 파리하게 질린 얼굴을 슬쩍 옆으로 돌리니 말없이 자신을 내려다보고 있는 준이 눈에 들어왔다. 세진은 바짝 말라 버린 입술을 달싹였다.

"어디야."

준의 가라앉은 눈동자가 천천히 일렁였다.

"집."

텅 비어 버린 목소리에 숨이 막혔다. 담담하다 못해 공허한 그 음성이 아팠다. 세진은 울컥하는 마음을 겨우 억누르며 그의 시선을 피했다.

"어떻게 된 거야."

준은 흐리게 웃으며 세진의 이마에 손을 가져다 댔다.

"쓰러졌었어, 너. 좀 괜⋯⋯!"

말을 이으려던 준의 입술이 닫혔다. 세진이 그의 팔을 뿌리쳤기 때문이었다. 준이 굳은 채 그녀를 응시하자 세진은 침대에서 벗어나기 위해 몸을 일으켰다. 아직은 안 된다며 준이 막으려 들었지만 그녀의 의지가 더 컸다. 파르르 떨리는 손에 힘을 세게 주며 주먹을 쥔 세진은 침대를 벗어나 바닥 위로 똑바로 서서는 그를 바라봤다.

"갈 거야."

"데려다줄게."

"필요 없어."

세진은 찬바람을 풍기며 준을 지나쳤다. 터벅터벅. 걸음을 옮기는 세진의 발걸음은 천근을 얹어 놓은 것처럼 무겁기만 했다. 있는 힘껏 힘을 주어 대문을 닫은 세진의 눈동자가 세차게 흔들렸다.

쾅 닫히는 문소리가 어쩐지 두 사람의 거리를 나타내는 것 같아 세진은 그대로 주르륵 쓰러졌다. 망할. 눈물이 자꾸만 새어 나와 막지를 못하겠다. 세진은 고개를 아래로 떨구었다. 잠시만. 아주 잠시만, 이렇게 있다가 돌아가자. 스스로를 향해 되뇌며 미친 듯이 뛰는 심장을 안정시키기 위해 노력하던 그녀는 달칵 열리는 문소리에 고개를 들어 올렸다.

"......!"

준이 저를 무표정하게 내려다보고 있었다. 주르륵 흐르는 눈물을 차마 닦지 못해 당황해하던 세진을 가만히 응시하던 그는 손을 뻗어 세진의 주저앉은 몸을 들어 올렸다. 그리고는 놀라는 그녀의 귓가에 대고 속삭였다.

"네가 싫다 해도, 데려다줄 거야."

❀   ❀   ❀

'그놈의 오·탈자.'

수호는 씩씩거리며 인쇄된 용지를 내려다보고 있었다. 드라마 '사랑에 무너지다'의 수정 전 원고가 그의 앞에 놓여 있었다. 무시무시했다. 이 엄청난 분량을 살펴볼 생각에.

오늘도 어김없이 세진의 작업실에 발걸음 하여 한 자, 한

자 수정하고 있는 저와는 달리 아마도 그의 스승은 지금쯤 배우 이건우의 VVIP실에서 노닥거리고 있을 것이 틀림없었다.

'저도 좀 데려가 달라고요!'

세진의 사촌인 건우와는 친분을 유지하면 유지할수록 좋았다. 대스타인 데다가 잘나가는 제작자이니. 혹시 수호가 정식 데뷔를 하게 되면 함께 일을 할지도 몰랐고. 수호는 씩씩거리며 빨간 펜으로 오·탈자를 찾아 동그라미를 쳤다.

딩동, 소리가 들려온 것은 수호가 오·탈자 검사를 시작한 지 네 시간 정도 접어든 시점이었다. 만약 세진 같았으면 쾅, 문을 닫고 들어왔을 텐데 그러지 않은 걸로 보아선 손님인 것이 틀림없었다. 수호는 영업용 미소를 지으며 자리에서 벌떡 일어났다.

"네, 나가요! 나…… 엥?"

달칵 문고리를 돌리던 수호의 눈이 큼지막해졌다. 그의 눈은 원래 큰 편이었지만 보통 때보다 더했다. 수호는 저를 슥 바라보더니 이내 집 안으로 발을 디디는 준과 세진의 행동에 넋을 놓았다.

자신의 집에서부터 자신의 차, 다시 자신의 차에서 세진의 집까지. 준은 비틀거리는 세진을 품에 안고 움직였다. 남들의 시선 따위는 전혀 개의치 않는 그의 뻔뻔한 태도에 오히려 당황한 것은 세진이었다.

아무리 놓아 달라고 발버둥 쳐도 공주님 안 듯 그녀를 안아 든 준은 끄떡도 않았다. 가슴을 쳐도, 몸부림을 쳐도 마찬가지. 어제 밤새도록 울었던지라 작업실로 향하는 엘리베이터에 올라탈 때는 뿌리칠 힘도 없었다. 세진은 힘없이 그를 바라보며 으르렁거렸다.

"내 발로, 걸을 수 있어."

준의 차갑고 검은 눈동자가 세진을 향해 내려앉았다.

"못 걸으면서."

세진은 대답하지 못했다. 사실이었으니까. 어찌 된 셈인지 다리에 힘이 들어가질 않았다. 그에 세진은 이를 악물었다. 준은 아랑곳하지 않고 침실로 걸어 들어갔다.

"무, 무슨 일이에요? 작가님 어디 아프세요?"

수호가 쫑알거리며 그들의 뒤를 따랐지만 준은 멈추지 않았다. 일이 심상찮다는 것을 알아차린 수호는 결심한 듯 준을 앞지르며 침실 문을 열어 주는 배려를 보였다. 준이 고맙다는 듯 눈짓을 하자 수호는 배시시 웃었다. 세진은 흥 코웃음 쳤다.

"쉬어."

소중한 보물을 내려놓듯 세진을 침대 위로 누이던 준이 나지막하게 속삭였다. 세진은 인상을 쓰며 말했다.

"내가 쉴 수 있겠어?"

준은 답하지 않았다. 세진은 그에게서 등을 돌리며 이불을 머리끝까지 덮어 버렸다.

"가. 꺼져. 내 눈앞에서 사라져."

"……"

"꺼져!"

세진의 외침에 준의 입술 사이로 쓴웃음이 터져 나왔다.
수호는 아슬아슬한 살얼음판을 걷고 있는 두 남녀가 지금 무
슨 일을 벌이고 있는 건지 파악하려 애썼다. 준은 그런 수호
의 작은 머리가 열심히 굴러 가고 있음을 파악하고는 그를
향해 입술을 열었다.

"수호야."

"예, 예! 대표님!"

"……세진이, 잘 부탁한다."

준은 그 말을 끝으로 놀란 수호에게서 시선을 돌리고는 이
불에 몸을 숨긴 세진을 바라보았다. 한동안 움직이지 않던 준
에게 '거, 걱정 마세요!' 라고 수호가 외치자 준은 흐리게 웃
었다. 달칵— 문이 닫히는 소리가 났다. 준이 침실을 지나 현
관을 빠져나가는 소리였다. 세진의 작업실 침실에 남게 된 사
람은 세진과 수호 단둘뿐.

'미, 미치겠네.'

붕 뜨는 느낌이었다. 수호는 오늘처럼 세진과 함께 있는
공간이 불편한 적이 없었다. 뭐라고 말을 해야 할까. 틀림없
이 두 사람 사이에 무슨 일이 있었던 건 사실인 것 같은데.
이럴 땐 어떤 태도를 취해야 할지 모르겠다. 수호는 뒷머리
를 벅벅 긁으며 발을 동동 굴렀다.

"정수호."

차라리 이곳을 나가 버릴까, 하고 생각하던 수호는 갑자기 저를 부르는 이불 속 세진의 음성에 온몸을 부르르 떨었다.

"네, 넵!"

부자연스러운 대답을 흘리자 세진이 여전히 이불 속에서 명령했다.

"저번에, 네가 발견했던 그 사진."

"예? 뭐라고요? 잘 안 들……려요."

귀를 쫑긋거렸지만 세진의 목소리가 잘 들리지 않자 수호는 울상을 지으며 중얼거렸다. 하아, 한숨을 뱉어 내던 세진이 천천히 이불을 걷었다. 이불 속에서 나온 세진은 눈물범벅이 되어 있었다. 수호가 깜짝 놀라 그녀를 쳐다보며 입술을 열기 전, 세진이 말했다.

"사진."

"예? 사진이요?"

"……발."

"네?"

대체 무슨 일이기에 저렇게 울고 있는 걸까. 수호는 괜히 가슴이 아려 오는 것을 느끼며 초조해졌다. 그런 그의 마음을 아는지 모르는지 세진은 말을 이었다.

"신발, 사진."

신발? 무슨 신…… 아!

세진이 말하는 것이 뭔지 몰라 얼굴을 구기던 수호는 예전 일을 떠올렸다.

"아기 신발이네?"

세진이 자랑하듯 들고 나온 앨범 속에서 발견한 아기 신발 사진. 그녀가 원하는 것이 그것일지도 몰랐다. 수호는 힘차게 고개를 끄덕이며 그녀에게 답한 후 서재로 달려갔다. 그러니까 그게 어디 있더라.

준과 건우의 20대 모습도 담겨 있던 그 앨범을 찾기 위해 눈알을 이리저리 굴리던 수호는 이내 익숙한 것을 발견하곤 활짝 웃었다.

"작가님! 작가님!"

꼬리를 살랑살랑 흔들며 수호는 침실로 달려갔다. 어느새 침대 헤드에 기대어 있던 세진이 슬픈 눈으로 그를 바라봤다. 순간 멈칫해 버렸지만 수호는 걸음을 멈추지 않았다. 그는 침을 꿀꺽 삼키며 세진에게 앨범을 내밀었다.

고맙다며 작게 중얼거리던 세진은 그에게서 앨범을 받아 들고는 한 장, 한 장 넘겼다. 그 모습이 왠지 안쓰러워 수호는 저도 모르게 입술을 악물었다. 대체 무슨 일인지 모르겠다.

"아."

두 눈에 물방울을 가득 담고 앨범을 넘기던 세진이 손을 멈춘 페이지에는 그녀가 말했던 예의 '신발'이 찍힌 사진이 있었다. 한때 왜 이 사진을 찍었는지 모르겠다며 고개를 갸웃거리던 그녀가 이번엔 이 사진을 보고 후드득 눈물을 흘리고 있었다. 수호는 안절부절못하며 주위를 둘러보았다. 티슈. 티슈가 필요했다.

"자, 작가님! 이거. 이거 받으……."

"수호야."

저를 부르는 세진의 목소리가 떨렸다. 그에 속이 쓰릴 만큼 아팠다. 수호는 이상하게 그녀에게 감정 이입하고 있는 자신을 발견했다. 그녀를 바라보고 있으면 덩달아 눈물을 흘려 버릴 것 같았다. 수호는 욱신거리는 심장을 문지르며 그녀를 응시했다. 눈에서 여전히 물방울을 떨어뜨리던 세진이 중얼거렸다.

"……팠을까."

"예?"

수호는 대답하지 못했다. 그녀가 무슨 말을 뱉어 낸 건지 잘 들리지 않았기 때문이다. 울음이 섞여 목이 멜 것 같았다. 수호는 대꾸하지 않고 세진을 향해 다가갔다.

'얼마나, 아팠을까.'

세진은 입을 다물고 제 어깨를 두드려 주는 수호의 손길을 느끼면서 고개를 아래로 숙여 버렸다. 미친 듯이 흘러내리는 눈물을 막을 여력이 없었다. 그럴 힘도 없었고, 그러지도 못하겠다. 세진은 입술을 세게 악물었다. 아프다. 너무 아파서 입술도 쓰리고 가슴도 저렸다. 하지만 저보다 훨씬 아팠던 건, 바로 그 사람이겠지.

'말도 못 하고…….'

혼자 끙끙 앓았을 것이 틀림없다. 그의 성격상 누군가에게 하소연도 하지 못했겠지. 빌어먹을. 세진은 입술을 깨물었다. 윗니로 아랫입술을 누르고 있음에도 살짝 벌어진 틈 사이로 엉엉, 울음소리가 터져 나왔다. 어쩔 줄 몰라 하던 수호가 화들짝 놀라 '자, 작가님!' 하고 소리치는 게 들려왔다. 세진은 그의 목소리를 들으면서도 봇물처럼 터지는 울음을 그치지 못했다.

그동안 말도 못 했던 그 사람이 너무 바보 같아서.

저 혼자 안고 얼마나 아팠을지, 감히 상상도 되지 않아서.

그 멍청한 남자가.

정말 미련하게도 제가 쏟아 내는 그를 향한 미움을 너무도 담담히 받아 내서.

단 한 번도 진실을 말해 주지 않고 저의 원망을 말없이 들어 줘서.

제가 아플까 봐, 자기 혼자 그 아픔을 다 감당해 버려서.

'제길.'

멍청한 남자. 미련한 남자. 바보 같은 남자…….

진짜, 너무 멍청해서, 말이…… 안 나오잖아.

세진은 속에 든 모든 것을 쏟아 내며 정신없이 울었다. 밤새 울었음에도 아직 눈물이 흘러나온다는 사실이 그저 신기할 뿐이었다. 세진을 토닥이던 수호 역시 울음을 터뜨렸다. 세진의 작업실은 졸지에 울음바다가 됐다.

"어, 이세진. 안 그래도 너한테……."

"이건우. 넌 언제부터야."

건우는 성난 표정으로 문을 열고 들어오는 세진을 올려다 봤다. 환자복을 입고 있던 건우가 반갑게 미소를 지으며 손을 들어 올리다 이어진 세진의 말에 고개를 갸웃거렸다. 무슨 소리야?

세진은 숨을 한 번 들이마셨다 다시 내쉬며 건우에게 서늘한 표정을 지었다. 항상 장난기 넘치는 얼굴을 하고 있던 세진이 오늘은 좀 다르다. 건우의 눈동자도 덩달아 가라앉았다.

"언제부터 알고 있었어."

"뭐가."

영문을 모르겠다는 그의 말에 세진은 눈꺼풀을 파르르 떨더니 이내 주머니 속에서 무언가를 내밀었다. 지난 일주일 동안 들고 있던 아기 신발 사진이었다. 단번에 그것의 정체를 알아차린 건우의 얼굴이 구겨졌다.

"기억, 났어?"

세진은 코웃음 쳤다.

"알고 있었구나."

"……."

"너 말고, 누가 알고 있어. 엄마도 알고 있어?"

"아니. 형이 이모랑 이모부한테는 비밀로 하랬어."

"……."

세진은 들고 있던 사진을 구길 듯 세게 움켜쥐었다. 건우
는 싸늘해진 그녀가 제 입술을 물어뜯기 시작하자 긴 한숨을
뱉어 냈다. 어찌해야 할지 그도 갈피를 잡지 못하는 얼굴이
었다.

"어땠어."

"대체 뭐가."

"……김준. 상태."

저는 도저히 정확한 그때의 일이, 기억나지 않았다. 그의
서재로 들어선 후 한참을 머문 끝에 발견한 아기 신발들이
고이 넣어져 있던 작은 상자가 당시의 일을 조금씩 상기시켜
줬을 뿐. 파노라마처럼 눈앞을 스치고 지나가는 일들을 차곡
차곡 정리해 보는 중이었지만 준이 어떤 표정을 지었고, 어떤
얼굴을 하고 있었는지는 가물가물했다.

제 슬픔에 너무 빠져 준을 마주할 용기가 나지 않았던 것이
정확한 표현이겠지. 세진은 다시금 차오르는 울분을 가라앉
히며 건우를 응시했다. 그에 그는 망설이다 입술을 달싹였다.

"어땠을 것 같아?"

오히려 되묻는 그의 질문에 심장이 바스라질 것만 같다.
그렇게, 아팠을까. 세진은 손으로 입을 막았다. 그렇지 않으
면 그 자리에서 오열을 할지도 몰랐다.

"그때 넌 제정신이 아니었어. 널 지켜보는 준이 형도 마찬
가지였지."

"……."

"네가 전부라고 했던 형이, 오죽하면 너를……보내 줬을까."

건우는 한숨 섞인 음성을 흘렸다. 그 말이 너무도 시려서 세진은 눈물을 떨궜다.

"네가 아는 김준 중 가장 비참한 모습이었다고 생각해."

그런 세진에게 비수를 꽂으려는 건지 건우는 중얼거렸다. 더 듣고 있기가 힘이 들어 세진은 자리에서 일어났다. 건우는 알겠다고 대답한 후 병실을 나서려는 세진을 불러 세웠다. 이미 알아볼 수 없을 정도로 퉁퉁 부어 버린 눈을 하고 있던 그녀가 뒤를 돌아보자 건우는 물었다.

"안 본 지…… 얼마나 됐어?"

세진은 쓰게 웃었다.

✿　　　✿　　　✿

〈나 봐.〉

준의 첫 번째 문자가 도착한 날은 그에게 꺼지라고 소리를 지른 첫째 날이었다. 세진은 힘없이 그 문자를 바라보다 핸드폰을 껐다.

〈나 봐.〉

준의 두 번째 문자가 도착한 것은 그다음 날이었다. 세진은 마침표까지 똑같은 그의 문자에 속이 쓰려 왔다. 답을 하려다 하지 못했다. 그의 눈을 제대로 마주할 수 없을 것 같았기 때문이다.

〈이세진한테 말해. 나 보라고.〉

만나 달라는 그의 세 번째 문자가 도착한 날은 수호가 며칠간 식음을 전폐하던 세진을 세차게 흔든 날이었다. 이젠 수호에게까지 문자를 보내고 있었다. 세진의 마음이 내켜 하지 않는다면 직접 만나 주지 않는다는 것을 알고 있었기에 그는 수호를 이용하기로 한 모양이었다. 세진은 어색하게 웃었다. 바보. 멍청이. 그러다 또 울어 버렸다.

—난 괜찮아. 그러니까, 나 봐.

그를 보지 못한 지 닷새째 되는 날, 준은 음성 메시지를 보냈다. 전화는 당연히 받지 않았고 문자 답장도 하지 않던 세진에게 그는 달콤한 목소리를 전해 주었다. 그의 목소리가 너무도 부드러워 세진은 다시 울었.

진짜 바보야. 아팠을 그를 떠올리며 세진은 답장을 하려다 말았다. 전화를 걸었다간 그저 울 것만 같았으니까.

〈너, 평생 나 안 볼 거야?〉

준이 다시 문자를 보낸 것은 세진이 건우를 만나고 온 다음 날이었다. 그를 만나기가 두려웠다. 미안하고, 미안해서. 저는 아직 전부 기억하지 못하는데 그는 모든 것을 기억한 채 안고 있어서. 세진은 입술을 악물다 한숨을 쉬곤 고개를 떨구었다. 아니, 라는 답변을 하고 싶은데 손가락이 움직여지지 않았다.

〈네가 안 본다고 해도, 나는 너 볼 거야.〉

그 일이 일어난 지 일주일이 되던 날 준은 말했다. '사랑에 무너지다'의 최종화 탈고를 핑계 대며 오직 수호와 홍광호 PD만을 작업실에 드나들게 만들던 세진은 무심코 밖으로 나가 버릴 뻔했다. 준을 만나기 위해서였다. 하지만 그래도 세진은 답하지 않았다.

〈사랑해.〉
〈사랑해, 이세진.〉
〈너무 사랑하니까, 나, 많이 미워하지 마.〉

드라마 '사랑에 무너지다'의 종방연 날이었다. 다른 사람들 앞에서는 하하호호 웃으면서 사실은 속이 문드러져 가던 세진은 그곳에서 준을 만났다. 건우와 채원이 대형 스캔들을 터뜨려 버리는 바람에 정신이 없었을 텐데 굳이 이곳까지 찾아와 그간 고생을 했던 다른 배우들과 스태프들의 노고를 치하하기 위해서였단다.

홍광호 PD와 짧은 대화를 나눈 후 종방연이 열리는 회식 장소를 빠져나가면서 준은 세진과 마주쳤다. 그는 흐리게 웃을 뿐 아무 말도 하지 않고 그녀의 곁을 지나쳤다. 준의 반응에 너무 놀라 굳어 버렸던 세진의 핸드폰이 지이잉, 울렸다. 그리고 도착한 세 통의 문자는 세진을 주저앉게 만들었다.

그의 사랑이 너무 커서, 가슴이 아팠다.

바보.

멍청이.

미련한 사람.

준을 생각하면 심장이 욱신거린다. 속사정도 모르고 그에게 화를 냈던 제 자신이 싫어진다. 슬퍼진다. 그를 미워하고, 화를 냈던 시간들이 전부. 그럼에도 불구하고 변함이 없는 건 김준이라는 남자를 지독하게 사랑하는 제 자신이었다. 세진은 이를 악물었다.

〈나와.〉

준을 만날 시간이었다.

✿   ✿   ✿

준은 미친 듯이 달려갔다. 문자를 받자마자 모든 일을 제쳐 두고 달려갔다. 그 두 글자를 보는 순간 아무 일도 떠오르지 않았으니까. 대화를 나누고 있던 은채가 황당한 표정을 지으며 제 이름을 부르는 것도 신경 쓰지 않았다. 지금이 아니라면, 세진을 잡을 수 없을 것만 같았다.

정신없이 달려온 곳은 준의 집 근처에 위치한 놀이터였다. 한때 세진도 자주 찾았던 그곳으로 발걸음 하던 준의 심장이 덜컹거렸다. 헉헉. 숨을 가쁘게 내쉬며 달려갔던 곳에서 준은 그네에 앉아 있는 한 인형을 발견했다. 삐끄덕, 삐끄덕거리는 그네 사이의 마찰음이 고요한 놀이터를 길게 울리고 있었다.

"아."

세진이 스윽 고개를 들어 올리자 준은 안도의 한숨을 내쉬었다. 환각이 아니다. 그것이 얼마나 다행스러웠는지 모른다. 쿵쿵쿵쿵. 준은 심장의 뜀박질을 느끼며 그녀에게로 다가갔다. 저를 빤히 바라보고 있는 세진이 순식간에 사라져 버릴까 봐 노심초사하며. 준이 제 앞에 서자 세진은 그를 향해 빙긋 웃었다.

"10분."

"뭐?"

"딱 10분 걸렸네."

손목에 찬 시계를 흘긋거리며 세진은 속삭였다. 준은 멍하니 그녀를 내려다봤다. 끼이익. 시끄럽게 움직이던 그네가 점점 속도를 늦추었다. 세진이 그에게 무릎을 굽히라는 듯 손짓하자 준은 그녀가 하라는 대로 행동했다.

"어째서, 말하지 않았어……."

떨리는 그녀의 음성에 준은 입술을 짓눌렀다.

"말했다면, 네가 기억을 하려 애썼겠지."

"기억하게 해 줬어야지."

"네가 아픈 건 싫었어."

"당신이 아픈 건 되고?"

흐리게 웃는 준을 보며 세진은 울상을 지었다.

"난 항상, 내가 당신보다 앞서 나간다고 생각했어."

그가 세진을 올려다봤다. 세진은 그렁그렁 맺힌 눈물을 닦을 생각도 하지 않은 채 말을 이었다. 준의 눈동자가 급격하게 떨렸다.

"하지만 매번 당신이 나보다 몇 걸음 더 앞서 나갔네."

"세진아."

"미워. 이해하지 못하면, 이해할 때까지 말을 해 줬어야지."

"……."

"왜 당신 혼자 아파해. 왜 당신이 모든 걸 떠안아. 왜 당신이 전부 뒤집어써."

"괜찮아."

"괜찮긴 뭐가 괜찮아. 혼자 아파했잖아. 나 완전 나쁜 사람 됐잖아. 나…… 진짜 못됐잖아……."

준은 중얼거리는 세진의 뺨을 타고 흐르는 투명한 눈물을 닦아 주며 고개를 저었다. '아니야. 너는 안 못됐어' 라고 그가 속삭이자 세진은 입술을 잘근 깨물며 그에게로 손을 힘껏 뻗었다.

"바보야. 내가 아플지도 모른다고 당신 마음에 상처 내면, 내가 기뻐할 줄 알았어?"

"……."

"아니야. 당신이 아프면 나도 아프다고. 당신이 나 생각하는 것만큼 나는 당신 생각 안 하는 줄 알아?"

떨리는 목소리를 한 자 한 자 뱉어 내는 세진의 입술이 파르르 떨렸다. 그녀는 얼굴을 찌푸리며 손을 뻗어 그의 가슴을 두드렸다.

"나도 당신 사랑한다고. 당신이 행복한 걸 원한단 말이야. 아기도 소중하지만 당신이 더 소중하단 말이야."

"세진아."

"세상에서 당신을 가장 사랑하는 건 나야. 당신이 행복해지는 걸 가장 바라는 사람도 나고. 당신이 너무 밉고 싫을 때도 당신을 사랑했던 사람은, 나라고. 나도, 언제나 당신을 생각한다고. 당신을 위한단 말이야."

"이세진."

"앞으로 한 번만 더, 당신 혼자 모든 걸 다 끌어안고 모르는 척하면. 나 당신이랑 정말 끝낼 거야."

준의 입이 다물어졌다. 세진은 그의 얼굴을 손바닥으로 감싸며 뜨거운 숨을 토해 냈다.

"나, 뱉어 낸 말은 반드시 지키는 거 알지?"

이미 준을 다시 받아들인 순간부터 그녀의 말은 그리 믿음직스럽지 않았지만 이번만큼은 진지했다. 준은 옅게 웃으며 그녀를 쳐다봤다. 세진은 눈을 부라리며 터져 나오려는 울음을 꾹꾹 눌렀다. 미세하게 떨리는 준의 기다란 속눈썹이 심장을 쓸자 세진은 앙다문 입술을 천천히 움직였다.

"어쩔 수 없네."

나지막하게 중얼거리는 세진의 말에 준이 눈을 크게 떴다. 세진은 한숨을 푹 내쉬며 말했다.

"당신이 혼자 앓았던 만큼 내가 앓을 수도 없으니. 치료라도 제대로 해 줘야겠어."

그리고는 그녀는 그의 입술 위로 제 입술을 가져다 댔다. 눈물범벅이 되어 있었던 터라 촉촉하게 젖은 입술이 그의 입술과 닿았다 떨어졌다. 준이 눈을 내리깔며 세진을 바라보자 그녀는 눈에 힘까지 주며 말했다.

"혼자 아프지 마."

"······."

"대답해."

"응."

"아무것도 숨기지 마."

"응."

"나만 사랑해."

"응."

"다시는 떨어지지 마."

"응."

"평생 함께 있어."

"……응."

웃으며 고개를 끄덕이는 준을 쳐다보던 세진은 와락 그를 안으며 소리쳤다.

"내가 먼저 당신을 사랑했어."

여전히 울음을 그치지 못하는 그녀로 인해 어깨가 축축해지는 것을 느끼며 준은 말없이 웃었다.

"그래."

"그것만은 양보 못 해."

"알았어."

"정말. 나중에라도 뒤늦게 내가 더 먼저 사랑했다고 우기는 거 없기야."

준은 대답하지 않았다. 묘한 웃음을 흘리던 그를 향해 세진은 눈을 부라렸다. 절대 양보 안 할 거다. 그것만큼은. 싸가지 없는 옆집 청년에게 그녀가 먼저 사랑을 느꼈으니까. 준이 뭐라고 하든, 그것만큼은 내가 먼저니까 양보 안 할 거야. 말없이 고개를 들어 세진을 응시하던 그의 검은 눈이 요동쳤다. 세진은 입술을 다물며 그를 노려보다 중얼거렸다.

"결국 또 제자리네."

그녀의 음성이 준의 귓가를 간질였다.

"겨우 다시 시작했지만, 이제 또, 다시 시작해야 해. 우리……
이제 서로 뭐, 숨기는 거 없는 거지?"

세진이 그를 빤히 바라보자 준은 웃으며 고개를 저었다.

"그래. 그럼, 이번엔 정말, 다시 시작하는 거야."

준은 대답 대신 그녀를 올려다보았다. 무릎을 꿇고 있는 준을 가만히 내려다보던 세진은 한숨을 푹 내쉬며 중얼거렸다.

"왜 이렇게 잘생긴 거야."

세진의 푸념에 준은 미소를 그렸다.

"그러니 빨리 다시 데려가 줘. 이젠 반품하지 말고."

"미쳤어? 반품은 무슨. 보물 창고에 두고 아무 데도 안 보낼 거야."

세진은 버럭 소리쳤다. 준은 하하 웃었다.

"김준."

다정하게 그의 이름을 부르는 세진의 목소리에는 미안함이 기본적으로 깔려 있었지만 그를 향한 짙은 애정이 더 컸다. 준은 그것을 너무도 잘 알고 있었다. 그는 유려하게 웃으며 세진을 올려다봤다. 그녀는 미소 짓는 준을 내려다보다 천천히 고개를 숙였다. 부드럽게, 그의 붉은 입술 위로 다시 제 입술을 가져다 대는 세진의 행동에 준은 조금의 망설임도 없이 그녀의 뒷머리를 감쌌다.

BECAUSE OF YOU

"유학을, 가지 않을 거라고?"

세진의 진지한 말을 한참이나 듣고 있던 명훈은 그녀를 응시했다. 오래전부터 '사랑에 무너지다'가 끝나면 미국 유학을 떠날 생각이었다. 건우의 부모님인 큰아버지와 큰 숙모도 마침 미국에 계셨고 그로 인해 아버지인 명훈과 상의를 해왔었다.

처음엔 세진의 유학을 탐탁찮게 여겼던 명훈은 준과의 이혼으로 고통 받았던 세진의 모습에 조금씩 마음을 돌리던 상황이었다. 하지만 준과 세진이 정식으로 합치기로 결정을 하고 에스터와 명훈에게 다시 인사를 온 뒤로 그는 세진이 원하던 모든 것을 묵인하기로 했다.

드라마가 성공리에 끝을 맺었으니 세진이 언제 미국으로

떠나는지에 대한 일정을 읊어 줄 거라 여겼던 명훈은 눈을 크게 떴다. 세진은 빙긋 웃었다.

"네. 지금은, 가면 안 될 것 같아요."

현재 세진의 몸값은 눈덩이처럼 불어난 상태였다. 그동안 많은 히트작들이 있기는 했지만 국민 드라마라 불릴 만큼의 성공을 거둔 작품은 '사랑에 무너지다' 가 처음이었다. 그로 인해 세진을 놓쳤던 방송사들이 거액을 제시하며 계약을 하자고 졸라 대고 있는 상황이었다.

그동안 캐스팅 작업으로 적잖은 애를 먹였던 배우들까지 너 나 할 것 없이 세진의 드라마에 출연하고 싶다며 러브콜을 보내고 있었다. 휴식을 취할 겸 미국으로 유학을 떠나겠다는 생각을 하지 않은 것은 아니었지만 단 한 사람이 밟혔다.

"나는 괜찮아."

명훈으로부터 대략적인 이야기를 들었던 건지, 준은 세진에게 미국 유학을 다녀올 것을 권했다. 쓸쓸하기는 하겠지만 충분히 견딜 수 있다며 웃는 그를 직시하던 세진은 손을 들어 올려 준의 두 뺨을 붙잡았다. 그리고는 한 자, 한 자 또박또박 말했다.

"안 가."

"……!"

"당신 놔두고, 아무 데도 안 가."

유학이야 나중에 가면 된다. 어차피 견문을 넓히기 위해
가려고 했던 곳이니까. 게다가 일종의 도피처이기도 했고.
하지만 준과 재결합을 결심한 이상, 그럴 이유가 없어졌다.
그들의 이혼에 대해 그의 희생이 있었다는 것을 알게 된 지
금은 더더욱. 세진은 놀라는 명훈에게 말했다.

"이젠 잠시도 떨어지기 싫어요."

흔들리는 명훈의 눈동자를 본 세진이 웃으며 말을 이었다.

"김준이랑은, 절대. 아빠. 나 김준한테 엄청 잘해 줘야 해
요. 그동안 내가 못한 것까지 다 포함해서 몇 배, 아니, 몇천
배로 잘해 줘야 해요. 그러니까 유학은 안 가요. 김준 두고
어떻게 떠나. 그건 말이 안 되지. 안 그래요?"

생글생글 미소 지으며 말하는 세진의 얼굴엔 준을 향한 애
정이 가득했다. 불과 몇 달 전까지만 하더라도 너 죽네, 나
죽네 했던 둘 사이가 눈에 띄게 돈독해졌다는 사실이 명훈을
기쁘게 만들었다.

아무리 주위를 둘러봐도 준 같은 사위는 없었다. 에스터와
자신을 친부모님처럼 여기고 자신의 사랑하는 딸인 세진을
죽도록 생각하는 남자는 아마 눈을 씻고 찾아봐도 없을 것이
다. 명훈은 고개를 끄덕였다.

"그래. 세진이 너는 김 서방한테 잘해야 해. 김 서방을 아

주 행복하게 해 주어야 한다고. 그동안 유치한 심통 부린 거, 다 보상받아야지. 암."

"응?"

"생각난 김에 김 서방한테 전화를 좀 해야겠군. 우리 이세 진이 좀 잘 부탁한다고."

"아, 아빠!"

중얼거리던 명훈은 자리에서 일어나 무선 전화를 가져오기 위해 걸음을 옮겼다. 세진은 주저도 하지 않고 준에게 전화를 걸어, '김 서방! 오늘 저녁에 집에 오게!' 라는 말을 하는 명훈의 행동에 기겁을 했다.

❁ ❁ ❁

—아이고. 내가 제일 신뢰하는 우리 이 작가! 어때. 오늘 나랑 진지한 만남을 좀 가져 볼까?

지난 3월, '사랑에 무너지다'를 대성공으로 이끈 장본인 중 한 명인 세진에게 이른 아침부터 전화가 걸려 왔다. 사무를 방영했던 방송국, S사의 윤재형 국장이었다. 보나 마나 차기작을 잡아 두려는 거겠지.

세진은 훗 코웃음을 치며 '뭐, 시간 좀 내 보죠' 하고 어깨를 으쓱였다. 콧대를 세우는 세진의 답변에 하하 웃음을 터뜨리던 윤 국장은 나중에 보자는 말과 함께 전화를 끊었다. 덕분에 이른 아침부터 갖은 치장을 한 세진은 S사의 라디오국으로 향했다.

평소대로라면 드라마국이 있는 일산의 드라마센터에 갔겠지만 윤 국장이 여의도의 라디오국에서 보자는 제안을 했기 때문이다.

'백지를 내밀면 뭐, 못 이기는 척 받아들여 볼까.'

세진은 꿈같은 상상을 이어 가며 키득거렸다. 윤 국장의 반응도 반응이지만 기대했던 작품이 대박을 쳐서 기분이 너무 좋았다. 어차피 앞으로 계속 드라마 작가 활동을 하는 이상 윤 국장과 좋은 관계를 유지하는 것은 필수였다. 게다가 수호 역시 데뷔를 해야 할 날이 오기도 할 테니, 더더욱. 세진은 입꼬리를 씰룩거리며 라디오국 안으로 발을 디뎠다.

슬슬 차기작을 염두에 둘 시기다. 희승의 작전에 동참을 해야 하는 와중에도 본업을 쉴 수는 없으니 조금씩 생각은 해 두어야 했다. 윤 국장과의 만남에서 그들이 원하는 대략적인 이야기를 듣고 차기작에 대해 고민을 해 봐야겠다고 생각하던 세진은 엘리베이터를 기다리고 있는 한 남자를 발견하고 눈을 크게 떴다.

'응?'

그녀의 시야로 들어온 남자는 찬바람이 솔솔 풍기는 서늘한 얼굴을 한 채 엘리베이터가 내려오기만을 기다리고 있었다. 라디오국 직원인가. 아니. 그건 확실히 아닌 것 같다. 사원증도 없었고 왠지 지나칠 정도로 빛이 나고 있었다.

웬만한 남자 배우를 봐도 끄떡 않도록 단련이 되어 있던 이세진의 심장이 멋대로 쿵쾅거리는 걸로 보아 그의 미모는 상당했다. 세진은 엘리베이터 전광판을 올려다보고 있는 그를 향해 저도 모르게 다가갔다.

"저, 저기요."

스윽, 고개를 돌리는 남자의 얼굴은 옆모습만 바라보았을 때보다 훨씬 충격적이었다. 대한민국의 전·현 최고의 남자 배우라 불리는 이건우나 최진헌과 질릴 정도로 일을 했었고 전남편이자 현재 애인인 준의 외모 역시 상당해서인지 잘생긴 남자를 보아도 심드렁하던 세진이었기에, 이러한 충격을 받은 것은 실로 오랜만이었다.

무심한 눈으로 저를 내려다보는 남자의 냉랭한 시선에 숨이 컥 막혀 와 입술을 파르르 떨던 세진은 히죽 웃었다.

'이 남자다!'

'사랑에 무너지다'에서 남자 주인공은 따뜻하고 다정한 이미지의 남자였으니, 차기작은 차가운 남자로 설정해야겠다고 생각해 왔었다. 눈앞의 그는 준만큼이나 쌀쌀한 눈으로 저를 내려다보고 있었다. 다음 드라마의 남자 주인공에 대한 이미지로 아주 딱이었다. 세진은 무슨 용건이냐는 눈빛을 쏘아 대는 그를 향해 한 걸음 다가갔다.

"연예인. 연예인이죠?!"

눈꼬리를 휘며 방방 뛰는 세진을 바라보던 남자가 인상을 찌푸렸다. 그녀의 환한 미소에 전혀 관심이 없다는 듯 다시 획 고개를 돌려 버리는 그에게선 얼음장 같은 기운이 퍼져 나왔다. 그에 반해 세진의 입꼬리는 거의 귀에 걸릴 지경이었다.

"저, 전 이런 사람이에요!"

혹시 그가 저를 이상한 사람 취급하는 것일까. 세진은 자신을 상대도 하지 않으려는 남자에게 얼른 주머니를 뒤져 명함을 건넸다.

"오해하지 마세요! 잡상인은 아니에요!"

하고, 말을 덧붙이는 세진을 다시 그가 바라봤다. 경계를 전혀 늦추지 않는 그의 검은 눈동자가 세진이 내민 명함을 발견하곤 살짝 일렁였다. 여전히 세진에게서 명함을 받지 않은 채 스윽, 명함 위만 쳐다보던 그는 나지막하게 중얼거렸다.

"드라마 작가, 이세진."

목소리는 더 좋다. 세진은 꿀이라도 바른 듯 살살 녹는 남자의 음성에 입술을 파르르 떨었다. '어디서 많이 들어 본 이름인데'라고 중얼거린 그는 미간을 좁히곤 세진과 명함을 번갈아 바라보았다. 뒤늦게 정신을 차린 세진은 고개를 절레절레 흔들며 그의 목소리로 빠져들어 가려던 자신을 끌어 올렸다.

"어떤 업계에서 활동 중이에요? 방송? 영화? 아, 여기 라디오국이니 라디오?"

듣는 사람이 홀려 버릴 만큼 아찔한 음색을 지닌 남자는 매력적이었다. 그의 음성을 듣기 위해 귀를 쫑긋거리던 세진은 쉬지 않고 물어 대는 자신을 서늘하게 응시하던 그가 한 숨을 푹 내쉬며 제게서 명함을 받아 들자 활짝 웃었다.

남자는 못마땅해하면서도 귀찮아지는 것은 원치 않았는지 그녀에게서 받은 명함을 손가락 사이에 쥐고 중얼거렸다.

"공연계."

공연!

"연극이에요?"

"뮤지컬입니다만."

최고야!

세진은 이미 길게 찢어져 주체를 하지 못하는 입꼬리를 귀에 걸고 그를 향해 소리쳤다.

"한번 시간 내주실 수 있으세요? 인터뷰를 하고 싶은데!"

"……."

"아, 사심은 전혀 없어요! 그쪽이 제가 생각하던 남자 주인공 이미지에 제격인 것 같아서요! 호호. 저 이렇게 대놓고 부탁한 적 없는데. 부끄럽네요! 참. 이름. 이름을 안 물어봤네요."

남자가 인상을 쓰고 있음에도 그녀는 말을 멈추지 않았다. 눈을 반짝거리며 대답을 기다리는 세진에게서 물러날 기미가 보이지 않자 그는 굳게 다물고 있던 붉은 입술을 달싹였다.

"지선준……입니다."

✿   ✿   ✿

"김준, 김준!"

달칵 문을 열고 들어오는 소리를 들은 건지, 현관에서 신발을 벗으려던 순간 세진이 그가 서 있는 곳으로 달려 나왔다. 어쩌나 강한 어택이던지 그녀의 기세에 뒤로 주춤거릴 뻔했다. 이젠 아예 제 집에서 사는군. 준은 눈부시게 환한 미소와 함께 제 허리를 와락 안아 버리는 세진으로 인해 휘청거리며 픽 웃음을 흘렸다. 그녀는 뭐가 그리 기분이 좋은지 그의 허리를 꼭 끌어안은 채로 준을 올려다봤다.

"들어 봐, 들어 봐! 나, 오늘 엄청난 사람 만났어!"

오전에 세진이 S사의 윤 국장과 만났다는 이야기는 전해 들었다. 그때 만난 사람인가. 준은 제 허리에 매달리는 세진을 사랑스러운 듯 내려다보며 천천히 걸음을 옮겼다. 준이 눈웃음을 그리며 거실로 움직이자 그에게 매달려 있던 세진 역시 자연스레 이동했다. 세진의 부드러운 머리카락을 슥슥 쓰다듬으며 그가 물었다.

"누구?"

다정한 그의 음성에 헤헤, 웃던 세진은 외쳤다.

"아! 그게. 사실 나도 얼굴은 처음 봤는데. 방송이랑은 좀 거리가 먼 사람이라서 말이지! 집에 와서 찾아보니 대단한 사람이더라고!"

"……그러니까 누구."

"아. 아직 방송계에는 안 알려졌는데, 집에 와서 찾아보니 진짜 대단한 사람이야!"

설마 남자는 아니겠지.

하이 톤으로 외치는 세진의 입꼬리는 자꾸만 씰룩거렸다. 상냥한 눈웃음을 지어 보이며 그녀를 허리에 단 채 거실로 도착한 준은 제게 매달려 있는 세진을 안아 들며 생각했다.

"지선준이라는 뮤지컬 배우인데, 알아?"

한 치의 예상도 어긋나지 않는 세진의 답변에 준은 풋 웃음을 터뜨렸다. 허리 아래에 매달려 있다 준에 의해 몸이 들려 눈높이가 올라간 세진은 큭큭 웃는 준을 내려다보며 입을 쭉 내밀었다.

"왜 웃어."

준은 어깨를 으쓱이다 아무것도 아니라며 고개를 저었다.

"어쨌든, 알고 있어?"

그녀의 커다란 눈동자가 요동쳤다. 준은 대답했다.

"들어는 봤어."

지선준. 준도 몇 번 들어 보았을 만큼 유명한 인물이었다. 방송계에서 러브콜을 보내도 끄떡하지 않고 공연에만 매진한다는 뮤지컬계의 철옹성.

준도 몇 번 연락을 취해 보려 했지만 리허설을 해야 한다며 냉담한 반응을 보냈던 배우였다. 업계에서 황제로 군림하고 있는 그를 하필 라디오국에서 만난 건가. 운이 좋은 건지, 아니면 나쁜 건지 모르겠다. 준은 못 말린다는 듯 미소를 그렸다.

"그래서. 그 남자가 왜?"

세진을 안아 들고 서 있던 준은 서서히 소파 쪽으로 엉덩이를 붙였다. 여전히 준에게 안겨 있던 세진은 그가 소파에 앉자 아래로 내려가는 몸의 움직임을 느꼈다. 그의 탄탄하고 굵은 허벅지 위에 엉덩이를 대고 있던 세진은 싱긋 웃는 준에게 소리쳤다.

"내 다음 드라마 주인공으로 딱이야!"

아주 이미지가, 적격이지! 상상만 해도 즐겁다는 듯 그를 내려다보며 세진은 방실거렸다. 준은 그 모습을 가만히 들여다보았다.

"그러니 김준이 힘써 줘. 이런 느낌, 진헌이 처음 만났을 때 같다니까? 그 사람 쓰면 대박 날 거야. 아니면 인터뷰라도 좀 잡아 줘. 듣자 하니 엄청 벽이 높다고 하더라고. 인터뷰도 잘 안 하고. 우리 김준이 만나자고 하면 만나 주지 않을까?"

기대에 가득 찬 눈빛을 쏘아 대고 있는 세진은 준이 무슨 짓을 써서라도 그 자리를 만들어 줄 거라고 확신하고 있는 듯했다. 준은 웃었다. 지선준. 지선준이라.

"네가 원한다면."

"좋았어! 그럼 앞으로 한동안은 지선준 씨 공연만 봐야겠어! 찾아봤는데, 마침 한강진 쪽에서 공연 중이더라고!"

"아……."

"그렇지! 우리 앞으로 데이트 장소를 공연장으로 잡을까? 그러고 보니 우리 뮤지컬 데이트는 한 번도 안 해 봤……!"

차기작에서는 남자 주인공에 대한 이미지를 먼저 정하겠다며 밤낮없이 준에게 이야기하던 세진은 신이 나 보였다. 준은 맑게 일렁이는 그녀의 눈동자를 바라보고 있다 빙긋 웃었다. 한참 말을 이어 나가던 세진의 입은 갑자기 제게 다가와 입을 맞추는 준으로 인해 닫혀 버렸다.

뜨거운 준의 혀가 가지런한 치열을 쓸고 움직이던 세진의 혀를 옭아맸다. 이어 강하게 입안의 모든 것을 빨아 당겨 버리는 준으로 인해 순간적으로 현기증이 일었다. 그녀의 기다란 손가락을 잡고 싱긋 웃는 준의 화사한 눈웃음이 뇌리에 각인됐다.

방금 전까지 무슨 말을 하고 있었는지조차 기억나지 않을 만큼 강렬한 키스였다. 세진은 제 입안을 한참 희롱하다 떨어져 나가는 그의 입술을 멍하니 내려다봤다. 파르르 떨리는 그녀의 속눈썹이 얼마나 흥분을 했는지 짐작할 수 있게 했다. 준은 말없이 웃음만 지었다. 세진은 인상을 찌푸렸다.

"뭐, 뭐야."

얼굴이 화르륵 달아오르고 머릿속이 텅 비어 버렸다. 그리고 그 빈 공간 안으로 준의 얼굴과 목소리, 행동들이 가득 들어찼다. 세진은 떨리는 음성을 흘렸다. 준은 달콤한 타액이 묻어 있는 세진의 입술을 제 엄지로 슥 닦더니 속삭였다.

"그냥. 우리 이세진이, 자꾸 다른 남자 이야기를 하는 것 같아서."

"뭐?"

"질투야. 질투."

세진은 작게 중얼거리는 그의 볼에 보조개가 파이는 것을 지켜보았다. 쿵쿵. 지선준이라는 배우에 대해 이야기를 할 때의 흥분과는 다른 감정이 가슴속 밑바닥에서부터 치솟았다. 세진은 입술을 잘근 깨물며 인상을 썼다.

"미워."

"응?"

갑작스러운 세진의 퉁명스러운 말에 준이 고개를 들었다. 의아함이 가득한 그의 눈동자를 뚫어져라 응시하던 세진은 흥, 콧방귀를 뀌며 중얼거렸다.

"당신이 이렇게 자극하면 나, 백기를 들 수밖에 없잖아."

"……!"

"설마, 유혹해 버리고 그냥 내버려 둘 생각은 아니겠지?"

준은 음흉한 눈빛으로 눈을 찡긋거리는 세진의 말에 웃음을 터뜨리더니 제 허벅지 위에 앉아 있던 그녀의 허리를 안아 들고 소파에서 일어났다. 꺅, 하고 세진이 행복을 담은 비명을 질렀지만 준은 침실로 향하는 발걸음을 멈추지 않았다.

❀　　　❀　　　❀

"앞으로 잘 부탁드려요. 우리 얼굴 붉히지 말고 지내요, 아저씨."

제게 눈을 부라리며 흥, 콧방귀까지 뀌던 맹랑한 소녀가 눈앞을 아른거렸다. 어딜 봐서 아저씨야. 준은 거울 앞에 선 제 모습을 뚫어져라 응시하며 미간을 좁혔다. 아무리 봐도 '아저씨'로는 보이지 않는 잘생긴 '젊은' 청년이 거울 속에서 얼굴을 구기고 있었다. 준은 입술을 삐죽였다.

"나쁜 꼬맹이."

하연 얼굴에 큼지막한 눈이 잘 어울리던 검은 머리카락의 소녀가 자꾸만 신경을 건드렸다. 준은 주름 하나 없는 얼굴을 만지작거리며 인상을 쓰다 피식 웃어 버렸다.

이름이라도, 물어볼 걸 그랬나.

한참을 거울 앞에 서 있던 준은 머리를 긁적이며 고개를 돌렸다. 부엌 식탁에 놓아둔 시루떡을 담은 그릇이 시야로 들어왔다. 입안에서 늘어지는 느낌이 좋지 않아 꺼려하던 음식인데 이상하게 눈이 갔다. 망설이던 준은 무언가에 홀린 듯 걸음을 옮겼다.

누군가가 초인종을 꾸욱 누른 것은 실로 오랜만이었다. 긴 시간 동안 홀로 생활해서인지 타인과 대화를 나눈 적도 그리 없었다. 찾아올 사람도 없고 현관까지 걸어 나가기가 귀찮아 문을 열어 주지 않으려고 했지만, 저를 빤히 올려다보는 소녀를 발견한 순간 그런 생각이 물거품처럼 사라져 버렸다.

준은 손에 쥐고 있던 붉은팥 시루떡을 한 번 더 베어 물었다.

두근두근.

고요하던 심장이 천천히 박동하기 시작했다. 준은 입꼬리를 올리며 피식 웃음을 지었다.

"……맛은 있네."

확실히 귀찮은 새 이웃이 건넨 시루떡은, 맛이 있었다.

"김준!"

저를 부르는 소리. 누구의 목소린지 눈을 뜨지 않아도 알아차릴 수 있다. 준은 번쩍 눈을 떴다. 제 품에 안겨 색색 숨을 흘리고 있는 여자가 저를 올려다보고 있었다. 그는 부드럽게 웃으며 그녀를 내려다봤다.

"무슨 꿈을 꾸길래 그렇게 실실 웃어?"

실오라기 하나 걸치지 않고 온전히 그의 품에 안겨 있는 여자의 눈이 별처럼 반짝였다. 준이 사랑에 빠진 바로 그 눈동자였다. 그는 입을 쭉 내밀며 꿈속의 여인을 질투하는 세진을 응시했다.

"궁금해?"

"당신이 너무 행복하게 웃잖아. 당연히 궁금하지."

세진은 한 치의 망설임도 없이 대답했다. 호기심이 넘치는 성격에 미소를 그리며 준은 그녀의 머리카락을 쓸었다. 보드라운 그녀의 머리카락이 기다란 손가락 사이로 흘러내렸다. 준은 그녀를 제 품으로 더욱 강하게 끌어당겼다.

"비밀."

"어, 왜!"

"나눠 주기 아까운 꿈이라서."

"뭐야? 그런 게 어디 있어! 좋은 건 같이 나눠야지!"

불같이 화를 내며 툴툴거리는 세진의 입술에 쪽, 입을 맞추며 준은 쿡쿡 웃었다. 토라지려던 세진의 얼굴이 그의 입맞춤에 와르르 녹아내렸다. 세진은 한숨을 푹 쉬며 붉어진 얼굴로 그를 바라봤다.

"내 얼굴, 지금 빨갛지?"

"응."

"큰일이네. 매번 이러면 너무 알기 쉽잖아. 내가 감정을 숨기지 못하는 이유가 다 있다니까. 어휴. 갑자기 왜 이렇게 덥지."

급기야 달아오른 열기를 식히기 위해 부채질을 하는 세진을 바라보며 준은 웃었다. 단잠으로 인해 가라앉았던 침대가 다시금 후끈거렸다. 부끄러워하는 그녀를 보자니 다리 사이의 분신이 서서히 반응을 하려는 것 같다.

준은 '안 되겠어'라며, 제 가슴을 밀고선 침대를 벗어 나가려는 세진의 팔을 끌어당겼다. 세진은 그의 힘에 준이 있는 곳으로 쓰러졌다. 세진을 눕혀 버린 준은 이글거리는 눈동자로 놀란 그녀를 응시했다.

"너니까 가능했어."

뜬금없는 말에 의아한 듯 고개를 갸웃거리는 세진의 이마에 입을 맞추었다. 그리고 고개를 숙여 콧등에 입을 맞추고,

입술 위에 제 입술을 가져다 대며 속삭였다.

"이세진 너라서, 내 마음이 열렸던 거야."

맹랑하고 도발적이었던 소녀와 처음 마주쳤을 때부터 아마 그 징조가 보였던 건지도. 오래전 시루떡을 들고 찾아왔던 소녀와 제 품에 안겨 있는 성숙한 여자를 바라보며 웃었다.

"네가 아니었으면 내가 어떻게 살았을까."

나지막하게 중얼거리는 준의 말을 가만히 듣던 세진은 닫혀 있던 입을 움직였다.

"글쎄. 나 없는 김준은 상상이 안 되는데? 그래. 그냥 상상 안 할래. 왜냐면 나는 계속 당신 옆에 있을 거니까! 앞으로도 절대로 떨어지지 않을 거니까! 당신이랑, 영원히 행복할 거니까!"

제 허리를 끌어당기며 말하는 여자의 말에는 확신이 가득했다. 쿵쿵. 가슴이 벅차올랐다. 준은 웃으며 그녀의 볼에 입술을 댔다. 촉 소리와 함께 닿았다 떨어지는 그의 얼굴을 쳐다보던 세진의 눈동자가 세차게 일렁였다. 준은 말했다.

"사실, 그날 말이야."

"응?"

"이혼한 뒤에. 대본 문제로 널 찾아갔던 그날."

큼지막해지는 세진의 눈을 응시하며 준은 싱긋 웃었다.

"침대까지 간 거. 전부 계획했던 거야."

짓궂은 미소를 짓는 준의 말에 세진은 입을 쩍 벌렸다.

"나, 절박했거든."

눈썹을 까딱이는 준의 속삭임에 세진이 하, 숨을 흘렸다.

"그럴 줄 알았어!"

후후 웃는 준을 노려보며 세진은 소리쳤다.

"그럴 줄 알았다고!"

세진은 계속해서 웃음을 흘리는 준에게 외치며 벌떡 일어
났다. 그리고는 그에게서 시선을 떼지 않고 준의 배 위로 올
라오더니 준을 내려다보며 눈을 부라렸다.

"용서 못 해. 그러면서 뻔뻔하게 나도 휩쓸렸다고 발뺌했
다 이거지?"

"응."

"완전 뻔뻔해!"

"조금 그런가?"

"당연하지! 안 되겠어. 김준 이 남자, 단단히 혼을 내야겠
네."

"혼내 줘."

"어떻게 혼을 내줄까."

그의 가슴을 작은 손으로 쓸며 세진이 눈을 가늘게 떴다.
허리쯤까지 내려갔던 이불을 붙잡은 준은 제 위에 올라타 있
는 세진을 바라보며 눈꼬리를 휘었다.

"세진아."

"나 지금 화났어. 그렇게 달콤하게 불러도 끄떡 안 해."

화났다고 말을 하면서도 그녀는 웃고 있었다.

"세진아."

"정말 화났다니까?"

"이세진."

"어휴. 왜!"

점점 짙어지는 애정을 담은 목소리에 결국 손발을 든 세진이 버럭 소리쳤다. 준은 그녀의 등을 한 팔로 감싸고 다른 팔로는 이불을 끌어 올릴 준비를 하며 붉은 입술을 달싹였다.

"아직 해 안 떴어."

"알아."

"그럼?"

여러 가지 의미를 담은 준의 질문에 세진은 소리쳤다.

"뭐해! 얼른 올려!"

그녀의 말이 끝나자마자 준은 손에 쥐고 있던 이불자락을 머리끝까지 끌어 올렸다.

그들의 침대가 서로의 온기로 뒤덮이는 건, 순식간이었다.

❀   ❀   ❀

"나도?"

드라마 '사랑에 무너지다' 가 방영되었던 그해 연말, 많은 이들이 보고 있는 시상식에서 이건우에 대한 사랑 고백을 한 여배우 장채원은 이듬해 그와 결혼식을 올렸다. 쌍둥이를 출산한 채원을 옆에서 도와주었던 세진은 신생아실에서 저를 바라보며 미소 짓고 있는 채원의 아이들을 내려다보며 함박 웃음을 보냈다.

꼬물꼬물, 움직이는 작은 손발들이 어찌나 귀여운지. 입을 다물지 못하는 세진을 향해 채원은 말을 꺼냈다.

"네. 한번, 검사 받아 보시는 게 좋을 것 같아요."

"하하. 새언니. 난 이미 늦었어요. 어렵다고 했는걸."

"아……."

"괜찮아요. 꼭 아이를 가지지 않아도 행복해. 우리 정우랑 정원이도 있으니까!"

조금씩 떠오르기 시작한 기억들이 완벽하게 맞춰지자 자신의 몸 상태가 어떤지 알게 되었다. 그날의 상처를 회복하기 위해 바로 결혼식을 올리지 않고 함께하는 시간을 가지기로 했던 것이 바로 1년 전. 말로만 '연인'이지 거의 '부부'나 다름없는 생활을 이어 나가고 있는 지금으로도 너무 행복했다.

하지만 에스터와 명훈의 성화로 인해 조만간 다시 정식으로 그의 호적에 제 이름을 올려야겠다고는 여기고 있던 상황에서 들려온 채원의 말은 씁쓸한 마음을 품게 만들었다. 꼭 아이가 없어도 되는데. 세진과 준 사이의 자세한 이야기를 제대로 전해 듣지 못했던 건지, 그녀의 말에 지나치게 당황하는 채원을 달래야만 했다.

"미쳤어! 최진헌 그 인간이 또 시라 씨 촬영장에 갔다고?"

난감해하는 채원을 보다 못해 '그럼 검사 정도는 받아 볼게요' 하고 장난스럽게 속삭인 지 얼마나 지났을까. 밤을 새가면서까지 대본을 작업하던 세진은 제게 걸어 온 준의 전화에 빽 소리를 질렀다.

어떻게 된 일인지 제 주변엔 팔불출밖에 없다. 세진은 거친 숨을 뱉어 냈다.

"이봐, 김준 씨! 도대체 당신 회사에선 배우 관리를 어떻게 하는 거야? 계속 그러다간 최진헌이 팔불출이라고 소문나겠어!"

—이미 팔불출이잖아. 소문 날 만큼 난 것 같은데?

준은 심드렁하게 대답했다. 어차피 널린 게 팔불출인데, 뭐가 잘못이냐는 듯한 어조였다. 세진은 소리쳤다.

"아이, 참! 안 된단 말이야! 다음 작품 남자 주인공이 그런 이미지로 찍히면 곤란하다는 거 당신이 더 잘 알잖아! 이번 작품에선 카리스마 넘쳐야 한다니까! 우리 사전에 협의했잖아! 잊었어?"

세진의 부탁으로 나선 준의 유혹에도 불구하고 '공연에 집중해야 합니다' 라고 선을 그어 버린 뮤지컬 배우 지선준의 거절로 인해 이번에도 세진은 진헌과 다음 작품을 준비하기로 했다.

'뭐예요, 작가님! 꿩 대신 닭이라 이겁니까! 미워요!' 라고, 뒤늦게 캐스팅 비화를 접했던 진헌이 투덜거렸지만 곧 그녀만 한 작가를 만나기도 힘들다는 것을 알았는지 '다음번엔 나를 최우선으로 해 줘요. 안 그럼 정말 삐칠 거야!' 라며 그녀의 제안을 받아들였다.

준은 진헌의 이미지에 타격이 있다며 주의가 아니라 위협을 주라고 소리치는 세진의 말에 작게 웃음을 흘렸다.

"그런데 이 시간까지 안 자고 뭐해?"

슬쩍 시계를 흘긋거리니 새벽 3시 30분을 가리키고 있는 것을 발견한 세진은 일부러 그를 향해 말을 걸었다. 준이 천천히 입술을 열며 다정한 음성을 흘리는 게 들려왔다.

—그냥 잠이 안 와서…… 깨어 있었어.

"왜 잠이 안 오는데? 신경 쓰이는 거라도 있어?"

—글쎄.

"털어놔 봐, 김준. 혹시 모르잖아? 내가 상담해 줄 수도."

—…….

"여자 문제야?"

여자 문제라면 단 하나밖에 없었다. 세진은 키보드에서 손을 떼며 의자에서 일어났다. 씩 웃음 지은 세진은 연기 톤의 목소리를 흘리며 말을 걸었다.

"어머. 정말 여자 문제야? 뭔데. 김준 씨 요즘 당신, 만나는 여자라도 있는 거야? 그 여자가 당신 애를 먹이는 거야?"

—아니야, 그런 거.

웃음을 흘리는 세진의 말에 그녀의 의도를 알아차린 준은 심드렁하게 대답했다. 세진은 눈에 힘을 줬다.

"아니긴 뭐가 아니야. 목소리부터 이상한데? 뭐야, 말하기

싫다 이거야? 옛 애인한텐 새 애인에 대해 말해 주기 싫다는
거야?"

어차피 새 애인은 굳이 언급하지 않아도 누구인지 다 알고
있지만 세진은 준이 어떤 반응을 보이는지 지켜봤다. 준은
그런 게 아니라며 대답하더니 이내 중얼거렸다.

—봤어?

"정우랑 정원이?"

말이 없다는 것은 곧 긍정을 뜻했다. 세진은 고개를 끄덕
였다.

"응. 당연하지. 오늘도 보고 왔는걸. 애들이 엄마, 아빠를 닮
아서 아주 예쁘고 잘생겼어. 어떻게 자기 부모님의 장점만 쏙
빼닮았는지 내가 다 부러울 지경이더라니까. 채원 씨…… 아
니, 새언니는 이제 진짜 엄마 다 됐더라. 애기들 울 때마다 새
언니가 안아 주면 뚝 그치는 게 진짜 신기했어. 녀석들도 엄마
를 알아보는 걸까?"

—매일매일 보니까 대충은 알겠지.

"겨우 한 달인데?"

—원래 다 그런 거야.

그런 걸까. 만약 자신도 기적처럼 아이를 낳게 된다면, 내
아이가 나를 알아보게 되는 걸까. 세진은 조용히 읊조리는
준의 목소리를 듣고 눈을 지그시 감았다.

—넌…… 어떤데?

"뭘?"

—너도 아이 갖고 싶어?

　생각에 잠겨 있던 세진의 눈꺼풀이 스르륵 들렸다. 그녀는 웃으며 답했다.

　"가지고야 싶지. 그런데 내가 가지고 싶다고 해서 되는 건 아니잖아? 상대가 있어야지. 이상한 소리 그만하고 이제 그만 주무세요, 김……."

　—나. 내가 있잖아.

　"우, 우리가 헤어진 지가 언젠데."

　—7년 전이던가? 7년 정도 생각을 정리할 시간을 줬으면 충분한 것 같은데. 이제 돌아올 때도 되지 않았나?

　제 장단에 맞춰 주던 준의 말이 점점 능글맞아졌다. 세진은 멍청한 얼굴로 그의 말을 듣고 있다 얼굴을 화르륵 붉혔다. 이 남자가. 준의 말이 이어졌다.

　—내 마음은 7년 전이나 지금이나 그대로야. 그리고 네 아이라면 무서워하지 않을 용기도 있어. 책임도 져 줄 수 있고 사랑해 줄 자신도 있어. 그러니까 이제 돌아와. 이세진이 날 닮은 아이를 낳을 수 있도록 도와줄 테니까 관심 있으면 연락해.

　"……뭐?"

　그 말을 끝으로 툭 끊어진 전화는 심장을 두근거리게 만들었다. 새벽 4시. 준과의 전화 통화에 열을 올리던 세진은 끊어진 핸드폰을 내려다보며 중얼거렸다.

　"우, 웃겨. 닮으려면 날 닮아야지 왜 자길 닮아?"

투덜거리던 세진은 곧 수긍했다. 골고루 닮는 것도 나쁘지는 않지. 그게 쉽지 않아서 문제지만. 세진은 입술을 잘근 깨물며 통화 버튼을 눌렀다. 준이 전화를 받기를 기다리며 그녀는 쿵쿵 뛰는 심장의 박동을 느꼈다.

―어, 왜.

"이봐, 김준! 당신, 방금 전에 나한테 한 말…… 그거 무슨 의미야? 뭐? 내가 아이를 낳는데 왜 당신을 닮아? 그리고 돌아오라는 건 또 뭐야? 지금 나한테 고백하는 거야? 그런 거야?"

쉬지 않고 소리치자 준이 풋 웃음을 터뜨렸다. 휘어진 눈꼬리로 지난여름, 준과 함께 피서를 갔을 때 찍었던 사진을 들여다보던 세진 역시 맑게 웃음을 터뜨렸다. 김준, 생각보다 연기를 잘하는 걸.

어쩌면 다음 작품 남자 주인공으로 캐스팅해도 되겠다며 입술을 길게 찢던 세진은 이어지는 준의 목소리에 정신을 차렸다.

―내일. 시간 날까.

"없는 시간도 만들어야지. 당신이랑 만나려면."

―내가 작업실로 갈게.

"아니야. 나, 들렀다 갈 곳 있어서. 거기 갔다가 당신한테 갈게."

―그럴래?

"응. 우리 오랜만에 맛있는 거 먹자. 그동안 통 데이트 못 했잖아."

침대에서는, 시도 때도 없이 만났지만.

세진은 어젯밤 제 곁에서 색색거리던 준을 떠올리며 작게 웃었다. 준은 알겠다고 화답했다.

"김준."

―응.

"사랑해."

하루에 몇 번씩 뱉어 내도 아깝지가 않다. 표현하지 못했던 지난날로 인해 괴로워하고, 상처를 받았던 서로를 치유해 주기 위해 두 사람은 대화가 끊어지면 항상 그렇게 속삭였다. 그럴 때마다 가슴이 쿵쿵거렸다. 오래전, 처음 만났던 그 날과 조금도 변하지 않는 마음을 다시금 느낄 수 있었다.

세진은 말을 흘리고 귀를 쫑긋거렸다. 준에게서 대답을 듣기 위해서다. 후후 웃으며 잠시 뜸을 들이던 그가 속삭였다.

―내가 더, 사랑해.

"아니야. 내가 훨씬 더 사랑해."

―이것만큼은 나도 양보 못 한다. 널 더 사랑하는 건 나야.

"바보. 이런 걸 이겨서 어쩌자고! 하지만 나도 지기는 싫은데!"

―그럼 누가 더 사랑하는지 승부를 봐야겠군.

응?

준의 말에 세진은 눈을 동그랗게 떴다. 승부? 무슨 소리냐며 의아한 숨을 흘리자 준은 야릇한 음성을 흘렸다.

―침대에서 승부를 보자고. 더 많이 사랑하는 사람이 끝

까지 버티는 거지.

"뭐? 와, 김준 너무 자신만만한 거 아니야?"

—절대 양보 못 하는 일이니까.

아마 얼굴을 마주하고 있었다면 미친 듯이 웃어 버렸을지
도 모르겠다. 세진은 결연한 의지까지 다지는 준에게 '좋아!
그럼, 내일 단단히 각오하고 오라고!'를 외치며 전화를 끊었
다.

두근두근.

그렇게 끊어진 핸드폰을 말없이 응시하던 세진은 빙긋 웃
으며 작업실을 벗어났다. 내일 있을 '승부'를 위해서라도 체
력을 비축해 두어야 했다. 수호에게 정오까지 깨우지 말라는
글귀가 쓰인 쪽지를 남기며 침실 문을 닫은 세진은 가끔 준
도 찾아왔던 침대 위에 올라가 누웠다.

"어? 이건!"

이젠 '어제'가 되어 버린 전날 오전에, 세진은 채원의 제
안으로 검진을 받았다. 건강하지 못한 자궁과 한 번의 유산
으로 임신은 거의 포기했었던 세진은 제 몸을 진지하게 살펴
보다 탄성을 흘리는 의사를 의아하게 바라봤다.

"아가씨!"

건우와의 결혼 이후 '작가님'에서 '아가씨'로 세진을 부르기 시작하던 채원이 미소 짓는 의사의 말이 무엇을 의미하는지 알아차리고는 눈을 크게 뜨며 그녀를 응시했다. 두 사람의 환한 표정에 고개를 갸웃거리던 세진은 이어지는 그들의 말에 차오르는 눈물을 막기 위해 입을 틀어막아야 했다.

　"내일 다시 검사를 해 봐야 할 것 같지만, 미리 축하드립니다. 이세진 씨."

　간질거린다.
　가슴이. 심장이. 마음이.
　참을 수 없는 기대감을 주체하지 못할 정도로 간질거리고 들떴다.
　세진은 자꾸만 멋대로 씰룩거리는 입가를 매만지며 스스륵 잠에 빠져들었다.
　어쩌면 두 사람 사이에 또 다른 기적이, 찾아온 건지도 모르겠다는 기대를……
　한껏 품으며.

—The End

작가 후기

〈인 샤 알라〉 이후 오랜만에 인사드립니다.

예거입니다.

개인적으로 많은 일이 있었던 2015년도 이제 두 달밖에 남지 않았네요. 시간은 참 빠르게 흘러가는 것 같아요. 처음 〈베드 컨디션〉을 시작했을 때가 2014년이었는데, 책이 나오기까지 1년이 걸렸습니다. 힘들게 세상에 나온 아이들인 만큼 많이 예뻐해 주셨으면 좋겠어요.

세진이와 준이가 영원히 행복하게 살았을 〈베드 컨디션〉은 이렇게 끝을 맺습니다. 제2의 기적이가 두 사람에게 다시 찾아오면서 그들의 사랑은 깊어질 거라 믿어 의심치 않습니다. 사실 중편 정도로 끝내려 했던 글이 약간 길어지면서 슬럼프도 맞곤 했었는데, 무사히 극복해서 무척 뿌듯합니다.

많은 분들께 인사를 드리고 싶지만, 이 책이 나오기까지 마음고생이 많으셨을 봄 출판사 편집 팀께 정말 너무너무 감사드립니다. 그리고 현재 이 책을 읽고 계실 독자 여러분들께도 감사드립니다. 함께해서 즐거운 시간이었습니다.

앞으로 더욱 좋은 글로 찾아뵙고 싶습니다. 점점 더 발전하는 모습을 보여 드릴 수 있으면 좋겠네요. 떼려야 뗄 수 없는 세진이와 준이를 보고 행복하셨기를 바라며, 저는 다음 책인 〈언더스터디〉에서 뵙겠습니다.

항상, 행복하세요.

—사랑을 좇고 싶은 Jäger 드림.